O mar me levou a você

Também de Pedro Rhuas:

Enquanto eu não te encontro
O Universo sabe o que faz

Pedro Rhuas

O mar me levou a você

SEGUINTE

O selo Seguinte pertence à Editora Schwarcz S.A.

Grafia atualizada segundo o Acordo Ortográfico da Língua Portuguesa de 1990, que entrou em vigor no Brasil em 2009.

CAPA E ILUSTRAÇÃO Lune Carvalho
LETTERING DE CAPA Ren Nolasco
PREPARAÇÃO IBP Serviços Editoriais
REVISÃO Adriana Bairrada e Paula Queiroz

Dados Internacionais de Catalogação na Publicação (CIP)
(Câmara Brasileira do Livro, SP, Brasil)

Rhuas, Pedro
    O mar me levou a você / Pedro Rhuas. — 1ª ed. —
São Paulo : Seguinte, 2023.

    ISBN 978-85-5534-274-5

    1. Ficção brasileira I. Título.

23-158949   CDD-B869.3

Índice para catálogo sistemático:
1. Ficção : Literatura brasileira   B869.3

Eliane de Freitas Leite – Bibliotecária – CRB-8/8415

Todos os direitos desta edição reservados à
EDITORA SCHWARCZ S.A.
Rua Bandeira Paulista, 702, cj. 32
04532-002 — São Paulo — SP
Telefone: (11) 3707-3500
www.seguinte.com.br
contato@seguinte.com.br

*Para quem nunca pensou que seria
digno de uma história de amor.
Você é. Nós somos.*

O MAR ME LEVOU A VOCÊ TEM UMA TRILHA SONORA
ORIGINAL ESCRITA E CANTADA PELO AUTOR!

ESCANEIE O CÓDIGO ABAIXO PARA ESCUTÁ-LA DURANTE A LEITURA

Sumário

PARTE 1
QUANDO OS SINAIS COMEÇAM

A primeira onda

Existe uma coisa chamada proporção áurea. Penso nisso quando estou no mar, sentado na minha prancha, observando as ondas quebrarem mais adiante. É um número perfeito e infinito que toma a forma de uma espiral. Essa espiral está em todos os lugares: nas conchas do mar e na crista de uma onda, no corpo humano e na organização das galáxias.

Dizem que a proporção áurea pode ser a chave dos segredos do Universo. Não tenho certeza disso, mas acredito em sinais.

Uma borboleta azul pousando na janela.

Uma música no rádio com a mensagem exata de que precisamos.

Um desconhecido com quem esbarramos por aí e nos sentimos misteriosamente conectados...

Sinais.

Estou surfando quando vejo o meu.

É um garoto. Vestido de preto da camiseta com gola V à bermuda de nylon, usa um grande chapéu de palha que sombreia seu rosto e uma ecobag nas cores do arco-íris pendurada no ombro. O vento insiste em soprar as pontas da canga com estampa indiana que ele tenta estender na areia.

Uma fagulha queima em meu peito quando ele tira os chinelos brancos, posiciona-os nas pontas da canga e se senta. É um déjà-vu. Sinto como se já tivesse visto essa cena não uma, mas incontáveis vezes. Um sonho dentro de outro sohho.

Ele segura o celular na vertical, filmando a paisagem, e depois conecta o fone de ouvido. Então ergue a vista para o mar.

Por um instante, nossos olhares se alinham. Secretamente torço para que se torne o início de uma troca profunda, mas ele desvia o foco para o que parece um Kindle e dali não escapa por um tempão.

Solto um suspiro e me deito de barriga para cima em Rosalía, minha fiel prancha rosa-choque (lá em casa, virou tradição batizar objetos com nomes de artistas, como o violão Fat Dominos e a kombi da família, Belchior).

A sombra de um parapente passa rápido por cima de mim. Me protejo do sol cobrindo os olhos com o braço. Balanço os pés na água morna e deixo a correnteza me levar, mas só consigo pensar *nele*, na imagem do garoto com as falésias de Canoa Quebrada às suas costas.

Impaciente, me sento em Rosalía e busco por ele outra vez. Um sorriso se desenha em meus lábios ao observá-lo envolvido na leitura, seu corpo emoldurado pelas jangadas coloridas e os ramos verdes das plantas rasteiras que descem dos paredões laranja até a areia.

Decido ir até ele. Não sei o que direi quando estivermos frente a frente, mas vou improvisar. Quero acabar de uma vez com essas borboletas no estômago que não combinam nada comigo.

Como se quisesse ajudar, o mar envia uma onda perfeita, a melhor desde que cheguei na praia uma hora atrás. Não desperdiço a oportunidade: firmo o corpo na prancha, tomo embalo e corto a água com uma série de braçadas fortes.

No instante em que sinto o fluxo intenso da onda, o tempo para e minha mente entra em foco. Ganho mais velocidade. O vento que bate no meu rosto faz os dreads voarem enquanto me conecto com a prancha e o oceano, e nos tornamos um só. Libero a adrenalina com um grito empolgado, curtindo enquanto o barato dura, mas algo me chama.

Procuro a praia com o olhar.

Então, vejo.

É o garoto, olhando para mim.

Imediatamente perco o controle. Entro em queda livre. Sou sugado pelo Atlântico, água salgada entrando pela boca e o nariz. Quando chego ao raso, me reergo cambaleando, com areia em cada centímetro do corpo.

Subo a bermuda e cuspo. A areia molhada gruda no cabelo, e balanço a cabeça para tirar o excesso de água.

Ao buscar pelo garoto, descubro que não fui o único que subestimou a força daquela onda. Ele não se ligou que a maré subia e se sentou perto demais da arrebentação. Agora pragueja enquanto tenta salvar as Havaianas brancas e a canga, que foram arrastadas para o mar como vestígios de um naufrágio.

A maneira como evita a água, na ponta dos pés, me faz achar que tem medo. Ele recupera os pertences um a um e corre para a areia. Estende a canga ensopada em uma parte da praia intocada pelo mar e confere os objetos dentro da ecobag.

— Você tá bem? — pergunto ao me aproximar. Embora estejamos sozinhos neste trecho da praia, ele parece genuinamente surpreso ao erguer o rosto e me encontrar. — Vi o que aconteceu — acrescento diante de sua desconfiança. — Tá tudo certinho com suas coisas?

Ele franze a testa e me escaneia de cima a baixo.

— Obrigado — diz, seco —, mas não preciso de ajuda.

Dá as costas para mim e me deixa para trás com o queixo caído. O fora deveria ser a minha deixa para voltar ao mar, já que ele claramente não está a fim de companhia. Mas alguma coisa me impede. Não sei, é aquela sensação de déjà-vu de novo.

Isso e o fato de que seus olhos se demoraram um segundo a mais no meu tanquinho do que ele pretendia demonstrar. Um clássico.

Busco outra abordagem.

— Eu também levei um caldo — continuo, flexionando os músculos do braço ao passar a mão descontraidamente pelo cabelo. — Fica mais atento na próxima. Quando a maré tá enchendo, é bom sentar mais pra cima. Sempre aviso isso pros hóspedes do nosso hostel.

Sacudindo a areia da ecobag colorida, ele se volta para mim.

— Quem te perguntou?

— Ei, tranquilo. — Ergo as mãos diante dele. — Só queria ajudar.

— Já disse que não preciso de ajuda, tô bem sozinho — ele rebate apressadamente. Então, uma pontada de malícia se forma em seus lábios quando olha para o mar e aponta com a cabeça nessa direção. — A prancha rosa é sua?

Me viro para olhar. Na ansiedade de falar com ele, deixei Rosalía sozinha, agora boiando desgovernada — a leash havia se soltado durante o caldo. Penso em agradecê-lo pelo toque, mas, quando volto para encará-lo, o cara já seguiu em frente.

Sério, quem é ele?

Não entendo por que é tão familiar, por que me afeta tanto. Esse não é o tipo de coisa que acontece comigo. Ou pelo menos não *acontecia*. Alguém desmontou o quebra-cabeça da minha vida e substituiu as peças por outras que não se encaixam.

Me preparei para este verão como de costume, contando os dias para a chegada do inverno na Espanha, época que minha família escapa do frio para o nosso hostel no Ceará. A promessa das águas quentes do Nordeste, a brisa insistente de Canoa Quebrada, a ausência do meu irmão mais velho, Pablo, e o sol derretendo na pele como sorvete me animavam instantaneamente.

Mal podia esperar para cantar e compor com o meu violão diante das fogueiras, desenhar paisagens no caderno, dançar reggae e beijar pessoas nos labirintos das falésias… A temporada perfeita para encerrar meu segundo ano sabático. Em vez disso, só fiquei fazendo zilhões de perguntas para as quais ainda não tenho resposta e mal me diverti desde que cheguei no Brasil.

De uma coisa eu sei: estou exausto do Matias de sempre — um Don Juan despreocupado, que só faz planos para o amanhã (e olhe lá). Quero mudar. Disse a mim mesmo que o horário do recreio acabou e esse é o verão em que vou tomar jeito de uma vez por todas.

O problema é que preciso de comprometimento para me tornar minha melhor versão. E eu me comprometo comigo como me comprometo com os outros: não o suficiente.

Vou até Rosalía e a recupero. Ela já levou caldos maiores, então está bem. Parte de mim se pergunta se eu não deveria voltar para casa. Tenho um monte de coisas para fazer no hostel, mas continuar na praia parece mais interessante com o garoto em cena.

Sobretudo porque ele é uma gracinha, minha única opção nessa terça-feira em que estou desesperado por uma distração. Pele alvíssima e roupas escuras, o chapéu jogado para trás destacando os ângulos fortes do seu rosto. Os cabelos cacheados caem despretensiosamente sobre a testa, e esse jeito marrento dele é um *perigo*.

Agora que passou à tarefa de limpar o Kindle, o modo irritado como meneia a cabeça desperta em mim um sorriso que logo se transforma em gargalhada.

O garoto põe o Kindle na ecobag e me encara com a mão na cintura.

— Que foi? — Ele arqueia as sobrancelhas. — Tenho cara de palhaço?

— Claro que não, tô só brisando aqui.

Ele revira os olhos.

— Vocês, héteros, acham que são o máximo, né? Primeiro a onda vem molhar minhas coisas, aí agora vem você rir da minha cara. Como se meu dia já não estivesse uma merda sozinho.

Hétero? Quem ele pensa que é hétero aqui?!

Falar uma bobagem dessas para me provocar é sacanagem!

Beleza, admito que as pessoas em geral presumem que sou hétero por causa do meu jeito... Mas isso não significa que eu seja. Sou bissexual, caramba! Minha família não sabe ainda, mas apenas porque eu acredito que ninguém é obrigado a sair do armário.

— Peraí, quem tá agindo como hétero é *você*, me xingando de uma coisa só porque eu não tô usando glitter e purpurina — levanto a voz, indignado, mas o garoto simplesmente vira a cara e põe os fones de ouvido.

Chega. Depois do caldo e desse desaforo, já deu. Que se foda a "ligação" que senti com ele; meu pavio para aguentar turista mal-educado é curto.

Só preciso passar na jangada do hostel onde guardei o boné, as Havaianas e uma camiseta para dar o fora. O problema é que o garoto também resolveu levantar e marcha na mesma direção. Contrariado, não tenho escolha senão seguir os passos dele, que só nota minha sombra quando estamos quase na jangada.

— Ah, pronto. — Ele bufa. — Tá me seguindo também?

Nos posicionamos um de frente para o outro, o mais perto que estivemos até aqui. A luz do sol não me deixa focar seus olhos. Quero praguejar em seu ouvido e dizer que é injusto que ele tenha a única coisa à qual jamais serei capaz de resistir: uma covinha perfeitamente esculpida no queixo.

— Não — digo apenas, distraído com a beleza dele.

— Por que não vai por outro caminho? Por que precisa andar *atrás de mim*?

Inspiro fundo para não perder o controle.

— Relaxa, o mundo não gira ao seu redor. Só vim pegar minhas coisas na jangada.

— Sei. — Ele dá um passo para trás, abrindo caminho para que eu vá na frente. — Passa logo e vai embora.

Cerro os punhos.

Ele quer guerra?

A jangada colorida pertence à minha família, está aqui para oferecer conforto aos nossos hóspedes. Até onde sei, o cara não é um Mendonza e nem está hospedado no Hippie, então, sabe, *foda-se*.

Penso em continuar batendo boca, mas só recolho meus pertences.

— A praia é toda sua, majestade — sussurro ao passar por ele.

— Maravilha, justo o que eu precisava — ele resmunga e se senta na borda da embarcação colorida enquanto me afasto. — Um pouco de paz.

Ergo o dedo do meio com Rosalía debaixo do outro braço e saio pisando duro. Definitivamente não era isso que eu tinha em mente quando decidi conversar com ele. O pior é que realmente achei que havia uma conexão. Mas tudo bem, se não consegui tudo que buscava — especialmente um beijo dele —, ao menos valeu a distração.

Poucos segundos depois, porém, o vento me traz sua voz.

— Ei, surfista! Você esqueceu seu chapéu!

Com o braço levantado, ele segura meu boné preto com uma folha de cannabis costurada na frente. O garoto transfere o peso de uma perna para a outra, batendo o pé de forma impaciente enquanto espera. Suspiro e refaço o caminho de volta.

— Joga — eu peço.

Mas ele deve gostar da tortura que pratica, porque diz:

— Não, vem pegar.

Nos encaramos até ficarmos cara a cara. Hoje é o primeiro dia da lua nova, e as águas verdes de Canoa Quebrada estão agitadas atrás dele. O reggae que toca em uma barraca próxima se mistura ao som das ondas, cada vez mais intensas. Dois buggys passam na areia, deixando rastros, mas os passageiros parecem alheios à interação entre mim e o garoto.

— Toma — ele põe o boné na minha mão, e nossos dedos se atropelam.

De repente, sua cabeça bloqueia o sol, e um halo se forma ao redor, para logo se dissipar. Vejo os detalhes que passaram despercebidos, como o colar de corda com um pingente de cristal rosa; o brinco e o piercing na orelha direita; a marca de protetor solar no nariz...

E então algo me impede de seguir em frente — ali, na minha cara, a confirmação que eu precisava —, congelando meus pés na areia.

Horas iguais

— Isso na sua camiseta é uma espiral? — pergunto para o garoto, torcendo para que ele não perceba minha voz subindo uma oitava no fim da frase.

— É. — Ele acompanha meu olhar, baixa o queixo e depois me encara novamente. — O que mais seria?

Mesmo para mim não está claro. Afinal, qual a probabilidade de eu estar pensando sobre a proporção áurea e minutos depois encontrar uma espiral estampada na roupa dele? O desenho estava ali o tempo todo, mas só notei no último segundo.

É coincidência demais para ser aleatório, e eu não acredito no acaso. O Universo está *literalmente* tirando onda comigo, testando meu nível de atenção.

Como se ouvisse meus pensamentos, o vento para. Até o mar silencia e aguarda o próximo movimento. Prendo a respiração; posso jurar que o garoto faz o mesmo, as pupilas dilatando quando ele me encara.

Acontece de uma vez:

Uma nuvem cobre o sol.

Um parapente sobrevoa nossas cabeças.

Um turista errante caminha pela praia com a caixa de som tocando "Dia clarear", da Banda do Mar.

É tudo surreal demais, e o tempo congela como num filme antes de voltar a correr.

De onde o conheço? Tenho certeza de que já o vi em algum lugar. Mas *onde*?

— É melhor eu ir? — minha afirmação sai com um quê de pergunta.

— Certo.

— Obrigado por ter avisado sobre... — Passo a língua pelo lábio inferior. — O boné.

— De nada. E desculpa por antes — ele diz tão baixinho que penso estar alucinando. — Eu não deveria ter gritado, mas...

— Relaxa, estamos de boas — eu o interrompo. — Além disso, você fica bonitinho com cara de bravo.

Ele cruza os braços.

— Bonitinho?

— Assim, você já é *bonitinho* sem toda essa marra — faço um gesto como se medisse seu corpo —, mas é um lance meu. Tenho uma queda por bad boys.

— Ah, tá. *Eu* sou o bad boy, então?

Levo às mãos ao peito teatralmente, fingindo descrença.

— Eu que não seria, né?

Com as sobrancelhas arqueadas, o garoto me examina antes de me dar as costas.

Cubro o meu sorriso. Talvez seja apenas uma impressão equivocada, mas algo mudou, não? A voz dele, a atitude... Embora continue reticente — coluna ereta, queixo erguido —, já não está tão frio como antes. Há uma rachadura no centro do seu escudo.

Ele volta a sentar na jangada e pega o Kindle.

Se essa é minha deixa para ir, por que não consigo?

— Na verdade... — tento prolongar o assunto, parando na frente dele. — Que horas são?

Quero continuar o jogo, ver até onde a conversa vai nos levar. Quero ir até o fim e, meu Deus, quero morder o lábio carnudo dele, beijá-lo contra a falésia.

Ele me olha desconfiado.

— Eu estava surfando. — Levanto o pulso para explicar. — Sem relógio.

— Você finalmente vai embora se eu falar?

— Até poderia, mas eu *moro* aqui.

As sobrancelhas do menino se juntam.

Tento me ver através da perspectiva dele: os dreadlocks castanhos que já chegam aos ombros, as pontas queimadas pelo sol; o bigode fino com cavanhaque; a pele negra que dispensa bronzeado; e os olhos claros de um tom verde-água...

Na moral, eu me pegaria demais.

— Você mora nessa jangada?

— Não, né? Moro em Canoa Quebrada.

É uma meia-verdade. Tecnicamente, passo apenas seis meses do ano na vila. Não conto de cara às pessoas que nasci na Espanha. Guardo essa informação para a hora certa; ser espanhol também tem seu charme aqui.

Ele me encara, a testa franzida. Já deve ter sacado que só estou ganhando tempo, já que liga a tela do Kindle e diz:

— São três e quinze.

— Quinze e quinze?!

Além das horas iguais — parte da linguagem secreta do Universo —, a arte da capa do Kindle dele retrata as fases da Lua dispostas em uma linha vertical, com a cheia ao centro. A tatuagem em meu peito é idêntica, só que com as luas na horizontal.

Será que ele reparou? Quero encontrar uma desculpa para tirar a camisa e comentar sobre essa conexão, mas seria um exagero até para mim.

— O que é que tem?

— Ah, nada. Só achei engraçado. — Dou de ombros, fingindo não me afetar tanto. — Li que quinze e quinze é uma mensagem dos anjos.

— Mensagem dos anjos?

Coloco o boné com a aba para trás e passo o polegar pelo lábio, sorrindo daquela maneira que pratiquei no espelho milhares de vezes e que destaca minhas covinhas. Sou um canalha mesmo.

— Sim, a promessa de uma grande paixão.

Silêncio.

O garoto pisca para mim, incrédulo, com uma das mãos ao redor do cristal rosa do colar.

— Anjos, grande paixão… — Ele faz que não, soltando o ar pelo nariz com força. — Tá me tirando, né?

— Eu acredito.

— Em anjos?

— Tô vendo um agora.

O garoto suspira.

— Você prometeu que já ia.

Eu o ignoro de propósito, partindo ao que interessa:

— Me chamo Matias. Prazer em te conhecer.

Provavelmente é a décima vez que ele revira os olhos. É como se eu marcasse mais um ponto em uma partida que jogo sozinho.

— Você não tem nada melhor pra fazer?

— Melhor do que descobrir seu nome? — Há algo em sua postura que me incentiva a continuar a conversa, um sorriso singelo que quase passa despercebido. *Quase*. Ele joga também, à sua maneira. — Acho que não.

— Eu nem te conheço, cara.

— É por isso que as pessoas se apresentam.

— Isso quando elas *querem* se conhecer, né? Não é o meu caso.

A pretensão em sua voz me deixa mais excitado. Não há nada melhor do que um cara bonito, marrento e sarcástico discutindo comigo na praia. Definitivamente top dez das minhas atividades extracurriculares favoritas.

— Mora no Ceará, *guapo*? — pergunto, mudando de estratégia.

— Fortaleza — ele responde, seco.

— É sua primeira vez em Canoa Quebrada?

— Não.

— É seu primeiro dia na praia, então?

— Meu deus, *sim*. — A resposta óbvia se desenha em sua pele intocada pelo sol.

— Fica aqui até quando?

Ele levanta a mão fazendo sinal para eu parar.

— Olha, eu não deveria ter te chamado de hétero, mas conheço o seu tipo. — Sentado na jangada, o garoto passa os olhos pelo meu corpo. — Puxando papo, perguntando a hora...

— Só estou sendo educado com um turista recém-chegado.

— Ah, claro. — Ele força uma risada. — É só isso que você quer. Abro um sorriso para ele.

— Na verdade, não. Também quero te dar um beijo.

A frase paira no ar.

O garoto tenta manter a postura. Há suor ao redor do rosto. Ele cerra o maxilar e passa a mão pelo pescoço, voltando a acariciar o quartzo rosa; me pergunto qual é a história do colar e o que significa para ele. Reparo também em como o lábio superior é mais preenchido que o inferior; nas orelhas pequenas; nos cílios escuros perigosamente longos...

— Vamos encerrar essa conversa? — Ele me desperta. Não percebo que estou flutuando até o garoto levantar o Kindle outra vez, escondendo um sorriso. — Tenho um livro pra ler aqui.

— Claro, fica à vontade.

Dessa vez, não ofereço resistência. Por mais tentador que seja continuar ali, meus pais vão para a casa da minha avó e preciso estar no hostel para assumir o posto de "chefe temporário" do Hippie, vaga pela qual batalho há tempos, além de recepcionar nossa nova voluntária.

— Só não esquece de repor o protetor solar. Vai ficar com a marca da camisa se não tomar cuidado. — Aponto para o braço dele, onde a pele branca já começa a dar sinais de irritação.

— Aham, tá bom — o garoto debocha da minha preocupação.

— Até amanhã.

— Eu não teria tanta certeza se fosse você.

Minha risada vem sem esforço.

— Veremos.

Algo elétrico percorre meu corpo enquanto me afasto da jangada, deixando o menino do Kindle para trás. A vibração vai do topo da minha cabeça à base da coluna. *Adrenalina.* Estou vivo, pegando fogo, como depois de virar um shot de tequila.

E embora ele não tenha dito o seu nome, embora eu não o tenha beijado como queria, sei que ganhei porque, antes de pegar o caminho entre as falésias que leva à vila, lanço um último olhar para a jangada.

O céu azul-anil cintila. A faixa litorânea se estende indefinidamente, a maré começa a subir e algas esparsas pincelam a areia branca. Ali, entre o oceano e a falésia nos vários tons de laranja de Canoa Quebrada, encontro os olhos dele acompanhando cada um dos meus passos.

Ao perceber meu flagra, o menino balança a cabeça e desvia o olhar. Sorrio.

O verão finalmente começou.

Um total de zero dia sem ser xingado de hétero

Em minha memória mais antiga, estou na praia.

A visão é clara, ensolarada: mamãe sentada na parte rasa da água com o longo cabelo dourado espiralando sobre os ombros. Ela usa um maiô que reluz como opalas, parecendo uma sereia mitológica. Sorri para mim de braços abertos, me incentivando a dar o próximo passo com seus intensos olhos verde-água.

‹ "*Ven, mi amor*", ela encoraja. "*Ven con mamá.*"

Ainda estou aprendendo a andar e quase tropeço em um montinho de areia. Me endireito e corro na direção dela tão rápido quanto minhas pernas permitem. Envolvo mamãe em um abraço firme e beijo seu rosto salgado; minhas bochechas afundam em seus cabelos molhados recendendo a sal marinho.

Pablo aparece na lembrança também, embora um pouco borrado. Não deve ter mais de sete anos — os mesmos olhos verdes que os meus, a pele branca tão diferente da minha, a implicância no olhar. Está dentro d'água com papai, sentado em uma prancha de surfe branca, treinando a remada sob orientação dele.

Mamãe me pega no colo e me leva aos dois. A água transparente é um pouco fria, mas não incomoda. Um cardume de peixinhos dourados foge quando passamos. Aponto a prancha, pedindo por ela como se todo o meu ser dependesse disso. Pablo faz uma careta no instante que mamãe atende meu capricho, nada feliz em compartilhar o brinquedo favorito com o meio-irmão.

E então a memória avança alguns minutos. Estou sentado na prancha, a testa franzida, concentrado. A pose é um reflexo dos meus pais, de todas as vezes em que os vi surfando, imponentes e seguros. O vento me acerta, e o mar se engrandece diante de mim, infinito. Sou um surfista campeão, um desbravador dos mares. É como me sinto, rodeado pela minha família na água, enquanto meu pai tira uma foto com a câmera que leva pendurada no pescoço.

Na verdade, nem sei se é uma lembrança real ou uma ilusão criada pela fotografia, agora emoldurada na recepção do nosso hostel. A imagem é linda. Meu pai capturou até o sorriso imprevisível de Pablo, que está com as mãos no meu cabelo e me olha como se me amasse. Mamãe também ri, e as cores, o céu, o mar azul-turquesa das ilhas Canárias — tudo se encaixa, tudo reluz como o Éden perdido.

Não importa se é uma memória real ou inventada. Eu a amo.

— É você na foto? — Lila indaga. Ela aponta para o retrato atrás de mim no balcão, e o brinco de pena em sua orelha direita balança. Eu assinto. — Que fofinho. Onde foi isso?

— Em Fuerteventura, onde eu nasci — respondo no automático. Talvez não esteja muito a fim de falar sobre o passado.

— É na Espanha, né? O outro hostel de vocês fica lá? — Ela se refere ao Hippie Corralejo, aberto em 2005. O Hippie Canoa só surgiu dois anos depois, quando eu tinha sete anos, mas é o nosso xodó. — Acho que vi algo assim no site.

Lila me bombardeia com perguntas desde que chegou. Tem vinte e dois anos, se formou recentemente em história e é de Rondônia. É alta e simpática, com trança nagô e pele negra em um tom acobreado parecido com o meu. Mais cedo, mostrei a ela seu novo quarto compartilhado com os voluntários e expliquei a maioria das tarefas. Agora só estamos esperando que o resto do pessoal apareça para sairmos e darmos as boas-vindas de verdade a ela — o que significa, provavelmente, beber noite adentro e jogar conversa fora.

— Sim, nosso outro hostel fica em Corralejo. Ótimo lugar para surfar também.

— Porra, que massa. Deve ser legal morar em dois países diferentes e estar sempre viajando — Lila comenta. — Onde você prefere? Ou não tem um lugar favorito?

Eu escuto a pergunta, mas não consigo me concentrar. Estou aéreo desde o encontro com o menino na praia. E ainda teve o ultimato que meus pais me deram antes de irem para a casa da minha avó com Melissa, minha irmã caçula. "Já passou da hora de termos uma conversa definitiva, *hijo*", mamãe disse.

A "conversa definitiva", na verdade, é um pretexto para colocarmos meu futuro em pauta. Papai queria que eu fosse para a universidade, e mamãe que eu seguisse carreira profissional com o surfe. Já eu não quero nenhum dos dois.

No fundo, estou morrendo de medo. E se não me apoiarem? E se pensarem que estou apenas desperdiçando minha vida? Pior: e se quiserem que eu seja mais como Pablo, o filho prodígio e sensação internacional do surfe?

Eles sabem do meu plano de não voltar à Espanha em abril, por isso sinto que me testam desde que chegamos a Canoa Quebrada em novembro. Quantidades homeopáticas de responsabilidade, colher por colher. Não acho que vão se opor — embora às vezes penso que vão se decepcionar comigo. Que não darei o orgulho que esperam.

Não estou acostumado a me sentir ansioso.

É estranho.

Me pega desprevenido.

Por um momento, quero mandar tudo à merda, pegar minha prancha e cair de novo no mar. O oceano sempre me protege quando o resto está prestes a explodir.

Peço licença a Lila e vou até o dormitório da equipe no fim do corredor. Abro a porta com tudo e encontro os quatro atuais residentes do Quartinho Azul — assim batizado por ser, bem, totalmente azul — conversando empolgados.

O Hippie tem quatro dormitórios e três quartos privativos, cada um com uma cor diferente do arco-íris. Localizado pertinho da praia, é um espetáculo: dois andares, a madeira branca da fachada pintada com desenhos coloridos que à noite reluzem em luz neon. Uma prancha de surfe laranja fica exposta acima da porta principal, com o nome "Hippie Hostel" escrito em uma fonte arredondada. No topo da construção há uma escultura do símbolo da paz, o círculo com as três linhas internas iluminado por um holofote.

Nossos dois hostels incorporam o melhor do surfe e da paixão de mamãe pela psicodelia hippie. O resultado é o lugar mais alto-astral e acolhedor do mundo.

Quando me veem, os quatro fecham os olhos e fingem cochilar na maior cara de pau. Canalhas.

— Eu sei que vocês não estão dormindo — digo.

Otávio, meu melhor amigo e o membro mais antigo da equipe, solta um ronco de mentira. Ele está na cama de cima do beliche à minha frente, enrolado até o pescoço com um lençol amarelo, o pé direito descoberto pendendo pela beirada.

— É sério? — Reviro os olhos. Nenhuma resposta além de mais barulhos falsos. Pego um travesseiro na cama que agora pertence a Lila, logo abaixo de Otávio. — Meus pais saíram há menos de duas horas e vocês já estão fazendo gracinha?

Ponho a mão na cintura em uma pose que deveria exalar autoridade enquanto a outra segura o travesseiro, pronto para a batalha.

— Vou contar até cinco.

Espero uma reação deles, qualquer coisa. Nada acontece. Exceto pelo barulho do ar-condicionado e das respirações, o silêncio é completo.

Conto em voz alta. No cinco, o caos se instala. Otávio dá um pulo da cama, fazendo careta ao empunhar o travesseiro e jogá-lo em mim com força. Zayn, o instrutor marroquino de kitesurfe com os olhos mais castanhos que já vi, sorri e arremessa o próprio lençol em Hümi, a kitesurfista alemã que constrói uma espécie de barricada ao lado de Amanda, sua namorada e também voluntária recém-chegada ao hostel.

O conflito escala no instante em que Hümi e Amanda formam uma aliança com Zayn e passam a mirar em mim e Otávio, que se encontra desarmado.

— Traidores! Pensei que a gente estivesse junto nessa! — Otávio reclama, quase choramingando.

— Você foi corrompido pelo inimigo! — Amanda rebate.

O minuto seguinte passa entre risadas, gritos e xingamentos, travesseiros voando pelo quarto. Quando acaba, estamos ofegantes. Batimentos acelerados, suor na testa, almofadas e lençóis retorcidos. Cinco jovens se divertindo em um verão descomplicado.

— Bora, precisamos apresentar Canoa pra Lila — eu chamo.

— E quem vai ficar na recepção? — Amanda questiona, enrolando um fio de cabelo no dedo.

Merda. Não pensei nesse detalhe.

— Eu meio que... — Coço a nuca. — Posso ter esquecido disso.

Porra, como vou dar conta de gerenciar um hostel inteiro se não me lembro nem de deixar alguém na recepção antes de dar uma saída?

— Vou te dedurar pros seus pais, Matias. — Otávio pega no meu pé de propósito.

Assim como a maioria dos voluntários no nosso hostel, ele também chegou até nós pelas plataformas que trocam trabalho por hospedagem e alimentação, quatro anos atrás.

Otto (apelido que dei a ele) amou tanto a experiência no Hippie que voltou em todas as férias desde então.

— Vai nada.

— Descola aí cinquenta reais que fico calado.

— Também troco meu silêncio por dinheiro. — Amanda dá uma pirueta com o vestido colorido rendado. Ela é de São Paulo, e sua família tem origem japonesa. É gorda e baixa, com cabelo preto comprido, a pele superbronzeada depois da temporada no Ceará.

— Ué, pensei que você fosse anticapitalista.

— Eu sou, fofo. Mas vocês já exploram bastante nossa mão de obra. — Ela dá uma piscadela. — E aí, quem vai ficar?

Olho ao redor, esperançoso.

— Alguém se voluntaria?

— *You're the boss now* — Hümi diz, sarcástica.

Ela entende e até arranha um português básico após dois anos no Hippie, mas em geral prefere responder em inglês. Amanda, por sua vez, quer treinar o segundo idioma, então combinamos todos de fazer um pacto de intercâmbio linguístico. É legal, apesar de às vezes virar uma torre de Babel.

Olho para cada um deles. Hümi esconde o rosto atrás de Amanda, e Otávio vai de fininho até o seu armário, como se a conversa não fosse com ele.

Zayn é o único que não foge.

— Eu posso... — Ele me dá um de seus sorrisos sinceros. — Ficar, no caso.

— Você é o melhor, Zayn! — Beijo a bochecha dele, que fica vermelho.

Amo quando fica tímido.

Zayn é de Agadir, no Marrocos, mas se mudou para Genebra na infância, após um acidente de moto. Os médicos precisaram amputar sua perna direita, e ele usa uma prótese adaptada para surfar e participar de campeonatos profissionais. É um dos melhores kitesurfistas e instrutores que conheço, fazendo manobras impossíveis ao vento e dando aulas de surfe para viajantes com e sem deficiência que nos visitam.

O português de Zayn é carregado de um sotaque gostoso, mistura de árabe e francês. Ele é lindo, com sobrancelhas grossas e pele marrom-clara reluzente. Fiquei com um crush gigante ao conhecê-lo no hostel da Espanha, mas não rolou nada entre a gente. Não porque eu não quisesse, mas sabe como é, evito me envolver com membros do staff.

Agradecemos Zayn falando a primeira palavra em árabe que ele nos ensinou, *shukran*, que significa obrigado. Quando saímos do Quartinho Azul e voltamos para a recepção, Lila está folheando um panfleto com informações turísticas.

— Lila! — Otávio passa o braço ao redor do ombro dela, onde há uma tatuagem de beija-flor. Parecem amigos de longa data, mas esse é o Otto. Aposto que faria amizade até com um reptiliano. — Desculpa a demora. A gente tava debatendo como seria sua primeira noite.

— Ah, é? — Lila entra na dele. — E o que decidiram?

— Você vai *amar*. Preparada pra arrasar em Canoa?

Depois do pôr do sol, turistas saem das praias e vão curtir Canoa Quebrada na Broadway. A principal rua da vila não tem espetáculos famosos em cartaz nem a opulência nova-iorquina, mas o charme rústico e praiano deixa tudo com ares de paraíso tropical.

Bares, lojas de roupas e suvenires, restaurantes, mercadinhos, pousadas e um ou outro prédio residencial se enfileiram nas duas vias da rua, com artistas oferecendo tatuagem de henna, rodas de capoeira, números musicais e malabares.

Nós cinco nos apertamos em um banquinho de madeira no meio da Broadway. Eu toco violão e nosso segundo vinho da noite passa de boca em boca. Canto alguns reggaes com Amanda me acompanhando nos vocais, parando apenas quando Otto acende um verdinho discretamente. É uma noite abafada, dessas que precedem chuvas torrenciais. O céu nublado oculta as estrelas; suor escorre pela minha testa.

Estou entre Amanda, que senta no colo de Hümi, e Otávio. Lila, na ponta, gira a garrafa entre os dedos. Assim como o restante do grupo, já se soltou. Seus olhos estão vermelhos, e ela fica linda brisada. Isso ou talvez eu tenha uma leve queda por maconheiros.

— Seu primeiro dia tá sendo legal? — pergunto a ela, cobrindo o violão com a capa e o deixando escorado no banco. — Espero que a gente não tenha te assustado.

— Até parece. Tá incrível.

Lila tem o brilho de quem vive na estrada há um bom tempo. Ela narra suas aventuras desde que saiu de Porto Velho quatro meses atrás, parando no Jalapão e em Jeri. Em seguida, cada um conta um pouco de como chegou ao Hippie em um emaranhado de sincronicidades.

— Eu tinha começado um voluntariado em Búzios — diz Amanda —, mas não tava curtindo. Conheci uma menina que vinha de Canoa e me apaixonei pelas fotos que ela mostrou. Decidi vir. Foi a melhor decisão que tomei.

— *Just because you have found me, baby*. — O sorriso de Hümi é genuíno, as sardas no nariz brilhando sob a luz do poste como se desenhadas à mão.

Desde que a alemã começou a trabalhar no hostel como instrutora de kitesurfe, a modalidade que mais faz sucesso em Canoa Quebrada, nunca a vi tão feliz.

Amo o dia em que começaram a ficar. Amanda convidou Hümi para cantar "I Kissed a Girl" em uma das nossas noites de karaokê, e no final ficamos insistindo para que se beijassem. Quer dizer, ninguém *precisou* insistir. Só incentivamos, batemos palma, e pronto: língua para todos os lados. Assim surgiu o primeiro casal da Temporada de Verão 2021.

— Descobri o Hippie quando acabei a faculdade — Otto diz para Lila. — Comecei a trabalhar na redação de um jornal, mas larguei tudo e vim buscar inspiração para o meu primeiro romance.

— Você tá escrevendo um *livro*? — Lila se espanta. — Cara, que demais. Nunca conheci um escritor antes. Sobre o que é a história?

Otto se empolga.

— Ah, é uma vibe de verão envolvendo surfe, hostel e romance entre meninos. — Ou seja, basicamente sua vida. — Ainda estou tentando encontrar a direção certa, mas algumas passagens já estão bem definidas. Corações partidos gays. Cenas picantes gays. E surfistas definitivamente gays se beijando. — Ele ergue um dedo para cada item citado.

Caímos na risada.

Dois anos mais velho que eu, Otto é uma parada do orgulho em tempo real. Boa parte da identidade dele, do que gosta e como se veste, é sobre a comunidade; uma verdadeira explosão de arco-íris e referências que transformaram Otto na minha diva pop favorita.

Há uma memória em especial: Otto, na primeira festa de reggae em que o levei, beijando um garoto na frente de todo mundo. Eu tinha dezessete anos e a imagem me marcou, sobretudo por estarmos em um ambiente predominantemente hétero. Havia um desafio na atitude dele que era quase… *revolucionário*. Otto não se apagaria para caber. Não tinha vergonha.

— Sou uma inspiração pra você? — brinco com ele agora, e dou um gole no vinho. O vento balança os cabelos loiros de Otto. — Considerando que sou surfista e gostoso, claro.

Meu amigo revira os olhos.

— Então, até poderia, mas você é gay?

Coloco a mão no queixo, fingindo pensar a respeito.

É uma piada interna. O Hippie é o lugar mais colorido que se pode achar em Canoa Quebrada. Em nosso site, fazemos questão de deixar claro que somos um ambiente seguro para pessoas LGBTQIAP+. É por isso que sei que Otávio é gay, Zayn é pansexual, Amanda é lésbica e Hümi é bi.

Eles só não sabem ainda como me defino e adoram pegar no meu pé por isso.

— Poxa, não foi dessa vez. — Faço beicinho. — Mas valeu a tentativa.

Otto se vira para Lila com um sorriso malicioso, os olhos azuis brilhando. Sei o que vem em seguida.

— O Matias é hétero — ele brinca, e lá vamos nós de novo.

Estamos há um total de *zero* dia sem ser xingado de hétero.

— Ei, que pesado! Também não é pra tanto.

— Sei que tem sido cada vez mais difícil pra vocês, héteros... — meu amigo continua. — Rola muita pressão da sociedade pra todo mundo ser gay, mas a gente respeita sua *opção* e está com você pro que der e vier, tá? Fica tranquilo.

Em geral, a conversa terminaria aqui. Eu faria uma piada sobre como heterofobia é "crime" e que Otto não tem lugar de fala por ser um branco padrão, arrancaria risadas e esqueceria o assunto. Mas hoje sinto um impulso diferente.

Tomo o vinho da mão de Otávio e dou um gole.

— Aproveitando que a gente tem uma voluntária nova na área, e só porque eu quero que esse verão seja especial... — baixo a voz, forçando os quatro a se inclinarem para me ouvir melhor. — Preciso contar uma coisa.

Otto coça a cabeça, sério.

— Desculpa atrapalhar, gente, mas isso é uma cena de saída de armário?

Amanda o faz calar a boca com um soquinho, segura a minha mão e me lança um olhar encorajador.

Abro um sorriso.

— Então, tipo, o lance é que eu sou bi. Meus pais ainda não sabem, quero contar na hora certa.

As reações no círculo vêm todas de uma vez:

— FINALMENTE! — Otto exclama.

— Tão lindinho se assumindo! — Amanda aperta minhas bochechas.

— *It was about time, dude!* — Hümi sorri. — *I always felt such a bi energy coming from you. Welcome to the glorious B, bitch!*

— Eu acabei de chegar, então tô amando fazer parte desse momento, principalmente por ser bi também — Lila diz, e no segundo seguinte estamos enrolados em um abraço coletivo no meio da Broadway, chapados e bêbados com alguma música da Shakira tocando na caixinha de som de um turista que passa pela rua.

A vida nesse momento parece simples e leve como a brisa de Canoa Quebrada bagunçando nossos cabelos.

A culpa é do destino

O mar o traz até mim novamente uma semana depois.

Dessa vez, o menino do Kindle está preparado para o dia na praia. Em vez da canga, carrega uma cadeira de plástico e um guarda-sol laranja e rosa. Como se me provocasse, vai até o ponto onde nos conhecemos, perto da jangada do Hippie com o símbolo de Canoa Quebrada — uma estrela dentro de uma lua crescente — desenhado no paredão da falésia.

Da água, eu o vejo concluir o ritual como em stop-motion: armar a cadeira, abrir o guarda-sol, sentar, tirar o chapéu, gravar um vídeo rápido com o celular, passar um pouco mais de protetor solar no rosto, pegar o Kindle na ecobag e conectar os fones de ouvido.

Então ergue o rosto. Tenho certeza de que me procura — os olhos vagueiam pelo horizonte, e, ao me avistar, o pescoço se inclina para a esquerda, em reconhecimento. Não vejo seus lábios, mas imagino que sorriem para mim ao retornar ao maldito livro.

Nos dias seguintes ao nosso encontro, voltei à praia religiosamente, arrumando desculpas para sair do Hippie com Rosalía assim que o relógio dava duas e meia da tarde, independentemente da tábua da maré. Mas nada.

Se não o via na praia, tinha esperanças de encontrá-lo na rua, comendo com a família em um restaurante na Broadway ou fazendo compras no supermercado. Até instalei o Grindr e o Tinder só para ver se o achava com algum nickname esquisito procurando curtição, mas nem sinal. Com o passar dos dias, me convenci de que o garoto havia ido embora de Canoa Quebrada.

Só consegui tirá-lo da cabeça após transformá-lo em arte. É a primeira vez que esboço algo novo no meu caderno de desenhos desde outubro do ano passado. De repente, ali estava: o rosto dele surge onde a ponta do lápis encontrava o papel, a lembrança daquela tarde, a mistura de cloreto de potássio e açúcar explodindo em mim.

Agora que ele voltou, mal posso esperar para mais uma rodada do nosso jogo de cão e gato.

Salto da prancha e mergulho na água morninha. É a melhor diferença entre o Ceará e a Espanha, mesmo em paraísos como Fuerteventura: o mar é bem mais quente aqui, uma delícia.

Nenhum caldo me atrapalha dessa vez e pouco depois já estou no raso. Vou à jangada e pego meu celular. Então, me aproximo dele. Sem o chapéu, vejo o corte com degradê dos lados e riscos na nuca, os cachos concentrados no topo da cabeça. A sombra do guarda-sol brinca com as feições dele, tornando seu rosto mais angular. Ele também está rosadíssimo. Nem o excesso de protetor solar esconde a vermelhidão em suas bochechas; devcria ter escutado meu alerta.

Ergue as sobrancelhas e bufa quando me vê chegar. A camisa com o desenho da espiral foi substituída por uma regata preta.

— E aí, *guapo* — digo. — Você voltou. Tudo bem?

Nossos olhos se estudam. Ali, na dilatação sutil das pupilas, *percebo*. Ele não esperava o reencontro. Mas o sorriso traiçoeiro em seus lábios, contido antes de se tornar plenamente visível, me faz acreditar que *torcia* por isso.

Deito Rosalía com cuidado na areia e sento ao lado dele. De pernas cruzadas na cadeira, o menino é mais alto que eu. A parte frontal do pescoço foi esquecida pelo sol, mais branca que o restante da pele.

Eu poderia dizer qualquer outra coisa, mas é isto que escolho para quebrar o silêncio:

— Por que você me odeia tanto?

O efeito é imediato. O garoto se empertiga.

— Eu não te odeio — diz, levantando o Kindle. Tinha esquecido sua voz, a textura macia. — Só quero ler meu livro.

— É? Só isso?

Ele bufa de novo.

— Você estava rindo de mim quando a gente se conheceu.

— Ei, foi um mal-entendido!

— Aham. — O garoto passa a mão pela lateral do rosto. — Sempre é, né?

Algo na maneira cansada como responde me faz baixar a voz:

— Já aconteceu antes?

Ele inspira fundo.

— Você se surpreenderia.

Sinto um aperto no estômago.

Eu o observo. Tento encontrar o que há para ser zombado nele e falho. O garoto é lindo, dos cabelos desgrenhados até os lábios vermelhos que eu adoraria beijar. Meus dedos formigam para desenhá-lo — o nariz arredondado, a orelha pequena e pontiaguda, a sobrancelha formando um arco… Suas feições imploram para serem imortalizadas em arte, na *minha* arte.

Eu deveria dizer isso a ele, mas paro antes que as palavras saltem da minha língua. Apoio os cotovelos na areia.

— O que é esse aparelho na sua mão?

O menino vira todo o corpo para mim, em choque.

— Nunca viu um Kindle?

— É tipo um tablet?

— Onde você viveu nos últimos anos? Em uma caverna? — Ele mexe a cabeça, desapontado. — É um leitor digital.

— Ah, então tem livros aí dentro?

Ele pisca umas cinquenta vezes até entender que é uma provocação.

— Você não tá falando sério.

— Nada. Só puxando papo contigo, anjo.

Paro a língua no canto da boca, sorrindo. Ele coloca as mãos nos olhos e expira.

— Por que eu tô perdendo meu tempo contigo?

— Algumas pessoas diriam que perder tempo comigo é um privilégio.

— Até aí, algumas acharam que votar no Bolsonaro seria uma boa ideia...

Fico de queixo caído.

— Tá me comparando ao *Bolsonaro*?

— Você é mentiroso, viciado em atenção... — Ele dá de ombros. — Então acho que sim.

— Meu Deus, isso é pior do que ser chamado de hétero.

Uma pequena lua desponta em seus lábios. É incapaz de disfarçar a satisfação.

— Tá certo, desculpa. Ninguém merece ser comparado com Bolsonaro, nem mesmo você.

— Viu? As coisas já estão melhorando entre a gente — digo, voltando a sentar, dessa vez mais perto, de propósito. — Aposto que sou muito mais interessante do que os personagens dos livros que você lê. Pelo menos sou de carne e osso.

— E muito mais barulhento também.

— É que você não está ouvindo o audiobook.

Uma gargalhada explode dele. O garoto abraça os próprios joelhos e esconde o rosto. É a primeira vez que o escuto rir assim, livre. Me junto a ele, compartilhando a leveza do instante. Deixamos para trás o peso que nos impedia de navegar em alto-mar.

Enfio os dedos na areia, sentindo-a se esfarelar ao toque. Uma família com um bebê chorando passa pelas margens da água; o pai entoa uma canção para acalmar a criança. À direita, dois parapentes brincam no céu, ziguezagueando ao vento; por medo de altura, nunca saltei. O turista em um dos voos grita e acena para a gente, incapaz de se conter. Aceno de volta, e, ao encarar o menino, a verdade me escapa.

— Achei que tivesse te perdido — murmuro. — Quando não voltou à praia... Fiquei te esperando.

O tempo se arrasta enquanto aguardo uma resposta.

— Ficou? — ele diz, baixinho.

— Todos os dias. Por você.

Ele franze os lábios.

— Por que eu deveria acreditar?

A cautela, o distanciamento, a escolha das palavras... Quem é ele de verdade? E por que não consigo impedir meu coração de bater mais rápido?

— Porque é verdade. Não consegui parar de pensar em você.

Os olhos castanhos dele se derramam em mim e focam a tatuagem acima do meu peito.

— Sua tattoo — o garoto diz com um meio sussurro, movendo a mão para tocá-la.

Prendo o ar. Antevejo o contato, os dedos na pele, o formigamento cálido, mas isso nunca ocorre, já que ele desiste na metade do caminho ao se dar conta do próprio lapso.

Me forço a respirar novamente.

— Gosta?

— É linda, igualzinha ao desenho na capa do meu Kindle.

— Estava esperando você notar.

Outra troca de olhar intensa. O tempo se desdobra entre nós, a eletricidade estala nessa conexão viva, quente, real demais para ser ignorada.

Quero perguntar se ele percebe os sinais, se acha a coincidência engraçada. A tatuagem. A capa do Kindle. Este local na praia. Para mim, o mar e as luas nos conectam. Dizem: *talvez vocês estejam destinados a se conhecer. Talvez devessem se conhecer.*

— Me conta alguma coisa sobre você — eu peço, me surpreendendo com a ânsia na voz. — Qualquer coisa. Para eu lembrar quando você não voltar mais à praia.

Isso desperta a curiosidade dele. A perpétua linha no meio das sobrancelhas se acentua. Penso que vai me ignorar outra vez. Ele pisca, morde o canto do lábio, pisca outra vez e, finalmente, solta, com um suspiro:

— Tenho medo da água. — O sol encontra uma brecha para roçar seu rosto. — Quando tinha oito anos, me afoguei em um rio.

Não percebi que a correnteza era forte e não consegui nadar de volta. Fiquei sem fôlego e fui afundando, nem podia gritar. Lembro de abrir os olhos dentro d'água e pensar que ia morrer sem nunca ter vivido. Por sorte meu tio viu e me salvou.

— É por isso que você não entra no mar?

Ele assente num gesto delicado; reparo, pela primeira vez, em como seus tornozelos são finos.

— Amo ficar na praia e escutar o barulho do mar, mas esse medo é algo que não consegui superar ainda.

Olho para onde as ondas arrebentam.

— Para mim, o mar é família. Posso contar tudo a ele e ter certeza de que estarei a salvo. — A atenção firme do garoto me incentiva a seguir. — Minha mãe era surfista profissional, eu cresci viajando.

— Desculpa, mas você não é brasileiro, é? — Ele parece envergonhado da própria curiosidade. — Tem algo no seu sotaque. É sutil, mas...

— Sou parte espanhol. Meus pais são caçadores de verão. Depois que a temporada termina na Espanha, voltamos ao Brasil, e vice-versa. Então o mar é minha única constante, o único amigo que não fica para trás. E mesmo que nenhuma praia seja igual à outra, no mar me sinto seguro.

Uma pausa.

— Parece... solitário.

— Às vezes. — Viro para ele. — Você já se sentiu assim?

— Acho que todo mundo, em algum momento... — Ele encolhe os ombros. — Mas que bom que você tinha o mar. Alguns de nós não têm nada.

Uma lufada forte do vento faz o guarda-sol tremer; precisamos segurar o cabo para impedir que seja levado. Nossos dedos se esbarram no caminho. Outra vez, nos encaramos. Mantenho a pressão do contato entre nossas peles.

— *Guapo*, não precisa se contentar com o nada — sussurro. — Pode me ter agora, se quiser.

Ele desvia o olhar e rompe nosso elo momentâneo.

Em sincronia, tomamos consciência da vulnerabilidade daquela conversa. Nos afastamos. Primeiro, alguns centímetros. Depois, um oceano. Cada um foca algo diferente — os parapentes, os surfistas, os vendedores ambulantes pela praia.

Ninguém diz nada. O silêncio é cruel.

— Bom, tô indo nessa. — Me levanto abruptamente com uma vergonha inexplicável.

— Ah. — Ele dá de ombros, recoloca o chapéu de palha e liga o Kindle. — Tá bom.

Estou imaginando coisas ou ele ficou decepcionado?

— Escuta — digo, forçando-o a olhar para cima. — Você ainda não me disse seu nome.

— Talvez eu não queira, Matias.

Matias.

Ele lembra.

— Beleza, foi bom te ver de novo. — Pego Rosalía. Avanço na praia, mas algo em mim se arrepende. Volto atrás. Eu não deveria ir embora. Deveria ficar aqui, tentando descobrir suas histórias e sonhos, os medos que não ousa contar a ninguém. Nem me reconheço mais. — Aparece aqui outro dia. Surfo sempre nesse mesmo horário, se quiser... conversar. Ou finalmente me beijar.

O garoto levanta as sobrancelhas com impaciência, mas consigo arrancar um último sorriso dele.

Isso me acalma. Estendo a mão em uma nova tentativa. Ele a avalia antes de apertá-la. A pele macia não me prepara para a firmeza do contato, tampouco para o curto-circuito que desencadeia em mim. Sou feito de um milhão de peças de dominó enfileiradas, todas desmoronando ao toque dele.

Desta vez, realmente o deixo para trás.

No entanto, meu nome ecoa nos paredões das falésias quando já estou a alguns metros de distância. Me viro. O vento leva o chapéu de palha para trás da cabeça do garoto, formando uma auréola.

— Meu nome é Júlio.

Eu entendi, mas coloco a mão na orelha e finjo não escutar por causa do vento.

— O que você disse?!

— É JÚLIO! — ele grita. — Meu nome é Júlio!

Aceno. Sorrio. Sigo em frente. Sinto uma urgência de tirar o celular do bolso e olhar a hora.

São 15h15 outra vez.

Universo ou algoritmo?
Eis a questão

Júlio está em Rosalía comigo. O céu é violeta, sem nuvens. Surfamos juntos, meu corpo abraçando o dele, protegendo-o. O mar está calmo; é como se fôssemos uma extensão do vento: vejo as falésias, o contorno da cidade, os cataventos da eólica. Sinto sua bunda na altura dos meus quadris, nossos braços se tocando.

— Vou te ver outra vez? — pergunto, minha boca no espaço entre o ombro e a orelha de Júlio.

— Você está me vendo agora — ele responde com uma risada.

— Mas não estou te beijando.

Antes que os lábios dele avancem nos meus, sou empurrado. O mundo parece virar do avesso. O céu já não é mais violeta, mas um cinza quase vulcânico. E ali, se movendo veloz, há um tsunami.

É gigante e incontrolável. Forte demais.

Caímos.

Estamos na água congelante, lutando para nos manter na superfície. Uma tempestade nos abate. Pingos pesados de chuva nos atingem. Júlio submerge, o mar furioso o levando para longe e partindo Rosalía ao meio.

— Matiaaas! — Escuto sua voz sufocada ecoar por todos os cantos. E grito seu nome, também. Várias vezes. "JÚLIO! JÚLIO! JÚLIO!" Mas não o vejo. Ele não está em lugar algum.

Júlio desapareceu.

— *DIOS MÍO, MATIAS, DESPIÉRTATE!* — A voz estridente da minha irmã me traz de volta à realidade. Quando abro os olhos, o rosto de Melissa paira exatamente acima do meu, os cabelos cacheados caindo em cascatas.

— Mel, que susto! — digo com a voz grogue e o coração descompassado. Ainda me sinto no pesadelo. Ainda procurando por Júlio na tempestade, vendo seu corpo desaparecer na água escura. — Aconteceu alguma coisa?

— O que *não* aconteceu, Má — Melissa se queixa, sentando ao meu lado e mudando do espanhol para o português.

Eu a observo de soslaio. Ela está brava comigo, a testa franzida e os braços cruzados, o que, honestamente, só me faz sorrir. Mel é doce mesmo emburrada. Com batom rosa, várias pulseiras coloridas e gargantilha de búzios, é a mais nova da família. Aos catorze anos, é baixinha, com a pele marrom-clara e o mesmo rosto oval e olhos verde-água da nossa mãe.

Por trás de seus ombros encurvados e do olhar inocente, minha irmã esconde um soprano lírico impecável. A voz dela alcança notas altas com facilidade, e música é o que nos une. Perco as contas das vezes em que Mel vem ao meu quarto para treinar ou apenas para experimentarmos canções diferentes, criar melodias e gravar covers juntos para os seus perfis nas redes sociais. Papai e eu até a inscrevemos para a nova temporada do *The Voice Kids*, mas a gente ainda está esperando resposta.

— Você sabe que eu não funciono quando acordo. — Bocejo e coloco as mãos sobre os olhos.

Melissa escancarou a janela do quarto: está insuportavelmente claro e as folhas dos coqueiros que rodeiam o jardim farfalham com o vento.

— São quase duas da tarde, seu preguiçoso. Mamãe mandou te acordar.

— *Duas?*

Depois do almoço, tirei uma soneca e acabei dormindo pesado. De manhã, quando chegaram da casa da vovó em Aracati, meus pais marcaram nossa reunião para a uma e meia. É a esperada conversa definitiva para entender como trabalharemos juntos no Hippie a partir de agora. Nada legal começar a nova fase com um atraso.

Pulo da cama, quase escorregando em uma bermuda jogada no chão, e vou direto para o banheiro. De frente para o espelho, prendo os dreads bagunçados e dou tapinhas na bochecha para acordar enquanto lavo o rosto.

— Matias — Mel pigarreia —, não tá esquecendo nada?

Enfio a cabeça no quarto com a escova de dentes na mão.

— Talvez?

Melissa me lança o olhar mais letal do mundo e eu volto para a pia.

— Você prometeu que a gente ia gravar conteúdo hoje, lembra?

— Pode ser depois?

— O melhor horário de postar vídeo é às cinco, Má! O algoritmo tá flopando tudo que posto e eu já tô, tipo, há uns seis dias sem conteúdo novo. Isso é o equivalente a estar morta na internet.

Talvez ajudar Melissa com o TikTok não tenha sido minha ideia mais inteligente.

— A gente grava mais tarde, Mel. Tô atrasado.

— Atrasado pra reunião ou pra ver o Júlio?

Cuspo toda a espuma da pasta de dente no espelho.

Não contei a ninguém sobre o garoto. Melissa só pode ter encontrado a ilustração no meu caderno. Essa hipótese é absurda; não havia nem sequer o nome dele no desenho. Mel é xereta, mas, que eu saiba, nunca mexe nas minhas coisas sem permissão.

Fico calado por alguns segundos. Quando finalmente saio do banheiro, abro um sorriso despreocupado enquanto pego uma camisa branca de botões na arara.

— Eu não conheço nenhum Júlio — minto.

— Certeza?

— Óbvio. Eu lembraria, né?

Melissa revira os olhos.

— Nossa, você mente mal pra caramba. Quando entrei no quarto, não parava de repetir o nome dele. Era Júlio pra cá, Júlio pra lá...

— Ah, tá. Até parece que falo dormindo.

Mel me fita com desdém. Às vezes, é difícil assimilar que a irmã que carreguei nos braços já é uma adolescente cuja única missão é destruir a minha vida.

(Exagerei. No geral, Mel é um amor.)

— Então, quem é o Júlio? — ela insiste.

— Já disse que não conheço nenhum Júlio.

— Corta essa. — Melissa para e abre um sorriso inocente. — O Júlio é o seu… namorado?

Na boa, que porra é essa? Papo reto agora. Fumei um baseado estragado ou minha irmã realmente me perguntou se tenho um *namorado*? Ela poderia ter questionado se Júlio era um amigo ou algo assim, mas não. Melissa escolheu logo *namorado*. Pelo visto, a única pessoa achando que sou hétero ultimamente é Júlio.

Quando foi que Melissa me viu "namorando" alguém, aliás? Ela deveria saber que eu não namoro, nem Júlio, nem ninguém. Sob hipótese alguma esse lance de namoro é pra mim.

— Agora não é uma boa hora, a mamãe vai me matar por chegar tarde na reunião.

— Olha, não precisa ficar ofendidinho. Não é nada de mais se ele for seu namorado — Mel continua. — Pelo amor de Deus, a gente tá em 2021, sabe? Eu sou fã do Jão. É até legal, na verdade. Outro irmão hétero seria uma morte horrível.

Isso está *realmente* acontecendo.

Eu suspiro.

— Ele não é meu namorado.

— Para de graça e conta logo como foi que vocês se conheceram!

É uma batalha perdida. Simplesmente desisto de resistir.

— A gente se conheceu na praia outro dia. Mas, Mel, ele não é nada meu. A gente mal se falou.

Ela arregala os olhos e morde os lábios, incapaz de conter a empolgação.

— Matias, quando exatamente foi isso?

— Quase duas semanas atrás — respondo. — Por quê?

— AI, MEU DEUS! Então era você mesmo! — ela grita, cobrindo a boca e pulando no meu colchão. — Não acredito que você está saindo com o JÚLIO ANDRADE!

— Garota, sai de cima da cama e me explica o que tá acontecendo?

Mel joga um travesseiro na minha cara.

— Você tá pegando o Júlio Andrade, aquele influencer de viagens que eu já te falei! Até te mostrei um vídeo dele! Ele é perfeito e, tipo, postou um story na praia e você apareceu surfando com a Rosalía no fundo! Eu não tinha certeza que era você, porque tava longe, mas agora faz sentido! Você tá namorando um famoso!

Ela sorri diabolicamente quando questiono a veracidade da fofoca. Não que desconfie dela, mas quais são as chances de ser real?

— Aqui — Melissa diz depois de tirar o celular do bolso e esfregar o perfil com cento e tantos mil seguidores bem na minha cara. — É ele? Esse é o seu Júlio?

Mel clica na última postagem do Instagram e eu pego o celular para ver melhor. Lá está: Júlio com o chapéu de palha que imediatamente reconheço, na proa de um veleiro, sorrindo enquanto segura uma bebida rosa. As águas azuis cristalinas de Arraial do Cabo e o verde da vegetação costeira cintilam ao fundo. O vento sopra o cabelo cacheado dele, que está com a mesma regata preta do nosso primeiro encontro na praia, a espiral desenhada no centro.

— Puta merda — murmuro.

Minha irmã passa o braço em volta do meu ombro.

— Eu te disse!

— Há quanto tempo você segue ele?

— Uns meses já. Ele é o cara naquele TikTok fazendo bungee jump em Fortaleza que eu te mostrei e você achou da hora.

— Como eu ia reconhecer? Ele tava de capacete no vídeo, Mel!

Ela toma o celular da minha mão.

— Tanto faz. Você vai ver ele de novo, né?

— Claro.

Não sei por que menti. Talvez por não querer arrancar o brilhinho no olhar de Melissa, ou talvez porque realmente acredite que Júlio e eu voltaremos a nos encontrar. Afinal, ele me disse seu nome. E a conexão... a conexão é inegável.

— Ai, que demais! — a voz dela sobe algumas oitavas. — Eu nem consigo acreditar que isso tá acontecendo mesmo, meu irmão namorando o influencer que eu gosto. Agora me conta, vocês já se beijaram?

Dou uma risada. Desisto de corrigir que Júlio não é meu namorado.

— Você pode, por favor, me lembrar por que eu tô tendo essa conversa contigo?

— Eu tenho catorze anos, Matias! — Ela revira os olhos. — Não é grande coisa você me contar que beijou alguém.

— E não te incomoda nada que a gente esteja falando de um menino, não de uma menina?

— Claro que não. Só não entendi por que você nunca contou pra gente que é...

— Bi — eu falo, e Melissa concorda.

— Exato, que é bi.

Hora de ser didático.

— Pablo já falou alguma vez pra gente sobre a sexualidade dele?

— Não, mas ele é hétero, né?

— Justamente! Mel, ele é hétero. Pessoas heterossexuais não sentem que precisam fazer um grande anúncio para contar que são heterossexuais. Então por que eu deveria?

Mel olha para o teto do meu quarto antes de voltar a mim.

— Faz sentido.

— Claro que faz! Fora que eu também não tava muito no clima de dizer nada a ninguém.

— O que mudou?

— Hm... Acho que...

Tomo um segundo para processar a pergunta. A verdade é que, um verão atrás, eu nem reconhecia minha bissexualidade como algo que *devesse* ser exposto. Eu tinha ficado com meninos, claro, mas nenhum havia feito meu coração disparar. Era mais lógico guardar para mim. Afinal, o que o mundo tinha a ver com isso?

Mas nunca beijei ou flertei com garotos na frente da minha família ou do pessoal do hostel. Por que também não mantive as várias garotas com quem fiquei em segredo? Será que não sou tão livre quanto imaginava? Quem sou eu sem o roteiro que deixei que escrevessem sobre mim?

O fato é que Júlio me ativou algo.

É possível que o que senti por ele na praia tenha desencadeado o desejo de finalmente olhar para essa parte de mim como algo que não deve ficar às sombras, mas orgulhosamente exposto à luz do dia.

Melissa interpreta meu silêncio com uma precisão impressionante.

— É por causa do Júlio, né? — Minha irmã é esperta demais para o próprio bem. — Matias, isso é tão romântico! Você tá planejando contar pra mamãe e pro papai?

— Acho que sim. Mas não quero fazer uma grande cena nem nada.

Ela pula da cama e segura minhas mãos.

— Você tem que trazer o Júlio pra jantar com a gente! Eu *preciso* conhecê-lo, Matias. Por favor, por favor, por favooooor. — Mel fica de joelhos aos meus pés. — Me apresenta a ele, vai!

— Tá bom, tá bom! Não sei se num jantar, mas apresento.

— Promete?

Espero não ir ao inferno com essa, porque respondo:

— Prometo.

— Te amo! — Melissa se joga em mim e me abraça como não faz há muito tempo.

Eu a abraço de volta, incapaz de segurar o sorriso gigante que cresce em meu rosto.

Apesar de bancar o durão, ser acolhido tão bem pelos meus amigos e agora por minha irmã significa muito. Sempre soube que estava em um lugar seguro entre eles, mas infelizmente a gente nunca pode prever como as pessoas vão reagir a algo tão simples como nossa sexualidade.

— Não conta pra ninguém por enquanto, tá?

— Pode deixar! Eu nunca te tiraria do armário. Vi num vídeo que isso é uma das piores coisas que se pode fazer a uma pessoa LGBTQIAP+

— Melissa pronuncia cada letra da sigla da maneira mais fofa possível, bem na hora que uma notificação apita no celular dela. Minha irmã me encara com preocupação ao mostrar a mensagem.

¿Dónde está tu hérmano?

¡Dile que necesito que venga ya!

Podem começar a escrever o obituário. Sou um homem morto.

O filho na redoma de ouro

Do lado de fora, a tarde é ensolarada.

Nosso bangalô fica atrás do Hippie. Os dois locais são separados por um quintal espaçoso repleto de árvores e uma cerca branca baixinha. Tanto nossa casa quanto o hostel foram construídos com estrutura de madeira e bambu, painéis de energia solar, sistema de coleta de água da chuva e permacultura. O hostel tem dois andares e uma fachada com pinturas hippies para atrair a atenção de turistas, enquanto nossa casa é mais sóbria, com a madeira exposta.

Passo pela ampla área da piscina tão rápido quanto posso. Enquanto hóspedes se bronzeiam ao som de uma playlist surfe rock dos anos sessenta, Amanda e Lila fumam um baseado no redário, a fumaça espiralando ao redor das redes. Já Otto se espreguiça em uma boia de flamingo gigante com uma água de coco no colo e um Kindle na mão.

Os voluntários só estão relaxados assim por um motivo: hoje é quinta-feira, noite de festa no Hippie, quando o hostel se abre para o público com música ao vivo, karaokê ou DJ, dependendo da semana. Por conta dos preparativos, é o dia mais exaustivo de trabalho, então todos aproveitam o intervalo depois do almoço para descansar antes de pegar pesado.

— Vem pra piscina! — Otto joga água na minha direção, o Ray-Ban rosa refletindo a luz do sol. — O banho tá *perfeitooooo*!

— Não posso. — Desvio dos pingos de água. — Tenho uma reunião sobre... aquilo.

— Ei, respira. — Ele fica sério. — Vai dar certo, *prometo*.

— Torce por mim, então.

Otto me manda um beijinho e dá um gole na água de coco.

Sigo em frente.

A porta do escritório está aberta. Fumaça de incenso espirala pelo cômodo. De um lado, há um futom cercado de plantas, a parede adornada com três pranchas de tamanhos diferentes. No canto, sobre um caixote de madeira repleto de livros, há um globo terrestre com pequenos alfinetes que indicam países por onde meus pais já passaram. Uma estante dedicada a mamãe, com troféus e fotografias organizadas cronologicamente com suas conquistas no surfe, toma conta de outra parede.

Há uma foto dela com a bandeira da Espanha na corcunda das companheiras comemorando sua primeira vitória no Circuito Feminino de Surfe em 1993, aos vinte anos. Os registros seguintes mostram mamãe entre as três melhores até 1997, quando não participou da competição. Na próxima foto ela aparece ao lado de uma prancha com o primeiro marido, o famoso surfista Ozzie Farrelly, que beija sua barriga grávida — é a única em que Ozzie aparece antes do trágico acidente.

Meus olhos passam pelas imagens de Pablo recém-nascido, sua pele rosada e finos cabelos dourados, e param na plaquinha que diz "1999" acima de uma foto de mamãe beijando uma medalha de ouro. Foi o ano em que retornou ao mar e foi eleita Surfista do Ano pela ESPN, onde papai trabalhava como correspondente internacional.

A partir daí, todas as fotos foram tiradas por ele. Viagens, sorrisos, família, praias e, finalmente, eu. Minha chegada disputa lugar com o pior período na carreira de mamãe. Com o joelho lesionado, ela passou anos sem competir e, ao voltar, não teve bons resultados. O recorte da página de um jornal estadunidense em 2003 a mostra cabisbaixa junto à manchete: "*Is She Over? Surf Legend Ana Mendonza Finishes 7th Place in This Year's World Championship*".

Até que vem a volta por cima. Na próxima foto, mamãe aparece no topo de um pódio no Havaí, o punho erguido e uma garrafa de champanhe, celebrando sua última vitória, em 2004, contra a então invencível australiana Layne Beachley. O troféu — o favorito de mamãe — reluz ao lado do porta-retratos na prateleira.

Hoje, aos quarenta e sete anos, Ana Mendonza mantém o rosto que lembro da infância, exceto pelas rugas que aparecem ao sorrir e os poucos fios de cabelo brancos. Sentada ao lado do meu pai no futom, com seu vestido marrom com estampa de mandalas, ela dá um sorriso bobo para o computador.

Apenas um filho faz o rosto de mamãe brilhar assim, e não sou eu. Nunca seria.

— *Buenas* — eu os cumprimento ao entrar, já antecipando o que me espera. — *Perdón por el retraso*.

— *Hijo* — mamãe acena para mim sem despregar os olhos da tela do laptop. — Finalmente!

Seis meses atrás, ela recebeu uma notícia inacreditável: um convite da Flixglow para gravar um documentário sobre sua vida e carreira, passando pelos palcos das suas maiores vitórias e derrotas. Estamos apenas esperando o sinal verde para as filmagens. Melissa é quem mais se animou, mas eu não estou no clima. É parte do motivo pelo qual quero fazer um bom trabalho no Hippie: prefiro continuar aqui quando eles se forem no final de fevereiro, de preferência como gerente.

Minha tia Dandara, irmã caçula do papai, ocupava a vaga antes. Mas desde que viajou para um retiro espiritual sem data de retorno, a vaga está aberta. Faz sentido que eu assuma o cargo. Isso ou meus pais terão que contratar alguém que não é da família, que não conhece o hostel tão bem quanto eu.

Papai dá uma piscadela para mim. Se está irritado com o atraso, não transparece. Sua complacência não é novidade; meu pai é good vibes demais para se chatear com algo tão pequeno.

— Na paz, filhote? — Ele bate na almofada, me chamando para sentar ao seu lado.

— Tudo tranquilo — digo, mas é mentira.

Papai anui e toca meu ombro com carinho.

É alguns anos mais velho que mamãe. A barba é cheia, os lábios são grossos como os meus, e o sorriso, iluminado. Os dreadlocks compridos com fios grisalhos antecipam como serei no futuro. Tatuagens com referências ao mar se espalham pelo corpo musculoso: uma vela de barco na panturrilha; uma prancha de surfe na canela; um golfinho no peitoral; uma onda na nuca... Tantos riscos na pele preta que Vinícius Ribeiro mais parece um pirata, o velho comandante de uma embarcação milenar.

Dizem que me pareço com ele, e gosto de acreditar que sim; papai é meu herói.

— A gente tá falando com seu irmão. Dá oi pra ele.

O soco em meu estômago me deixa enjoado por um segundo antes que eu consiga mascará-lo.

— O Matias tá por aí?

Mamãe me olha como quem diz "pega leve" ao mudar a posição do computador no colo.

E, então, ali está.

O garoto de ouro: Pablo Mendonza-Farrelly. O pai dele, Ozzie, o famoso surfista australiano, morreu tragicamente num ataque de tubarão quando Pablo era pequeno. Todos o veem como um prodígio, filho de duas lendas do surfe. Tudo que eu vejo é o irmão com quem nunca pude contar.

Pablo usa a câmera frontal do celular na videochamada. Reconheço o sorriso canastrão, a sobrancelha riscada, os cachos loiros arrepiados pelo vento, a barba e as sobrancelhas da mesma cor. É familiar e ao mesmo tempo distante.

— Oi! — Faço o melhor para que ele não veja as rachaduras em meu sorriso. — Como tá o Havaí?

— Putz, tá maneiraço aqui, *hermanito*!

Pablo afasta o celular do rosto branco eternamente bronzeado para mostrar os arredores, uma praia paradisíaca cercada de árvores e areia clara. Duas lanchas cheias de mulheres de bíquíni e homens sem camisa aportam na beira do mar. Pelo que conheço do fuso, ainda é cedo no Havaí; por volta das oito da manhã.

— Bonito esse pico, hein? Vocês estão onde agora?

Pablo passou nas semifinais do Circuito Mundial de Surfe em Rottnest Island, na Austrália. Em poucos dias, vai disputar a final, representando a Espanha. A etapa, que deveria ter ocorrido em dezembro, foi adiada para fevereiro após uma tempestade terrível no Havaí. Meu irmão chegou em Honolulu no fim do ano passado, onde treina para a competição.

— Não vai acreditar, mano. A gente veio no lugar que gravaram *Lost*, tá ligado? — A batida de música eletrônica ressoa alto, dificultando a captação da voz dele. — Tá rolando uma festinha com o pessoal. O Medina e o Ítalo tão por aqui também, saca só.

Pablo aponta o celular para onde os dois surfistas relaxam em um quiosque de madeira.

Tenho vontade de rir.

É obvio que meu irmão está em uma festa no Havaí com os favoritos do Circuito Mundial de Surfe.

Para crédito de Pablo, ele não fica muito atrás. Essa é sua terceira vez competindo. Ficou em quinto lugar ano passado e recebe apoio de grandes marcas do Brasil e da Espanha. É questão de tempo até levar o mais importante título do esporte e ampliar a herança deixada pelo pai.

— Da hora demais — digo. — Aproveita aí com a galera.

— E manda um abraço pro Ítalo e pro Medina também, filho! — Papai, que acompanha a carreira dos dois, pede.

— Na hora, velho. Vou dizer que o Ceará mandou um abraço.

"Ceará" é o apelido carinhoso que Pablo deu para ele. O relacionamento dos dois é ótimo — o que não deveria me surpreender, já que papai tem um coração de ouro. Ele trata meu irmão como se fosse de seu próprio sangue.

— Você poderia estar aqui — Pablo volta a focar em mim, e malícia irradia nas palavras. — Olha essa praia, olha essa galera! Tá perdendo, *hermanito*!

Ele aparenta mesmo estar se divertindo. Torço para que não exagere, sobretudo com a proximidade da final do Circuito. Seu histórico... Bem, vamos apenas dizer que meu irmão pega pesado demais nas festas.

— Se quiser — ele acrescenta com um tom suspeito demais para ser levado a sério —, ainda posso fazer aquilo que te prometi.

— Pablo...

— Não é tarde, Matias.

— Não é o que eu quero agora.

— Pensa um pouco, vai. Uma viagem com tudo pago pro Havaí por minha conta? — Pablo arqueia a sobrancelha. — Pô, peraí, né? É uma oportunidade do caralho. Conheço gente que morreria por uma dessas. *Morreria*.

Mamãe me dirige um olhar eufórico. Acho que ela tem esperanças de que, se eu conviver bastante com Pablo, reconsidere a carreira de surfista. Foi só para agradá-la que eu *quase* disse sim quando Pablo me fez a proposta na Espanha, logo após sua vitória na Austrália.

Mas odiei a ideia na primeira vez em que a ouvi e a odeio ainda mais agora.

— Não é um plano ruim, *hijo*. Conhecer patrocinadores, fazer novos amigos...

— Meu time pode dar um up nas suas redes sociais, conseguir uns trabalhos como modelo, que você gosta. — Pablo sorri, sua imagem pixelada devido à conexão instável. Vendo por esse ângulo, parece até gente boa. — Não ia ser demais?

Não, não ia. Eu já estive nessa estrada, anos atrás, e sei onde termina. Toda a bondade e generosidade de Pablo acabam se ninguém estiver olhando. E eu já o perdoei demais. Uma viagem não remendaria o passado.

— Já falei que não vou.

— Tem que pensar alto, caramba! Ainda não cansou de "vender sua arte" na praia? — Ele ri, me provocando. — Quantos trocados já fez esse ano cantando na rua?

Ele acha meu envolvimento com a arte perda de tempo. Para Pablo, qualquer escolha diferente do surfe é um erro. Mas, quando eu ainda considerava o esporte como uma possibilidade de carreira, Pablo fazia questão de me manter à margem, dizendo que eu nunca seria tão bom quanto ele. Então o que quer agora? É como se sentisse falta do seu saco de pancadas favorito, alguém que sirva de degrau para se sentir mais alto.

O pior é que tanto minha mãe quanto meu pai parecem comprar o plano dele. É isso que me deixa puto: o olhar vidrado da mamãe na tela, o sorriso constante na boca do papai.

Será que pensam como Pablo?

Será que estou completamente sozinho nessa?

— Podia estar fazendo o maior sucesso no surfe também se tivesse um pouco de ambição — ele continua. — Se tomasse um rumo na vida, se deixasse de ser um moleque...

Pablo quer que eu reaja, quer que eu brigue. Mordo a bochecha até sentir o gosto metálico de sangue.

— Eu não sou você, Pablo.

Tão difícil quanto viver
na sombra de alguém
é escapar dela

O clima no escritório se torna glacial. Vejo a reação da mamãe pela tela, os olhos arregalados. Ela puxa o computador e me tira do enquadramento, se antecipando à discussão iminente.

— *¡Ay, mijos! No pelearán, ¿verdad?* — mamãe utiliza o tom infantil que geralmente reserva para Pablo.

Odeio o quanto ela o protege. Queria destruir o pedestal onde o colocou.

— O Matias é um mimado que não conhece porra nenhuma da vida, mãe. Nunca precisou ralar por nada, teve tudo na mão. Eu treino desde os onze anos, e ele? — Pablo contesta com um tom calmo, pretensioso. Claramente cansou do papel de bom moço.

Puxo o computador e encaro a câmera.

— Eu surfo porque amo, cara. Não preciso participar de competições e aparecer em comerciais pra provar isso. Não quero sua vida. Não tenho a menor vontade de ser você.

— *Mira que chulo* — ele ironiza. — Conta pro Matias que essa vidinha de *freesurfer* não dá em nada, mãe. Conta que ele precisa trabalhar *de verdade* pra se tornar alguém, não adianta sonhar porque a arte não vai levar a lugar nenhum.

— *Hijo...* — Mamãe até tenta, mas meu irmão só vai se dar por satisfeito ao vencer a onda.

— Dois anos com essa desculpinha de "ano sabático", de que quer se descobrir, e você fez o quê, Matias? Droga nenhuma além de torrar a grana dos nossos pais e encher a cara. Tá na hora de crescer.

— *¡Vete al carajo, Pablo!*

Eu piso em uma mina e a granada explode. Estendo o dedo do meio para ele e me levanto do futom. Posso ouvir Pablo do outro lado da linha, falando sobre como sou "sensível" e "imaturo" demais. A raiva ferve dentro de mim, um monstro marinho se remexendo nas entranhas da Terra.

Quero dizer tudo o que nunca disse para Pablo aqui, neste instante.

Como ele é capaz de me tirar tanto do sério? Basta Pablo estalar os dedos e me torno o "Matias sentimental", patético e digno de pena. Essa é a imagem que ele constrói de mim para os outros, como se no fundo eu apenas sentisse inveja.

Por muito tempo, eu o admirei mais que a qualquer pessoa. Pablo era o que eu queria ser, meu exemplo. Mas não existem apenas oceanos entre mim e ele; existem galáxias inteiras. Meu irmão jamais escondeu o desejo de ser o melhor ou tentou reduzir o abismo entre nós. Por anos vivi uma irmandade platônica, esperando o dia em que finalmente me reconheceria como um igual — algo que nunca aconteceu.

O problema de viver à sombra de alguém é que isso nos mata aos poucos. Estar constantemente em segundo lugar. Nunca se destacar em nada porque já se destacaram antes. Se esforçar o tempo todo para atender as expectativas das pessoas ao seu redor. Ter sonhos que você já não sabe se são seus de verdade, após anos negligenciando a própria individualidade.

Se fui sombra de Pablo por tanto tempo, não foi só porque Pablo me *via* assim, mas porque me *tratava* assim. Já não posso suportar esse rótulo. Não caibo nesse lugar. Cansei. Cansei mesmo.

Apoio a mão na escrivaninha do escritório. Minha cabeça gira a mil por hora, imersa em um turbilhão de pensamentos. Ouço mamãe se despedindo de Pablo, com uma certa frieza na voz. Quando tomo coragem para erguer o rosto, meus pais estão na minha frente, preocupados e tristes.

Mas mamãe nunca vai me entender ou ficar do meu lado.

Nunca serei o bastante para ela.

Nunca serei Pablo.

— Matias. — Ela se aproxima de mim. Eu a encaro, a visão embaçada com as lágrimas que me esforço para prender. Há delicadeza em
sua voz, mas delicadeza não é o bastante. — Você está bem?

Balanço a cabeça. Nem sei por que ainda tenho esperanças de que
me enxerguem de verdade.

— Você vai me ouvir, mãe? — minha voz sai trêmula. — Vai me
deixar falar? Vai pelo menos *considerar* o que digo?

O efeito das palavras é como um tapa; ela recua.

— Sempre vou te ouvir, Matias. Sinto muito que pareça o contrário.

Quando mamãe tenta tocar meu braço, não a afasto. Talvez seja
uma fraqueza, mas não consigo ficar bravo por muito tempo. Sei que
foi difícil para ela. Antes de conhecer o papai, precisou cuidar do Pablo
sozinha depois que o Ozzie morreu. Mamãe era muito jovem, e acho
que nunca desapegou da necessidade de proteger Pablo. Mas aqueles
tempos passaram. Eu só queria que ela percebesse isso.

— Você nunca vê nada de errado no que o Pablo diz ou faz — eu
falo, baixinho, e encaro minha mãe à medida que ganho coragem. —
Ao contrário de mim. E eu vivo me perguntando por quê, mãe. Por
que você sempre fica do lado dele? Tem... tem algo errado comigo?

Ela está ainda mais surpresa, a veia na testa pulsa.

— *Hijo*, eu te amo. Não tem nada de errado com você. Mas seu
irmão também não mentiu em relação às suas escolhas de carreira. Está
desperdiçando oportunidades importantes, Matias. E por quê? Por uma
birra de irmãos?

Eu me afasto dela. Como ela pode dizer algo assim? Se pelo menos
soubesse o que Pablo fez, se pelo menos eu tivesse coragem de dizer
em voz alta... As palavras pegam impulso, prestes a se libertar, mas eu
faço força para engoli-las. Outra bomba não ajudaria; a caixa de Pandora não foi feita para ser aberta.

— Também me acha um sanguessuga, mãe?

— Não. — Mamãe é firme. — Seu pai e eu sabemos como é importante se descobrir nessa etapa da vida, e incentivamos isso. Talvez
você esteja demorando mais que outras pessoas para entender o que

quer. Mas nós temos o privilégio de te proporcionar essa chance, e fazemos de coração, *mi amor*. — Ela pousa a mão no meu rosto. — Matias, olha pra mim. Não é verdade o que Pablo disse sobre você. Sabe disso, não sabe?

— Que ele é melhor do que eu? É o que todo mundo acha mesmo.

— *Olha para mim*. — Ela ergue meu queixo. Suas íris são idênticas às minhas, esse verde implacável e profundo. — Você é você, *hijo*. Não importa o que Pablo ou qualquer um fale, nós te amamos por quem você é.

E então eu choro na frente deles, odiando precisar tanto do abraço que mamãe me dá. Papai, que havia ficado na retaguarda, se aproxima e massageia meus ombros, me consolando.

As lágrimas rolam. O peso das escolhas, os segredos, as frustrações; tudo irrompe agora, um tsunami devastador.

Os destroços de um prédio inteiro me sufocam. Escavo com os dedos até tatear a liberdade. Enxugo o rosto com o pulso, mas a pressão que antes encurvava meus ombros abrandou.

— Se sente melhor? — papai pergunta, beijando minha testa.

— Um pouco.

— Tem certeza? — Ele arqueia a sobrancelha, preocupado.

Na infância, era ele quem monitorava nossa febre noite adentro e trazia sopa na cama. Papai contava histórias sobre um Brasil que não conhecíamos bem, recriava o Ceará de suas lembranças em nosso imaginário e nos familiarizava com o português. Ele foi a razão pela qual nunca perdi o contato com o idioma, mesmo quando moramos na Tailândia, do outro lado do mundo.

— Absoluta — digo. — Obrigado pelo... apoio. Significa bastante para mim.

— Nesse caso, filho — papai prossegue e senta em posição de lótus no chão com mamãe —, por que não começa dizendo o que você quer dessa nova fase?

Papai é tão direto que fico surpreso. Encontro um lugar para mim entre eles e fecho os olhos por alguns segundos, sentindo o ar preenchendo os pulmões.

— Eu pensei muito sobre isso e… bom. Queria dizer que sou muito grato por terem me dado esse tempo para pensar no que quero fazer depois de terminar a escola, mas não quero ir para a faculdade. Não acho que a vida acadêmica seja para mim, pai. E mãe… — Respiro fundo. — Eu nunca vou ser um surfista profissional como você queria, nunca vou ser como Pablo. Quero ficar no Brasil quando começarem a gravar o filme e quero aprender a administrar o Hippie.

Meus pais se entreolham. Há uma conversa silenciosa entre eles, e algo na maneira com que papai assente — um meneio quase imperceptível — faz mamãe relaxar.

— Isso vai te fazer feliz, *hijo*? — mamãe me pergunta.

— Não sei se vai dar certo, mas preciso tentar.

— É uma grande mudança — ela enfatiza, como se me desse uma chance para mudar de ideia.

— Eu sei.

— *Bueno*. — Mamãe estala o pescoço. — Não vou aceitar corpo mole. Se quer mesmo isso, vai ter que arregaçar as mangas. Temos muito trabalho pela frente.

Oi!!! 14:46

Como foi a conversa com seus pais?
Deu td certo?! 14:47

hola! :) 15:05

foi um pouco difícil no início 15:05

acabei discutindo com o pablo
de novo 15:06

Puts, que foda. Sinto muito. Sei como
é complicado entre vcs 15:09

sim. o importante é que contei pros
meus pais o que queria 15:16

E aí? 15:18

a gente conversou
civilizadamente 15:19

eles me ouviram. vão me deixar de
teste pelos próximos meses 15:19

se sentirem que dou conta, vou cuidar
do Hippie pelo resto do ano 15:19

 15:20

Ei, isso é demais! 15:20

Não conversamos ainda, mas queria dizer (e por mensagem é mais fácil 👁 👁 👁) que to mt orgulhoso de te ver se abrindo mais... Foi muito legal no outro dia quando você contou que é bi. É lindo acompanhar seu crescimento ✨ 15:24

otto! <3 15:24

obrigado demais, sério 15:25

queria te pedir desculpas também por nunca ter falado nada sobre ser bi. não é que eu não confiasse em ti... eu só não sentia que era o momento ainda. obrigado por existir (e se inspirar em mim pro seu livro gay 😊) 15:27

BESTAAAAAAA HAHAHAHAH 15:28

Bom, a gente se vê mais tarde!!! 15:28

vai lá, amigo 15:31

te amo!!! 15:31

também vou dar uma saída pra espairecer agora. depois da briga com o pablo, mereço. bjs 💜 15:32

 **Mel**

Matias, mds 16:17

Vc já falou com o Júlio? 16:17

Vc já stalkeou TUDO dele? 16:17

Pq olha isso que achei no twitter dele 16:18

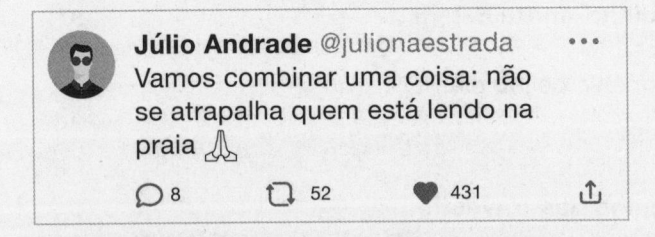

Júlio Andrade @julionaestrada ···
Vamos combinar uma coisa: não se atrapalha quem está lendo na praia 🙏
💬 8   🔁 52   ❤️ 431   ⬆️

Vcs se conheceram na terça né 16:19

Esse tweet foi na terça 16:20

Tem esse também oh 16:20

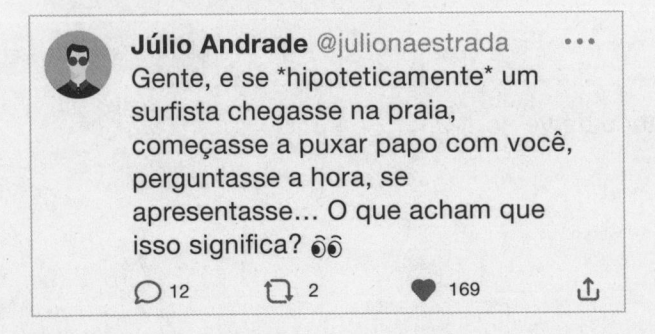

Júlio Andrade @julionaestrada ···
Gente, e se *hipoteticamente* um surfista chegasse na praia, começasse a puxar papo com você, perguntasse a hora, se apresentasse... O que acham que isso significa? 👀
💬 12   🔁 2   ❤️ 169   ⬆️

MATIAS OLHA AS REPLIES DESSE
TWEET MDS 16:20

 Carla | 📖 "Ainda não te encontrei" •••
@carlaueie1
ele quer seu corpinho, ju!!! amando
você vivendo um livro do Levi
Santiago

 Vitor mundinho Anitta BR •••
@vvvvitorrr
amigo diz que vc beijou ele POR
FAVOR

 fer é o orgulho das travestis •••
@fertrava
AMIGO, tem fofoqueira morrendo
aqui! Conta essa fanfic direito no
meu pv! Canoa Quebrada tá
rendendo 👀

 thi, o booktoker @thiagotokerbr •••
se for fofoca literária você me
paga, ícone!

sério, ele ta falando de vc ne 16:23

APARECE 16:36

???? 16:40

Mamá

Oi, hippies! Como estão? Alguns avisos de última hora:

🔴 Por conta da previsão do tempo indicando chuva pesada, decidimos cancelar a Quinta. O bar vai continuar aberto pros hóspedes e vamos fazer uma noite de jogos no lugar, blza?

🔴 A boa notícia é: no sábado a gente vai fazer outra festa pra compensar (@Otto, prepara um post sobre isso pras redes?), mas o Vinícius e eu não estaremos no Hippie, o que nos leva ao próximo item...

🔴 O Matias vai começar a assumir tarefas administrativas, inclusive o envio de avisos aqui no grupo. É ele quem vai estar no comando do hostel de sexta a domingo. Peço a colaboração de vocês nesse período de transição! No mais, gratidão! 👄 🙏 16:43

Otto

Oi, Ana! Pode deixar que faço o post, sim. Mando a arte pra aprovação pro Matias mesmo? 16:48

Mamá

Sim, Otto! Gratidão! 👍 16:48

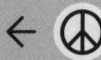 **Hippie Canoa**

Otto
Show, é pra já! 16:49
E parabéns, Matias! Vamo
supervisionar ele direitinho, Ana
hahaha 16:50

Amanda (Hippie)
aeeeeeeeeeee matiasss, parabéns!
🎉 🥳 🎂 🎉 🎂 🎉 16:52
(e que bom que adiou pq já tinha
hóspede perguntando da chuva kkk) 16:53

Brisado em Amsterdã

Quando estou surfando, tem sempre um momento em que entro em transe. O mundo exterior se cala. Por alguns minutos, não há nada além de total entrega e confiança. As dúvidas desaparecem. O passado e o futuro se dissipam. O medo perde a voz. Me sinto pleno, equilibrado, completo.

Deveria ser possível viver toda uma vida nesse estado. Não temer nada, seguir em frente sem errar o caminho ou se preocupar em ser deixado para trás. Seria mais fácil. Por outro lado, também tiraria a graça do inesperado. Se a vida é plana, não há adrenalina correndo nas veias, altos e baixos, paixão e desejo.

Se não podemos cometer erros, o que somos, afinal?

Encaro a folha de papel. Não estou nem perto de terminar o desenho, tampouco penso que terminarei, hoje ou qualquer outro dia. Nas minhas ilustrações, gosto do inacabado, do que está em *processo de*, *em vias de*, nunca do resultado final. O resultado final é a morte. Prefiro enxergar minha arte como um capítulo que nunca se fecha.

Observo o desenho com a testa franzida, giro a mão para afastar a dormência. É a primeira vez que faço um intervalo desde que comecei, e só agora analiso com clareza o que está ali.

É uma captura da tela do computador da mamãe mais cedo, durante a discussão. O rosto abismado dela me olha de perfil no lado inferior direito da folha. Meu irmão domina a maior parte da cena, com os olhos e a boca entreabertos em uma expressão de raiva. Já eu sou apenas uma sombra entre eles, um buraco negro aberto na imagem.

— Tá do caralho isso aí, irmão. — A voz anasalada de Tony me traz de volta à realidade. — Muita potência no traço, tá ligado?

Surpreendentemente, não sei o que dizer. Tony, equilibrando uma bandeja com meu chá, continua:

— A gente olha e sente um monte de coisa. Tem conflito, saca? Não tem sangue nenhum aí, mas tá *sangrando* — ele diz, o que soa bastante dramático. — Muita energia, maninho. Isso é talento.

— Valeu, Tony — agradeço baixinho enquanto organizo meus pertences para que ele possa servir o chá.

Tony abre um sorriso iluminado com aquela cara de quem acabou de fumar um — o que tem cem por cento de chance de ser verdade — e dispõe a xícara fumegante na mesa.

Ele é dono do Amsterdã, uma das primeiras cafeterias de maconha legalizadas no Brasil. Uma das pérolas escondidas em Canoa Quebrada, é um lugar superirado com paredes de tijolos à mostra e um tubo verde de ventilação com samambaias suspensas. No balcão principal, há um mostruário com os vários tipos de cannabis disponíveis para a galera.

Lugares como o Amsterdã mudaram bastante coisa. Antes, não dava para saber se a qualidade da erva era boa ou não. Todo mundo tinha que comprar com traficantes, o que era perigoso. Agora tudo passa por controle de qualidade, e o governo usa os impostos arrecadados para investir em projetos educativos, de saúde mental e redução de danos. Tem até estudos que mostram queda no consumo depois da legalização, principalmente entre os jovens.

Eu, por exemplo, curto usar maconha de vez em quando para me conectar comigo e com o Universo. Mas não sou muito fã de usar só para me divertir. Sempre tomo cuidado para não exagerar e reconhecer meus limites. E é bem mais fácil falar sobre isso agora que a sociedade está parando de ver a maconha como um tabu.

Sopro a caneca e dou um gole no chá. O sabor, especialidade da casa, é leve e gostoso.

Tony me encara com expectativa. Não há uma parte visível da pele branca que não esteja tatuada. Há traços nas costeletas, palavras acima das sobrancelhas, serpentes se enrolando no pescoço. Ele também curte surfar e nos conhecemos na praia há alguns anos.

— E aí, aprovado?

— No ponto, como sempre.

— Boa, irmão. A satisfação do cliente é a nossa brisa. — Dou uma risada. Tony fala isso para todo mundo que vem ao Amsterdã. Ele vai até a recepção com a bandeja debaixo do braço e me deixa só. No meio do caminho, volta atrás.

— Pô, tava pensando — ele diz. Usa camisetas do Legião Urbana e o cabelo raspado na máquina um. — Seria maneiro me riscar com teu traço.

— Tá falando sério?

— Irmão, não sei por que não tá postando isso e fazendo uma grana. O que é bom tem que ser mostrado, sacou? — Tony diz, mas antigas palavras de Pablo me vêm à mente.

— *Esses rabiscos não vão te levar a lugar nenhum, hermanito* — *Pablo diz enquanto toma o caderno da minha mão.*

Tento recuperá-lo, mas Pablo é mais alto e mais forte. Ele o mantém suspenso, me instigando a pegá-lo, e me empurra quando chego perto.

— *Como você sabe?*

— *Eu tenho certeza que você não vai impressionar ninguém com isso.* — *Ele ri.* — *Isso é coisa de menina.*

A raiva me preenche, inflamando no instante em que ele arranca a folha e rasga.

Sufoco um grito ao ver o trabalho das minhas últimas horas — *um menino preto montando um unicórnio* — *em pedacinhos.*

— *Me deixa em paz!* — *eu berro, refreando as lágrimas.* — *Sai daqui, Pablo!*

A risada debochada continua ecoando na minha cabeça bem depois que ele sai do quarto.

Tony espera uma resposta. Eu balanço a cabeça e afasto a lembrança. É só uma de muitas enterradas na memória.

— Cara, fico lisonjeado, mas desenhar é algo que faço só pra mim.

— Papo reto, eu que não vou dizer pra você transformar um hobby em trabalho. Mas um conselho: não esconde tua arte, não. — Ele me lança um olhar simpático. — A vida é curta demais para desperdiçar se escondendo.

Uma das garotas com o narguilé na área reservada do Amsterdã chama por Tony.

— Pensa com carinho, beleza? — ele diz, batendo no avental.

— Pode deixar.

Tony desaparece na varanda e repasso suas palavras. Será que deixei de postar meus desenhos por vontade própria ou por medo do que iriam pensar? Esconder algo que amo só porque alguém não enxerga seu valor é abrir mão do controle sobre meus próprios sonhos. Nunca fui alguém que desiste e lamenta. De qualquer forma, já tenho coisas demais para me preocupar no momento. Essa vai ter que esperar.

Tiro o celular do bolso. Deixei no silencioso para focar no desenho e perdi várias notificações de Melissa. Meu coração bate mais rápido ao ver os prints de Júlio que ela enviou, falando sobre mim publicamente. Minha irmã me vê on-line e me bombardeia com uma nova avalanche de mensagens.

MEU DEEEEEUS 😵 😵 😵

MATIAS 😨 😨

OLHAAAA ISSO!!!!!!

Você tá no Tony, né??

POR FAVOR

SE VC TIVER AÍ

CORRE AGORA NO PERFIL DO JÚLIO!!! 🤯

VÊ O STORY QUE ELE ACABOU DE POSTAR, SÉRIO

Digito Júlio Andrade na barra de pesquisa. É o primeiro da lista; a foto de perfil — Júlio com os cachos brilhantes e definidos, sorrindo sem mostrar os dentes — aparece com a moldura colorida de story disponível.

Abaixo da biografia, há destaques para os países que visitou. A maioria é da América do Sul, mas também reconheço bandeiras dos Estados Unidos, de Portugal, França e Espanha.

Refreio a vontade de assistir a tudo e clico para ver os stories atuais. O primeiro foi publicado ontem. É a foto granulada de um balde de pipoca e a tela do computador pausada em um episódio de *Euphoria*, com a Zendaya sorrindo em cena. Há uma legenda dizendo: "se estou de férias é pra atualizar minhas séries 🙏 ".

A próxima publicação é o nascer do sol de hoje. Uma imagem linda da praia, a luz do amanhecer surgindo acima das falésias. Pelo que vi do feed dele, Júlio ama fotografias de natureza.

Quando passo para o story seguinte, entendo o surto de Melissa.

O vídeo foi postado há menos de cinco minutos. Primeiro Júlio registra a Broadway, a rua molhada em meio ao céu nublado do crepúsculo e os postes já acesos. Em seguida, a fachada da única livraria da região entra em foco. Júlio filma a própria mão empurrando a porta, o sininho tilintando, e então ele está lá dentro, cercado por livros.

Conheço esse lugar.

Júlio está no andar de baixo do Amsterdã.

A Shakespeare & Canoa é uma réplica da famosa livraria parisiense que aparece nos filmes *Antes do pôr do sol* e *Meia-noite em Paris*. O espaço é de madeira, com as portas e molduras das janelas pintadas de verde-menta. A principal diferença entre a versão local e a francesa é a buganvília na entrada da loja, formando um arco entrelaçado de flores roxas.

O interior da livraria é relativamente grande, com uma seção específica para literatura francesa e outra só com obras de autores nordestinos. Uma escada em espiral leva ao Amsterdã.

No momento em que vejo o story de Júlio, desço correndo. Há poucas pessoas na livraria. Uma sinfonia de Beethoven toca em um gramofone dourado no canto. O som é diferente, harmonioso, com um leve chiado. Lá fora, a chuva prometida começa a cair.

— Licença — alguém diz quando passo com pressa. — Não é permitido correr no interior da livraria.

Ergo a vista. O nome no crachá é Céu. Um broche nas cores preto, amarelo, roxo e branco diz que seus pronomes são elu/delu. Todas as pessoas que trabalham na s&c usam bottons similares.

— Desculpa — peço, mantendo a voz baixa e olhando para os lados, à procura de Júlio.

— Tá tranquilo. — Céu sorri. Seu cabelo azul é curto, elu usa um batom lilás e o tom de sua pele me lembra o de Melissa. — Precisa de alguma ajuda? Tem um livro em mente ou quer uma indicação de leitura?

— Não, não, tá de boas! Eu sou de casa. A Celine é amiga da família — explico, me referindo à escritora francesa que fundou a livraria.

— Ah, legal. Celine é uma querida, né?

— Demais. — Olho para os lados, inquieto.

Céu morde o lábio e me encara com a testa franzida.

— Tem certeza que não precisa de ajuda?

— Você viu um rapaz gravando um vídeo por aqui?

— Se for um influencer — elu diz —, ele estava vendo as seções lá do fundo.

Meu coração dispara.

— Obrigado, Céu.

— De nada! Boa sorte, tá?

Assim que Céu termina de falar, vejo a silhueta de um garoto se aproximar pelo corredor principal da livraria.

É *ele*.

Custo a acreditar que Júlio reapareceu, que não é fruto da minha imaginação. Como na praia, está vestido de preto exceto pelas Havaianas brancas.

Júlio está concentrado no celular, por isso não vê quando abaixo e me escondo atrás de uma estante.

Céu olha para mim como se eu tivesse perdido totalmente a noção.

Elu se agacha e sussurra:

— Ei, tá tudo bem aí?

— Sim, claro. Pode fingir que eu não tô aqui? — peço, e inclino a cabeça na direção de Júlio. — Não quero que ele me veja agora.

Apesar da confusão no olhar, Céu curva a boca em um sorriso, preenchendo as lacunas do que não digo.

— Tudo bem — elu diz, se levantando. — Vou te ajudar.

Junto as mãos em agradecimento e sussurro obrigado para Céu, que finge organizar uma pilha de livros. Júlio para na frente delu pouco depois. Detrás da estante de livros, só vislumbro as pernas do garoto.

— Oi. Céu, né? — ele diz. — Eu tava gravando um vídeo aqui...

— Sim, sei quem você é — responde elu, com simpatia. — Meu Deus, é estranho dizer que te sigo?

— É legal, na verdade. Obrigado — Júlio diz, tímido, passando a mão pelo cabelo. — Então, vocês têm uma estante só com livros LGBTQIAP+, né? Acho que passei batido por ela.

— Temos, sim. Vai direto até o final do corredor, onde tem a seção de livros que bombaram no TikTok — Céu aponta —, e vira à esquerda. É fácil de ver porque, bom, tem arco-íris por toda parte.

Júlio dá uma risada. Eu inclino a cabeça para tentar vê-lo entre os livros. Só consigo um vislumbre do rosto: a covinha no queixo e o cabelo castanho perfeitamente penteado para o lado, nada da bagunça causada pelo vento na praia.

— É tranquilo se eu gravar a livraria e tirar algumas fotos? Só vi o aviso pedindo pra não usar o celular depois. Tô preparando um post sobre Canoa Quebrada e quero muito citar vocês.

— Claro — diz Céu, entregando um cartão de visita a Júlio. — Fica à vontade. Depois marca a gente.

— Pode deixar. E muito obrigado pela gentileza, a livraria é linda — ele diz, bem na hora em que eu dou com a testa na estante, fazendo um livro cair do outro lado.

Merda, merda, merda.

Me encolho no chão, imóvel, mordendo a boca para aguentar a dor.

— O que foi isso?

Céu pensa rápido, dá um passo para trás, me escondendo.

— Nosso gato, o Otelo — elu mente, forçando uma risada que até soa sincera. — Está sempre assustando os clientes. Desculpa.

Se Júlio desconfia da explicação, não demonstra. Agradece a Céu outra vez e segue pelo corredor.

Aguardo alguns segundos antes de respirar aliviado.

— Pode sair agora — Céu sussurra e me estende a mão.

Eu aceito o apoio e me levanto. Passo os dedos no local da pancada na testa.

— Tá doendo? — elu pergunta.

— Ainda não — digo. — Obrigado mesmo pela ajuda.

— Tá brincando? — Céu abre um sorriso. — Adoro quando a livraria vira cenário de romance, fica tudo tão... shakespeariano!

— Existe mesmo um gato chamado Otelo ou era só encenação?

Céu assente bem na hora em que um gato siamês sai batendo pelas estantes atabalhoadamente, ronrona e passa por mim, o rabo peludo acariciando minha perna.

— Olha quem apareceu! — O gato se empertiga junto a Céu, que o pega no colo e faz carinho em seu pescoço. — Esse é o Otelo.

— Amo gatos. — Passo a mão atrás da orelha dele, que ronrona e entreabre a boca; sua linguinha paira para fora. Olho para Céu. — Sobre o Júlio...

— Promete que não é um stalker?

— Juro que não — digo. — É só que a gente tem... história.

Céu assente. Há algo no olhar delu que me faz imaginar que sabe mais do que revela, uma sabedoria alimentada por milhares de livros lidos.

— Deixa eu adivinhar. — Céu sorri e estuda meu rosto. — Vocês se conheceram na praia, tiveram algum tipo de discussão e se desencontraram. Tem um pouco de haters to lovers aí, mas não exatamente. A rivalidade é só uma fachada. Acertei?

Minha boca se abre.

— Caralho, como você sabe tudo isso?

Elu abre os braços.

— Eu trabalho numa livraria, conheço todos os clichês. Se queriam romance, vieram ao lugar certo.

Boa sorte com seu amor de verão

Júlio está na frente da estante cheia de livros coloridos, o rosto oculto por um romance de capa verde. De onde o espio, não consigo ver o título da obra, somente o rosa vibrante das palavras na contracapa.

Ele brilha aqui, pertence a este lugar, não fica deslocado como na praia. Quero desenhar mais essa cena: o menino entre os livros, as bandeiras arco-íris ao seu redor, a plaquinha no topo da estante que diz SEÇÃO DO ORGULHO… É lindo olhá-lo, apesar da sensação de estar invadindo algo sagrado — um momento que não deveria ser interrompido.

Me agacho. Pelas frestas da estante, escondido, vejo o garoto olhar para trás e franzir o cenho. Por um segundo, acho que me viu, mas ele ignora a intuição e guarda o livro verde na estante.

Pelos minutos seguintes, Júlio cumpre o que prometeu a Céu: compenetrado, grava vídeos e tira fotos da livraria. Quando termina e vira para pegar o corredor, esbarro nele de propósito para fingir um encontro não premeditado.

Acho que não calculei tão bem minha aproximação, porque é um choque frontal. Instintivamente passo a mão ao redor da cintura dele quando nos desequilibramos e me apoio em uma estante. Tudo acontece em segundos, embora pareça uma eternidade enquanto valsamos em gravidade zero. Talvez, no fim das contas, o chá do Amsterdã esteja fazendo efeito.

Nossos olhos se encontram. Há um misto de emoções em seu rosto: os olhos castanhos vivos, as sobrancelhas erguidas, a boca entreaberta e o maxilar tenso.

Júlio se solta. Empurra meu peito e puxa a camisa para baixo, escondendo o vislumbre da pele branca na linha do quadril.

— Me seguindo de novo? — ele diz com um quê de ironia.

Abro um sorriso que os lábios do garoto não acompanham, a confusão de antes se dissipando em adrenalina.

— Como ia adivinhar que você estava aqui?

— Me diz você. — Ele cruza os braços, desafiador. — Te vi se escondendo atrás da estante, você não é tão sutil quanto pensa.

— Não foi isso que aconteceu. Tenho mais o que fazer além de ficar correndo atrás de garotos bonitos. — Júlio sustenta meu olhar, me obrigando a pensar em um exemplo. — Como ler.

Pego um livro aleatório caído aos meus pés. Apressado, mostro a capa para ele sem checar o título.

Júlio abre ligeiramente a boca, e uma cena inesperada acontece: ele ri. Sua gargalhada preenche a Shakespeare & Canoa. Ele se entrega, mas logo volta a se fechar. Põe a mão sobre os lábios ao perceber que baixou a guarda, que relaxou na minha presença como naquele dia na praia, quando me contou sobre o medo da água.

Quase peço que ele continue rindo.

Quase imploro.

— É isso que você gosta de ler? — Júlio pergunta. — *120 dias de Sodoma*?

Só quando olho a capa, entendo: é uma edição da Penguin-Companhia com a pintura de uma mulher deitada no chão de seios à mostra ao lado de uma taça emborcada.

— Bom, é um clássico. — Dou de ombros.

— Marquês de Sade. — Há um toque de júbilo na voz dele. — Quem diria que você é do tipo que curte literatura erótica?

— Sou uma caixinha de surpresas, anjo.

Júlio desvia o olhar e tira o celular do bolso para checar a hora. 18h18. Números iguais outra vez. Não deixo de reparar no papel de parede, um eclipse lunar em um fundo prateado. Júlio me flagra espiando.

— Qual é o significado agora?

— É fácil — eu digo. — Nós estamos destinados um ao outro.

— Fala sério, Matias.

— Tô falando. Dá um google pra ver.

Júlio suspira e topa a aposta. Começa a digitar no navegador e seu rosto muda conforme ele se depara com os resultados no sistema de busca.

— Não vou ler isso em voz alta — ele diz.

— Então me dá aqui.

Travamos uma disputa silenciosa até Júlio ceder e me entregar o celular.

— "Você vai perceber que seu novo interesse amoroso pode mesmo ser aquele alguém." — Jogo a cabeça para trás e abafo uma risada. — Faz sentido, não faz?

— Não faz o menor sentido — ele responde na defensiva. — Você, as horas iguais, os "anjos"…

— Bom, a gente se conheceu na praia e agora está aqui. Só falta reconhecer que eu posso, sim, ser o seu alguém.

— Ah, é? E que alguém é esse?

Coloco a língua no canto da boca.

— O seu amor de verão.

Júlio inspira e expira. Não fala nada pelos segundos seguintes, me observando.

— Eu não acredito em amores de verão — diz, afinal.

— Não acredita na gente?

— Não existe "a gente", Matias.

Júlio pega o celular da minha mão e guarda.

— Como não? — contesto. — Nos encontramos sem querer *três* vezes seguidas…

(Certo, talvez não *tão* sem querer assim.)

— E daí? Isso não significa nada.

— Óbvio que significa! Os sinais são claros, Júlio. O destino quer nos juntar.

Ele contém o riso.

— Canoa nem é tão grande, as pessoas devem se esbarrar o tempo todo.

— Não assim. — Fico perto o suficiente para sentir sua respiração. — O destino está por trás de todas as grandes histórias de amor. Por que a nossa seria diferente?

Os olhos castanhos de Júlio são mais implacáveis que nunca.

— Porque não há amor envolvido.

Dou um passo à frente.

— Diz que não ficou a fim de mim, Júlio.

— Não fiquei. — Mas há um vacilo. É sutil, a mera vibração no tom de voz.

— Não sente essa energia entre a gente? — Não sei quando começo a murmurar. — Essa... conexão.

Uma pausa.

As luzes da livraria falham, e uma pequena queda de energia deixa tudo escuro e estático por um segundo.

Não nos movemos. Penso em como traduziria este momento em uma pintura: a nitidez do olhar dele, os lábios ligeiramente separados, o brinco em sua orelha com o emblema de Canoa Quebrada, o colar de cristal rosa sobre a camisa preta...

— Por que eu? — O tom vulnerável na voz de Júlio e as palavras que soam tão desprotegidas me chocam.

Ele já havia feito variações dessa pergunta. Mas agora sou eu quem se questiona: por que Júlio é inseguro quanto ao próprio valor?

— Por que não você?

Ele ergue o queixo.

— Eu não entendo. Você poderia ter ido atrás literalmente de qualquer pessoa na praia. Por que *eu*?

— Talvez você apenas estivesse no lugar certo na hora certa.

— Então é completamente aleatório?

— Aleatório, não. É o destino.

— O destino nunca gostou muito de mim — ele sussurra.

— Até parece.

— Pode ter certeza.

Seguro a respiração. Como é possível ele ficar ainda mais lindo quando está vulnerável?

— Não acredita em amor à primeira vista, Júlio?

— Você acredita?

— Bom... — Olho para seus lábios, pensando em beijá-lo. — Não acreditava até te conhecer.

Júlio me encara com descrença.

— Tchau, Matias.

— Espera. — Toco o braço dele instintivamente, e faíscas sobem pelo meu corpo. — Você ainda não me disse qual era o livro que estava lendo na praia.

— *Os sete maridos de Evelyn Hugo* — Júlio se solta do meu toque.

Reparo no undercut com dois riscos diagonais na nuca quando ele desaparece pelas estantes apinhadas da Shakespeare & Canoa. Tardo um segundo antes de voltar a agir.

— Só para eu entender direitinho, essa sua saída dramática é o nosso fim?

O garoto me olha de soslaio. Estamos na frente da seção de literatura de viagem quando ele para de andar.

— Fim? Precisava ter começado para ter um fim.

Nossos rostos estão a um palmo ou menos de distância. Se eu me inclinasse, seria fácil beijá-lo. A ideia dos lábios rubros dele nos meus faz meu sangue acelerar e me desperta para outras sensações: o staccato do coração, a brisa fria da chuva que entra pelas frestas da porta principal, o alaranjado das luzes na livraria refletido na pele branca queimada dele.

É quase impossível manter a compostura.

Quase.

Me inclino até encostar a boca na orelha de Júlio. Meus lábios fazem um suave contato com a superfície metálica do brinco. Talvez não devesse sussurrar o que sussurro a seguir. Talvez devesse castigá-lo. Mas não consigo.

— Você está tão lindo, Júlio — eu digo. — Você *é* lindo.

Ele se vira para mim, os lábios tão perto dos meus que eu poderia tocá-los...

— Gosto do seu nome. Poderia ficar repetindo *Júlio, Júlio, Júlio* o dia inteiro.

A sinfonia de Beethoven se eleva em um pico de tensão no gramofone. As notas agitadas da orquestra fazem algo comigo — e com ele também, a julgar pelo tremor em suas pálpebras. Lá fora, o chuvisco se transforma em aguaceiro.

Pingos pesados caem no chão, o vento forte faz as gotas ricochetearem na janela da livraria. Pessoas buscam abrigo em restaurantes ainda abertos. Um trovão explode, estremecendo as paredes, e Júlio se encolhe.

— Então é isso? — pergunto, baixinho, refreando o desejo de protegê-lo em meu abraço. — Você não vai me dar uma chance mesmo?

— Olha, eu... — Júlio pestaneja. Parece resolver uma equação mental e testar uma miríade de combinações antes de escolher a resposta. — Não acho que isso vá dar certo. A gente é diferente demais. Eu não estou procurando um amor de verão. Não estou procurando... — Ele toca de leve o meu peito e eu o desafio a terminar a frase. — Seja lá o que isso for.

— Tesão à primeira vista?

— É. — Ele mordisca o lábio, contendo um sorriso tão discreto quanto erótico. — Tesão à primeira vista da sua parte, da minha só ranço mesmo.

Solto uma risada e afasto um cacho que caiu sobre a sobrancelha dele.

— Eu também não estava procurando por isso — digo. — Mas quero descobrir onde vai dar.

Ele se afasta. Seus olhos me perfuram com um toque de melancolia.

— Uma pena que não existe a menor chance de rolar algo. Teria sido legal, se pelo menos as coisas fossem diferentes.

— O que está tentando dizer?

— Que esse "Universo" de que você tanto fala não nos quer juntos. Se quisesse... — Júlio se interrompe. — Deixa pra lá, já falei demais.

— Não, por favor. Continua.

Ele respira fundo.

— Não *desgosto* de você, Matias. Na verdade, eu gosto um pouco, até. Só um pouquinho. — Júlio aperta a ponta dos dedos para sugerir algo minúsculo.

— Gosta, é?

O sorriso sexy — mas soturno — em seu rosto é tão paradoxal. O que Júlio esconde?

— Talvez em outro verão tivesse sido diferente.

— Não consigo entender por que é tarde demais.

Ele me ignora e toca meu antebraço em um ato final de despedida, já saindo da livraria.

— Você não é tão ruim quanto te julguei na praia — Júlio me olha de lado. — Foi um prazer te conhecer, Matias, apesar do que possa ter parecido antes. Espero que encontre o que procura.

Então, passa por mim e escancara a porta da Shakespeare & Canoa. O vento que nos acerta é frio, úmido.

— *Guapo*, entendo se não quiser ficar comigo, mas precisa mesmo sair nessa chuva? Tem um café massa no andar de cima. Vamos lá. Podemos conversar sobre a vida e...

— Gosto da chuva — Júlio me interrompe com a sobrancelha arqueada. Suas pupilas brilham. — Você não?

Não quero que essa seja a última vez que o vejo, mas o sininho acima da porta toca quando ele sai em direção à Broadway. O cabelo preto fica molhado instantaneamente, e ele passa os dedos para jogá-los para trás.

Um relâmpago corta o céu e ilumina o rosto de Júlio. Posso jurar que ele sorri antes de desaparecer em um beco e sumir de vista, não sem antes dizer para mim:

— Boa sorte para achar seu amor de verão, Matias.

Júlio Andrade

julionaestrada · Instagram
134 mil seguidores · 445 publicações
Você segue essa conta do Instagram desde 2021
Vocês seguem Levi Santiago e outros 18 perfis

Ver perfil

22 de jan. 00:23

júlio, cara... gostei de te ver hoje. muito.

desculpa a insistência, se dei a impressão de que jogava contigo ou se passei do limite em algum momento...

topa tentar de novo? vai rolar uma festa no sábado aqui no hostel da minha família. você tá convidado e se quiser chamar seus amigos, pode também. vou adorar se conseguir vir. mais do que adorar, na real.

beijão ;)

ps.: temos livros. sei que você pensa que eu sou um surfista tapado, mas leio, sim. e os livros da minha casa estão à disposição se quiser pegar algum emprestado. é isso.

VISTO

PARTE 2
QUANDO O UNIVERSO INTERFERE

É melhor se arrepender do que passar vontade

— Terra chamando Matiaaaas — Otto cantarola no meu ouvido com voz de ressaca; ele virou a noite com os demais voluntários em uma festa de reggae na praia e está um caco. — Larga esse celular.

Eu pisco. Estava obsessivamente recarregando o perfil de Júlio no Instagram, esperando que o "visto" se transformasse em uma mensagem não lida. Longe de mim ser stalker, mas sei que ele não posta nada desde o story na livraria na quinta e que sua última aparição no Twitter foi retuitando uma thread elegendo *Lover* o melhor álbum da Taylor Swift. Fora isso, *nada*.

Eu até poderia desculpá-lo alegando que o cara tem vários seguidores e que minha mensagem se perdeu nas DMs. Mas ele aceitou a solicitação, ele *viu* e preferiu me ignorar.

Estou viciado nos vídeos e posts antigos dele. A semana em Barcelona, a viagem de barco de sete dias de Belém a Manaus... Gosto da escrita de Júlio. Suas crônicas de viagem soam como páginas rasgadas de um diário, rendendo frases como "só descobri que estava vivo quando viajei pela primeira vez", ou "passei a vida contando estrelas, mas só as vi de verdade ao dormir sob elas".

Como seria viajar com Júlio? Todos os lugares que veríamos, noites implacáveis em acampamentos e mochilas pesadas nas costas. É impossível agora; ele deixou claro que não me quer por perto. Eu deveria parar de nos inventar na minha cabeça.

Guardo o celular no bolso e olho para o céu sem nuvens. Passou de meio-dia. A festa começa à noite e deve durar até uma da manhã. Eu quis adiantar o trabalho para pegar uma onda com Rosalía na maré alta.

Lila e Zayn estão no bar, colocando as bebidas no freezer e cortando frutas para a sangria. Hümi e Amanda levaram a maior parte dos hóspedes para uma excursão na praia vizinha, Majorlândia, deixando o Hippie silencioso.

Faço contato visual com Otávio, que me escaneia com os olhos enquanto sopra uma xícara fumegante de café. Usa meu boné com a folha de cannabis, suando no calor da tarde.

— Vai me contar por que está tão aéreo esses dias? — Ele arqueia a sobrancelha para mim. — Não é por conta do Pablo outra vez, é?

Faço que não.

Não falei para Otto sobre Júlio. Ninguém exceto Melissa sabe, na real. Estava esperando a melhor hora de conversar com meu amigo, especialmente porque preciso de conselhos que não vou obter buscando "como esquecer alguém em dois passos" no Google.

— Conheci um garoto.

— Finalmente uma fofoca pra alegrar a minha tarde. — Ele olha para cima simulando uma prece de agradecimento antes de me encarar. — Tá, me conta *tudo*.

— O nome dele é Júlio — não titubeio. — É um blogueiro de viagens que a Melissa acompanha, só que eu nem sabia disso. A gente teve um bate-boca na praia e depois passou umas semanas sem se ver, até que o encontrei de novo e foi… intenso.

Otto estreita os olhos. Está com sua peça de roupa favorita: uma camisa branca com o rosto da Pabllo Vittar e a frase "Melhor se arrepender do que passar vontade". Ele é completamente apaixonado pelo universo drag.

— Intenso como?

— Não sei. Eu… — Umedeço os lábios. — Acho que me senti muito próximo dele e isso me assustou. Então, quando voltamos a nos encontrar na Shakespeare… parecia que era tudo ou nada, e ele escolheu o nada. Mandei mensagem pra ele depois, chamando pra vir pra festa hoje, mas fui ignorado com sucesso.

— Sério?

— É confuso. Ele admitiu que gostava de mim um pouquinho.

— Um pouquinho?

— Um pouquinho. — Imito o gesto que Júlio fez na livraria. — O que já é alguma coisa...

— Mas não o bastante para vocês se beijarem ou ele te responder. Suspiro.

— Senti que a gente tinha se conectado, sabe?

— Se conectado?

— Como se o Universo quisesse que a gente ficasse junto.

Há uma pausa. Otto inclina a cabeça, me examinando.

— Essa conexão é algo que só você sentiu, ou acha que ele sentiu também?

Penso nas minhas interações com Júlio. Os olhares e risadas, as pequenas aberturas que me deu, todas as chances que tinha de se afastar e não o fez... E, finalmente, sua frase antes de desaparecer na chuva: "foi um prazer te conhecer, apesar do que possa ter parecido antes".

— Sim — balanço a cabeça. — Tenho certeza que sentiu também.

Pelos minutos seguintes, atualizo Otto sobre os sinais, as coincidências e horas repetidas. Ao final, ele diz:

— Mesmo que Júlio estivesse certo sobre ser a última vez que vocês se viram, o que não acho que seja o caso, estou feliz que você tenha sentido algo novo por alguém. E se isso foi o começo de uma paixão?

— Esse é o problema, cara. E se eu tivesse me apaixonado? — Chuto o chão, fazendo um péssimo trabalho de manejar minha raiva. — Júlio tem a vida dele e tá só de passagem. Ele não vai ficar. Então, sabe. *Que merda.*

Otto dá um sorrisinho.

— Se apaixonar não é tão horrível. Talvez o Universo quisesse te lembrar disso.

— Pensando assim, o Universo é um sádico especialista em destruir o coração das pessoas. Se não temos a menor chance, por que me fazer criar sentimentos pelo Júlio à toa? Por que me fazer sentir essas coisas?

— Karma, talvez? Por conta do seu histórico?

Dou um soco no braço dele.

— Pô, pega leve aí, Otto!

— Desculpa, tem razão. Não é justo mesmo. — Otto massageia o lugar onde o acertei e relaxa o rosto. — Lembra do que você disse quando a gente se viu pela primeira vez? Você me levou na praia e perguntou se eu surfava. Logo eu, saindo do interior do Piauí sem ter pegado uma onda na vida. — Ele dá uma risada. — Lembra, né?

— Lembro.

— Então. — Otto passa o braço ao redor dos meus ombros. — Nesse dia, você me disse que sonhava com um amor que pudesse resistir a tudo, alguém que visse o mundo contigo. E eu me lembro de te olhar e pensar: caramba, esse cara acabou de me conhecer e tá contando algo tão pessoal, talvez eu devesse ser mais assim também. — Os olhos dele dardejam os meus. — Mas foi a última vez que você falou comigo sobre amor.

Tento me situar na lembrança de Otávio. Eu, aos dezessete, fingindo que os sonhos que me deram eram mesmo meus, me obrigando a conviver com os amigos de Pablo, a treinar para uma carreira que não queria...

No fundo, ser honesto com as pessoas é um desafio. É como se eu fosse uma praia cercada que permite nadar só até certo ponto. Desde que os banhistas permaneçam no raso, não há problema. Mas, se começarem a ultrapassar o limite, é preciso impedir o avanço.

Então, sem notar, construí uma muralha ao meu redor. Acho que sei por que, porém. É mais fácil afastar as pessoas do que arriscar que nos vejam por quem somos de verdade.

Amo ser bissexual, mas por que passei tanto tempo sem contar aos meus amigos, aos meus pais? Porra, se eu que sou privilegiado por viver em um lugar como o Hippie ainda temo, então tem alguma coisa errada no *mundo*.

E agora sinto que ocultar essa parte de mim não tem nada a ver com falta de orgulho. Eu só não me sentia preparado para estar na posição vulnerável de ser ferido por algo que está fora do meu controle.

Se quero mudar para melhor, devo aprender a baixar as cercas que limitam a minha praia e acolher as pessoas em vez de excluí-las.

Otto é compreensivo o bastante para não esperar uma resposta minha. Ele levanta o braço do meu ombro e ergue meu queixo.

— O que você vai fazer sobre esse lance com o Júlio? — pergunta.

— Ainda não sei, mas agora a gente tem uma festa muito importante pra preparar. Depois vou surfar um pouquinho, e, quando voltar, vou esquecer o Júlio beijando a primeira pessoa que chamar minha atenção.

Meu amigo me encara com uma careta.

— Você sabe que isso contradiz *tudo* que a gente acabou de conversar, né?

— Eu sei, mas voto pelo direito de ser completamente incoerente.

Otto suspira e dá de ombros.

— É o que sempre digo. A tristeza de uma decepção só dura o tempo em que você se mantém apegado a ela.

Como agradar sua futura sogra em dois passos

O Universo só pode estar rindo da minha cara de novo.

Essa é a única explicação que encontro ao ver Júlio na praia na tarde da festa no Hippie, justo depois de achar que não voltaria a encontrá-lo. Ele usa uma inesperada camisa branca de botões e o chapéu de palha cobre parcialmente o rosto.

Eu não deveria estar surpreso. Essa é a magia de Canoa Quebrada, afinal: tudo — inclusive esbarrar em garotos que te deram um fora e de quem você está desesperadamente a fim — acontece no litoral, sob a guarda vigilante do oceano Atlântico e de Iemanjá.

Ele não está sozinho dessa vez. Tem uma mulher branca na casa dos quarenta ao seu lado. De cabelos castanhos compridos e uma flor amarela na orelha, ela usa um vestido claro que balança com a brisa, a vela de uma jangada se abrindo em alto-mar bordada no centro.

Mesmo descalça na areia com as Havaianas na mão, tem algo de Julia Roberts nos seus trejeitos, tomando um gelato numa noite de verão na Itália, pronta para reencontrar o amor após um relacionamento turbulento.

Eles têm a mesma altura, o mesmo porte físico. Seria óbvio que se trata de mãe e filho até se eu já não a tivesse visto em uma publicação no Instagram de Júlio.

Acabam de sair de uma das barracas. Caminham pela sombra até a mãe parar na frente do desenho da lua com a estrela na falésia. Ela calça as Havaianas, tira o celular da bolsa e chama Júlio para uma selfie. Apesar da falta de ânimo, a boca vermelha dele brilha em um sorriso charmoso enquanto posa para a câmera. Os botões de cima da camisa, abertos, revelam a pele intocada pelo sol.

A mãe se esforça por uma foto digna de feed e se frustra ao não conseguir nenhuma. Há uma disputa entre os dois: Júlio quer ir embora, suponho, mas ela, não. Como um marinheiro em busca de terra firme, a mulher olha ao redor da praia, me vê e acena.

Não dava para *não* ser eu, o cara com a chamativa prancha rosa com o nome LA ROSALÍA escrito em Comic Sans dourado e a pessoa mais próxima disponível, no lugar exato e na hora programada.

— Querido, tudo bem? — ela diz com elegância, meneando a mão e subindo a voz sem gritar. — Pode nos dar uma forcinha aqui?

Sem pensar duas vezes, aceno de volta e vou até eles.

Júlio, de costas, se protege do sol numa réstia de sombra da falésia e não me vê. Me escoro em Rosalía, agora de ponta-cabeça na areia. O sol ilumina o dourado dos meus dreads.

— *Hola, buenas.* — Desfilo meu sorriso mais largo. Ser um surfista gato falando espanhol tem uma alta taxa de retorno. — Como posso ajudar?

A reação do garoto é imediata. Júlio se vira para mim de uma vez — a covinha, os cachos, o cristal rosa do colar aparecendo na parte à mostra do peito. O sangue desaparece das bochechas dele, que dispara em voz alta, no automático:

— Você.

O comentário chama atenção da mãe. Ela nos olha com um lampejo de curiosidade, o nariz levemente franzido.

— Já se conhecem, filho?

— Não — o garoto mente na mesma hora em que digo "sim".

Ele me fulmina. Tento disfarçar o que meu corpo sente com Júlio tão perto.

Limpo a garganta. Posso jogar esse jogo, se ele quiser.

— A gente se viu na praia, lembra?

A veia pulsante na testa dele me pede para tomar cuidado.

— Está me confundindo com alguém.

— Hm, pode ser. — Dissimulo uma dúvida no rosto. — Mas ele se parecia bastante contigo.

— Não era eu — insiste.

— Bom, eu tenho *certeza* que o Júlio lembraria de ti — a mãe comenta. Dá um sorrisinho para o filho, que enrubesce mais uma vez.

Sua afirmação me leva a uma pergunta irresistível.

— Por que o Júlio se lembraria?

A mulher desvia do olhar ameaçador do garoto e se aproxima de mim. Baixinho, como se ele não fosse escutar, me diz:

— Você parece ser exatamente o tipo do meu filho, mas não deixe ele saber que falei isso.

Júlio se coloca entre nós dois e agarra a mão da mãe.

— Chega. Podemos ir agora?

— Não, querido. Só depois da foto. — Ela olha para mim com uma expressão brincalhona e explica: — Preciso postar algo que prove que estou de férias e desestimule as pessoas no trabalho de encherem meu saco. Desde que inventaram o WhatsApp ninguém mais tem sossego. Poderia fazer o favor, meu bem?

Dou uma risada.

— *Por supuesto*.

Ao me passar o celular, percebo que sua boca tem o mesmo desenho da de Júlio: o lábio superior bem preenchido e a covinha na ponta do queixo.

Me posiciono para tirar a foto. A mãe de Júlio passa o braço pela cintura do filho, e a cena se torna ainda mais fofa quando abre um sorriso radiante e baixa os óculos de sol. Júlio, cuja tensão no rosto é notável, curva os lábios o máximo que pode.

Faço um monte de registros dos dois, girando ao redor do cenário para garantir outras opções conforme a mãe de Júlio pede. Se essa é a primeira impressão que ela terá de mim, vou me esforçar para que seja a melhor.

— Acho que já deu — ele encerra o ensaio e fecha os botões da camisa. Tira o chapéu e prende um cacho atrás da orelha, então percebe que o observo e bufa.

— Posso tirar mais se não estiverem boas — digo ao entregar o celular pra ela.

Júlio me lança um olhar fatal que diz: *vou te amaldiçoar a trezentos anos de expiação e sofrimento se fizer isso, Matias*.

— Bom — a mãe dele levanta os óculos —, conseguimos extrair do meu filho mais que o normal por hoje. Ele não se importa em gravar vídeos que serão vistos por milhares de pessoas, mas uma única foto com a mãe? *Cringe.*

Dou risada, vendo como puxa a orelha de Júlio. Ela até começa a dizer algo enquanto olha as fotografias, mas é interrompida por uma chamada.

— Trabalho — suspira e levanta a tela para provar: NATHÁLIA (ESCRITÓRIO).

Ela pede licença e vai até a sombra da barraca onde estavam antes, falando com a mão ao redor da boca para minimizar o ruído do vento.

Quando está distraída e fora de alcance, Júlio me puxa pelo braço.

— O que você está fazendo, Matias?

— Indo surfar?

— Não — ele vocifera. — Me refiro ao que está fazendo com a minha mãe.

— Só fiz um favor. Qual é o problema?

Estamos bastante próximos, o rosto dele a poucos centímetros do meu. Me perco nas bochechas vermelhas pedindo para serem tocadas, na barba por fazer que lhe confere um ar rebelde.

— O problema é que você está em todos os lugares aonde eu vou. Não posso dar um passo em Canoa Quebrada sem ser lembrado da existência de Matias Mendonza.

— Quanta irritação. Depois daquele vácuo, *eu* deveria estar puto, Júlio.

— Acho que já fui bastante claro.

— Você disse que gostava de mim.

— *Um pouco!* — Seu rosto fica vermelho. — Meu Deus, não tem como a gente dar certo. Para de insistir. Se houvesse alguma possibilidade, se nossa história não fosse destinada ao fracasso, talvez eu...

— Talvez o quê?

Júlio, tão próximo agora que me vejo refletido em seus olhos...

— Talvez eu te desse o beijo que você tanto quer e acabasse de uma vez com isso.

Ainda está com a mão em meu braço. Os dedos dele me fazem desejar toques mais íntimos, juras e sussurros de amor. E Júlio cheira *tão* bem, o perfume misturado à essência do protetor solar. E a boca... Se eu pensar muito nessa boca, vou perder o controle que tanto me esforço para manter na frente da mãe dele.

Júlio só se dá conta de que me aperta ao acompanhar meu olhar. Se afasta então, surpreendido, se esforçando para sustentar nosso cabo de guerra a uma distância segura.

— Matias. — Meu nome sai em forma de suspiro, e noto uma pequena rachadura em seu rosto, semicerrando os olhos na direção do sol. — O que mais você quer que eu diga?

Reduzo novamente a distância entre nós.

— Diz que fez tudo de caso pensado só para me torturar, Júlio. Diz que gosta de me ver correndo, me arrastando por você. Diz que... — Outro passo. — Isso... — Mais um. — Te excita.

Os olhos castanhos de Júlio cintilam com algo próximo a contentamento.

Há desafio.

Há desejo.

E há mais que isso também, percebo, oculto atrás de uma névoa.

— Me fala, *guapo* — eu peço. — Do que você tem tanto medo?

— Quê?

— Medo — repito, a voz mais suave. — Você tem medo de mim? Ele aperta os lábios com força.

— Eu não tenho medo de você.

— Então por que não me dá uma chance?

— Já disse — ele se esquiva com pressa. Encara o céu, parte da face emoldurada na contraluz. — Não sou a pessoa que você procura, não posso te dar o que você quer.

De repente, se torna óbvio. Como não percebi?

— Então não é de mim que você tem medo — murmuro. — É de nós dois.

A expressão de Júlio muda como as idas e vindas do mar.

— Eu estou fazendo isso pelo seu bem, Matias. Você não vai querer se relacionar comigo. Você não...

O retorno inesperado da mãe dele o poupa de continuar a explicação. Júlio coloca o chapéu outra vez e se afasta de mim. Tenta camuflar o nervosismo ao pegar o celular e fingir resolver um assunto urgente. Péssimo mentiroso.

— Se possível, não tenha uma agência de turismo — a mulher me aconselha, segurando a flor amarela. Estava absorvida demais no trabalho para notar a tensão que estala entre seu filho e mim. — Agora vou precisar ir em casa assinar um contrato que poderia ter sido resolvido *antes* das férias.

— Ah, a senhora também trabalha com viagens? — pergunto. — Meus pais são donos do Hippie, um hostel aqui em Canoa.

O reconhecimento arde em seus olhos. Ela olha para Júlio com a testa franzida, a voz oscilando:

— Filho, o garoto que você conheceu não trabalhava nesse hostel?

— Mãe!

— Ué, não era pra falar? Por que você disse que não conhecia o Matias?

Ele enfia as mãos nos bolsos da bermuda e nos dá as costas, ao mesmo tempo que algo próximo à esperança se acende em mim. Se eu não significo nada como Júlio insiste em dizer, por que mencionar meu nome para sua mãe? Por que falar sobre o Hippie? Exceto se...

Exceto se ele tem pensado em mim.

— Tudo bem, já entendi que me meti onde não devia. — Ela sobe a alça do vestido e murmura "desculpa" com os lábios para mim. — Vou deixar vocês a sós.

— Eu também tô indo — Júlio anuncia.

— Nada disso. — A voz da mulher se torna séria, firme pela primeira vez. Ela aponta para nós dois. — Acho que vocês precisam se resolver. A gente já tá indo amanhã pra Natal, filho. Não vai deixar de aproveitar seu último dia por bobagem.

Meu coração para de bater.

Júlio gira o pescoço para observar minha reação, e eu poderia jurar que ele está quase… triste. Tão despedaçado quanto eu.

— Vocês vão embora?

Um nó se forma na minha garganta.

Era a isso que se referia quando falou em me proteger?

Pensei que teríamos mais tempo. Não imaginei que Júlio partiria cedo assim. Sou tão ingênuo.

É por isso que evito me relacionar com turistas.

Turistas só estão de passagem, marinheiros com um amor em cada porto. Você pode se divertir com turistas, mas se apaixonar? É arriscado demais. Eu já cometi esse equívoco no verão passado, quando Clara, uma dançarina talentosa, se hospedou no Hippie por algumas semanas. Clara ainda pensou em ficar por mim, o que só piorou as coisas; eu não estava preparado para um relacionamento, e não soube comunicar isso a ela.

Não acredito que vou repetir o erro com Júlio, deixá-lo entrar na minha vida apenas para que parta em breve.

Vinte e quatro horas.

Somos apenas o prelúdio de uma história de verão, não mais que uma ideia, um livro que se encerra no prólogo.

— A avó do Júlio mora em Natal — a voz da mãe suaviza. — Vamos fazer uma visita antes de ir pra Fortaleza no final do mês.

— E não passam mais por Canoa?

Sei que o desespero patético na minha voz é perceptível.

Ela comprime os lábios e faz que não.

— Melhor eu ir — diz, sorrindo para mim com uma pontada de pena. — Foi um prazer te conhecer, Matias. Obrigada pelas fotos. Ficaram ótimas.

Ela aperta meu ombro e se inclina para sussurrar algo no ouvido de Júlio, até então afastado da conversa, e lhe entrega o chapéu de palha. No segundo seguinte, beija a bochecha do filho e desaparece pelo caminho na falésia, levantando a barra do vestido para não sujar na areia vermelha, como se não tivesse nos deixado com uma granada. A granada que detona o verão.

A anatomia de um amor de verão

Nos sentamos embaixo de uma das barracas de madeira. Com a maré subindo rapidamente, a areia na ampulheta do nosso dia começa a cair, os grãos nos lembrando que o tempo que nos resta é contado. Menos de vinte e quatro horas, para ser exato.

Encaramos a praia. Hümi, recém-chegada do passeio com os hóspedes, está entre os surfistas na água, tentando marcar território no *crowd* que se forma em meio às ondas de cristas perfeitas no horizonte. Se eu não tivesse encontrado Júlio, estaria com eles agora.

Mas é a primeira vez que estar em terra firme parece melhor do que estar dentro do mar.

— Você deveria ir surfar. — O garoto quebra o silêncio. Está desenhando um círculo na areia com a ponta de um graveto. — Sinto que estou arruinando sua tarde.

— Prefiro ficar com você.

Poucas vezes vi condições tão favoráveis para o surfe em Canoa Quebrada quanto hoje. O mar, no tom esverdeado típico do Ceará, está mais forte que de costume. Ainda assim, não trocaria esse momento com Júlio por nada.

Ele meneia a cabeça e junta os joelhos. Depois que sua mãe — Cláudia, ele me contou — foi embora, Júlio caminhou ensimesmado até o lugar onde estamos. Eu o segui, desviando das algas.

Nesse lugar, os polos magnéticos da Terra se invertem — uma bandeira de paz é subitamente hasteada entre nós.

— Matias — ele me chama —, você já teve a sensação de não ser absolutamente nada?

Fito o perfil de Júlio.

— O que te fez pensar nisso?

O garoto pega um punhado de areia e depois abre os dedos com a palma da mão para cima.

— É que me sinto pequeno, às vezes. Diante do Universo, não sou maior nem mais importante que um grão de areia, e me pergunto se... se tanto esforço, se levantar da cama todas as manhãs e encarar o mundo, vale a pena.

Preciso fazer força para não tentar segurar sua mão.

— Acho que te entendo. — Penso em Pablo e nas madrugadas em que me revirei insone na cama, imaginando que nunca deixaria de gravitar na órbita dele. Enquanto todo mundo que eu conhecia encontrava seu rumo, eu vivia exatamente como Plutão: demorando dois séculos e meio para dar uma volta completa ao redor do Sol. — Já me senti assim, *guapo*.

Júlio vira para mim.

— E o que te faz se sentir melhor?

— Meu pai acredita numa coisa — resgato fios de velhas conversas que entreouvi de papai com viajantes, flashes ao redor de fogueiras. — Não sei se faz sentido, mas ele diz que somos uma manifestação da consciência do próprio Universo. Uma das muitas maneiras de essa consciência experimentar a vida.

— E isso não te assusta? — Júlio indaga. Ele risca outro círculo dentro do primeiro. — Saber que é uma expressão de algo tão grande?

Faço que não.

— Só porque o Universo é enorme não significa que sejamos dispensáveis para ele. Somos o produto de trilhões de anos de aperfeiçoamento. Cada encontro e desencontro na história nos trouxe até aqui. Quando me sinto pequeno, gosto de lembrar que, se sou uma expressão do Universo, isso significa que *sou* o Universo, que carrego a grandeza dele dentro de mim.

Júlio suspira e joga o graveto com força na direção do mar. O pedaço de madeira permanece ali, inerte, até uma onda engoli-lo.

— Matias, você acha que eu sou um covarde?

— Por que acharia isso? — pergunto, surpreso.

— Eu desperdicei quase todas as oportunidades que a gente teve desde que nos conhecemos — ele sopra as palavras. — Primeiro porque pensei que você estava brincando comigo. Depois porque eu não queria admitir que estava, sim, atraído. E, finalmente, porque vou embora amanhã. Tantas dúvidas bobas. Quase desperdicei mais uma oportunidade minutos atrás…

— Mas não desperdiçou.

Nos encaramos.

— Poderia ter sido diferente se eu não tivesse fugido de nós dois por quase duas semanas. Às vezes eu faço isso, sabe? Entro nesses ciclos, como se não pudesse me impedir de cometer os mesmos erros de novo e de novo. É difícil sustentar uma fachada se ela é feita de areia.

— Você não precisa fingir comigo.

Os dedos dele envolvem o colar de quartzo.

— Só… me desculpa. Se pudesse voltar atrás, eu voltaria.

— *Guapo*, nada disso importa. Como você disse, não temos muito tempo sobrando, temos?

— Tem razão. Eu só quero estar aqui. — Júlio me olha. — Estar aqui com você.

Sua franqueza é inesperada demais. Há pouco disputávamos poder, e agora *isso*. E se o agito em meu peito, os batimentos descompassados e o calor que sinto vir de Júlio a mim são sinais de que estou mesmo me apaixonando?

Não sei se quero.

Não sei se *devo* me apaixonar por ele agora que sei que está partindo. Mas talvez seja tarde demais.

Talvez nunca tenha existido um momento, desde o instante em que o vi, onde não estivesse apaixonado.

— Puta merda, não acredito que você vai embora. — É impossível conter o suspiro. — Me acostumei com nossos encontros.

— Não foi por falta de aviso.

— Sim, mas… — Balanço a cabeça. — Não é justo.

O braço dele quase toca o meu.

— Ainda acha que o destino quer nos unir?

Quero dizer sim a Júlio, mas não sei. É possível que todos os sinais que jurei ter visto não tenham passado de engano, um truque do ego. É possível que não estejamos destinados a ficar juntos como pensei, mas, pelo contrário, a acabar sem que sequer nos conheçamos.

Antes que eu possa dar uma resposta, porém, algo acontece.

Algo *sempre* acontece.

— Matias. — Júlio aponta para a esquerda com um sussurro afobado. — Ela tá vindo aqui?

Levanto os olhos.

Não havia percebido a aproximação da mulher, subindo a praia até nós com um turbante de cetim verde-esmeralda cheio de pequenas luas prateadas e uma saia longa com a mesma estampa.

Cartomantes não são novidade em Canoa Quebrada. À noite, mesas de adivinhação são montadas na Broadway, com leitura de mãos, runas e tarot oferecidas a viajantes que buscam respostas e conexão espiritual.

Na praia, porém, é a primeira vez que vejo a cena. Há algo de peculiar na mulher. Talvez sejam as mechas de cabelo ruivíssimas que escapam do turbante ou os teatralizados movimentos corporais, emoldurados pelo éter que a envolve como um segundo manto de luz.

Os olhos dela me fitam com a intensidade de mil adagas. Ela se agacha na areia, sobe a saia e coloca os joelhos no chão.

— Meninos. — A cartomante nos sonda com um meio-sorriso. Sua voz é sibilada e doce, com o chiado de um sotaque irreconhecível. Não deve ter mais do que trinta anos; as sobrancelhas são grossas e seu batom vermelho é forte. Mas a cor dos olhos… A cor é esmeralda, um verde profundo vertendo das entranhas da terra, estranhamente familiar para mim. — Alguém já leu a sorte de vocês?

Os pelos no braço de Júlio se arrepiam.

— Não — ele diz. — Nunca.

A mulher indica a mão do menino com um gesto. Os brincos de búzios balançam toda vez que ela se move.

— Posso?

Júlio inspira fundo e olha para mim em busca de resgate. Está tenso e com os punhos cerrados. Eu o encorajo não verbalmente, murmurando um "relaxa" com os lábios.

Ele solta o ar.

— Tudo bem. Pode ir em frente.

A vidente infla as narinas e fecha os olhos. Quando torna a abri-los, toma a mão direita de Júlio entre as suas e passa o indicador pelos dedos dele.

— Ascendente em escorpião, estou certa? — Ela comprime os lábios. Júlio franze a testa antes de concordar. — Faz sentido. Você treinou a si mesmo para se proteger do mundo. Aprendeu a gostar de viajar só, mas estar em paz na própria companhia ainda custa. Tem progredido, feito aberturas, e está consciente das mudanças. Parece um bom momento.

— Como tudo isso pode estar na palma da minha mão?

A mulher toca a pele macia da palma dele.

— O futuro pode ser um rio turbulento, mas suas águas deixam pequenos sinais espalhados pelas margens. É o que vejo.

— Sinais do *rio* do tempo? — Júlio não consegue esconder a descrença.

— Indicações fluidas, sim. Vibrações do seu campo energético — ela ignora o ceticismo dele. — Você, por exemplo, vem de uma longa jornada. Aqui — a quiróloga aponta para a linha que desce em direção ao pulso pálido dele —, essa é a linha da vida. A sua tem uma ruptura no início, representando dois caminhos distintos. Vejo renascimento, uma nova vida. Ou a vida que deveria ter sido sua em primeiro lugar.

A reação de Júlio é instantânea em seu rosto. O sorriso debochado morre nos lábios.

— Claro. Você agora é o homem que sempre soube ser — continua ela, lentamente. — Mas seu passado se faz presente. Muros construídos ao seu redor ruem aos poucos. Você teme se abrir para o novo, mas, se quiser experimentar de fato o que procura, deve ir até o fim.

— E então a mulher para, a veia se sobressalta em sua testa.

— O quê? — Júlio pergunta. — O que a senhora viu?

Ela levanta o rosto para encontrá-lo. Aperta a mão de Júlio com força, e um leve tremor se agita em suas pálpebras.

— Eu te vejo — ela crispa os lábios — desacreditar uma escolha iminente apenas por desconfiar do amor, por parecer impossível demais. Será um teste, um ato de fé. Ou aceita e confia, ou rejeita e perde o início de algo maior do que pensou.

É como se ele levasse um tapa: fica completamente arrepiado, seu estupor estampado nas bochechas coradas.

A cartomante não nos dá tempo de absorver as informações antes de se virar para mim.

— Você também quer saber, não quer.

Não é uma pergunta, e ela tampouco aguarda resposta ao examinar minha mão minuciosamente. O toque é firme; seu indicador corre pelas três linhas principais da palma direita e dispara um calafrio na base da minha espinha. Ao me encarar, os olhos cor de esmeralda estão afogueados.

— Você jamais será capaz de se tornar seu verdadeiro eu se estiver preso ao eu que criaram para você. Ou ao eu que *acha* que criaram.

— Você vê alguma coisa na linha do amor? — Relanceio inevitavelmente para Júlio.

Ela gosta da pergunta e abre um sorriso enigmático.

— Há um karma que precisa ser superado nessa encarnação, uma ferida que te distanciava de experimentar o sentimento plenamente — a quiróloga diz em tom de ultimato, sucinta. — Não há escapatória, querido. Ou aprende pelo amor ou aprende na dor.

Em seguida, o mundo ao nosso redor fica gélido quando ela agarra a minha mão e a de Júlio com força.

— Há uma profecia.

— Uma profecia? — sussurro.

Subitamente, os olhos dela se reviram, exibindo apenas a parte branca.

— O que o mar uniu ninguém separa. É um presente cósmico. O enlace prometido de duas almas, cuja chance de se amar em outra vida foi tirada cedo demais. — A voz dela baixa para um sonido grave até o ponto de se tornar turva. Tenho a sensação de que há mais alguém com a gente, uma força antiga. — Nem sempre essa conjunção se forma no céu, mas hoje ela brilha. Caminhem até onde o chão é azul e o dragão cospe fogo. Acima do penhasco, na lua crescente, verão.

Quando acaba, a cartomante solta minha mão e a de Júlio, e seus olhos tremeluzem. Ela inspira forte. As íris esmeralda voltam ao normal, me encarando.

Júlio limpa a garganta.

— Não acho que essa mensagem seja para nós — ele balbucia para a quiróloga, se recuperando da intensidade do momento. Está pálido e confuso. — Eu acho que... não sei. Acho que encontrou as pessoas erradas.

Ela pousa a mão na bochecha dele.

— Querido... — sussurra, tão gentil quanto um beija-flor para uma rosa. — Eu sei que dá medo, mas você consegue. Você *merece*.

O mar está quase chegando até nós. A mulher se afasta de Júlio e escapa da sombra da barraca. Dá um passo para trás. Uma onda lava o tecido reluzente da saia.

Ela começa a se distanciar, mas vira de costas quando fico de pé na areia e digo:

— Espera! Qual seu nome?

O sol reflete no turbante e torna as luas prateadas quase iridescentes. Atrás, Canoa Quebrada se curva à esquerda, onde a baía faz um giro entre as dunas e os cataventos acima delas.

Um sorriso cruza seu rosto.

— Aurora — ela diz, com uma mesura para o poente. — Se não quiserem perder a conjunção, mexam-se. Muitas peças foram mexidas para que esse encontro acontecesse. Não deixem passar.

E se vai, os pés descalços deixando pegadas na areia que as ondas logo apagam.

Quando olho para Júlio, não sei definir quem de nós está mais chocado.

— Alguma coisa fez sentido para você? — ele me pergunta, sem ar.

— Sim. Você?

— Talvez, não tenho certeza... — Júlio suspira, e então levanta o queixo. — Mas eu quero descobrir, Matias.

— Você... *quer?* — Franzo a testa. Eu esperava que Júlio risse de Aurora, contestasse suas palavras com uma racionalidade intransigente, como debochou de mim na livraria. Mas aquilo foi antes. — Achei que não acreditasse em nada disso.

— Não sou o cético que você pensa. — Ele aperta o pingente de quartzo e me olha. — *Onde o chão é azul e o dragão cospe fogo.* Foi isso que a Aurora disse. O que acha que significa?

Eu não dei a atenção devida à frase na hora, mas agora meu cérebro processa rápido para encontrar uma resposta.

Testo a frase em minha língua, repetindo-a uma porção de vezes. *Chão azul, dragão cuspindo fogo...*

Puta merda.

E se esses elementos não forem uma metáfora? E se forem algo *literal*?

— Já sei, Júlio! — exclamo para ele, ligando uma ponta à outra. — Já sei onde pode ser!

A conjunção

— Você contratou a Aurora, né?

Essa é a reação de Júlio quando chegamos ao lugar da "profecia".

Ok, é compreensível. Parece mesmo suspeito que a solução para a charada da cartomante seja o terraço do Hippie, com o piso pintado de azul-claro e o mural com um dragão cuspindo fogo na parede.

Ainda não sei como Aurora pôde ser tão precisa. Ou já se hospedou no Hippie ou o que senti enquanto a ouvia falar — que aquela não era sua voz, mas a de uma entidade antiga se expressando por ela — é verdade: Júlio e eu recebemos uma mensagem secreta do Universo.

— Claro que não — respondo.

O sol baixou desde que saímos da praia. Os tons de roxo e azul--escuro do crepúsculo começam a tingir o céu. O rosto dele está vermelho e suado, parte pela caminhada, parte pela corrida na escada que leva ao terraço do Hippie.

O lugar é um charme, com pranchas de surfe ornamentais nas paredes, um pé de maracujá florido que se alastra pelo parapeito e redes de renda.

— Ela apareceu absolutamente do nada, começou a falar coisas superbizarras sobre nós dois e vidas passadas, e depois nos mandou direto *pra sua casa*? — ele continua a acusação. — Só pode ser uma pegadinha, daquelas bem elaboradas.

Cruzo os braços.

— Eu não contratei ninguém.

Ele estreita os olhos.

— Você jura?

— Para alguém que dizia não ser tão cético — me aproximo dele —, você desconfia demais. Por que é tão difícil acreditar em mim?

O cabelo de Júlio está bagunçado, como se ele tivesse acabado de acordar. Ele me encara, passa a mão na nuca e suspira.

— Foi mal. — Júlio toca o focinho do dragão no mural, perpassando com os dedos a textura áspera da parede. Lembro do dia ensolarado em que uma antiga voluntária fez o grafite. Jamais imaginei que se tornaria um elemento importante na minha história. — Eu esperava que fosse um lugar diferente.

— Está desapontado?

Júlio dá um sorriso de canto da boca.

— Vou ficar se nada acontecer. — Ele fita o céu. — O que fazemos agora?

— A gente espera.

— Espera pelo quê?

— O sinal que Aurora prometeu — digo. — A conjunção do nosso amor.

Ele faz o que sabe fazer de melhor: revira os olhos.

— Não vamos envolver amor nessa história, Matias. Ainda estou aprendendo a tolerar sua presença.

Esbarro em seu ombro de propósito quando passo para pegar um par de cadeiras.

— Que bom que está aprendendo, *guapo*. Se somos mesmo almas gêmeas nos reencontrando nessa vida, passaremos muito tempo juntos. — Abro um sorriso para Júlio. — Melhor se acostumar.

Ele se esforça para não corresponder o sorriso, mas acaba cedendo e se senta na cadeira ao meu lado. Nossos joelhos se esbarram. Espero em silêncio que se afaste, algo que nunca faz.

As luzes do terraço estão apagadas, e estamos sozinhos. No céu, a lua crescente sorri como quem conhece mais segredos do que revela. Se não fosse pela ausência da estrela em seu interior, seria idêntica à lua na insígnia de Canoa.

— O que a gente está procurando agora? — Júlio me pergunta. — Um bisão voador, um avião com uma faixa dizendo "peguei vocês, otários"?

Dou uma risada.

— Provavelmente algo mais sutil.

— Como o quê?

— Talvez uma estrela cadente.

Os olhos cor de canela de Júlio me julgam.

— Uma estrela cadente é comum demais.

— Você quer um espetáculo?

— E daí se eu quiser? — Ele dá de ombros. — Talvez eu *queira* que o Universo me surpreenda.

Conforme os minutos passam e o anoitecer se firma, porém, a ideia de um sinal espetacular no céu se torna distante. Ainda assim, nenhum dos dois deixa o terraço ou dá qualquer indício de querer ir embora.

— Você acredita em reencarnação? — a voz de Júlio soa grave.

— Acredito. E você?

Ele estrala os dedos da mão.

— Nunca parei para considerar de verdade. Tipo, minha avó é espírita e já me falou algumas coisas, mas todo o resto da minha família é católico ou evangélico, e não acredita.

— Você é próximo da sua família?

— Da minha mãe, sim. Do meu pai, não.

— Por que não?

— Não sou exatamente o que eles apoiam. — Júlio segura o pingente e desvia do assunto tão rápido quanto pode. — Daí nunca pensei em reencarnação como algo *possível*, sabe? Fora que a ideia de um Deus, ou pelo menos o Deus que me mostraram, não me anima. É muito difícil acreditar em Deus se os fiéis dele nos transformam em pecado, em inimigos.

— Então o que você pensa do que a Aurora disse sobre a gente?

— A parte de que somos almas que não conseguiram ficar juntas em outra vida? — Ele ri. — Eu achei... estranho. Tipo, se é verdade, a gente acabou em tragédia uma vez. O que garante que não vai acontecer de novo?

Passo meu braço ao redor da cadeira dele.

— Meu pai amaria tudo isso.

— Ele acredita nessas coisas?

— Sim. Minha mãe também, mas papai ainda mais — digo. — Ele crê em uma energia universal, que se expressa através de diferentes deuses e entidades, de várias crenças e religiões. Já levou a gente a cerimônias xamânicas, giras em terreiros de umbanda...

A paixão do meu pai pelo desconhecido é parte do que nos aproxima. Para ele, o que liga as religiões é a conexão com uma força superior, e o importante é a fé, a busca pela espiritualidade, o respeito com as diferentes formas de pensar. Papai diz que cada pessoa deve encontrar seu próprio caminho espiritual, que o universo é amplo demais para se prender a uma verdade absoluta.

Os olhos de Júlio se fixam em mim.

— Vocês são próximos?

— Muito. A gente faz bastante coisa junto. Viaja, vê filme, vai pro reggae...

— Até pro reggae? — Júlio dá uma risada.

— Meu pai é demais. — A pele do meu braço roça a nuca dele. — Sempre me ensina várias coisas, sobre ter orgulho da minha ancestralidade e conhecer a história do meu povo.

— Isso é lindo. Fico feliz que vocês tenham um bom relacionamento. Pais podem ser... — Ele inspira profundamente. Noto como sua voz soa embargada. — Difíceis.

Quero perguntar mais sobre isso. Não lembro de ter visto nada do pai nas redes sociais de Júlio. Mas não quero arriscar nosso progresso; melhor que ele toque no assunto em seu ritmo.

— Pelo menos sua mãe é uma fofa.

— Ela é mesmo. E gostou de você.

— Como você sabe? — Franzo a testa.

— Não se faz de desentendido, você percebeu que a gente já tinha conversado sobre ti antes. Ela insistiu que eu te desse uma chance.

— Olha só, sua mãe nunca errou! E é legal que vocês conversem sobre essas coisas. Tipo, de relacionamento.

— É meio inevitável. — Júlio passa a mão pela testa. — Eu não fiz muitos amigos aqui. Precisava contar para alguém que estava sendo perseguido por um surfista gato.

— Mentiroso. Eu vi o que você tuitou sobre mim.

Ele arregala os olhos.

— Como assim?

— Minha irmã é sua seguidora. Ela me mostrou tudo quando descobriu que a gente tá saindo.

— Mas a gente não tá!

— Foi o que eu disse a ela. — Sorrio. — Embora ela agora acredite que você é meu namorado e que vai aparecer em breve em um jantar de família.

— Talvez eu fosse se...

— Se não partisse de Canoa amanhã — murmuro, completando por ele.

Há uma pausa agitada antes de Júlio me responder.

— É. Amanhã.

Tiro e coloco o meu anel prateado no dedo do meio. Há tanto que quero descobrir a respeito dele, todas as histórias de viagens, os sonhos que não conta a ninguém, o que pensa do mundo...

Uma interrogação, porém, fala mais alto que as outras.

— Posso te perguntar uma coisa?

— Se quer saber outra vez se te odeio — ele zomba, batendo o joelho no meu —, a resposta é *não*.

— No outro dia na praia... — Passo a língua pelos lábios. Júlio percebe que é um tema sério e endireita a coluna. — Você comentou que tinha ficado chateado porque eu ri de ti, e deu a entender que é algo que já aconteceu. Não quero correr o risco de te machucar de novo.

Ele fica imóvel. Então, levanta da cadeira e vai ao parapeito. À esquerda, os cataventos da eólica, coroados pelas luzes vermelhas das hélices, brilham à distância.

— As pessoas nem sempre foram gentis comigo — Júlio diz, em tom cansado.

— *Guapo*... — sussurro. — Sinto muito.

— As coisas mudaram bastante, mas... — Ele balança a cabeça. — Acho que é o medo do passado. Quando você riu, pensei que era só mais um cara hétero cis tentando zombar de mim.

— E isso acontecia só porque você é gay?

Júlio franze a testa.

— Tá brincando, né?

— Quê?

— Matias, você stalkeou meu insta — ele resmunga. — Sabe que sou trans, tem até a porra de um emoji na minha bio.

Eu não... eu não *reparei*. Ou reparei, esqueci e meu cérebro apagou essa informação. Que não muda nada, aliás. Júlio ser trans é outro aspecto importante que acrescento à pintura dele na minha imaginação, como o medo de água e sua paixão por viagens.

Meu rosto deve demonstrar espanto, contudo, já que Júlio se transforma diante de mim. Algo se parte. Uma cratera se abre na recém--conquistada confiança, um abismo profundo nos separando. Há uma dor nele que não havia antes, fria e cristalina.

Traição.

— Ótimo. — Ele bufa. — Agora está me dando a porra do *olhar*.

Fico atônito. Sinto um gosto amargo na boca.

— De que olhar você está falando?

— Do olhar que as pessoas me dão quando descobrem que sou trans, como se procurassem sinais de que foram enganadas. *Para* — ele pede, entre dentes. — Eu não esperava isso de você, Matias.

Sinto um aperto no peito.

Não sei exatamente o que fiz, de que maneira o machuquei. Mas se Júlio se sente assim...

Puta merda.

A gente estava fazendo tanto progresso. Agora Júlio acha que eu sou um *hijo de puta* preconceituoso.

— Desculpa — eu baixo a voz. — Desculpa, Júlio. Não é verdade.

— O que não é verdade?

— Que eu te olhe de qualquer outra maneira que não seja com carinho e respeito. — Me levanto, mantendo o espaço seguro que ele delimita entre nós. — E se te fiz pensar diferente... — Balanço a cabeça. — Me desculpa. *Sério*.

As luzes dos postes acesas na rua e a Lua no céu nos iluminam.

Júlio fica de frente para mim e analisa meu olhar. Percebo que tenta encontrar uma resposta em meu rosto, decifrar se estou sendo sincero. E eu quero que meus olhos projetem exatamente o que penso sobre ele, como o acho lindo.

— *Guapo*, talvez eu esteja me adiantando mais do que deveria, mas você precisa saber que contigo sinto algo diferente de tudo que já senti — eu me apresso a dizer, assustado com a possibilidade de perdê-lo. — Queria mais tempo juntos para te provar que a gente dá certo, que nossa história vale a pena.

Júlio desvia. Perco a atenção dele, que ergue a vista para um ponto insondável no céu.

— Matias... — ele murmura meu nome, a boca entreaberta, o cenho franzido.

Sei o que dirá: não acredita em mim e está indo embora. Eu não posso deixá-lo partir, não posso ter estragado tudo. Simplesmente *não posso*.

— Não sei o que dizer além de que gosto de ti, e que quero muito, muito...

— Cala a boca, Matias — ele me corta, apontando o céu de modo estranho. Está com os olhos arregalados agora, e, quando continuo falando, ele repete mais alto, com urgência: — Cala a porra da boca e olha para trás, inferno!

Faço o que ele diz e...

Um arrepio perpassa todo o meu corpo.

Pisco várias vezes, passo a mão pelos olhos, tento confirmar que é real. Que não é um sonho.

— Ali, perto da Lua… — Júlio se aproxima de mim. Sua voz está como nunca a escutei antes, elétrica. — Está vendo?

Acho que assinto para Júlio em resposta, que digo a ele que estou vendo, sim; que seria impossível não notar.

Nunca vi algo remotamente parecido nas noites em que viajei em Belchior com minha família, nas madrugadas sentado sozinho na praia, nas aulas de ciência e astronomia, ou em todas as ocasiões em que meu pai montava o telescópio no jardim da nossa casa na Espanha e nos mostrava o céu…

Nada, absolutamente nada, se compara a isso.

É uma estrela. Vibrante e intensa, próxima, emitindo uma luz poderosa. Não estava lá da última vez que olhei o céu, aparecendo em súbito esplendor. A luz em si nem é a parte estranha, mas o fato de que se encaixa quase *dentro* da lua.

Eu conheço essa imagem, a vi por toda a minha vida: a lua crescente se fundindo com uma estrela, o emblema de Canoa Quebrada. A mesma na falésia atrás de Júlio quando o conheci.

E agora está aqui, brilhando para mim e Júlio, em janeiro. Deveria ser impossível.

Mas não é.

— Era disso que Aurora falava? — a voz do garoto vacila, com vestígios de dúvida e espanto. — A conjunção?

— Não sei. — Mordo o interior da boca. — Pode ser.

Nós nos encaramos.

— Você já viu algo assim antes?

— Mais ou menos — digo. — Sei que em outubro a estrela-d'alva entra em conjunção com a lua crescente. — Me estico involuntariamente na ponta dos pés. Algo não se encaixa. — Júlio, essa não pode ser a estrela-d'alva.

— Como assim?

— A estrela-d'alva na verdade não é uma estrela, mas um dos nomes para Vênus. Só que Vênus está *ali*.

— Onde?

Eu o ajudo a encontrar o ponto no céu.

— Está vendo? Esse brilho afastado da Lua é Vênus. Foi uma das primeiras lições que papai me ensinou: o fato de que Vênus é o terceiro astro mais brilhante no céu. Não conheço nenhum outro que pudesse ficar nessa posição. — Um vento forte faz as redes balançarem. As folhas do pé de maracujá farfalham. — *Nenhum*.

— Se essa estrela não é Vênus — Júlio se recosta no parapeito do terraço —, então qual é?

— Não faço ideia.

Um silêncio profundo recai entre nós.

— Vou ver se as pessoas estão comentando — ele fala. — Não é possível que só a gente esteja vendo isso.

No segundo seguinte, porém, o garoto xinga baixinho e puxa minha camisa.

— Meu celular, Matias. *Olha.*

Júlio mostra linhas verdes e rosa ao longo da tela, como se estivesse quebrada. Mas não há nenhuma rachadura. É mais uma… *interferência.*

Ele ainda tenta desbloqueá-lo, só que nada acontece. Cada vez que encosta na tela, as linhas se multiplicam.

— Vê o seu.

Com os dedos trêmulos, me apresso para pegar o celular. Não me surpreendo ao acender a tela e me deparar com a mesma interferência ali também, em um padrão ainda mais estranho que no telefone dele — linhas verdes, laranja e azuis.

Júlio e eu trocamos outro olhar confuso.

Não pronunciamos uma só palavra; simplesmente voltamos a observar a lua e a estrela dentro dela sem buscar explicações.

Em algum momento, o corpo de Júlio encosta no meu. Nossos braços ficam lado a lado, e a mão dele roça na minha. É um movimento sutil, apenas pele contra pele antes de os mindinhos se enroscarem timidamente.

— É lindo — o garoto sussurra para a estrela. — Tão lindo.

Pelo minuto inteiro que se segue, contemplamos o céu sem nuvens como se recebêssemos o maior presente de nossa vida. E então, justo quando não podia ficar mais surpreendente, a estrela se move. Júlio aperta minha mão com força — ou talvez seja o contrário — logo que a estrela toma um impulso frenético para a direita, e o brilho esbranquiçado ganha um tom amarelo antes de desaparecer.

Em um momento estava ali. No outro, nem o menor sinal da sua existência.

Um espetáculo exatamente como Júlio queria.

É assim que eles baixam a guarda: sob a lua crescente, o infinito aos seus pés

A interferência nos celulares cessa assim que a conjunção desaparece. Surpreendentemente, não encontramos nenhum registro ou comentário sobre o evento na internet. Parecia que a luz misteriosa havia aparecido apenas para nós dois.

Meu lado racional quer analisar os últimos acontecimentos de maneira lógica, como a luz do sol que incide em uma folha de papel através de uma lupa, mas não posso negar o que vi. Tenho certeza de uma coisa, porém. Sozinho, isso nunca teria acontecido. É a combinação das nossas energias que atrai os sinais. Quando estou com Júlio, o mundo se abre, o universo vira de cabeça para baixo, magia acontece.

No silêncio do terraço, ele coloca o dedo mindinho no canto da boca e sussurra:

— Desculpa estar tão quieto. Não entendi o que aconteceu.

— Também não, mas foi um dos momentos mais incríveis da minha vida — digo. — Que bom que você estava aqui.

Estudo seu perfil, os cílios se movendo graciosamente ao piscar, a mão baixando e massageando o ombro. Lembro de quando ele saiu da Shakespeare no meio do temporal. *Gosto da chuva. Você não?*, Júlio me perguntou, sorrindo conforme a água o encharcava. Engraçado, aquele dia parece ter sido uma eternidade atrás.

— *Guapo,* sobre o lance do olhar…

— Esquece isso, sei que não foi sua intenção — ele diz. — Exagerei. Preciso aprender que nem todos querem me magoar.

— Tem certeza?

— A gente acabou de ver um potencial óvni... — Os lábios de Júlio se erguem. — E você está preocupado comigo?

— Claro, ué. Você é mais importante que uma invasão alienígena.

Ele ri e se vira para mim com a lateral do quadril ainda apoiada na parede, a luz dos postes avivando os traços ridiculamente lindos do rosto.

— Sabe o que é engraçado? No geral eu sou do tipo que precisa de provas, evidências, confirmações — Júlio conta. — Pensei que ficaria com medo se visse algo como acabamos de ver, mas só me senti em paz.

— Talvez porque estava comigo?

— Não acho que seja. — Ele se esquiva da minha malícia e franze a testa. — Você me intimida pra caralho.

— Quê? Eu te *intimido*?

— Muito.

— Por quê?

Júlio se distancia um palmo da mureta para me observar.

— Jesus, Matias. Você é tão confiante e lindo. Sabe exatamente o que quer, tem essa *intensidade* no olhar. Você *devora*, atrai o mundo inteiro para si... — Júlio passa a mão pela nuca, e, quando volta a falar, a voz está esganiçada. — E eu partindo, não quero sentir o que sinto por você. Apostar em algo que sei desde o princípio que não vai dar certo.

O que sinto por você.

Eu não sabia o quanto precisava ouvi-lo confirmar isso até agora.

— Queria que você confiasse em nós dois.

— Eu também, mas confiar não é fácil para mim. — Júlio abre e fecha a boca antes de confessar: — Sabe quando a gente passa tanto tempo correndo que, depois que não precisa mais, o corpo se mantém em fuga? Alguns dias sinto que a fuga ficou no passado, mas em outros é como se eu nunca tivesse parado de correr. Achei que mudar meu exterior para refletir como me sinto seria o bastante, que meus medos desapareceriam...

— E não desapareceram.

— Não. A mudança de dentro é mais demorada.

Há uma contração de dor no rosto de Júlio. Não sei se posso suportar outra volta no relógio sem tê-lo nos meus braços, então simplesmente anuncio:

— Anjo, vou te abraçar agora.

Procuro permissão em seus olhos. Encontro — doce, sincera, gentil. Me aproximo e, quando passo os braços ao redor de Júlio, sentindo o rosto dele na minha camisa e meu queixo em seus cachos macios, estou em casa.

— Por que demorou tanto? — ele sussurra.

Fecho os olhos. Acaricio o braço de Júlio. A respiração dele flutua em meu pescoço, e o aperto tanto quanto posso. Parece um sonho. Não quero acordar. Há borboletas no estômago, um calor que sobe da ponta dos pés ao topo da cabeça. Amo — e não sei se há volta para isso — o que ele causa em mim.

Eu costumava pensar que intimidade era beijo ou sexo. Achava que o sentido era colecionar conquistas. Não é que nunca tenha experimentado afetos em abraços antes, mas desta vez o abraço *basta*.

Um abraço jamais me bastou.

Sou grato a Júlio por mudar isso. Por mais que deseje beijá-lo, estar com ele é suficiente.

Sob a luz fraca da Lua e dos postes na rua, relaxo. A confusão dos últimos dias e o medo de não suprir as expectativas somem.

É absurdo que um abraço tenha esse poder.

— Deveria ter sido assim desde o começo — murmuro para ele. — Você e eu, sem brigas ou sabotagens, nenhum dia de verão perdido…

— Hm. — A voz dele é moderada, mais um suspiro que outra coisa.

— Você não acha?

— Não sei.

— Eu queria que a gente recomeçasse do zero.

— Como?

— Imagina. — Tateio o rosto macio de Júlio. — A gente naquele primeiro dia, semanas atrás. Eu não tomo um caldo, a onda não leva suas coisas para o mar. Flerto contigo, você abandona a leitura e corresponde.

Sento ao seu lado. A gente conversa sobre o que você veio fazer em Canoa. A gente vê o pôr do sol juntos, se encara, se beija...

— E teria acabado aí. Você teria concluído sua missão do dia, pronto para a próxima conquista. A gente se esbarraria na Broadway à noite e você passaria direto por mim. Talvez até me achasse fácil demais, sem graça, e eu ficaria pensando como algo legal pode acabar tão rápido quanto começou.

— Com qualquer outra pessoa, sim — admito. — Com você, não.

— Matias. — Ele inspira. — Eu nem sei o que a gente está fazendo.

— Estamos nos abraçando.

— Sim, mas... — Júlio encontra minha mão em seu rosto e entrelaça nossos dedos. — Esse abraço leva a outro lugar?

— Como a um beijo?

— Também, mas não só. O que isso significa pra gente? — *Significa muito para mim,* penso. — E será que não é hipócrita ou irônico da minha parte deixar você se aproximar agora?

— Você podia ter ido embora com sua mãe ou se negado a vir depois do encontro com Aurora. Mas você veio, Júlio.

— E não me arrependo.

— Ótimo, porque eu também não.

Mais um silêncio.

Não quero soltá-lo. Não agora que a mão dele toca meu peito e eu beijo seu cabelo, seus cachos fazendo cosquinhas na pele sensível dos meus lábios.

— Eu estava fugindo de você, te disse todas aquelas coisas, e agora estou *aqui.*

— Ei. — Levo a mão dele à boca e selo seus dedos com um beijo. — Você tem todo o direito de mudar de ideia. Para quem tenta se provar? Não há ninguém exceto as estrelas nos observando. Estamos sozinhos no terraço, onde nenhum dos seus milhares de seguidores pode te ver.

Ele gargalha, a respiração tomando a forma de um pequeno vendaval.

— Júlio Andrade, flagrado com um "surfista misterioso" em Canoa Quebrada — brinca. — Já posso ver as manchetes dos perfis de fofocas.

Esboço um sorriso contra a mão dele.

— Outra coisa: se você é um fracasso por não ter resistido ao meu charme, eu sou um fracasso como Don Juan da nossa história. O pegador incorrigível caindo de quatro pelo leitor na praia. Me diz. Quem é a chacota agora?

— Não acho que você seja uma chacota, só é um cachorro mesmo. — Júlio abre outro sorriso, e eu o belisco. — Aliás, qual é o problema de ler na praia?

Mordo o lóbulo da orelha dele; Júlio tenta se esquivar de mim, mas não deixo.

— O problema é quando você não me dá atenção suficiente.

— Bis-coi-tei-ro — ele sussurra cada sílaba.

Prendo seu braço no meu.

— Ah, lembrei de uma coisa. Na livraria, quando estava me escondendo... — Ele pisa no meu pé de propósito. — Lembra da pessoa que trabalhava lá? Elu brincou que a gente parecia estar vivendo um romance *haters to lovers*.

Júlio ergue o queixo e me olha com a testa franzida.

— Primeiro, muito fofo você usando pronome neutro, menino cis. — Ele implica, tirando onda. — Segundo, apesar de ter entendido a comparação, acho que superamos a parte do *haters* rápido DEMAIS. Conheço os leitores, Matias. Isso seria desculpa pra uma avaliação negativa.

Beijo o olho dele; Júlio sorri, e é tão lindo.

— Fora que pessoas que se odeiam não se abraçam assim — ele completa. — Pessoas que se odeiam têm beijos raivosos e confusos, em que ficam distraídos pelo ódio que pensam que sentem um pelo outro e não percebem que estão se apaixonando.

— Esses protagonistas são muito batidos.

— A gente é melhor que eles.

— Mas sem o beijo — murmuro, fitando os lábios de Júlio.

A possibilidade paira no ar. É praticamente física, uma ideia materializada no curto espaço entre a boca dele e a minha. Está lá, a um centímetro de distância de ser concretizada.

O ar quente me faz querer flutuar como um balão.

Poderia ser agora.

Há grandes chances de ser agora...

— A parte do beijo... — Júlio se afasta de mim. — Não vai rolar.

— Não? — Talvez minha cara de cachorrinho sem dono possa convencê-lo do contrário.

O abraço basta, mas... Não sou de ferro. Um beijo seria gostoso.

— Não. Acho melhor a gente esperar um pouco.

— Esperar?

— É.

— Porra, esperar o quê? Logo você vai embora!

— Exato. Se eu te beijo — ele diz —, teremos virado a página. Você terá concluído a missão que começou na praia. O que sobrará para manter seu interesse vivo?

Eu o encaro com descrença.

— Não quero só um beijo, Júlio. Quero tudo o que vem depois — insisto. — Quero ligações na madrugada e e-mails românticos, viagens na kombi da minha família e te levar ao mar para que enfrente seu medo. Você não é só uma página a ser virada, você é o meu livro inteiro.

Ele respira fundo ao se aproximar de mim. Quando passa os braços ao redor do meu pescoço, olhando meus lábios, acho que o convenci, mas estou enganado. O único lugar onde sinto sua boca é na minha bochecha, os lábios macios estimulando ideias perigosas.

— Só porque parece o fim não precisa ser — Júlio diz ao tocar um dos meus dreads. — E talvez estar longe um do outro nos ajude a descobrir o que podemos nos tornar.

— Não preciso da distância para isso. Eu só preciso de você.

Eu o puxo para mim. Aperto o pulso de Júlio, sentindo a pressão de seu sangue vibrar sob meu toque, as batidas rápidas do coração. Espero que ele sinta o mesmo que eu: que meu corpo foi feito para encaixar no dele.

— É melhor eu ir. — Suas palavras são folhas de outono levadas pelo vento.

Uma flecha atravessa meu peito.

— Melhor pra quem?

Ele passa o indicador pelo meu cavanhaque.

— Dirijo cedo pra Natal. E mainha está me esperando.

— Ela mandou você aproveitar o último dia.

— Eu sei. — Júlio sorri. — Mas preciso ficar um pouco sozinho. Pensar em tudo que aconteceu hoje.

— *Guapo*, antes de ir… — Tracejo uma estrela de cinco pontas em sua bochecha. — Quero que saiba que nada disso aqui é o bastante. Quero saber o que você ama e odeia, as músicas que escuta e seus segredos. Quero *tudo*, os prós e os contras, com você.

— Matias, Aurora tinha razão em uma coisa. Eu me sinto inseguro pra caramba. Pode ser que demore para me abrir como você espera…

Beijo o espaço entre suas sobrancelhas e toco seu queixo.

— Eu espero — digo, reparando na lua crescente atrás de Júlio. — Sabe, esse é um daqueles dias que eu vou contar com orgulho para os nossos netos.

— Nossos o *quê?* — Júlio se engasga.

— Netos. — Meu sorriso malandro vem à tona. — Mal vejo a hora de que saibam do dia em que os avôs deles receberam uma profecia, viram um disco voador, quase se beijaram pela primeira vez e passaram de tesão à primeira vista para almas gêmeas.

Ele não consegue impedir o sorriso veloz que toma conta da sua boca. Sorri como naquele vídeo antes de pular de asa-delta. Sorri como eu sorrio ao fazer uma manobra perfeita com Rosalía. Sorri como na foto que ainda não tiramos, que vai ficar na minha carteira para que eu possa vê-lo todos os dias quando estivermos longe um do outro.

E eu quero morar nesse sorriso, construir uma casa resistente à passagem do tempo, só para nunca o perder.

— Não parece que essa é a última vez que vou te ver — ele diz.

— Porque não é. Eu lembro da profecia. O que o mar uniu ninguém separa. Sempre vou dar um jeito de te achar. Prometo, *guapo*. Prometo.

Não teria graça se as coisas dessem certo o tempo todo

Depois que Júlio vai embora, me arrumo e entro no modo trabalho. Está quase na hora da festa; tranquilizo mamãe numa ligação rápida e reúno os voluntários no jardim para repassar as tarefas. Lila e Zayn ficam no bar, Otávio cobrindo a festa nas redes sociais, Amanda na barraca de comida, e Hümi, no som.

Só Otto comenta o sorriso bobo no meu rosto, como saltito feliz para ajustar os últimos preparativos, mas eu o ignoro com profissionalismo. Mais tarde eu conto as novidades.

Não esperava tanta gente. É sábado em Canoa Quebrada e todo mundo vem curtir o rolé no quintal do Hippie depois que o reggae acaba, bem antes da meia-noite. A área aberta é grande, com um espaço de camping mais afastado e points instagramáveis, como a cabine de fotos feita de pranchas e o deque de madeira com uma jacuzzi.

Hóspedes dançam ao lado da piscina enquanto Hümi toca um remix de "Oh, Pretty Woman", do Roy Orbison. Eu ando pela festa com um sorriso radiante, converso com as pessoas, verifico se precisam de algo. Sou o anfitrião mais descaradamente simpático do mundo com uma camisa preta com o rosto do Bob Marley em verde, amarelo e vermelho, um relógio de ouro, anéis e tênis da Nike com meias brancas que vão até a canela, além de uma bandana na testa que mantém os dreads presos para trás. Não sou muito ligado em roupa, mas curto me vestir bem em dias especiais.

Apesar do nervosismo de estar no comando, uma hora após o início do evento eu me permito curtir um pouco. Pego o celular e mando mensagem para Júlio.

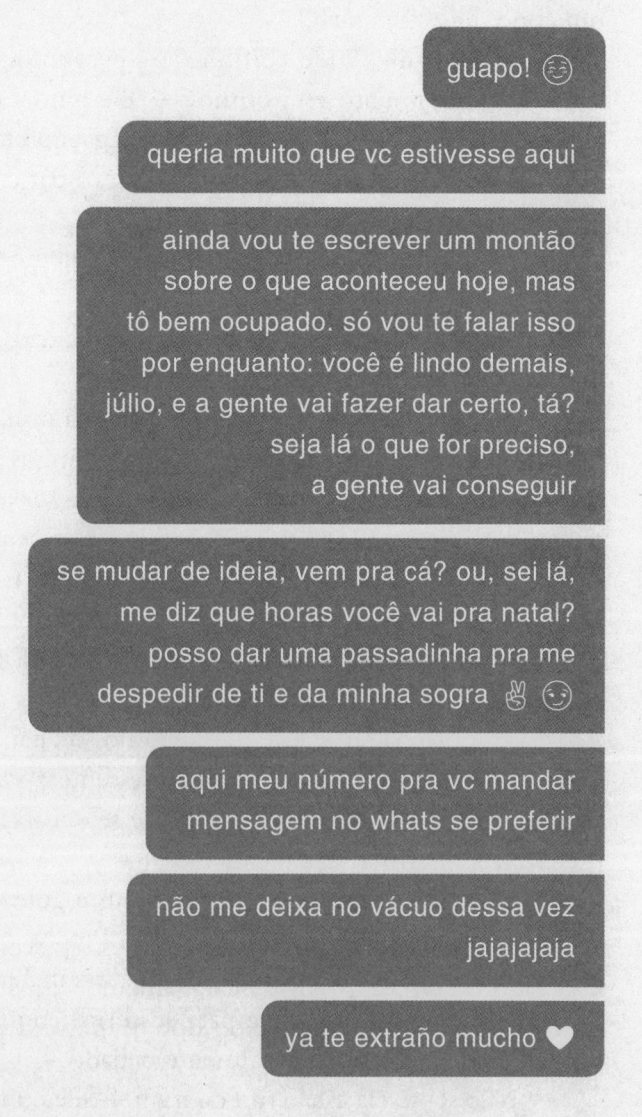

Encaro a tela do celular como se uma resposta dele fosse chegar magicamente, só que Júlio nem me seguiu de volta. Fico com medo de ter exagerado nos emojis, mas foda-se.

Vou ao bar, um quiosque rústico de madeira e palha de coqueiro, e encosto no balcão principal. Zayn imediatamente chega e me serve um copo de *cerveja clara*.

— E aí, Malik! Tudo certinho? — pergunto, empolgado.

— O movimento está ótimo. — Ele ignora o apelido e apoia os cotovelos na bancada. Zayn veste uma regata preta com a ilustração de uma cobra azul com dentes afiados prestes a dar o bote. — Você parece mais tranquilo agora também.

E estou. Me sinto até confiante. Realmente levo jeito para ser o gerente do Hippie.

Beberico a cerveja e abro um sorriso malicioso.

— Você e a Lila estão se divertindo?

— Não nasci ontem, sei o que você está insinuando, Matias.

As tatuagens, a barba cheia, os cílios longos e a linha perfeita da mandíbula... Zayn é *muito* gato. Ele poderia ser chamado para estrelar qualquer fanfic do One Direction no lugar do seu xará. É uma brincadeira recorrente nossa; o número do instrutor de kitesurfe do Hippie está até salvo no meu celular como "Zayn Malik".

Ano passado, fizemos uma viagem rápida da Espanha à cidade da família dele no Marrocos, Agadir, melhor pico de surfe no norte da África. Lembro da tarde em que visitamos o charmoso vilarejo de Imsouane, e Zayn me contou que não se sente à vontade no Marrocos, apesar de amar o país. É difícil para ele se encaixar em um lugar onde precisa esconder sua sexualidade.

— O quê? — Começo a rir, dando um gole na cerveja geladinha. — Estou apenas sendo um bom gerente. Preciso garantir que meus colaboradores se deem bem no ambiente de trabalho.

Ele concorda e se inclina para sussurrar enquanto Lila atende um hóspede estadunidense parcialmente bêbado.

— Não sei se ela está a fim de mim — ele confidencia, e quero dar um soco no seu rosto perfeito.

— Fala sério. Claro que tá, cara.

— Eu não sou bom nessas coisas.

Isso é verdade. Para alguém que recebe tanta atenção, Zayn é bastante tímido.

— Metade do hostel está a fim de ti e a outra metade ainda vai ficar — digo. — É simplesmente como as coisas são.

Ele rói o canto da unha.

— Não precisa exagerar.

— É real, Zayn. Eu também já curti você.

O marroquino se afasta da bancada e me encara com as sobrancelhas erguidas. Atrás dele, a iluminação colorida do bar faz a cobra em sua camisa mudar de forma.

— Até parece.

É minha vez de revirar os olhos. Pensei que fosse óbvio.

— Tive uma quedinha por você quando a gente se conheceu, Malik.

— Tá tirando onda.

— Não tô nada. — Giro no banquinho do bar. — De qualquer forma, Lila tá na sua, pode confiar.

Zayn passa a língua pelo lábio inferior e bate em mim de leve com o pano de prato.

— Posso beber um pouco também, sr. Gerente? — ele pede.

— Só se prometer não ficar bêbado.

— Negócio fechado. — Zayn assente e pega um copo de cerveja. Nós brindamos, os copos tilintando.

— Às velhas paixões — brinco, e Zayn ri enquanto vira metade da cerveja com um só gole, as bochechas vermelhas.

— Acho que foi melhor você não ter me contado sobre esse crush — ele diz depois de um instante de silêncio.

— Por quê?

— Eu tive uma quedinha por você também.

— Ah, é?

— Aham. — Ele sorri. — E você teria partido meu coração.

Solto uma gargalhada.

— Pior que é verdade, Zayn. Eu teria partido *tanto* o seu coração que você jamais voltaria a Canoa Quebrada. Ainda bem que não rolou.

O olhar gentil dele tenta contra-argumentar, mas nós dois me conhecemos.

— O que tá rolando contigo, Matias? Nunca te vi tão… — Zayn me escaneia. — Apaixonado. É isso?

Eu termino a cerveja.

— Você não é o único gostando de alguém.

Zayn arregala os olhos. Até quando as pessoas reagirão assim? Eu nunca fui um ogro sem coração, acho.

— Matias e "gostando" na mesma frase não combinam.

— Pois é, meu amigo. Abandonei o barco dos destruidores de corações e estou ansioso esperando que o cara que eu gosto dê sinal de fumaça — suspiro, checando o celular novamente. Nada. Faz quase duas horas desde que nos despedimos. Ele deve estar ocupado, mas…

Zayn limpa a marca dos copos no balcão e se inclina para espiar. Eu o pego no flagra e, porque não tenho nada a esconder, mostro o perfil do Júlio para ele.

Faço uma rápida viagem pelo feed enquanto conto ao meu amigo uma versão resumida da nossa história.

— Ele é lindo. — Zayn não estava na Broadway no dia em que saí do armário, mas o chamei para conversar depois; queria que ele soubesse por mim. — Não sei por quê, mas vocês combinam. Tipo, sei que a Clara te curtia muito e que a gente botava a maior pilha para vocês ficarem, só que eu não sentia da sua parte esse…

— Tesão?

Ele pacientemente discorda.

— Matias, você me falou dos sinais do Universo na sua história com o Júlio, o que é legal. Mas o que realmente importa não são as reviravoltas extraordinárias do destino, se foi ou não um encontro de almas. Só a simples certeza de que vocês se gostam o suficiente para tentar fazer dar certo basta.

— Tá inspirado hoje, hein, Malik?

— Nunca vi isso nas suas relações anteriores. Você se mantinha distante, não abria espaço. Sei lá o que vai rolar dessa vez, mas fico feliz em te ver tentar, cara.

Fecho os olhos e sorrio. As palavras de Zayn me trazem de volta à Terra depois de voar. Deve ser meu ascendente em sagitário: a flecha que mira para o alto me conduz a novas aventuras. Mas é necessário aprender a viver com o coração tanto nas nuvens quanto no chão.

Zayn enche nossos copos outra vez e dá uma piscadela. Eu agradeço e giro no banco para assistir à festa. A Lua tremeluz na água da piscina. As pessoas dançam de olhos fechados no gramado. O neon das lâmpadas paira sobre elas e os flashes que piscam perto do palco criam um perpétuo efeito de câmera lenta. Hümi toca aquela versão house de "Wicked Games" que amo, com um vocal feminino e vulnerável que acentua todas as nuances do original clássico do Chris Isaak.

Queria que Júlio estivesse aqui. Adoraria dançar com ele agora, ver seu rosto contornado pelo brilho da Lua. Eu o imagino com a mãe, terminando de arrumar a mala, juntando os suvenires de Canoa Quebrada, olhando para a janela e pensando no beijo que me prometeu.

Não estou preocupado. Ele voltará para mim.

— Me digam uma coisa pior do que atender pessoas bêbadas e falhem miseravelmente — Lila reclama ao terminar a caipifruta de cajá do cliente.

Ela segura uma das tranças e senta desleixadamente em cima do balcão; o short jeans curto deixa a coxa à mostra.

— Consigo pensar em algumas. Aguentar o Pablo sóbrio, com certeza — vou contando nos dedos —, saber que você e o Zayn não se beijaram ainda, também...

Meu amigo me lança um pedido de socorro silencioso no olhar, todo vermelho. Lila franze o nariz e abre um sorrisinho maroto, se deliciando com a expressão atônita dele.

— Te adoro, Matias. — Lila toma o copo de cerveja da mão de Zayn e bebe sem parar de encará-lo. — Não acredito que um dia eu disse que preferia o Harry Styles.

Começo a rir. Já Zayn, completamente vermelho, está prestes a cavar um buraco para se esconder. O flerte entre eles continua e dou uma ajuda no bar, ficando mais leve a cada copo. Contamos histórias: Lila fala da vez em que um falso xamã tentou enganá-la no Peru; Zayn, de quando seu pai, um descendente de portugueses, foi ameaçado pelo rei do Marrocos; e eu, do meu beijo triplo em Ibiza com um cara muito parecido com o Jaden Smith.

E talvez eu esteja mais bêbado do que esperava (o que é um problema), porque logo depois da história do beijo triplo eu me vejo no meio de um.

Tá, não sei se posso chamar de "beijo triplo". Tecnicamente, minha boca nunca chega a encostar na de Zayn e Lila. Me afasto antes de nossos lábios se encontrarem. Essa é a magia de um beijo triplo: às vezes, sua missão é apenas unir os verdadeiros interessados.

O Cupido faz mais uma vítima, e o primeiro beijo de Zayn e Lila finalmente acontece.

Olho ao redor: os hóspedes curtindo à beça; Amanda sorridente atendendo a galera na barraca de comidas; Otto tirando fotos e gravando vídeos; Hümi concentrada no set... Tudo perfeitamente em ordem.

Meu celular vibra e torço para ser uma mensagem de Júlio. Escancaro um sorriso ao ver que não estou enganado. Entro no Instagram tentando acalmar a ansiedade no peito e logo vejo a primeira notificação:

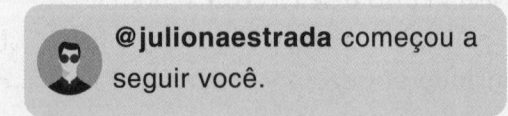

Caralho, eu *sabia!* Sabia que ele não ia me deixar no vácuo depois de hoje.

Continuo sorrindo. É isso o amor romântico, então? Agora entendo por que os artistas costumam comparar a estar embriagado.

Eu gosto da sensação.

Gosto até clicar na mensagem e me deparar com a merda que Júlio escreveu.

Hijo de puta.

Oi, Matias!

Desculpa ter demorado para te responder e seguir de volta. Tava terminando de ajeitar a mala para a viagem e jantando com a minha mãe (ela mandou um abraço).

Concordo que hoje foi incrível — maravilhoso, na verdade. Ainda estou processando tudo. Há muito tempo eu não me abria com alguém como me abri contigo, e talvez todo receio de antes tenha nascido daí. Eu sabia que te deixar entrar na minha vida bagunçaria demais as coisas. Agora que você já entrou, não sei o que fazer com isso.

Decidi sumir por um tempo das redes sociais. Preciso espairecer e entender onde estou, para onde vou e o que quero. Não tem nada a ver contigo, apesar de ter completamente a ver contigo também. O foda de estar vivendo tantas mudanças juntas é isso. Tô terminando meu curso, preciso definir meu TCC, eu não gostava de um cara fazia séculos... É complicado, Matias 😐

Não quero te arrastar pros dramas da minha vida. Você mora em Canoa, tem sua família e seus amigos, um trabalho no hostel. Não precisa parar de viver por minha causa.

Enfim. Siga tocando sua vida. Se for mesmo pra gente ficar junto como você acredita, as coisas se encaminharão no tempo delas. Mas agora eu preciso me dar o meu.

Espero que não me odeie. E saiba que foi tudo especial e sincero.

Beijos 😊

Tortura psicológica não é entretenimento

Dizem que a vida inteira passa diante dos nossos olhos quando estamos morrendo. Vemos nossos erros e acertos, as encruzilhadas e os desvios no caminho, o que prometemos e não cumprimos; das risadas às lágrimas, da adrenalina quente das conquistas ao frio letárgico das decepções. Por um momento, você se torna um ser onipresente, vivenciando tudo — o começo, o meio e o fim — de uma só vez antes de partir.

Quando assisto ao filme da minha vida, não estou morrendo. Estou beijando um garoto.

É o tipo de beijo que tinha tudo para ser ótimo. O menino que pressiono contra a parede do meu quarto é bonito e sexy, com cachos escuros, a pele branca bronzeada e lábios lindos que eu adoraria desenhar em outras circunstâncias. Ele me lembra alguém, um dublê perdido do rosto que quero esquecer.

As mãos dele passeiam pelo meu pescoço e mandíbula enquanto as minhas percorrem sua camisa, sentindo o calor irradiando da pele, a tensão dos músculos.

Se chama Bruno. Ou Breno. Ou algum outro nome com B. Nos conhecemos na festa, logo após o… incidente. Eu estava no bar bebendo não uma, mas seguidas doses de tequila, torcendo para que os shots me ajudassem a pensar em qualquer coisa menos *nele* — no "tempo" que havia pedido, em tudo que falamos um para o outro, nas promessas que Júlio jogava no lixo.

Ainda sentia o cheiro, o murmúrio da voz dele e a distância imposta entre nós, e era demais para suportar.

O desconhecido sentou ao meu lado depois de eu ter ligado o foda-se. Zayn ainda tentou me convencer a parar, a preocupação em seu rosto quase me fez desviar da rota de colisão com o cometa.

Mas eu estava puto. Sorrindo enquanto tocava a minha perna, o cara murmurou:

— Não acha que a festa ficaria melhor se a gente se pegasse no seu quarto?

Assim, direto.

Um convite e tanto, do tipo que eu não recusava antigamente. Se esse era o Universo me testando, eu estava prestes a falhar. O escapismo era um mecanismo de defesa infalível. E, bem, por que eu negaria? Eu não era tão importante assim para o Júlio. Se fosse, ele não teria pedido "um tempo".

Eu me sentia traído.

Pior, completamente *arrasado*.

Não respondi o cara com palavras. Virei outra dose e o puxei pela mão até o meu quarto, até esse momento em que nossas línguas se tocam conforme a música distante da festa pulsa entre nós, a respiração dele no meu rosto.

Dei um passo para trás para analisá-lo. O rapaz tinha um sorriso sedutor. Os botões abertos da camisa rosa revelavam os contornos da águia tatuada no peito. Ele era charmoso e mais baixo que eu, com olhos tão azuis que poderiam ser o próprio mar.

Olhando o rapaz com a vista embaçada pelo álcool, pensei em acabar aquilo de uma vez. Júlio nem era *tão* importante assim. Eu conseguiria tirá-lo da cabeça se ficasse com alguém. Esquecer o que aconteceu hoje no terraço, o quase beijo, a luz no céu, a profecia, exatamente como ele já esqueceu.

Não há nada mais patético do que sofrer por outra pessoa. Nada.

E eu não sofro, porra. *Eu* parto corações.

Mas no meio do beijo eu abro os olhos e me assusto com o que encontro. O Universo brinca comigo, e Breno ou Bruno ou Bento muda de forma. Ele é outra pessoa agora, um garoto com roupas pretas e pele queimada de sol, covinha no queixo, cabelos soprados pelo vento, aquela conexão inegável entre nós dois.

Por que penso nele?

Por que enxergo seu rosto em um corpo que não lhe pertence?

Por que desejo que seja a sua boca junto à minha?

Amaldiçoo e praguejo seu nome, tão distraído que provavelmente o falo em voz alta.

— Matias — o desconhecido me empurra de leve, e sinto seu hálito etílico. — Eu não sou o Júlio.

Claro que não é.

— Desculpa, lindo. — Sorrio. Mordisco o lábio dele e finjo que nada aconteceu.

Queria não estar bêbado assim. Queria que ainda me restasse dignidade.

O cara franze a testa e me encara.

— Você está bem?

— Ótimo.

— Tá mesmo? — ele indaga. — Porque tá parecendo um pouco...

— Bêbado?

Ele assente com um sorriso.

— Se quiser voltar para a festa...

— Por que voltaria? Não está bom aqui? — Eu toco o pescoço dele, tentando me convencer de que quero isso.

Não sei quem quero enganar, já que nem importa. Somos dois adultos consentindo. Ele me usa tanto quanto eu o faço.

— Está — ele murmura.

— Então para de falar e me beija.

E nos beijamos.

Eu o beijo até meus lábios ficarem quentes, vermelhos e inchados.

Eu o beijo até que ele esteja deitado na cama, levantando minha camiseta e em seguida segurando o zíper da bermuda.

Eu o beijo até não o beijar mais, com a imagem de Júlio piscando na minha mente como um sinal de alerta. Vejo Júlio claramente na praia, as falésias vermelho-alaranjadas atrás de seu chapéu de palha. Vejo Júlio na Broadway, a chuva que escorria pelo cabelo depois que me deixou na livraria. E vejo Júlio hoje, os braços cruzados ao fingir que não me conhecia, a gargalhada no terraço, o mindinho entrelaçado no meu.

Odeio que ele esteja em meus pensamentos — a covinha, os cachos, o sorriso. Odeio que, não importa o quanto beije este garoto, Júlio não se dissipe. Mas, principalmente, odeio que não seja ele na cama. Meu Deus, *deveria* ser ele. Deveria ser o seu corpo se movendo lentamente acima do meu, e então rapidamente, sem fôlego, a distância reduzida a nada.

Deveria, mas não é.

Não agora.

Quando?

— Você tem camisinha? — Bernardo me desperta da fantasia.

E então é mais errado do que nunca estar aqui.

Que caralhos estou fazendo?

Não posso.

Não posso beijar ninguém que não seja ele, nem mentir para mim mesmo.

Estou apaixonado por Júlio Andrade, e não é possível simplesmente apagá-lo.

Afasto as mãos do cara da minha cueca. A luz LED vermelha no teto do quarto acentua a confusão em seus olhos azuis, agora escuros, feitos de sombras.

— Por que parou? Não tá curtindo?

— Não rola.

— O que não rola?

— A gente. — Me afasto e coloco a camisa de volta.

— Tá de sacanagem, né?

— Foi mal, mas… Vamos parar por aqui.

— Você não tá falando sério. — Ele ri. Acha mesmo que é uma piada, até que para ao ver minha expressão desconfortável e murcha imediatamente. Não parece o tipo de cara que recebe um não com frequência. Igualzinho a mim.

— É melhor você ir — digo e abro a porta, grato por estar só em casa.

— Fiz alguma coisa errada?

— Não, eu apenas…

— Está pensando em outra pessoa.

Silêncio.

Ele adivinhou.

Tento escapar pela tangente.

— Foi mal, cara. Eu não deveria ter bebido tanto. Tem um garoto que eu gosto e… — Ele me fulmina, desacreditado. — Se quiser, pode pegar algo do bar e colocar no meu nome.

O cara me xinga e balança a cabeça furiosamente. Pega a camiseta do chão, vai embora e volta. Esqueceu os sapatos. A tensão desconfortável no quarto se prolonga enquanto ele enfia as meias e amarra os cadarços.

O ruído abafado da música eletrônica que toca na festa vibra pelas paredes. Quando ele finalmente sai e fecha a porta da sala com uma força desnecessária, eu desabo na cama e grito contra o travesseiro.

Rosalía encostada na parede me julga. Penso em pegar a prancha e correr até a praia, mas não. A única pessoa de quem quero fugir é de mim mesmo.

Fecho os olhos. Como essa noite foi de totalmente certa para totalmente *errada*? Pensei que as peças do quebra-cabeça da minha vida tinham se encaixado, mas as mensagens de Júlio jogaram tudo pro alto.

E então, apenas porque ouso acreditar que não daria para a situação ficar pior, a música na festa é interrompida.

Um minuto depois, recebo a ligação.

— Matias, que inferno! — a voz preocupada de Otávio ressoa do outro lado da linha. — Onde você se meteu, porra? Cadê você?!

— Eu precisei vir aqui em casa rapidinho. — Oculto a parte do Breno. — O que aconteceu?

Há um barulho estranho no fundo, um frenesi de pessoas que me põe em estado de alerta, e finalmente o escuto:

— Caralho, a polícia tá aqui fora! Mandaram parar a festa!

24 de janeiro de 2021

¡Buenos dias, hijo! 9:46

¿Como está todo en el hostal?
9:47

Cuéntame como pasó la fiesta
ayer, ¡por las fotos en Insta había
mucha gente! 9:48

Aquí en Fortaleza todo está
bien 9:51

¡Te espero, hijo! Besitos,
mi amor 9:51

MATIAS, VOCÊ VIU O JÚLIO? ME ATUALIZA!!!! MEU SEXTO SENTIDO DE IRMÃ TÁ DIZENDO QUE SIM AAAAAAAAAAAAAAA 10:01

escuta, garoto, não é pq eu tô viajando que você vai me deixar de fora, tá??????????? 10:02

pode ir mandando tdas as atualizações possíveis sobre vc e o júlio, ou eu vou acabar contigo, to dizendo 10:03

tenho contatos no centro de comando do army e vc sabe do que as armys são capazes, né??? ENTÃO CONTA TUDO OU VC VAI SE VER COM A GENTE!!! 10:05

ps.: já tô com sdd de vc e mds vc e o ju são meu novo OTP!!! meu cunhado
 10:09

PUTA MERDA 10:34

cacete, gente. eu tô fodido real 10:34

minha mãe tá mandando mensagem
perguntando sobre ontem 10:35

não sei como começar a explicar 10:35

Amanda
Amigo................ 10:37

Sei lá, as coisas saíram um pouco do
controle, mas a gente fez o possível
para resolver tudo, né? Tirando isso,
a galera curtiu a festa. Tava todo
mundo tão bebo que na verdade
ninguém nem lembra desse detalhe
kkkk 10:37

não entra na minha cabeça que
tenham chamado a polícia. será que
foi algum vizinho? ninguém nunca fez
isso antes, é estranho 10:38

Lila
Sobre isso, inclusive... 10:39

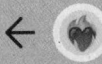 

Descobri que foram os hóspedes do quarto laranja 10:39

Amanda
QUÊ 10:40

Lila
Psé. Escutei eles reclamando com a colombiana do lilás no café da manhã, antes de fazerem o check out. Estavam metendo o pau no Hippie, dizendo que nunca mais voltariam, blá blá blá 10:40

sério? puts, não entendi qual era a deles. não conversaram em nenhum momento com a gente. se tivessem, teríamos resolvido a situação sem precisar chegar a tanto. 10:41

Lila
Então, eles falaram que até tentaram, mas não te acharam. De qualquer forma, podiam ter falado com qualquer um de nós. Ligar pra polícia é bem extremo 10:43

> mandei malzão em ter saído, mas rolaram umas coisas pessoais...
>
> 10:44

> enfim. obrigado, gente. sei que não foi o ideal e vcs foram fodas depois do ocorrido, sobretudo você @**Otto**. valeu por salvar a noite! 10:45

Amanda
SIMMMMMM, O OTTO FEZ TUDO!
10:47

Otto
Gente, obrigado! ☺ 10:52

E seguinte: tivemos imprevistos como banheiros excessivamente vomitados? Sim, tivemos. Tivemos hóspedes quebrando as regras e pulando pelados na piscina? Sim, tivemos!!! 10:52

Mas, como a Lila disse, a resposta da galera nas redes foi bem bacana e geral curtiu 10:57

QUENGAS DO QUARTO AZUL

Lila
O apurado do bar também foi dez
de dez 11:01

Otto
Pois é. Acho que é isso que você deve
contar à Ana, Matias. Que, apesar dos
problemas, a gente fez o melhor que pôde,
e na próxima vamos fazer ainda melhor.
De preferência sem polícia kkkk 11:02

Mamá

Matias, ¿puedes explicarme qué pasó
aquí? 12:46

**A PIOR EXPERIÊNCIA VIVIDA EM CANOA
QUEBRADA (2,2)**
☺ · Quarto confortável e limpo. Lugar bem
localizado, perto da praia e da Broadway. Café
da manhã com muitas opções.
☹ · A gente esperava amar o Hippie por conta
das avaliações positivas, mas foi o oposto. No
dia que fomos teve festa até tarde, com
bastante barulho. Não conseguimos dormir!!!
Acordamos com a polícia chegando para

acabar com a festa, onde havia muitas pessoas bêbadas e fazendo barulho na rua. Muito cheiro de maconha. Não gostamos da energia do lugar em geral, as pessoas que frequentam... Não vá se preferir ambientes mais "higiênicos". Pior experiência. Pra completar, ainda tentamos falar com o gerente, mas ele estava bêbado demais e ocupado pegando geral. Não vá.

MUITO BOM, SÓ FALTOU LIMPEZA (9,0)
☺ · Hostel incrível... melhor experiência possível... gente massa demais... saí em paz... e a staff é finíssima, galera do bar, Zayn e Lila, nota 10!
☹ · No quarto compartilhado onde fiquei a galera pegou pesado na bebida e vomitou o banheiro inteiro... não consegui usar pq estava cheio de vômito... avisamos de madrugada mas só puderam vir limpar de manhã... só dormi porque tava no país das maravilhas kkkkkk mas não vejo a hora de voltar, perfeito

mamá, te lo cuento todo mañana, ¿vale? 12:51

mucho trabajo aquí después de la fiesta. pero está todo bien. te lo juro.
12:51

Resenha negativa

— ¡*Tres comentarios negativos y uno relacionado con la puta policía, Matias!* — Minha mãe berra comigo como nunca antes. — ¿*Puedes ver lo malo que es para la reputación del hostal? ¿Qué tan grave es?*

O rosto dela está em chamas. Mamãe aponta o dedo para mim parecendo um gigante, não a mulher trinta centímetros mais baixa que eu. Irônico como alguém com uma coroa de flores na cabeça e cristais pelo corpo pode ser tão assustadora.

— Mãe, eu sei que fiz merda...

— ¡*Sin contar todo el puto desorden en el baño, hijo!*

— *Pero...*

— ¡*No!* — Ela não me deixa continuar. — ¡*No quiero escuchar excusas!* Baixo a cabeça, fito o chão.

— *Lo siento, mamá.*

— ¡*Traicionaste nuestra confianza!*

Me sinto uma fraude. O fracasso que Pablo me acusa de ser se reflete nos olhos arregalados de mamãe. Ela não me deu ouvidos — com razão — quando tentei explicar que não foi culpa nossa as coisas terem saído do controle na madrugada de domingo, nem quando argumentei que a polícia só foi chamada por causa de dois hóspedes que não curtiram a vibe do Hippie.

Tentei mostrar que, apesar de uma crítica ruim ter derrubado nossa pontuação no site de reservas de 9 para 8.9 estrelas, ganhamos bastantes seguidores nas redes sociais e uma exposição positiva on-line. Não adiantou.

Para mamãe, todas as minhas justificativas eram sintomáticas da minha incapacidade de ser responsável. E ela não estava errada. Eu não deveria ter ficado bêbado, não deveria ter quase transado com aquele garoto durante o trabalho... Porra, não deveria ter feito *tantas* coisas.

Não é apenas a reputação do hostel em jogo. É a de toda a família.

— Na primeira oportunidade, *hijo*! Na primeira! — Mamãe passa a mão pelo rosto, balançando a cabeça sem parar.

— Desculpa — eu repito. — Não vai acontecer de novo.

Ela suspira, umedece os lábios e usa uma de suas técnicas de respiração do ioga para se acalmar, embora não surta efeito nessa manhã abafada. O tempo cinzento lá fora promete uma chuva tropical que alagará as ruas barrentas de Canoa Quebrada.

Estamos na despensa do Hippie, afastada o suficiente para que a discussão não vaze. O brilho esbranquiçado da fraca lâmpada fluorescente que ilumina o local deixa mamãe com um aspecto lívido.

— *Mira, hijo* — ela tenta não explodir. — Entende por que é frustrante? Assim que te deixamos como responsável pelo hostel, isso acontece. Não consigo evitar pensar que, se seu pai e eu estivéssemos aqui, teria sido diferente.

— Eu sei. — Levanto o rosto. — Você e o papai fazem parecer tão fácil. O trabalho é diferente na prática. Fui arrogante e achei que ia dar conta.

Mamãe esfrega a testa. Seu vestido de mandalas indianas se move suavemente.

— Às vezes eu... — Ela morde o lábio e olha na direção do meu pai. Ele está encostado na parede e observa sem se intrometer. A breve troca de olhares entre os dois a faz recuar. — Esquece, deixa pra lá.

— Fala, mãe. — Mesmo sabendo o que vem pela frente, eu insisto. — Tranquilo.

Ela não titubeia.

— Acho que você deveria estar no Havaí com o Pablo.

Zero surpresa. É claro que ela pensa isso. No fundo, acredita que apenas desperdiço tempo, brinco de ser adulto. Talvez esteja certa.

Enfio as mãos nos bolsos e me distraio contando as garrafas de detergente na prateleira. Desta vez, não vou chorar.

E eu poderia ter dito qualquer outra coisa, mas é isto que sai:

— Mãe, Pablo não é o santo que você pensa.

Ela ergue as mãos, me cortando de imediato.

— ¡*Ahora no, Matias!* — Os decibéis da voz de Ana Mendonza chegam a um novo pico. — Eu não quero ouvir sobre como você odeia o seu irmão! Estou cansada de te ver usando ele como desculpa para fugir das próprias responsabilidades! Você pediu para assumir o hostel, lembra? Nós não te forçamos a nada! Temos menos de um mês antes de viajarmos para as filmagens e eu nem sei se posso confiar em ti!

Mamãe me olha uma última vez, balança a cabeça e, finalmente, sai da despensa.

Estremeço quando bate a porta com força.

Ana Mendonza fez muita grana com o surfe, mas o Hippie é seu projeto do coração — ela se importa profundamente com este lugar. Nem precisava se envolver tanto nos negócios, mas ela ama, é seu propósito. Cuidar do Hippie é como cuidar da própria família.

Minha cabeça dói. Mal consegui dormir de ontem para hoje. Quando Otto me ligou para avisar que a polícia interrompeu a festa por causa do barulho, minha vida virou um pesadelo. Eu estava bêbado demais para contornar a situação. Otto foi o verdadeiro herói: levou a galera de bar em bar pela Broadway na madrugada.

Acordei desorientado na manhã seguinte. Por um momento, as memórias do dia anterior desvaneceram. Peguei o celular, abri a conversa com Júlio e vi a mensagem dele. O nó no estômago voltou, dessa vez seguido de algo pior: culpa.

Entendi tudo errado. Júlio pediu um tempo para si; não estava "terminando" comigo. Se eu não tivesse enchido a cara, teria raciocinado melhor.

O domingo foi focado na contenção de danos da festa. Por mais efetivo que tenha sido meu gerenciamento de crise — consegui convencer um dos hóspedes do quarto vomitado a não deixar a terceira resenha horrível oferecendo a ele uma noite extra de cortesia —, a merda estava feita.

— Sua mãe só precisa de um tempo pra esfriar a cabeça.

Meu pai. Ele assistiu à discussão sem intervir, organizando os produtos de limpeza na prateleira com uma calma invejável. Está com uma regata que deixa os braços musculosos e tatuados à mostra, os dreads grisalhos amarrados em um rabo de cavalo. Eu queria a tranquilidade dele.

— Ela tá certa, pai, estraguei tudo. Deixei vocês na mão.

— O que fez foi… imaturo. — Ele aperta os lábios e escolhe bem as palavras. Contei sobre a parte de ter bebido, deixando de fora a razão do exagero. — Matias, o que aconteceu de verdade? Você não é de ficar assim.

— Pai, eu… — Coço a cabeça. Embora não queira falar, odeio mentir para ele. — Tô gostando de uma pessoa. No dia da festa, essa pessoa me pediu um tempo pra entender o que está rolando entre a gente. Eu não deveria ficar chateado, mas tenho tanta certeza do que sinto que…

— Ficou machucado — ele completa. Faço que sim. — Poxa, filhote, sinto muito. É importante descobrir maneiras mais saudáveis de lidar com essas decepções. Usar sua arte, por exemplo. Não precisa entrar em uma espiral de dor quando as coisas saírem do controle.

Ergo a sobrancelha.

— Como sempre sabe o que dizer?

— Na sua idade, eu era igualzinho.

— Também pegava geral depois de levar um fora?

— Ah, Matias, se eu te contasse metade… — Papai esconde um sorriso, depois fica sério. — Escuta, não perde essa tua paixão pela vida, mas também não seja engolido por ela. E sobre o hostel, sei que não vai acontecer de novo.

— Pode ter certeza. — Ganho coragem para fitar seus olhos. Ele me encara com uma ternura impossível. — Não vou decepcionar vocês outra vez.

Ele beija minha cabeça e me abraça. Inspiro seu cheiro amadeirado familiar; papai nunca trocou de perfume. Com tantas mudanças, ele não faz ideia de como essa estabilidade é importante para mim.

— Filho, vou te dizer uma coisa que teria me poupado de muita dor — ele sussurra. — Famílias perfeitas não existem. A perfeição pressupõe ausência de defeitos, nenhuma fissura. Conflitos são dolorosos, mas, sem eles, não há aprendizado e evolução. Esperar que nossas relações sejam perfeitas é se ausentar da jornada de amadurecimento. Então talvez, Matias — papai se afasta para me olhar —, a gente deva aprender a valorizar nossos relacionamentos imperfeitos, crescendo a partir deles e reconhecendo seus potenciais de cura. Mas sem se submeter a eles. Parte do processo é saber a hora de partir. Ser sábio para abraçar e sábio para se afastar.

Eu o entendo, mas não estou com cabeça para pensar nisso.

— Acha que a mamãe vai me perdoar?

Papai acaricia minha bochecha.

— No pior dos cenários, se ela decidir te expulsar de casa, Belchior já será seu quando Dandara voltar.

Belchior, nossa Kombi 1989 transformada em motorhome, tem uma história e tanto. Anos noventa, meus pais vão a um show do próprio Belchior, em Fortaleza. Chove e ninguém se importa. Belchior canta "Coração selvagem", um de seus clássicos, vestindo uma calça vermelha boca de sino e camisa de botões estampada. No momento em que a frase *meu bem, o meu lugar é onde você quer que ele seja* é entoada, papai se ajoelha na plateia, segura a mão de mamãe e grita:

— Ana Mendonza, quer casar comigo?

Os olhos verdes de mamãe cintilam. O vestido branco florido está grudado no corpo. Ao redor deles, as pessoas formam um círculo. O coro das backing vocals se acentua no refrão: *meu bem, vem viver comigo, vem morrer comigo.* Um canhão de luz é direcionado aos dois.

— *¡Sí!* — ela responde com um sorriso tão enorme quanto o dele, esquecendo o português que insistia em falar no Brasil para melhorar a fluência. — *¡Sí, mi vida! ¡Por supuesto que me caso!*

Papai levanta mamãe, comemorando, e a beija enquanto a gira em seus braços, com as gotas da chuva pingando sobre eles. Lá de cima, no palco, Belchior percebe a cena.

— Viva os amores selvagens! — ele diz no microfone.

O público delira, aplausos ecoam no ar, e o show continua. Quando já não são mais o centro da atenção, mamãe sussurra no ouvido de papai uma referência à música que eternamente faria parte da vida deles, e da minha por consequência:

— Agora precisamos de um carro para ter tempo de ouvir o rádio.

Na saída do evento, milagrosamente, encontram: a Kombi em seu cinza original com uma placa VENDE-SE. Meus pais rodaram o Brasil com Belchior, agora emprestada para tia Dandara, que está viajando pelo Centro-Oeste há alguns meses.

Entre meus irmãos, sou quem mais enxerga Belchior pelo que é: uma relíquia da família, meu lugar de conforto, refúgio e afeto. Amo o teto retrátil, a pintura colorida retrô, a minicozinha, os discos de vinil espalhados no interior e o apertadíssimo banheiro, além do sofá-cama. Quando criança, fugia para Belchior depois de brigar com Pablo. Surrupiava as chaves enquanto meus pais dormiam e ia ver as estrelas sem ninguém para me incomodar.

— Alguma notícia da tia Dandara? — pergunto a papai.

— Da última vez que nos falamos, estava na Chapada dos Veadeiros. Mas você conhece sua tia...

Faz sentido. Além de ser a gerente do Hippie quando meus pais voltam para a Espanha, tia Dandara trabalha com cristais de cura e tem uma tenda na feirinha da Broadway onde vende colares, anéis e pulseiras.

— Não esqueci a minha promessa — papai se antecipa aos meus devaneios. — Ainda quero te ver viajando com Belchior um dia, conhecendo o Brasil todo. Talvez com esse alguém especial que falou.

Faz tempo que meu pai me prometeu Belchior. Lembro de me imaginar viajando com uma prancha em cima da kombi, todos os dias um novo paraíso para desbravar, meus cadernos e o violão na mala. Parece distante agora que as responsabilidades se avizinham, se erguendo no horizonte como caravelas em mares desconhecidos, mas confio no papai.

E não deixo de notar como usa "esse alguém" em vez de "essa garota".

Eu o amo ainda mais por isso.

— Talvez — digo, e inevitavelmente penso como seria fazer uma road trip com Júlio em Belchior.

Mas é improvável.

Se souber o que fiz, não vai querer mais nada comigo.

— Bom, agora chega de papo — papai diz, com um sorriso conspiratório. — Sua mãe odiaria saber que nossa conversa de pai para filho está correndo amigavelmente. Vai reclamar que sou *complacente demais*.

"Complacente demais" é a melhor definição para ele.

— Você vai ver, vou mostrar que dou conta, pai. Até a viagem, mamãe vai confiar em mim.

Papai aperta meu ombro.

— Juízo, Matias. Estamos contando contigo.

25 de jan. 14:14

> ei, guapo... beleza?

> olha, vou ser honesto: fiquei puto contigo.

> depois das nossas últimas conversas, não imaginei que seria assim. entendo que precise de um tempo, mas desde que nos conhecemos sinto que estou sempre correndo atrás, e você sem saber se fica ou se foge. foi um jogo divertido no começo, mas nós dois sabemos que já não se trata só de um jogo.

> e, cara, como você me manda essa mensagem e desaparece? nem me dá espaço pra entender se é um fim definitivo ou não. se me ouvisse, saberia que não tô nem aí se for complicado. não tenho medo de desafios, então não tenho medo da gente.

> sei lá, júlio. meu orgulho ferido queria só te mandar um joinha mesmo, mas não dá. porque apesar de tudo eu ainda sinto sua falta. pra caralho. o tempo todo.

> se era esse seu objetivo, então parabéns: deu certo.

> toma o tempo que precisar aí. espero que encontre as respostas que busca. saiba que estarei te esperando. só não demora.

PARTE 3
QUANDO A SEGUNDA ONDA OS ATINGE

Toca Raul

Quase duas semanas depois, estou na calçada da Broadway entre o Caverna Bar e o Vip Music, cantando e tocando violão para um público bêbado majoritariamente de meia-idade. Hümi me acompanha na guitarra, Zayn, na bateria, e Amanda, na segunda voz. Lila ficou na recepção do hostel e Otto finge que ajuda fazendo uma live enquanto paquera um carinha com camiseta da Elza Soares.

A música que tocamos é "Quero ser feliz também", do Natiruts, o tipo de som que as pessoas esperam de Canoa. Já estamos no finalzinho do repertório; é nossa segunda apresentação desde o desastre da festa no Hippie. A estreia foi no fim de semana passado, quando o dono de um restaurante fez o convite de última hora. Eu não tinha uma banda preparada para o show, mas meus amigos toparam o desafio e, bem, aqui estamos.

Acho que nem eles fazem ideia de como estão me ajudando. Eu *precisava* de música pra parar de pensar em Júlio. Se não fosse pelo trabalho no Hippie, as escapadas para surfar, as noites desenhando, as gravações com Melissa e os ensaios com a banda, já teria perdido a cabeça esperando pela volta dele, ou por qualquer sinal de fumaça.

Passamos para a última parte da música e eu repito o refrão esperançoso. A plateia canta junto; pessoas passam pela rua e nos gravam com o celular. Algumas colocam dinheiro no estojo da guitarra aberto no chão e outras buscam lugares para se sentar ao nosso redor.

A Broadway tem uma coisa engraçada: aqui, não cantamos dentro dos restaurantes, e sim fora. Música atrai turistas, e, no pico da alta temporada, muitos são fisgados por ela, como agora. É mais fácil conseguir um cliente com a canção certa.

— Valeu, Canoa! — eu falo no microfone ao terminar o cover, incentivando os aplausos. — Espero que estejam curtindo! Nossa banda ainda não tem nome e nosso amigo tá passando com o chapéu e o PIX, tá? — Otto acena, e uma criança corre com uma nota de dois reais até ele. — As contribuições são voluntárias e qualquer quantia é bem-vinda!

Uma salva de palmas ecoa. Zayn faz barulho na bateria enquanto Otto rebola no ritmo ao passar com o chapéu.

Faço um merchan do restaurante e anuncio que é nossa última música. A plateia choraminga, pedindo bis. Estou um pouco cansado, mas...

— TOCA RAUL! — um cara branco com camisa florida diz pela centésima vez esta noite, com as mãos em concha ao redor da boca.

Certo. Eu não planejava cantar Raul Seixas, mas ele me vence pelo cansaço. Afinal, por que não?

— Vocês conhecem alguma do Raul? — cochicho para a banda, esquecendo que o grupo é composto de uma alemã e um suíço--marroquino; Amanda é a única que se garante na missão.

— Começa e a gente te segue — ela diz, confiante.

— Tem certeza?

— *We are about to get humiliated* — Hümi estala o pescoço e se prepara para a batalha —, *but fuck it! I'm in!*

Amanda corre para dar um beijinho na bochecha dela antes de iniciarmos. Viro para a plateia, abro meu sorriso mais sexy e aponto para o cara que fez o pedido.

— Agora sim é nossa última música! Vamos de Raul!

Dedilho os primeiros acordes de "Metamorfose ambulante", minha favorita da discografia dele. Papai colocava a canção no máximo nas nossas viagens com o Belchior; tenho a vívida lembrança dele com os braços para fora da janela, cantando a plenos pulmões enquanto mamãe dirigia.

Vinícius conta que, sempre que a gente começava uma viagem, eu pedia para tocar a música do "maluco beleza". Por boa parte da minha infância, esse foi meu apelido lá em casa: Maluquinho Beleza.

Cantar Raul hoje é voltar para mim mesmo, e uma energia diferente eletrifica meus dedos e a voz. Não sou o único vibrando com a música; a galera na rua se levanta das cadeiras e faz coro, balançando a luzinha das lanternas do celular.

Amanda arrasa nos vocais como se tivéssemos ensaiado a vida toda, enquanto o solo de guitarra de Hümi arrepia meus braços. Até Zayn está mais solto na bateria — o cabelo fino pula conforme as baquetas rompem os pratos com empolgação, sua camisa molhada de suor; ele não tem nada de bom moço agora.

E então me pego fazendo algo perigoso. É breve. Por um momento, imagino Júlio sentado me observando com o Kindle e o chapéu de palha. A esperança me obriga a procurar seu rosto na multidão, mas não o encontro — é provável que jamais o reveja.

Retorno o foco à música. Elevo a voz, fecho os olhos, canto as palavras de Raul como se eu as tivesse escrito, como se voltasse às viagens com meus pais, e, quando terminamos, a euforia é completa. A banda dá um abraço em grupo, e até Otto se junta.

Depois, alguém me chama. É o cara na plateia que pediu a música, baforando fumaça de charuto na minha cara.

— Eu vi o Raul em você, guri — ele diz com sotaque sulista, sério, e me analisa de cima a baixo.

— Pô, que nada. — Sorrio, meio sem jeito. — Raul é uma grande inspiração. Tô feliz que você curtiu.

— Curti? Você canta bem pra caralho! Tem presença, é simpático, bonito... — Ele enfia uma nota de cem reais e um cartão de visita no bolso da minha camisa. — Ó, te deixei meu contato. Se estiver interessado em seguir carreira na música, me procura.

Carreira musical? Esse cara tá me tirando?

Não vou mentir, já pensei nisso no passado. Tive uma fase depois de terminar a escola em que fantasiei como seria se decidisse seguir como cantor. Shows, viagens, um estúdio em Belchior para criar músicas novas em qualquer lugar... Aquele estilo de vida me atraía, mas nunca o considerei pra valer. Música e desenho são amor, habilidades que nascem de mim sem esforço e me fazem bem. Não são... *trabalho*.

Ele dá um tapinha no meu ombro e vai embora antes que eu possa sequer responder, como se só lhe faltasse ouvir Raul para encerrar a noite.

Quando o perco de vista, tiro o cartão do bolso: JOHNY FREITAS. GERENTE MUSICAL. UNIVERSUS MUSIC. Acho um pouco estranho um produtor musical ser um dos malas da plateia que fica pedindo toca Raul, mas não deixa de ser uma reviravolta.

— Tá de brincadeira — Otto diz, examinando o cartão um pouco depois. — Ele era da Universus?

— Se o cartão for verdade...

— É, pode ser golpe. Ou talvez queira te pegar.

— Não pareceu.

— Bom, ele não seria a única pessoa da plateia admirando suas "habilidades musicais". — Otto olha por cima do ombro para o argentino que não parou de me dar mole a noite inteira, inclusive agora. — É gatinho, Matias.

— Não estou interessado.

— Júlio? — Ele ergue a sobrancelha ao fazer a pergunta.

Eu só assinto, desconverso e ajudo Otto a contar a grana do chapéu. Com o dinheiro que o tal Johny deu, as doações do público e o cachezinho do restaurante, conseguimos quase trezentos reais.

Ajudo meus amigos a desmontar e levar os equipamentos para o Hippie. Voltamos à Broadway em seguida para celebrar o sucesso da noite, a tensão pré-show substituída pelo sentimento de dever cumprido. Com alguns hóspedes, pegamos uma mesa na parte externa do Caverna. Dançamos reggae maranhense, contamos histórias e brindamos.

Eu devo estar na minha terceira cerveja quando meu passado decide voltar ao presente.

— Matias Mendonza, a estrela de Canoa Quebrada.

Tomo um susto ao escutar a voz, e quase caio da cadeira ao me virar. Ali, em plena Broadway, encontro o mais próximo que eu já tive de uma ex.

— Tá de sacanagem comigo, Clara! — Levanto e agarro os ombros dela. — Tá fazendo o que aqui, linda? Pensei que estivesse em Vegas!

Sorrindo, ela dá um beijo na minha bochecha e joga os braços ao redor do meu pescoço.

— Pois é, tô de volta!

— Canoa sentiu sua falta — respondo, retribuindo o abraço. O perfume dela não mudou; o mesmo tom de lavanda me invade. — Chegou quando no Brasil?

— Faz uns dias. Você sabe como isso aqui é importante pra mim. Na primeira brecha, vim correndo.

Me afasto para vê-la melhor. Clara continua a mesma musa de antes, só que ainda mais gata com box braids vermelhas que ultrapassam a cintura. O vestido branco de macramê contrasta com o bronzeado da linda pele negra, e há outra coisa também: nunca a vi tão feliz.

Ela também é artista. Trabalhou como modelo em vários videoclipes famosos. O boom na carreira veio ano passado, quando estreou no balé da Iza e foi descoberta por um produtor que conseguiu uma audição no time da Doja Cat. Acompanhei sua jornada pelas redes, já que a gente não se falava desde que ela saiu de Canoa.

— Uau. — Assobio. — Cê tá maravilhosa, Clarinha!

— E você mudou o cabelo. — Ela toca meu rosto. — Da última vez que te vi...

— Ainda tava com o black, né?

— Isso, mas os dreads combinam contigo. — Nos encaramos. O verão passado passa diante dos meus olhos: nosso primeiro encontro no Hippie, o beijo na jacuzzi no meio da noite, fugas para ver as estrelas na praia... — Aposto que já falaram que tá a cara do seu pai.

Dou uma risada.

— Todo mundo fala isso.

— Porque é verdade.

Ela cumprimenta o pessoal na mesa. Hümi, Otto e Zayn, que a conheceram e acompanharam de camarote nossa história, fazem a maior festa. A princípio, é esquisito tê-la de volta. Pensei que, se a encontrasse outra vez, nossa atração seria a mesma, mas é evidente que os dois viraram a página.

— Eu vi seu show lá da sacada do Amsterdã — Clara conta ao me acompanhar até o bar.

— Gostou?

— Tinha esquecido do quanto amo sua voz.

Vindo dela, o elogio tem mais peso. Clara é uma excelente cantora, com um puta domínio vocal. Ano passado, me acompanhou em algumas apresentações ao vivo como a de hoje. As rodadas de chapéu rendiam bem mais quando ela estava presente.

— *Gracias*.

— Você sempre mandou muito bem, cantando e em outras coisas. — Ao ver que fico tímido, Clara revira os olhos. — Estou falando do surfe e dos desenhos. Ainda desenha, né?

— Sim. Tive um bloqueio criativo por um tempo, mas voltei a desenhar nas últimas semanas.

Clara ergue as sobrancelhas.

— Encontrou uma nova musa?

— Algo assim... — Dou de ombros, fazendo pouco caso.

Não sei se Clara se deixa enganar, mas também não insiste no assunto.

— Ei, tá livre pra conversar com uma velha amiga? Mas conversar de *verdade*? — A proposta me surpreende.

Achei que Clara me odiasse; não fui o cara mais sensível quando estávamos juntos. Bem o oposto, na real.

— A gente já deveria ter feito isso há um tempão.

— Acho que você não estava pronto. Se estiver agora...

— Eu tô.

— Ótimo. — Ela sorri e engancha o braço no meu. — Vem comigo. A gente tem um ano de fofocas pra botar em dia.

É assim que vamos parar em uma das mesas do Amsterdã. Tony me recebe com um abraço e fica eufórico quando falo que vou enviar a ideia de tatuagem que ele me pediu há um tempo: uma kombi em movimento com o símbolo de Canoa Quebrada surgindo atrás de uma montanha na estrada.

— Entããão — Clara cantarola para mim, tirando o kit maconha da bolsa (não menti quando falei que tinha queda por maconheiras) —, como vai a vida? Já se resolveu com seu irmão?

Solto uma risada. Direta ao ponto.

— Na real, não. A gente continua brigando do mesmo jeito.

— Lembra quando ele tentou ficar comigo sabendo que a gente tava de rolo e ficou putaço quando levou um fora?

— Tem como esquecer? Você foi maravilhosa naquele dia. — Pablo podia ficar com qualquer uma, mas decidiu mexer justo com Clara, a mina de quem eu tava a fim. Depois que ela me beijou na frente dele na praia, a cara do meu irmão valeu mais que vencer o Mundial de Surfe.

— Sinto saudade daquele verão — ela diz com um quê de nostalgia.

— Também sinto.

— Parece que tanta coisa mudou. A gente, principalmente.

— Clara — eu a interrompo. — Posso te falar uma coisa?

Sentindo a mudança de clima, ela para de bolar o baseado e me fita. Solto tudo de uma vez:

— Na real, eu queria te pedir desculpa. Sei que fui um escroto quando a gente acabou. Sendo bem honesto, eu estraguei tudo e você não merecia. Se serve de consolo, estava bem perdido naquela época.

Clara termina de preparar o beck e passa a língua na cola da seda.

— Tem fogo? — Eu quase digo não antes de lembrar que Otto deixou o isqueiro comigo. Entrego a ela. Clara acende, fecha os olhos e dá um trago demorado. Tosse um pouquinho ao soltar a fumaça. Passa para mim, mas recuso. — Parou de fumar?

— Por um tempo.

— Bom pra você — ela diz, pigarreando em seguida. — Olha, Matias. Meu plano não era lavar roupa suja quando te chamei pra conversar.

— Também não é isso que eu quero.

— Bom… — Clara sobe a alça do vestido. — Nego, de coração, não guardei mágoa. Eu sou grata a você.

— Grata? — Franzo a testa.

— É que, tipo, a forma como as coisas terminaram entre a gente me fez perceber que eu tinha que parar de ficar com pessoas que não queriam se comprometer. — Clara inspira e expira a fumaça. — E, Matias, eu tô feliz pra caralho agora. Até casei, tem noção?

Meu queixo cai.

— Você o *quê*? — Ela dá uma gargalhada ao ver minha cara de espanto e estende a mão. Uma aliança dourada reluz no anelar. — Eu não sabia!

Levanto para abraçá-la. Ela ri e aperta meu ombro de leve. Quando voltamos a sentar, dispara:

— Foi mal, a gente casou há pouco tempo. Eu queria contar pra todo mundo, mas a família dela é complicada. Não postamos nada ainda.

— Como vocês se conheceram?

— Assim que comecei a trabalhar com a Doja. A Jane estava em outro grande balé em Vegas, e numa social a gente se esbarrou. Foi amor à primeira vista. Jane queria um relacionamento sério, eu também. Decidimos nos dar uma chance.

— Ela veio pro Brasil contigo?

— Não, tá na Cidade do Cabo visitando a mãe. A família não aceita bem que ela é lésbica, então ela preferiu ir sozinha primeiro, pra preparar o terreno, e eu vim passar umas semaninhas em casa.

— Você vai pra África do Sul depois?

— Por um tempo. Pelo menos até o inverno acabar e os shows voltarem na primavera.

Paro para processar a informação. Esses meses todos achei que tinha atrapalhado a vida da Clara.

— Então a gente ter terminado…

— Foi o melhor que podia ter me acontecido. — Ela me observa, satisfeita. — Mas e você? Parece… diferente.

— Pareço?

— É. — Os brincos de argola de Clara balançam. — Mais maduro…

— Acho que estou mudando mesmo. — Suspiro. O olhar inquisitivo dela me faz elaborar melhor: — Conheci um cara na praia e me apaixonei. Só que, pra variar, estraguei tudo…

— Por quê?

— Sei lá, ele falou que precisava de um tempo pra entender algumas coisas, mas aí não reagi bem e... Ai, Clara. Você sabe como eu sou. Fiquei com outra pessoa.

Ela até para de fumar, deixando o baseado pela metade no cinzeiro.

— E está com remorso? — Ela quase se engasga quando faço que sim. — Nossa, então você gosta dele *mesmo*.

Desabo no encosto almofadado do banco. Na época que eu estava com ela, continuei ficando com outras pessoas. Nunca passou de um lance casual, e sei que ela esteve com outras pessoas durante aquela temporada também. Ainda assim...

— O que você acha que eu fiz de errado com a gente?

— Hmm... — Ela respira fundo. — Muitas coisas?

Esfrego os olhos.

— Porra, eu sou o pior.

— Ei, presta atenção. O que matou a gente foi a falta de diálogo. Eu tentava falar contigo e não conseguia porque você se fechava. Quando eu me esforçava para te conhecer, você fugia. — Clara apoia o queixo na mão. — Eu estava pronta pra ter um relacionamento e você só queria se divertir, o que tudo bem, mas eu não me sentia ouvida por ti. Isso me fez sofrer bastante.

— Sinto muito por isso, por ter sido tão superficial.

Ela sorri com gentileza.

— Nego, eu tô descobrindo *agora* que você gosta de meninos, e eu sou bi também. Poderia ter conversado comigo naquela época, mas você nunca se mostrou de verdade, nunca se abriu. Isso me deixava puta. Eu esperava que você agisse como a pessoa que idealizei, mas quebrei a cara.

A luz laranja neon do interior do Amsterdã ressalta suas maçãs do rosto. Lembro de todas as tentativas dela de me conhecer. Das perguntas na cama, das vezes que íamos surfar juntos e passávamos a tarde de barriga pra cima em nossas pranchas, nos beijando com a boca salgada entre um mergulho e outro...

Clara nunca me falou que preferia um relacionamento fechado, tampouco me importei em perguntar. Imagino o que teríamos sido se eu tivesse aberto ao menos uma fresta do meu coração para ela.

— Não era nossa hora — ela prossegue. — O que eu queria, você não podia dar, e o que você podia dar, eu não queria.

— Fico muito feliz que tenha encontrado a garota dos seus sonhos. De verdade.

Tento não demonstrar que essa conversa quase me faz chorar. Clara deve perceber mesmo assim, porque se aproxima e me dá outro abraço.

— Na vida tudo acontece na ordem certa, Matias — ela afaga minha bochecha. — Erros, todo mundo comete. O que importa de verdade é o que decidimos fazer com eles.

Dou um passo para trás e a observo. Finalmente compreendo: Clara está tão diferente porque está amando. As impressões digitais do amor estão por todo o seu corpo, e talvez estejam em mim também. Não há nada que o amor toque que não resplandeça.

— Você é sábia, Clara Martins.

— Talvez seja só a Purple Haze do Tony batendo... — Ela ri e volta a sentar. — E é Clara Martins Adebisi agora. Minha esposa é pura realeza africana.

Conversamos noite adentro. Clara me mostra as fotos do casamento com Jane — uma cerimônia coletiva em que vários casais sáficos oficializaram a união em uma antiga boate lésbica em Las Vegas —, e as fotos da lua de mel em Seychelles. Já eu conto minha história com Júlio, as brigas com Pablo, as desavenças com a minha mãe e meus erros ao tentar administrar o Hippie.

Enquanto coloco minha vida em palavras, percebo o quanto mudei.

Agora tenho *consciência* dos meus erros. Agia por impulso no passado, não me dava conta de como minhas atitudes me afetavam ou afetavam as pessoas ao meu redor. Reconhecer as consequências das minhas próprias ações tem um peso que desconhecia.

Vou ao banheiro e, na saída, me encaro no espelho viajado do Amsterdã. Vejo o que Júlio disse ter visto em mim: a intensidade, a firmeza no olhar. Estou ansioso para me tornar a melhor versão de mim mesmo, mas também orgulhoso de quem sou *agora*, com minhas qualidades e defeitos.

Volto para nossa mesa e encontro Clara em uma ligação no celular. Ela olha para cima ao me ver, a sobrancelha erguida com um leve toque de malícia.

— Olha, foi ótimo conversar contigo, mas o Matias acabou de chegar. Vou passar pra ele. — Clara põe a mão ao redor do aparelho para abafar a conversa, e só então percebo que não é o celular dela; é o meu, que deixei na mesa. — Foi mal. Você demorou e achei melhor atender.

— Quem é?

O sorrisinho maroto dela brilha.

— Ah, você vai gostar. É *ele*.

— Júlio?

— Oi, Matias! É tão bom falar contigo!

[*silêncio*]

— É você mesmo?

— Claro que sim. Conhece outro Júlio?

— Não. É que você sumiu. Não imaginei receber uma ligação sua.

— Hm. A gente pode se falar por mensagem, se preferir.

— Não, não. Gosto de ouvir sua voz.

— Gosta?

[*silêncio*]

— Júlio, escuta. Me liga em vinte minutos?

— Claro! Como você achar melhor.

— Vou me despedir da minha amiga e voltar pra casa. Logo chego.

— Te ligo já, já então, tá?

— Perfeito.

— Atende, por favor. Sei que vacilei, mas quero muito conversar contigo.

— Certo, atenderei. Até daqui a pouco então, Júlio.

— Até, Matias.

CHAMADA ENCERRADA

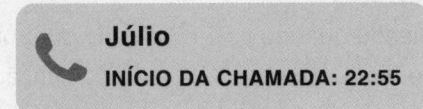

Júlio

INÍCIO DA CHAMADA: 22:55

— Oi! Já tá podendo falar?

— Oi, oi! Sim, agora tô de boas no meu quarto.

— Ah, legal! Então...

— Então...

[*em uníssono*] — Você tá bem?

[*risos*]

— Perguntei primeiro, fala você.

— Tudo bem, é justo. Eu que desapareci.

— Quase duas semanas...

— Desculpa, Matias, e obrigado por me
atender. Mesmo.

— Tranquilo, eu estava te esperando. Só não
esperava que você fosse entrar em contato.

— Perdeu as esperanças?

— Isso nunca.

[*silêncio*]

— Júlio, me conta desde o início. O que
aconteceu depois que a gente se despediu?
Quando estávamos juntos parecia tão perfeito,
mas foi só você chegar em casa para mudar de
ideia. Isso me pegou de surpresa. Eu achava que
entraríamos em uma nova fase, mas então...

— Primeiro queria dizer que meu sumiço não
significa que não estava pensando em você.
Acho que te escrevi umas mil mensagens e
apaguei cada uma delas antes de enviar. É
mais fácil me expressar por texto, mas eu
precisava ouvir sua voz.

— Estou aqui.

[*suspiro*]

— Começou quando caiu a ficha do que rolou naquele dia. Depois da Aurora, a conjunção no céu e nós dois no hostel, fiquei confuso. Então vi sua DM e tudo que mais odeio em mim veio à tona. Entrei em uma espiral, pensando que logo ia embora de Canoa, que não me sentia assim por ninguém fazia bastante tempo... Tive uma crise de ansiedade aquela noite. Sem ar, coração acelerado, vontade de vomitar e medo, tanto medo. Por um segundo, achei que fosse morrer.

— Júlio...

— Não é a primeira vez que acontece, mas eu não tinha crise desde o fim do meu último relacionamento e foi... foi bem difícil.

— Sinto muito.

— Não que seja uma desculpa nem nada. Eu não deveria ter sumido. Você... a gente... merecia mais.

— Por que você não me contou? Eu poderia ter te ajudado.

— Não quis te contar porque... Matias, você idealizou uma versão de mim. Estava disposto a ir até o fim para conquistar esse Júlio romantizado que o Universo trouxe até você. E desde que a gente se conheceu na praia, por mais que eu tenha fugido, me senti desejado. Não queria te perder, não queria que você descobrisse que o Júlio que inventou não é real, que é fraco e medroso...

— Que viagem. Não penso isso.

[*silêncio*]

— Não?

— Não, mas não vou mentir. Júlio, eu também desabei. Achei que você estava jogando tudo fora. Depois do que falou sobre eu estar brincando contigo, senti como se o nosso lance fosse só uma brincadeira pra ti também. [*pigarreia*] Desculpa, te cortei no meio da história. Pode continuar.

— Não, não. Tudo bem.

— O que aconteceu depois da crise de ansiedade?

— Mainha me ajudou e eu fui pra casa da minha vó em Natal no dia seguinte. Depois viemos pra Luna do Norte visitar os parentes. Fiz algumas trilhas e uma escalada, o que serviu para colocar os pensamentos no lugar, mas tudo me lembrava você.

— Tudo?

— Tipo, o tempo todo. Pensava no nosso abraço, na sua mão segurando a minha no terraço, e no seu sorriso enquanto tirava minhas fotos com mainha na praia. Sei que disse isso antes, mas, Matias, eu me dei conta que...

— Júlio, não. Por favor, não fala nada agora. Tem algo que preciso te dizer primeiro.

— Gosto muito e... [*chiado*] você é... [*chiado*] bastante... [*chiado*] quero que...

— Júlio? Júlio, não tô te escutando. A ligação tá falhando. Tá aí ainda?

CHAMADA ENCERRADA

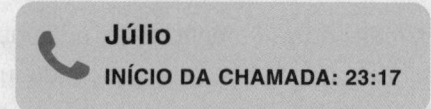

Júlio
INÍCIO DA CHAMADA: 23:17

— Matias? Tá me escutando agora?

— Tô sim, *guapo*.

— Que bom, que bom. Foi mal, a internet aqui é horrível. A gente quase nunca vem em Luna do Norte, é bem no meio do nada...

— Júlio, ouviu o que eu disse antes?

— O quê? Acho que caiu quando eu tava falando que gosto de você...

[*silêncio*]

— Matias? Tá aí ainda?

— Tô.

— Não vai falar nada?

— Júlio... *Dios*. Fiquei ensaiando como te contar isso.

— Não precisa. Só diz logo de uma vez.

— [*suspiro*] Fiz merda. No sábado, depois que recebi sua mensagem... Fiquei bêbado pra cacete e... Droga, Júlio. Beijei outro cara. Um cara muito parecido contigo.

— Ah.

— E me sinto péssimo. Você me contou como confiar é difícil pra ti, que tem medo de se machucar outra vez, e eu quebrei essa confiança. Não deveria ter ficado com ele, não deveria ter perdido o controle. Me arrependi imediatamente, mas agora é tarde e você me odeia.

— Quem disse que eu te odeio?

— Quê? Você não...

— Não, eu não te odeio. A gente não tem nada

sério. Eu avisei que ia sumir por tempo indeterminado, que você podia tocar a vida...

— No terraço, eu falei que respeitaria seu tempo...

— Mas a gente nunca falou do *seu* tempo, Matias. Não percebe? Tem sido tudo sobre mim. Você correndo atrás de mim, você não desistindo mesmo quando fui um grosso... Não é justo, por mais divertido que tenha sido.

— Então não tá chateado?

— Só com um pouco de ciúme...

[*silêncio*]

— *Guapo*, tá tudo bem mesmo entre a gente?

— Lembra quando você falou que queria que a gente começasse de novo?

— Aham.

— Eu quero tentar. Posso ter fugido no passado, mas não pretendo fugir agora. Não quero mais que sinta que precisa lutar por mim o tempo inteiro, com medo de que eu feche a porta e te deixe de fora. Estou te convidando para entrar na minha vida, conhecer as partes boas e as ruins.

— Eu também quero isso, cada parte. Minha amiga...

— A Clara! Ela foi uma fofa na chamada!

— ... na verdade ela não é só minha *amiga*. A gente teve um lance ano passado que não terminou bem. Hoje a gente se reencontrou e conversou pela primeira vez. Finalmente entendi que o que fodeu tudo entre a gente foi a falta de diálogo. A gente só guardava o que sentia e esperava que o outro adivinhasse.

Eu me fechava porque... tinha medo. Era inconsciente, acho. Eu pensava que todo mundo me trataria como Pablo tratou, que zombariam de mim se eu fosse vulnerável, sabe? Isso acabou destruindo o que podia ter sido uma história bonita.

— A gente precisa fazer diferente então.

— Como assim?

— Prometer um pro outro tentar conversar sobre o que estamos sentindo. Sei que não é fácil, mas quero construir algo contigo.

— Pera. Quer mesmo?

— [*risos*] Meu Deus, como é incrível ver os papéis se invertendo. Sim, Matias. Eu não sei se acredito nessa história de almas que não viveram o amor em outras vidas, nem nos sinais que você disse ter visto espalhados por aí. Mas sei que gosto de você, e que vale a pena lutar por isso.

— Nossa, cara, quero muito te beijar.

— Eu também. Penso nisso mais do que deveria, até nos meus sonhos.

— Quando vou te ver?

— [*voz abafada*] *Júlio! A vovó tá te chamando pra ajudar ela na cozinha!*

— [*distante do microfone*] Thaly, avisa que eu tô indo! [*volta ao normal*] Oi, oi. Desculpa, vou precisar desligar pra ajudar a minha avó.

— Sem bronca. Vai lá, *guapo*.

— Tudo bem se eu te ligar amanhã de novo?

— Anjo, pode me ligar a hora que quiser. Sou todo seu.

— Que lindo ouvir isso. Boa noite, foi muito bom falar contigo.

— Digo o mesmo. Até daqui a pouco.

— Até.

[*silêncio*]

— Matias? Não vai desligar?

— Não, vou aguardar você desligar primeiro.

— Eu não vou desligar.

— Sua avó tá esperando...

— Então a gente desliga junto, pode ser?

— Em três.

[*juntos*] — Três, dois, um...

CHAMADA ENCERRADA

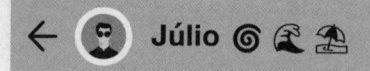

6 de fevereiro de 2021

Oi, lindo! 😊 00:18

É o Júlio 00:18

Salva o meu número? Tô indo dormir agora, mas queria que você soubesse que pode falar comigo quando quiser aqui... 00:18

Dorme bem. Obrigado por atender minhas chamadas 00:18

UAUUUUUUUUUUUUUUUU 00:46

e aê, mozão 😜 00:46

caralho, inacreditável que a gente tá no zap juntinhos! 00:47

ajudou sua avó? 00:48

Aqui vai uma música para você... "Eu Me Lembro", de Clarice Falcão <spoti.fi/404xK1T> 00:50

já ouviu essa música? penso no meu futuro contigo quando escuto, em você sorrindo e cantando desafinado no banheiro, minha mão alisando sua bunda quando a gente deitar juntos pra dormir 00:55

quero que você abra um sorriso quando ler essa mensagem ao acordar, que saiba que fui dormir pensando em ti, e que provavelmente acordarei pensando em ti também 00:58

boa noite, anjo. vou pedir ao universo para te ver no meu aniversário. se ele for bom, vai atender meu pedido 00:59

Bom dia! 🥱😴 07:56

Semanas atrás, se alguém tivesse me avisado que aquele surfista gato que conheci na praia mandaria mensagens fofas assim, eu teria RIDO alto pra caralho 08:03

E como assim aniversário?! Não que eu entenda muito de astrologia,

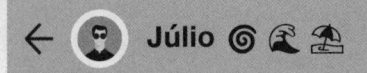
mas... você é aquariano? Esse signo não tem uma reputação muito boa (como canceriano, o melhor e maior, estou no direito de te julgar) 😳 08:08

Ah! Me passa seu e-mail? Tem coisa que eu preferiria mandar por lá 08:11

Tô voltando pra Natal agora. Falo contigo ao chegar! 08:27

Beijos! 😊 08:28

guapo, buen día! que hermoso eres! 13:54

olhei pro celular e mal consegui acreditar que tinha notificação de mensagem sua 13:56

pena que você nunca tá on-line qnd eu tô 14:01

chegou em natal? 14:02

Oi, dorminhoco! 14:09

Cheguei em Natal faz um tempinho... Acho que vou sair hoje com meus amigos daqui. Tem uma festa no Titanic (é uma boate perfeita, um dia te levo) 14:10

nossa, tô quase pegando a moto pra ir te ver 14:21

Vem! 14:21

queria, mas não dá. aproveita mt com seus amigos! 14:41

e já ia esquecendo meu e-mail: matiasmt@hippiehostels.com 14:41

pode falar, sou todo seu   14:41

Você tá mesmo 100% empenhado em me conquistar, né? 14:46

acho que já conquistei   15:15

Convencido 😳 😳 😳 😳 15:17

← 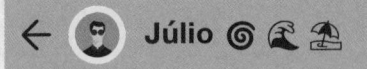 Júlio

Ficou esperando dar 15h15 pra mandar essa mensagem, tenho CERTEZA 15:17

para, o canceriano dramático aqui é vc kkkkkkkkkkkkkkkkkkkk 15:18

não preciso manipular sincronias do universo 15:18

e qual seu problema com aquarianos? meu aniversário é dia 10/2. aquariano com ascendente em sagitário com mt orgulho 🤟 🤟 🤟 15:19

Júlio Andrade <julioandrade@tanaestrada.com.br>

para mim ▼   Dom., 7 de fev. de 2021, 20:31

Oi, Matias! É o Júlio!

Lembra que você falou que queria me conhecer melhor? Bom, preparei uma lista.

1 — Tenho 21 anos. Quer dizer, *teria* se estivesse vivo. Morri aos treze anos em Cascavel... (HAHAHAHAHA amo esse meme e não podia perder a oportunidade, mesmo que você não conheça por ser metade espanhol e tal.) Fato 1.1: não sei contar piadas. Humor não é o meu forte, mas me esforço. 😊

2 — Nasci em Natal, minha família é de Luna do Norte. Mainha tem uma agência de turismo em Fortaleza, e eu faço faculdade na federal do Ceará.

3 — Pra mim, Taylor Swift é a maior artista viva do universo. Sempre volto às letras dela e descubro algo que não tinha percebido nas 13 milhões de vezes em que ouvi. As músicas dela me ajudam a lidar com minhas emoções em qualquer fase. Tipo hoje, no carro, enquanto ouvia o *Lover* e "Cruel Summer" começou a tocar. Depois que te conheci, a música ganhou um significado completamente novo. A frase "angels roll their eyes" se tornou pessoal. 15:15. Anjos... Lembra, Matias? É isso. Taylor escreve a trilha sonora da minha vida.

4 — Vermelho é a minha cor favorita.

5 — Treze é o meu número da sorte.

6 — Você já deve ter visto on-line, mas sou apaixonado por tudo que envolve ecoturismo, como trilhas, rapel, tirolesa, escaladas, voos de parapente e asa-delta.

7 — Quando eu era criança, sonhava em ser presidente do Brasil. Queria resolver todos os problemas do país, mas cresci e descobri que era difícil resolver até os meus. Ainda quero transformar o mundo, mas de outra forma. Minha terapeuta diz que devo *me* transformar primeiro. Concordo.

8 — Existe a possibilidade remota de eu já ter acampado alguns dias na frente do Morumbi para ver o show do One Direction em 2014 (onde conheci meu primeiro namorado). Eu era muito, muito fã dos meninos, especialmente do Louis. Posso já ter escrito algumas fanfics Larry, mas nego se alguém perguntar.

9 — Às vezes, tenho um pesadelo em que acordo no meio da noite, me olho no espelho e não é meu reflexo que encontro. No fundo, acho que é o medo de não saber quem sou.

10 — Comecei a criar conteúdo na internet na adolescência. Antes de o meu avô morrer, eu viajava com ele e minha vó, dentro e fora do Brasil. Passei a escrever crônicas sobre o que via, e depois criei meu site. Deu certo. É o que gosto: estar no mundo. Viajar me salva, me ajuda a romper meus limites, e olha que eu me imponho mais limites do que deveria.

11 — Não quero uma casa fixa; quero morar na estrada, viver em movimento. Ir do Ceará a Ushuaia sem me preocupar se é ou não possível, simplesmente ir. Não sei ficar em um mesmo lugar por muito tempo.

12 — Quando disse que não acreditava em amores de verão, menti. Só nunca achei que *poderia* viver um. Não quero pesar a conversa, mas você sabia que a taxa de suicídio entre homens trans é uma das mais altas? É difícil encontrar histórias sobre meninos trans que não terminam em tragédia, em que podemos ser quem somos sem odiar nossos corpos, sem odiar nós mesmos. Elas são raras na ficção e as presenciei tão pouco na

vida real que, de certo modo, achei que não estavam ao meu alcance. Quero estar enganado. Quero que a gente prove que é *possível*. Está em nossas mãos agora.

13 — Eu gosto de você, Matias Mendonza, e isso é um fato. Mesmo.

Com amor,

Júlio

P.S.: Ainda sem acreditar que seu aniversário já é quinta-feira! Não tenho nada contra aquarianos, mas também não tenho nada a favor... hahaha

P.S. 2: Vou sair pro esquenta do Titanic agora! Até depois ♥

8 de jan. 11:34

Você respondeu ao story

QUE SELFIE LINDA

é a sua avó?

parece tanto contigo!

Oi! Bom dia!

É ela sim

manda um beijo pra sua avó
e pra sua mãe

sou especialista em conquistar figuras
maternas 😊

Você já teve uma sogra antes?

nunca, mas deve ser igual a pegar
uma onda difícil

só precisa manejar com carinho

🙄

Uma fada morre todas as vezes que você faz metáforas de surfista hétero, Matias

e aí, como foi a festa? vc nem postou nada 😎

jajajajaja

A festa foi tudo! Uma drag me chamou pro palco uma hora e eu morri de vergonha, mas passo bem. Tô me recuperando da ressaca ainda

que bom que cê curtiu o rolé

Viu o e-mail que te mandei?

ainda não. tô trabalhando com mamãe na minha cola, tentando limpar minha imagem

Oxe

Pensei que você fosse especialista em conquistar figuras maternas

a figura materna dos outros, no caso kkkk

 **Júlio Andrade**

a última coisa que vc quer fazer na vida é mexer com ana mendonza

Isso não é reconfortante, Matias

Não quero que ela me odeie

então vc...

vc pretende conhecê-la?

Vai responder meu e-mail logo, garoto

TÔ INDO, TÔ INDO

VISTO

Matias Mendonza <matiasmt@hippiehostels.com>

para Júlio ▼   Seg., 8 de fev. de 2021, 17:36

caralho, júlio. quanta coisa! seguem meus comentários:

- discordo, você é engraçado, sim. lembra quando te fiz achar que eu não sabia o que era um kindle? nunca vou esquecer sua carinha, hahaha!

- já sabia que você é fã da taylor swift porque, hm...... te stalkeei? 😇 vou adicionar "cruel summer" na minha playlist por você!

- vermelho + 13... hm... VOCÊ TÁ METIDO COM PETISTA, JÚLIO? hahahah (pensei que sua cor favorita fosse preto).

- você se amarrar nessas coisas radicais não condiz com a imagem que criei de ti na praia. te julguei como um nerd gótico gatinho, confesso, mas gosto das duas possibilidades. nunca julgue um livro pela capa.

- júlio para presidente e matias pra primeiro-cavalheiro

- one direction????? ok, história engraçada: eu tenho um amigo chamado zayn, e o filho da puta se parece com o zayn da banda. te apresento qd vc aparecer no Hippie 😊

- por favor, me envie uma das suas fanfics.

- tive um pesadelo contigo na noite depois que você me disse seu nome. estávamos surfando juntos e um tsunami nos pegou. eu te perdi e comecei a gritar por você, com medo de nunca mais te achar. você também não me deixa em paz nem nos sonhos. talvez seja um lance de almas gêmeas.

- meu plano atual é ficar em canoa por um tempo, mas não pra sempre. quero fazer o mesmo que você: colocar o pé na estrada. a diferença é que eu tecnicamente já tenho a casa "móvel": um motorhome chamado Belchior (emprestado à minha tia no momento). pode comemorar, sua lei da atração deu certo. o universo te deu um partidão da porra 😛

- júlio, para mim, você é a *definição* de um amor de verão perfeito, em todos os sentidos. quanto mais te conheço, mais gosto de ti. e se eu enxergo isso e me apaixono por ti, então o mundo inteiro também vai.

- quero te ver logo. 😌

  seu e encantado com tudo que você dividiu comigo,

  matias

Meu eu do passado

Júlio Andrade <julioandrade@tanaestrada.com.br>

para mim ▼   Ter., 9 de fev. de 2021, 09:13

Matias,

Já assistiu *Rupaul*? Sempre que a temporada chega no top 4, o programa traz uma foto de cada uma das queens ainda criança. No palco, Ru pergunta às drags o que elas diriam para seus eus do passado se tivessem a chance de reencontrá-los, e as respostas geralmente me fazem chorar. Hoje, pensei no que diria ao Júlio criança.

Há uma foto minha aos sete anos que eu adoro. Era São João e, em vez de aceitar a maquiagem que geralmente faziam para as meninas, eu bati o pé e disse que queria um bigode como todos os meninos. No final, acabei conseguindo, e na foto encaro a câmera com uma expressão malvada em uma roupinha de cangaceiro. Acho que essa é uma das poucas memórias de infância em que eu sou *eu*. Em que sou Júlio. E se eu o encontrasse ali, correndo na praça da cidade de vovó como se comandasse o lugar, eu compraria a maçã do amor que meu pai dizia fazer mal para os dentes, seguraria a mão dele como sei que gosta que segurem, e diria:

"Você não sabe ainda, mas seu nome é Júlio. Por muito tempo, as pessoas vão te chamar por um nome que você sente que não é o seu. Isso vai te machucar. Em alguns dias, você não vai se reconhecer no espelho. Em outros, vai achar que está completamente sozinho. Não é verdade. Você é amado, Júlio, *muito*. Apenas não se apegue ao seu pai; vê-lo como um herói só vai trazer dor.

Também não pense que sua mãe não está do seu lado. Sim, ela tem expectativas irreais sobre você e a convivência será difícil às vezes, mas ela é sua aliada, e na hora certa vai te apoiar como ninguém... Seja gentil consigo, Júlio. Seja gentil com seu corpo. O mundo já te trata mal o suficiente, você não precisa ser seu pior inimigo. Aproveite as viagens, escreva em seu diário, faça amigos na internet e, quando a ideia do blog surgir, não hesite. Não deixe que te façam duvidar da sua identidade; ninguém está na sua pele. E, por favor, quando o dia chegar, não fuja do surfista. Sob qualquer hipótese, não fuja dele".

O que você diria ao seu eu do passado, Matias?

Com amor,

Júlio

guapo, que lindo é te ler. confesso que me emocionei. já vi seu site e alguns dos seus textos. mal consigo acreditar que é esse júlio que estou conhecendo agora: o júlio das palavras, que desbrava lugares e, acima de tudo, desbrava a si mesmo. quando te leio, tenho a sensação de que você *busca* se escutar. é gostoso te descobrir. me faz querer olhar para dentro de mim também.

sobre o assunto do e-mail... o otto, um dos meus melhores amigos que trabalha aqui no hippie, ama *rupaul*, e me fez ver uns episódios. não tenho paciência pra séries, ainda mais realities, então nunca cheguei a esse top 4. mas achei genial o lance das fotos. parece que quando a gente é adolescente quer esquecer a infância a todo custo, daí vira adulto e descobre que, para seguir adiante, tem que olhar para trás.

fechei os olhos depois de ler o seu e-mail. lembrei de mim, do pequeno matias viajando o mundo com os pais, vivendo na sombra de um irmão que ele queria que o amasse a qualquer preço. o matias que tinha medo de expressar algumas partes dele por achar que as pessoas não gostariam... tenho certeza que encontraria meu eu do passado na praia, com um black dourado aos oito anos, vibrando com a prancha que papai deu de presente.

"matias, por trás dos sorrisos e de como tenta fazer todos felizes, você morre de medo de não ser o que as pessoas esperam. se importa demais com os outros, mesmo fingindo que não. crescer com o pablo será difícil. ele vai mexer contigo e te manipular para que você pense que sua sensibilidade artística, sua essência, é errada. não dê ouvidos, porque a arte ainda vai te preencher muito. sim, sua mãe tem um legado, mas você não é *ela*, ou o pablo. surfe não precisa ser sua carreira, pode apenas ser algo que você *ama*. nunca tente ser alguém que você não é. sua facilidade de fazer amigos é incrível, só aprenda a deixar as pessoas realmente *entrarem* na sua vida. não fuja das conversas importantes, cuide da sua irmã, aprenda violão bem cedo e saiba que gostar de pessoas independentemente do gênero não é errado. por isso, não se esconda ou se limite. jamais viva uma mentira, e, quando se sentir perdido, corra para o mar. as ondas vão cuidar de você, e talvez te levem ao amor da sua vida."

obrigado, *guapo*. precisava disso, ainda mais com meu aniversário chegando; nunca é uma data fácil.

espero te ver logo.

seu,

matias

Matias,

Queria que nossos eus do passado tivessem se conhecido. Fico imaginando a gente brincando na praia, talvez em um momento antes do meu trauma com a água. Com certeza você seria meu primeiro crush de infância. Não consigo imaginar um mundo onde eu te conheça e não me apaixone por você.

Nessas férias, tenho refletido sobre várias coisas. Hoje, dirigindo, pensei em como as pessoas dizem o tempo todo que querem viver algo diferente, mas morrem de medo de sentir. Medo de se machucar outra vez. Medo de deixar que alguém veja o que escondem.

Só que há uma magia incendiária em permitir que a vida aconteça diante dos nossos olhos, de formas inesperadas. Como aconteceu com a gente. Somos muito diferentes, mas iguais em algo: vivíamos com um escudo erguido contra o mundo. Enquanto você fingia não segurar escudo nenhum, para que não percebessem que estava lutando, eu erguia o escudo bem alto para ninguém notar que eu existia.

Até dois anos atrás, antes do início da minha transição, eu não conseguia mostrar meu rosto on-line. Eu só tinha meu site e publicava textos, usando avatares de famosos para me proteger. Um dia, percebi que era necessário permitir que todos me enxergassem daquela maneira também, e isso não aconteceria me escondendo. Eu pensei que, ainda que as pessoas nunca me vissem como eu me via, não importava. O reflexo que aos poucos comecei a ver no espelho era a melhor manifestação dos meus sonhos, e amá-lo me deu forças para me mostrar sem pedir licença. Esse não é o processo pelo qual todas as pessoas trans passam, ainda mais quando disforia é um assunto tão sério, mas foi o *meu* processo.

Espero que nós possamos continuar baixando nossos escudos. Que sejamos nossas melhores e piores versões, juntos, mesmo que tentar seja a coisa mais assustadora (e linda) do mundo.

Com amor,

Júlio

P.S.: Por que sua prancha se chama Rosalía? Qual seu lugar favorito no mundo? Quem são seus amigos? Como é ter dois países como casa? Por que seu aniversário é uma data difícil? Sinto que ainda há tantas interrogações a seu respeito, Matias. Naquele dia na praia, você me disse que era mais interessante que os personagens dos livros que leio. Não queria dar o braço a torcer, mas talvez seja. Nem mesmo o meu protagonista favorito me manteve tão vidrado quanto você.

P.S. 2: Cedinho vou levar a vovó em outra viagem, e não sei se vou ter sinal de internet. Se eu voltar a sumir, já sabe 😌

P.S. 3: Quais são seus planos pra amanhã? Vai ter festa, mesmo sendo um dia complicado? Queria poder te ver. Talvez no próximo aniversário. Juro que não vou perder o próximo.

+18

Matias Mendonza <matiasmt@hippiehostels.com>

para Júlio ▼   Ter., 9 de fev. de 2021, 19:42

júlio, na moral.............

TÔ COM TESÃO

literalmente, *guapo*, nunca fiquei com tanto tesão como
agora depois de te ler. porque você é inteligente pra porra,
e escrevendo essas coisas? demais pro meu coração.
aliás, se existisse uma lista de "sete maravilhas do
planeta", só que de pessoas, você estaria lá. júlio andrade:
uma das sete maravilhas da terra.

e eu tô com tesão porque não transo há bastante tempo, e
sempre que fecho os olhos imagino nosso abraço ou você na
praia, e penso nessa sua covinha imoralmente linda no queixo,
e caralho. *ca-ra-lho*. vai se foder, sabe? eu não aguento mais.
não aguento mais.

passa o endereço da cidade pra onde vc vai viajar? tô indo agora.

te imagino lendo esse e-mail com a mão na boca, pensando:
O QUE ESTÁ ACONTECENDO COM O MATIAS?, e eu só posso
dizer que, cara, é a lua cheia. ela mexe comigo, tô te avisando!

enfim... voltando aos nossos e-mails com papos elevados
e filosóficos: que bom que você aprendeu a se mostrar para
o mundo, júlio, e não temer o seu reflexo. o universo em que
vivemos é um universo melhor porque você está nele. e eu sei que
seu brilho não apenas *me* ilumina, mas ilumina todos os meninos
— trans ou não — que se enxergam em você.

subindo pelas paredes sem beijar sua boca, esperando não
te assustar com a minha versão safada, e inteirinho seu,

matias

(o surfista misterioso de canoa quebrada que conquistou
o famoso influencer de viagens júlio andrade)

P.S.: a rosalía foi (mais) uma tentativa frustrada de humilhação por
parte do pablo. ele achava que me dar uma prancha rosa de
presente me deixaria irritado, só que sua masculinidade tóxica
teve o efeito contrário: eu me tornei a sensação da praia. não tem
como chamar mais atenção do que sendo um puta gostoso com
uma prancha rosa chamada LA ROSALÍAAAA, né? 🙏

P.S. 2: meu lugar favorito é qualquer lugar onde você esteja, você
conhecerá meus amigos em breve e, sobre ter dois países como
casa, significa apenas que preciso te mostrar a espanha. não a
espanha que você conhece, mas a minha espanha. e se a gente
casar… bom, digamos que seu green card vem aí.

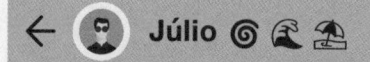
10 de fevereiro de 2021

hola, guapo. o relógio acaba de me dizer que é 10 de fevereiro. isso significa que oficialmente tenho 21 anos. eu deveria comemorar com meus amigos na broadway, mas estou no quarto e não pretendo sair. faz alguns anos que odeio aniversários, júlio. você me perguntou sobre isso e, tipo, não consigo falar por escrito. é só... complicado. e agora que te escrevo sinto minha mente espiralando, saindo de controle 00:01

me sinto no coliseu, só que, no lugar de feras me cercando, são dúvidas. tem uma parte de mim que vê apenas o feio, todas as sombras. ela diz que minha mãe pensa que sou um lixo, que arruíno a vida de todos à minha volta, que sou uma farsa por trás da pose que sustento para o mundo. e, no meio disso tudo, sinto que meu futuro é tão... incerto. todas as pessoas ao meu redor já sabem o que vão fazer. eu tenho 21 anos agora. já não dá mais pra brincar de adolescente. sou adulto. adulto. cara, como tenho raiva dessa palavra 00:04

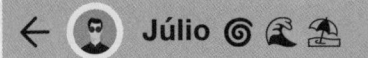 

enfim. sei que nada disso é "verdade", só minhas feridas falando mais alto, se aproveitando da minha vulnerabilidade, mas... foda-se, ju. eu queria que você estivesse aqui agora. não tenho medo do futuro quando estou contigo. estar ao seu lado me dá certeza. me sinto mais sólido. como se finalmente conseguisse enxergar a vida com clareza. faz sentido? não deveria fazer sentido, mas faz (pra mim) 00:06

acho que é isso. tenho 21 agora. 00:07

besitos, guapo 00:08

Surpresa de aniversário

Na manhã do meu aniversário de vinte e um anos, acordo com quatro batidas rápidas na porta.

Pouco depois, uma música. Sei que estão de palhaçada porque é "Parabéns", da Pabllo Vittar. Levanto com uma revirada de olhos, já me preparando para o que me aguarda, e escondo um bocejo com o dorso da mão. Escancaro a porta. Não há nada além de uma JBL e uma pequena caixa laranja no chão, com CUIDADO: FRÁGIL escrito em letras de forma.

Só pode ser coisa do Otto. Meu amigo sabe que não curto comemorar meu aniversário, mas sempre dá um jeito de fazer alguma surpresinha.

Espio o corredor do bangalô, procurando por ele. Não encontro. Abro a caixa. Nem mesmo meu mau humor de aniversário consegue me manter indiferente. Depois de um segundo de pane total no sistema, rio tanto que meus pulmões precisam de uma pausa para reaprender a respirar.

Lá dentro, embrulhado em papel com estampa de cannabis, há um funko meu. Só de bermuda segurando uma Rosalía cor de chiclete, com dreads de pontas douradas e até a minha tatuagem das luas no peitoral. Um cartão colado ao bonequinho com a caligrafia do Otto diz:

FELIZ ANIVERSÁRIO, HERDEIRO!
DE TODA A SUA FAMÍLIA HIPPIE,
UM PRESENTINHO ESPECIAL PRA VOCÊ
P.S.: Não acaba por aqui! Se quiser a parte 2, vá à praia, 15h15.
Você sabe onde.

Ergo a sobrancelha. De onde Otto tirou o 15h15? Será que combinou algo com o Júlio? Não, devo estar viajando. Júlio ainda nem respondeu minhas últimas mensagens, e os dois nem se conhecem. Além disso, Otto sabe do lance das sincronicidades; deve ser só mais uma brincadeira dele.

Enfio o bilhete no bolso da bermuda. Pego o funko e a caixa, deixando o boneco na escrivaninha. Em seguida, volto ao corredor vazio e digo:

— Já podem parar de se esconder.

Na mesma hora, a música na caixinha de som é interrompida. Otto surge detrás de um dos sofás acompanhado da turma toda: Hümi tocando um ukulele; Lila e Zayn carregando balões coloridos que dançam com a brisa que entra pelas janelas; e Melissa, recém-chegada de viagem, ao lado de Valentina, a amiga tímida que veio passar os últimos dias das férias de verão com a gente.

Curtindo mais que qualquer um, está papai, segurando uma torta de morango com duas velas. Mamãe assiste lá de trás, com o cotovelo no balcão da cozinha. Trocamos um olhar e ela me dá um sorriso acanhado.

Sem camisa e descabelado, reajo apenas com uma expressão contente. Tento esquecer que odeio meu aniversário, que Júlio não está aqui, e entro na onda.

Cantamos "Parabéns pra você", com Melissa filmando a cena — com certeza para me trollar mais tarde. Hümi dá conta do arranjo instrumental enquanto terminamos a música em um coro desafinado. Mel segue tudo de perto com o celular e, no instante em que o último "Matias" é entoado, ela diz:

— Faz um pedido, Má!

Encaro a chama, fecho os olhos e peço.

Não é nada palpável, mas o lampejo repentino de uma cena: me visualizo dirigindo Belchior em um dia de sol. Uma praia espetacular se descortina no horizonte, Rosalía amarrada em cima da Kombi. Tamborilo no volante e mexo no chaveirinho com o brasão de Canoa Quebrada no retrovisor. Olho para o lado, e lá está Júlio, a cabeça para fora da janela, o braço estendido ao vento. Ele cantarola uma música. O sol reluz em seus cachos arrepiados, a pele branca permanentemente tomada pelo bronze do verão. Ele sorri, feliz, ao beijar minha bochecha, e o mundo é nosso, só nosso.

— Feliz aniversário, filhote — papai sussurra quando abro os olhos. Ele entrega a torta para Zayn e me toma num abraço.

Beijo a bochecha dele e murmuro um obrigado. Papai bate no meu ombro e assente, cheio de ternura.

Recebo abraços de cada um deles. Algumas felicitações são mais efusivas (Otávio e Melissa). Outras, mais econômicas (mamãe). A festa migra para a cozinha, onde Zayn fatia a torta — uma delícia — e entrega os pedaços com guardanapo e cajuína São Geraldo.

É a primeira vez que a nova geração do Hippie está toda na minha casa. Sempre ficamos no hostel. É divertido vê-los nos sofás da sala: Amanda limpa o bigode de glacê no rosto de Hümi; Mel, Valentina e Otávio fazem caretas para selfies com filtros.

O fato de estarmos aqui também transforma o instante em uma reunião extraoficial da equipe, sobretudo quando Lila puxa o assunto tabu da vez.

— Ana, uma pergunta... — ela olha para mamãe e para mim. Está linda, aliás. Há dois dias, nos juntamos em uma força-tarefa para ajudá-la a desfazer as tranças. Seu cabelo agora resplandece em um black que valoriza o formato do rosto. — Vai rolar festa esse fim de semana?

— Não. — A resposta de mamãe é tão taxativa que caímos na risada. — Ainda não nos recuperamos da última. Sem festa por enquanto.

Ana Mendonza usa um tom de voz controlado, para disfarçar qualquer traço de rancor. O problema é que mamãe é escorpiana *raiz*. Seu ascendente em libra até dá uma suavizada, mas ela não esquece fácil. É maravilhosa, divertida e mente aberta, só não pise em seu calo.

Mamãe me culpa pelo incidente no Hippie e ainda não me perdoou. Ontem à noite eu a encontrei no escritório, concentrada na tela do notebook.

Pela maneira como pressionava os lábios, eu sabia que acompanhava as últimas novidades sobre o Circuito Mundial, que começaria em breve. Estava ansiosa por Pablo. No passado, mamãe gerenciava a carreira dele, mas isso mudou depois que meu irmão fez dezoito anos e fechou com um treinador estadunidense linha-dura.

— Teve notícias? — Não falo com Pablo desde a última discussão, mas me preocupo. Às vezes, seria mais fácil não dar a mínima.

— Seu irmão está bem, Matias. Treinando bastante — mamãe respondeu. Odeio ver os vincos do estresse em seu rosto, encurvando seus ombros.

— Acha que ele vai ganhar?

— Ele é um dos melhores. — Nenhuma hesitação em sua voz.

A confiança em Pablo é plena; queria que fosse assim comigo também, que não duvidasse da minha capacidade.

— Massa. — Forcei um sorriso e decidi mudar de assunto. — E o documentário, *mamá*? Alguma notícia?

— Na verdade, sim. Estão finalizando algumas questões de produção — ela inspira fundo —, mas querem começar a filmar em breve.

— As passagens de ida já têm data?

— Não ainda. Me pediram para estar pronta "a qualquer momento" até o fim de fevereiro, o que não fazia parte do nosso combinado inicial…

Agora, olhando para ela na cozinha, percebo o mesmo cansaço de ontem, como um viajante com a mala extraviada desembarcando em um destino sem nenhum de seus pertences. O rosto está mais pálido, até. Quando foi a última vez que surfou? Talvez um pouco de mar a ajudasse — embora as ondas de Canoa não sejam desafiadoras o bastante para alguém do porte de Ana Mendonza.

— Mas — ela continua para Lila — no domingo pela manhã vamos fazer um evento para acompanhar a grande final do Circuito Mundial de Surfe, em que o meu filho Pablo, como vocês sabem, vai competir.

O encontrão para assistir à final é uma tradição nossa. Não tenho paciência para ouvir mais uma rodada de elogios ao grande "Pablo Mendonza-Farralley". Então, enquanto mamãe explica a dinâmica para os voluntários, me afasto para olhar uma notificação no celular.

Sorrio. É Júlio.

> Matias! Voltei!

> Queria não ter perdido a virada do seu aniversário, mas estou aqui agora ♥

Júlio enviou um vídeo ao volante, inacreditavelmente lindo em uma camisa vermelha com gola henley e um boné do MST. Sorri, o brinco de Canoa Quebrada na orelha, a sobrancelha levemente erguida... O brilho em seu rosto, o fato de estar todo de vermelho e cantar a plenos pulmões os exatos quinze segundos em que Taylor Swift canta o refrão de "Red", é demais para mim...

But loving him was red.

> puta merda, guapo

> como você consegue ser tão perfeito?

> queria te beijar

> queria tantooo

HAHAHAHA

Só pra constar, eu parei o carro no acostamento pra gravar o vídeo

E queria te beijar também. Mais do que você imagina

Aliás, está melhor? Vi sua mensagem e fiquei preocupado...

boa, precisa dirigir em segurança, príncipe

sua vida é preciosa

é, tô melhor sim. fizeram uma surpresinha aqui em casa, vou te mandar as fotos.

desculpa se te preocupei. só fiquei confuso, daí apaguei no sono e acordei me sentindo menos tenso

Claro que eu me preocupo, ainda mais por você ser sempre tão positivo. É estranho te ver murchinho, mesmo por mensagem. Você é solar demais para ser um dia nublado

> prometo continuar sendo seu raio de sol, julio 😊 ☼ 🌼

HAHAHA, besta! E meu Deus, amei o funko. Ficou igualzinho a você no dia que a gente se conheceu!

> melhor dia do verão 🙏

Do meu também...

Olha, queria te falar uma coisa sobre suas mensagens.

Não é verdade que todo mundo ao seu redor tem a vida resolvida, sabe o que quer ou para onde vai. Às vezes, as pessoas só são boas demais em fingir que não estão perdidas

Mas mesmo se fosse o caso, Matias. Usar a vida dos outros como parâmetro para a sua é uma armadilha perigosa. Principalmente quando isso te paralisa ou te faz duvidar de si mesmo. E daí se as pessoas ao seu redor já encontraram seus caminhos? Você precisa se preocupar com a *sua* jornada. O que os demais fazem é por conta deles

Enfim, queria te ligar pra gente conversar mais tarde

liga, vou amar te ouvir

e obg pelas mensagens! de verdade,
tô bem (ou tentarei ficar).

Que bom!

Até mais tarde e feliz aniversário,
surfista espanhol! Gosto muito de
você. Muito mesmo

Minutos depois, todos, exceto Mel e Val, voltam às suas tarefas, dispersando a festa no bangalô. Já troquei de roupa e organizo a bagunça no quarto. Valentina está sentada na minha cama, toda tímida e fofa, passando as páginas do meu exemplar surrado de *O ladrão de raios*; sua pele preta retinta tem aspecto bronzeado e os cachos definidos passam dos ombros. Ao lado dela, Melissa me olha de soslaio e limpa a garganta.

— Val, posso falar rapidinho com meu irmão?

A menina assente, distraída com a leitura.

— Tudo bem se eu levar o livro? — ela pergunta para mim com a voz suave, sorrindo educadamente.

— Claro.

Sem tirar os olhos da página atual, Val se levanta e ajeita sua saia plissada.

Ela e Mel se conheceram em Canoa há alguns meses, quando Valentina veio passar uma temporada com os pais aqui. Assim como minha irmã, ela também tem um canal de covers musicais no YouTube. Foi bom que fizeram amizade. Melissa tem dificuldade de se conectar com outras pessoas da sua idade em Canoa, e Val lhe faz bem. Quando estão juntas, é impossível desgrudá-las.

— Se quiser ir pra piscina, te encontro lá daqui a pouco — Mel sugere a Val.

— Legal. — Ela deixa um beijo terno na bochecha da minha irmã.
— Feliz aniversário de novo, Matias!

— Valeu, Val.

— Até já.

Da soleira da porta, a menina olha para Melissa e prende uma mecha de cabelo atrás da orelha, contendo um sorriso. Há uma comunicação invisível entre elas, uma mirada com significados secretos. Fofo. Como nunca reparei nisso antes?

Quando Val vai embora, minha irmã dá um pulo esbaforido, fecha a porta e solta um suspiro alto, esfregando o rosto.

— Tudo bem aí?

— Tô ótima. Melhor impossível.

— Mesmo? Porque parece...

Estudo Melissa. Há ansiedade, quase como se estivesse sem fôlego. Ela é agitada por natureza, mas depois do beijo de Val em sua bochecha está desconcertada, tímida.

— Não quero falar sobre isso agora — Mel me corta, fitando as próprias unhas e mexendo as pulseiras coloridas no braço.

— Tem certeza? É meu aniversário...

— Meu Deus do céu, Matias, para de ser chantagista. Não vou falar. Dou uma risada.

— Tá bom, tá bom. Só queria ter certeza que você está bem. — Ela bate de propósito com a cabeça na porta e desliza até o chão, o que não é exatamente um bom sinal. — O que precisa conversar comigo em particular?

— Cinco letras — ela diz.

— Muitas palavras têm cinco letras.

— Ah, então você quer que eu *soletre*? J, U, L, I, O. Tá claro agora? — Mel anda em círculos pelo quarto. — Como vocês estão? E por que você ignorou minhas mensagens sempre que perguntei sobre ele?

— Porque eu não tinha certeza do que estava rolando entre a gente. Ele sumiu por um tempo e depois voltou. A gente tem se ligado e trocado e-mails...

— E-mails tipo os de *Com amor, Simon*, só que sem a parte da identidade secreta?

Às vezes, as referências pop dela são como um idioma alienígena para mim. Nesse caso é diferente; lembro de ficar com os olhos marejados ao assistir ao filme (lógico que Melissa prefere o livro).

— Mais ou menos.

— isso é tão fofo! — Mel pula no meu pescoço sem dimensionar a própria força.

— Ei, *calma*. — Dou risada e tiro minha irmã de cima de mim.

— Calma nada. Vocês estão praticamente noivos, Má — os olhos de Melissa brilham —, o que significa que eu ainda posso entrar na igreja segurando as alianças como sempre sonhei!

— Meu casamento seria na praia e sem padre — corrijo, destruindo a fantasia dela. — E a gente tá pegando leve.

— Você "pegando leve"? — Ela se senta na cama, desconfiada.

— Qual o problema?

— Matias, tudo bem que você nunca namorou ninguém oficialmente, mas você é, tipo, super intenso e isfp. Você nunca faz nada pela metade, numa vibe *I see it, I like it, I want it, I got it* — Mel imita os vocais da Ariana.

— Como você pode ter catorze anos e *tantas* certezas sobre mim?

— Sou uma alma velha em um corpo jovem — Mel diz apenas. — Enfim, eu *sabia* que o Júlio gostava de você!

Abro um sorriso gigante.

Desde a ligação de Júlio, passamos horas conversando sem parar. Eu respondo seus stories com o que Júlio chama de piadinhas de "hétero top", enquanto ele, que não é tanto de comentar, reage com emojis e faz elogios.

Confesso que, agora que ele me segue, minha frequência de postagem aumentou: fotos com meus amigos ou na praia com Rosalía; vídeos da minha rotina no Hippie com músicas da Taylor Swift de fundo (estratégia que se comprovou eficaz); e selfies a cada entardecer na duna do pôr do sol, onde esperava levá-lo quando voltasse a Canoa.

Meus dias são preenchidos por Júlio; é como se a minha rotina completasse as lacunas da ausência dele, e não o contrário. Não passo um dia sem reler nossas conversas e esperar pelo ON-LINE abaixo da foto dele. Sinto que minha vida se dividiu em antes e depois de Júlio.

— Ele definitivamente gosta de mim, mas é complicado.

Mel franze a testa.

— Aconteceu alguma coisa?

— Não, não. Estamos bem. É que o Júlio tem algumas inseguranças, como todo mundo. Mas estamos trabalhando nisso.

Ela olha para o chão e morde o canto da unha.

— Sei como é.

Melissa definitivamente está escondendo algo. Conheço cada trejeito, o significado de cada careta. Mel pode ter se tornado uma garota inteligente e independente nos últimos anos, mas ainda é a irmãzinha que eu ajudei a criar e com quem me preocupo.

— Você tá bem mesmo?

— Tô. — Mel abraça um dos meus travesseiros.

— Tem certeza?

Você é uma menina apaixonada por outra menina, e isso é lindo

— Mel — sussurro para ela. — Eu tô aqui pro que precisar. Confiei em você para abrir meu coração sobre o Júlio, e espero que saiba que pode fazer o mesmo comigo, não importa o que seja.

Ela me dá um sorriso acanhado antes de respirar fundo e desabar na cama; os cachos se espalham no colchão.

Beijo sua testa, como fazia quando a colocava para dormir, balançando na rede da varanda até Mel cair no sono. Está tão crescida. Nem parece que um dia coube em meus braços.

— Tô super confusa, Matias. Queria ter falado antes, mas não consegui. Gosto de escutar sua história com o Júlio, todas as fofocas e tal, porque isso me distrai do que tô sentindo... — Mel desabafa, sua voz falhando no final.

— Ei, eu tô aqui. Tá tudo bem.

Seguro a mão de Melissa e me deito ao lado dela.

Viro meu rosto no instante em que ela vira também. Vejo tanto de mim em Mel. Somos feitos da mesma fibra e éter, de destinos traçados antes de nossa vida começar.

Ela volta a olhar para cima, se concentrando.

— Você sabe que eu fui na casa da Val, né?

— Aham.

— Então... tipo. Um dia a gente estava lendo, porque é um lance nosso. A gente faz umas leituras conjuntas de livros que descobrimos na internet. — Mel divaga. — E aí, bom, chegamos naquele livro da capa roxa com duas meninas que eu pedi pro papai comprar na Shakespeare, lembra?

Melissa havia feito uma lista gigantesca de títulos LGBTQIAP+ que tinha descoberto no TikTok para ganhar de presente de Natal. E, como papai havia se intitulado o "mecenas literário" da família, comprou todos (e me deu um Kindle; para a decepção de Júlio, não curti muito a tecnologia).

— Certo. — Mel respira fundo quando eu assinto. — A gente estava lendo no quarto dela, uma deitada ao lado da outra, na mesma página. Em um determinado momento, eu olhei para a Val e a Val olhou para mim e... a gente se beijou. Eu beijei a Val e a Val me beijou de volta, e eu me senti tão, tão bem. Não sabia que queria esse beijo fazia tanto tempo, mas, assim que aconteceu, tudo se encaixou. E agora eu penso no quanto gosto dela, no quanto eu quero mais beijos como aquele, e não sei, tipo, o que está acontecendo comigo. Será que eu sou bi? Ou lésbica? Ou qualquer outra coisa? — Sua voz se fragmenta. — Odeio não saber, *odeio*.

— Escuta — digo, baixinho. — Você é uma menina apaixonada por outra menina. E isso é lindo.

Eu passo a mão pelo rosto de Melissa, onde lágrimas começam a se formar no canto dos olhos.

— Mas e se as pessoas acharem que eu gostar dela é errado? — Mel agita a perna de modo ansioso. — E se eu decepcionar todo mundo por não ser quem pensam que sou?

— Mel, não. Não importa o que as pessoas vão pensar, mas o que você sente. Talvez eu não seja a melhor pessoa para falar de amor, mas sei que você gostar da Val é bonito, especial, ainda que o mundo faça parecer o contrário. Sempre vou te amar por quem você é.

— E se eu não souber lidar com isso, Matias? — sussurra. — E se eu, tipo, acabar estragando tudo? Eu não quero errar.

— Jamais pense que amar outra garota é errado. Ser você não é um erro, amar também não. Sei como é avassalador o turbilhão que está vivendo. Seu corpo e suas opiniões mudando, você se descobrindo... Pode não parecer agora, mas tudo isso é mágico.

Ela encaixa a cabeça no meu peito como costumava fazer quando era mais nova.

— Você é a primeira pessoa pra quem eu contei — ela murmura.

— Obrigado por me escolher. — Faço cafuné nela. — Queria ter tido sua coragem e contado antes que sou bi, só que eu estava acostumado a afastar as pessoas. Ao contrário de mim, você é sincera comigo, com a Val e, principalmente, consigo mesma.

— Eu gosto dela — Mel fala com firmeza. — Gosto mesmo. Gosto da Val como você gosta do Júlio... Mas, tipo, o que isso significa?

— Que você é livre para amar outra garota se é para onde seu coração te leva. — Minha voz é gentil. — Não precisa se apressar para definir sua sexualidade. Descobrir quem somos é lindo, mas é mais importante ser você, independentemente do nome que deem a isso. Amor não vê gênero nem formas, o amor apenas é.

O abraço dela é forte. Suas lágrimas molham minha camisa. O sol da manhã refrata no vidro da janela e palhas de coqueiros dançam ao vento.

Penso no que Júlio diria se estivesse aqui, que tipo de conselhos daria. Torço para estar sendo o irmão que ela merece. Mel não sabe, mas ser porto seguro para ela é uma das minhas missões nesta vida.

— Antes de a gente dormir na noite passada — Mel diz em um tom mais brando, sua respiração se acalmando aos poucos —, ela estava no colchão do lado da minha cama. Estava escuro. De repente, senti a mão dela na minha, segurando forte. A gente ficou em silêncio, só escutando a respiração uma da outra, até que a Val perguntou se eu queria namorar com ela.

Arregalo os olhos.

— Meu Deus, que fofo! Olha aí *sua* vida amorosa, garota — brinco, feliz ao arrancar um sorriso dela. — Sua história de amor merece um livro tanto quanto a minha.

— Até parece.

— Juro. — Bagunço seu cabelo. — Qual foi sua resposta?

— Ainda não respondi. Tenho medo da reação da mamãe e do que o Pablo vai dizer... Medo de me apaixonar e, tipo, não dar certo porque vou viajar no fim do mês... — Ela funga. — Medo de tanta coisa, Matias. Tanta coisa.

Aperto a mão dela.

— Você tem medo do que sente por Val?

— Não. — A determinação de Melissa me deixa orgulhoso.

— Então esquece o resto. Ninguém deve ter medo de amar.

Melissa me agradece em sussurros repetidos. Penso em meninas que amam meninas e em meninos que amam meninos que sonham em abrir o coração e não serem julgados por isso. De certo modo, é como se eu quebrasse a repetição de um ciclo antigo, como se fosse parte de um processo de cura maior do que a mim mesmo.

— Estraguei seu aniversário, né? — Ela limpa o nariz com o dorso da mão.

— Pelo contrário. Sua sinceridade é o melhor presente que eu poderia ter recebido hoje.

Mel me encara com os olhos azuis marejados e pressiona o rosto contra o meu peito. Depois de um tempo, começa a cantarolar "Lucky", do Jason Mraz e da Colbie Caillat. Já faz alguns dias que tem se preparado para gravar um cover. Havia me pedido para decorar a letra também, para fazermos um dueto, mas estive tão distraído...

— Pensei em uma coisa — digo.

— O quê?

— Acho que é hora de contar aos nossos pais que sou bi.

— Sério? — Melissa fica de joelhos na cama e me olha seriamente. — Mas você disse que não achava necessário.

— E ainda defendo esse argumento. Não *deveríamos* ser obrigados a nos assumir. Tem que ser uma escolha pessoal, e agora é uma escolha minha contar. Não apenas por mim, mas por Júlio e por você também.

— Não precisa fazer isso por mim.

— Melissa Mendonza, que tipo de irmão mais velho eu seria se não arrombasse algumas portas na família para que você pudesse seguir com mais liberdade?

— Você seria o Pablo.

A resposta é tão honesta, crua e inesperada que eu gargalho alto, girando na cama e fazendo cosquinhas nela.

— *Eres una chica muy mala, Mel.*

— *Gilipollas, soy sincera.* O Pablo é um saco, mas a gente vai fazer revolução na nossa família.

— O filho bi e a filha sáfica.

— A combinação perfeita.

— Pois é. — Abraço minha irmã. — A combinação perfeita.

A segunda onda

À tarde, antes de ir para a praia, encontro com Otto na recepção do Hippie. Concentrado, meu amigo digita com fúria no notebook repleto de adesivos. Provavelmente, está terminando algum capítulo do livro secreto que tem escrito durante o verão.

— Não vou ganhar nenhum spoiler? — eu pergunto a ele ao me escorar no balcão.

Sem querer perder o fluxo de escrita, Otto demora alguns segundos para me responder.

— E estragar *tudo*? — Ele suspira de forma teatral, as unhas da mão recém-pintadas de roxo. — Claro que não.

Dou as costas para ele e me jogo em um dos sofás.

— Como está o livro?

— Ah, sabe como é. Achei que estivesse pertinho de acabar, mas aí resolvi mudar tudo no meio — ele conta.

— Vai me deixar ler?

— Só depois que eu terminar. O que, pelo visto, não vai acontecer *nunca*. Ainda bem que não tenho fãs, eles me odiariam pela demora.

Enquanto Otto reclama, mexo no celular à espera de que o "visto por último hoje às 10:13" no chat com Júlio mude para "on-line". O que não acontece, claro.

— Ele não vai responder agora. — Otto adivinha o que estou fazendo.

Tenho deixado meu amigo atualizado do lance com Júlio. Depois de Mel, Otto é nosso maior apoiador.

— Como você sabe? — Ergo a sobrancelha, desconfiado.

— É só um palpite. — Otto se vira para olhar o relógio ao lado da minha foto com Pablo quando criança. — E você deveria ir. Está quase na hora.

— Preciso mesmo? — pergunto com um bocejo. — Odeio aniversário, Otto.

— Não sei o que aconteceu pra você odiar tanto o seu aniversário, mas acho que o dia em que você veio ao mundo deveria ser celebrado.

Meus olhos marejam. E, puta merda, odeio estar emotivo assim. Geralmente, eu não sou essa manteiga derretida. Não quero terminar a noite chorando como fiz todo dia 10 de fevereiro desde o que aconteceu com Pablo naquele aniversário.

Me despeço de Otto e saio de casa. Lá fora, o céu sem nuvens de Canoa Quebrada é um convite à praia. Algumas lojas seguem fechadas; corto caminho pelo Beco do Hippie, a ruazinha decorada com a temática do nosso hostel que desemboca na Broadway. Seguindo o percurso principal, passo por bugueiros em busca dos clientes da tarde e outros já levando turistas para excursões pelo litoral de Aracati.

O mirante com uma das vistas mais espetaculares de Canoa, de onde partem os voos de parapente, está movimentado. Desço por um dos caminhos íngremes entre as falésias pela trilha que leva direto à Pura Vida.

Viro à direita na direção de onde encontrei Júlio nas outras vezes, entre a Lazy Days e a Barraca da Vila. O mar brilha no tom esverdeado que estampa todas as fotos icônicas de Canoa Quebrada, e restaurantes espalham mesas com guarda-sol pela areia branca enquanto a maré sobe.

Olho o celular. São 15h14. Seja lá qual for a surpresa que o pessoal preparou para mim, já deveria estar aqui.

Fico em pé, esperando. O movimento dos parapentes está maior do que de costume, e quase não há surfistas no mar.

Observo dois pescadores levarem uma jangada azul com a vela aberta para a água. Rolam a estrutura da embarcação sobre troncos de coqueiro. Os homens dão um passo de cada vez, seus corpos inclinados enquanto empurram.

É somente quando a estrutura da jangada encontra o mar, precisamente às 15h15, que eu vejo: minha surpresa, sentada próxima à água na canga colorida. O largo chapéu protege o rosto e o colar com o quartzo rosa pende ao redor do pescoço.

Júlio.

Disparo em sua direção, mas paro na metade do caminho. Algo me impede. Em nossos primeiros encontros, havia um jogo escancarado. Agora não estou jogando, agora já não *consigo* jogar.

Ele me conhece.

Medos. Sonhos. Traumas.

Eu me abri mais com ele — esse garoto que conheço há poucas semanas — do que com pessoas que estão comigo a vida inteira.

De repente, isso é assustador.

Olhando para trás, observo as pegadas que deixei na areia antes de o mar apagá-las. Eu poderia regressar ou seguir em frente. De um lado, o passado seguro que já não me serve. Do outro, um futuro desconhecido com esse cara que me faz tão bem.

Me fechar novamente ou me permitir ser vulnerável.

E embora já tenha recebido milhares de confirmações, peço ao Universo outro sinal, qualquer resposta que me guie.

Me mostre o melhor caminho.

A princípio, nada acontece. Tampouco Júlio repara na minha presença, imerso demais na leitura no Kindle.

Então a nuvem que cobre o sol se afasta, e eu *vejo*.

Uma onda. Se desenhando no horizonte, forma um tubo atipicamente perfeito para Canoa Quebrada. Os poucos surfistas na água percebem e se lançam para pegá-la, cortando a maré para dar impulso.

Mas esse não é o tipo de onda que se controla. É como a onda do dia em que conheci Júlio, bruta e desgovernada, com um alvo fixo em vista. Exatamente como naquela tarde, está faminta.

— JÚLIO, CUIDADO!

Mas meu grito vem tarde demais. Logo que ele me vê, o prólogo de um sorriso nos lábios, a onda o atinge.

É a resposta de que eu precisava: o mar me indicando o caminho. E o caminho é Júlio. Desde o primeiro sinal, sempre foi Júlio.

A primeira reação dele é pular, assustado. A segunda, pegar o Kindle e o arremessar para trás. O mar molha a bermuda preta e a bainha da regata vermelha, traga a canga indiana e a ecobag como se cobrasse uma oferenda. Disparo até ele e me lanço na água o mais rápido que posso. Recupero a ecobag enquanto Júlio salva a canga e o par de Havaianas brancas boiando na água, espólios de guerra.

— *Merda, merda, merda* — ele praguaja, atônito.

Nem existo para ele agora, que praticamente arranca a ecobag da minha mão e tira o celular coberto de areia molhada. O chapéu caiu para trás durante o caos, pendurado pelo elástico no pescoço. Os cachos pretos estão arrepiados como no vídeo que me mandou de manhã.

— Já tentou ligar? — pergunto, e ele nega com a cabeça. — Me dá aqui.

Júlio parece desacreditado ao me entregar o telefone. Eu pressiono o botão e, após alguns instantes, o aparelho liga. O brilho da tela fica um pouco baixo por conta do sol, mas o celular não morreu.

Devolvo o aparelho a ele.

— Tá tudo certo, *guapo*. Não precisa se preocupar.

— Obrigado, Matias. Ele fecha os olhos e abre um sorriso aliviado. — Não sei por que fiquei assim. Foi só a sensação de...

A frase morre de repente. Ele leva a mão ao pescoço por reflexo. Seu rosto vai de alívio a espanto conforme se dá conta de algo.

Aquilo que Júlio tocava constantemente em busca de conforto se foi.

O pingente de quartzo desapareceu.

Júlio Andrade Lima

Meu melhor não é o bastante para encontrar o colar de Júlio, que deve ter submergido no mar de Canoa Quebrada sem deixar rastros. Em um minuto estava no pescoço do Júlio. No outro, foi levado pela correnteza.

Eu assisto com um aperto no coração quando a esperança de Júlio morre na praia e ele sai chutando areia, escondendo as lágrimas no canto dos olhos com o braço.

— Desculpa não ter conseguido encontrar — digo ao sair da água.

— Não, você não tem culpa — ele responde, fungando.

Seu medo o havia impedido de entrar no mar. Está desorientado, a testa franzida e a mandíbula tensa.

— Anjo. — Ele levanta o queixo, momentaneamente inconsciente da minha presença. — Vem cá, me deixa te dar uma mão. Primeiro a gente coloca suas coisas no sol e depois dá um jeito no resto. Confia em mim, vai dar tudo certo.

Ele me entrega a ecobag, molhada como nossas bermudas. Nossos dedos se roçam de leve, mas o toque de Júlio é distante e ele logo se desvencilha.

Poxa, Universo. Quando pedi um sinal, precisava pegar *tão* pesado assim?

Suspirando, apanho o Kindle da areia e o limpo com o dorso da mão. A tela, um pouco arranhada, mostra a leitura atual de Júlio — *Camomila*, diz o título.

Levo Júlio para a jangada do Hippie. A falésia se ergue magnânima à frente. Júlio senta em uma área sombreada na areia enquanto entro em ação. Chacoalho a canga para tirar o máximo de areia e a estendo sobre a jangada. Faço o mesmo com a ecobag, deixando o Kindle e o celular na parte seca do casco do barco.

O garoto nem se importa quando mexo em sua carteira molhada. É a identidade dele que me chama atenção. É recém-tirada: o verde reluz e a plastificação é nova. No anverso, Júlio Andrade Lima sorri o equivalente a mil sóis, com uma expressão tão iluminada que quero sorrir de volta. Não é uma 3x4 qualquer; é a foto da vida de Júlio. A confiança que passa é surreal, a aura de alguém em paz ao reivindicar seu lugar por direito no mundo.

Me pergunto quando a tirou ou o que se passava em sua mente enquanto fitava a câmera. Certamente foi após o início da transição; o cabelo estava mais curto do que hoje em dia, sem os cachos, e o rosto, fino e angular.

Gosto de imaginar como seria se já nos conhecêssemos e eu estivesse com ele no instante em que tirou a foto. Não quero perder mais nenhum dia especial na vida de Júlio.

Sento ao lado dele na areia. Júlio está em seu próprio mundo, e demora alguns minutos até nosso silêncio ser quebrado.

— Não era assim que eu planejava te encontrar hoje — ele diz em um quase sussurro. Os montinhos de areia que seus pés construíram formam uma barricada ao redor dele. — Desculpa ter arruinado nossa tarde.

— Não arruinou nada, anjo.

Os olhos castanhos dele se demoram nos meus, os cílios pestanejando.

— Eu não sabia que ia reagir assim, não esperava ficar tão mal.

Repouso minha mão sobre a dele.

— Se sente melhor agora?

— Mais ou menos. — Encara o horizonte. — Acho que foi o início de uma crise de ansiedade, mas estou bem.

— Certeza?

— Eu só não queria parecer fraco ou digno de pena na sua frente.

A vulnerabilidade na voz de Júlio me despedaça. Queria que ele soubesse que se mostrar frágil é sua maior prova de força.

Sem saber o que dizer, acaricio o rosto de Júlio com o polegar, sentindo a pele lisa e aquecida. Ele fecha os olhos, desaba em meus braços e chora. Pequenos soluços o atravessam em espasmos contínuos. Enxugo suas lágrimas e faço cafuné no cabelo macio, repetindo que está tudo bem, que não precisa se preocupar com nada — não enquanto estivermos juntos.

A respiração demora alguns minutos para se suavizar. Meu corpo contra a jangada sustenta o peso dele. Sonhava em ter Júlio tão perto outra vez, mas não nesse contexto. É agridoce. Nosso reencontro deveria ser perfeito; não merecemos menos do que isso.

Eu o coloco sentado entre as minhas pernas, as costas apoiadas em mim. A cada nova respiração, inspiro o perfume de Júlio, já misturado com sal marinho e protetor solar.

— Júlio, o que o colar significava para você?

— Foi um presente do meu pai. — Ele solta a areia. — Nosso último elo.

Um nó se forma na minha garganta.

— Você nunca comentou que seu pai tinha…

A risada seca dele me interrompe.

— Meu pai não morreu, se é isso que você está pensando.

— Não?

— Não dessa forma. Ele me deu o colar antes de ir embora. Era a única coisa que nos ligava, um souvenir desgastado de quando ele ainda queria estar na minha vida.

Júlio foi abandonado pelo pai? Porra, isso explica por que desconversou todas as vezes em que o assunto surgiu. No terraço, me contou que sua família paterna era bastante religiosa e não o apoiava.

Fecho os punhos, meu sangue ferve.

Por que são incontáveis as histórias de pessoas LGBTQIAP+ maltratadas pelos pais? Por que aqueles que nos trazem ao mundo são capazes de simplesmente nos riscar de suas vidas, nos rejeitar por quem somos ou quem amamos? Eles são capazes de trair os próprios filhos apenas por preconceito, e ainda querem nos pregar sobre amor e vida eterna no paraíso.

Sinto por Júlio. Sinto tanto, tanto, tanto.

Posso não fazer ideia do que realmente aconteceu entre eles, mas sei que qualquer um que abandone Júlio não o merece.

— Vocês não têm mais contato? — pergunto.

— Não desde que fiz dezoito e ele não precisou mais pagar pensão.

— Deve ter sido difícil.

— Foi melhor assim. — Júlio prende a respiração. Quando volta a falar, está sereno. — Um pai presente não é um pai que divide o mesmo teto com você. Um pai presente é alguém que *participa* da sua vida. Meu pai parou de participar da minha quando deixei de corresponder às expectativas dele. Mesmo fisicamente próximo, ele era ausente. Então, depois que foi embora, me senti aliviado. Doeu, claro. Mas prefiro que seja um pai ausente longe de mim do que ausente ao meu lado. Pelo menos não pode mais me machucar ou julgar.

— Ele não respeitava você ser trans?

— Não. Nunca me chamou pelo pronome certo. Nunca... — Júlio engole em seco. — Nunca me viu por quem eu sou.

Meu punho está cerrado. Só me dou conta da tensão em meus dedos quando Júlio põe a mão sobre a minha.

— Ele não faz ideia do filho incrível que perdeu — minha voz sai firme. — Te conheço há pouco tempo, mas, cara, vejo o carinho que minha irmã tem por você, e não é só ela. Os comentários das pessoas nos seus posts, tantos jovens falando que se sentem inspirados por ti, por suas aventuras... Eu reparei nisso. Você é *foda*, importante para uma comunidade inteira. Não acho que se dê conta disso, mas deveria.

A declaração o desconcerta. Júlio desvia o olhar para a praia, e, ao falar em seguida, tem a resignação de quem encontrou a resposta para um antigo dilema.

— Até hoje, eu passei os últimos anos ignorando meus sentimentos em relação a ele, e perder o colar... — Júlio mordisca o lábio e leva a mão ao lugar onde o pingente ficava. — Perder o colar de certa forma me libertou.

— Júlio... — eu falo baixinho. — Mas por que você não se livrou do colar antes? Eu sempre te via segurando aquela pedra como se fosse um amuleto. Agora que conheço a história, não entendo.

Ele passa a mão pelo rosto.

— Acho que o colar me lembrava o pai que eu já tive. O pai que brincava comigo, que me amava, que era meu amigo. Foi melhor que a onda o tenha levado. Assim posso desapegar de um relacionamento que já não existe. Das dores e medos, e como ele me fazia sentir que eu nunca seria o homem que sou... — Uma breve pausa, o vento entre seus cabelos. — Meu pai pode ter sido minha primeira referência do que é ser homem, mas hoje percebo que sou mais homem do que ele. Eu escuto e acolho o diferente. Não abandono as pessoas que amo.

— Seu pai é um covarde do caralho — solto, só percebendo que xinguei em voz alta quando Júlio me encara com a sobrancelha erguida. — Merda. Não quis ser desrespeitoso, eu só...

A risada dele me pega desprevenido.

— Xinga meu pai por mim, por favor.

— Espera, você quer que eu xingue o seu pai *de verdade*? Pra valer?

— Pode mandar brasa.

Não é um problema para mim, então xingo o pai de Júlio em todos os idiomas que conheço, complementando os palavrões com caretas e cócegas. Faço para agradá-lo, para ouvir sua risada doce e fugaz. É engraçado, correto e justo também. Quando finalmente paro, o rosto de Júlio está vermelho de tanto rir. Ele parece mais leve, em paz. É lindo.

— Melhor de verdade agora? — pergunto, recuperando o ar.

— Muito. Obrigado por xingar meu pai.

— Sempre que precisar, conta comigo.

— É o que te diferencia dos outros garotos?

— Ah, para. — Passo a mão pelo bigode. — Nenhum cara chega aos meus pés.

Júlio revira os olhos e me dá uma cotovelada.

— Puta que pariu, você é um convencido insuportável.

— Eu devo ser uma péssima influência mesmo, porque até xingando você tá também — digo. Me esquivo dele e o agarro por trás. — *Boca-suja*. Bem-vindo de volta a Canoa Quebrada.

— Senti saudade. Precisava voltar para te ver, mesmo por pouco tempo.

— Fica até quando?

Vou para a frente dele de novo.

— Só até amanhã.

— *Só?!*

— Preciso voltar pra Fortaleza.

— Poxa! Pensei que a gente teria o fim de semana juntos...

— Da próxima. — Sua mão encosta na minha cintura. — Não vai demorar. Dessa vez meu tempo tá corrido, tenho uma reunião com minha orientadora sobre o TCC e tô esperando o resultado de uma inscrição também... Bastante nervoso com isso, na verdade.

— Quer me contar mais?

— Não é grande coisa. Um produtor entrou em contato comigo me convidando para apresentar um quadro em um programa sobre viagens na TV. Duvido que consiga mesmo, só enviei um vídeo para concorrer à vaga, mas não custa tentar.

— Ei, isso é *foda*. Não minimiza o valor do que é importante. — Seguro o queixo dele. — Tenho certeza que você vai conseguir, qualquer lugar teria sorte de te ter.

Júlio pestaneja. Seus olhos se fixam em mim e depois, lentamente, se fecham. Noto que seus lábios têm o mesmo tom furioso de vermelho do chapéu que usava no vídeo que enviou mais cedo.

— Eu... eu não me lembro da última vez que me senti assim por alguém, Matias — Júlio diz com a voz mansa. — Ou melhor, não me lembro nem se já me senti dessa forma...

— De que forma?

— Como se coubessem mil universos dentro do meu peito. Você apareceu na minha vida quando eu menos imaginei, e duvidei bastante de você, de mim... da gente.

— Agora não duvida mais?

— Agora sei o que a gente significa.

— E o que é?

Júlio toca o dread solitário pendendo na frente do meu rosto.

— Esperança. — Ele vira para a esquerda, na direção da barraca onde nos sentamos depois que sua mãe foi embora. — Matias, você também tem visto números e horas iguais espalhados por todos os lugares desde a Aurora?

Faço que sim.

— Por quê? Você tem?

— Muito. Sempre que destravo o celular, vejo 13h13 ou 11h11. Hoje antes de sair de viagem, acordei às 5h05 e, quando parei para abastecer, eram 8h08. O que acha que isso significa?

— Para mim, é sempre um sinal de que não estou só. De que o Universo me protege e me guia na direção certa, sabe? Sincronicidade.

— Se esse for o caso... — Ele me olha. Depois, fitando o céu, sussurra: — Acho que recebi todas as confirmações de que precisava.

— Eu também.

Damos as mãos.

Os últimos dias foram de chuva. Sem as aulas de surfe, o movimento no Hippie deu uma esfriada. Essa é a primeira tarde de sol em muito tempo. A praia encandeia. Turistas ocupam a faixa litorânea enquanto ambulantes passam oferecendo ostras, queijo coalho assado e espetinho de camarão, tatuagens de henna e tererê, garrafas com desenhos de areia colorida e massageadores de cabeça. Na água, kitesurfistas fazem manobras impossíveis ao vento alísio. As velas dos parapentes riscam o céu como asas de borboletas multicoloridas — me pergunto se um dia encontrarei coragem de voar em um deles.

Está tudo vivo. O mar. Canoa Quebrada. Nós dois.

Ficamos de frente um para o outro, e nossos joelhos esbarram no silêncio sutil que se segue. Júlio se retrai, mas faço que não.

— Nem pensar. Chega mais perto.

Toco a sua pele. Seus olhos acompanham os meus conforme o puxo um pouquinho, a coxa dele parcialmente em cima da minha. Seus dedos se enroscam nos meus e a areia é friccionada entre nossas palmas.

O olhar de Júlio é intenso, praticamente tátil. Será que gosta do que vê? Dos dreadlocks hoje presos em um coque, do talho de navalha na bochecha que mostra quão péssimo eu sou em me barbear, de como me arrepio toda vez que seus dedos sobem pela minha perna...

Sempre fui tão seguro.

Diante de Júlio, me sinto entrando desavisado para surfar uma onda em Banzai Pipeline, a mais mortal do mundo, sem saber se voltarei vivo para contar história. Ainda assim, estou disposto a correr o risco, gargalhar diante do perigo.

— *Te he echado mucho de menos, guapo.*

Júlio corre a ponta do mindinho pelo meu antebraço.

— Você é maravilhoso — ele responde. — Não sei como sabe me dizer todas as palavras certas, mas é bom sentir meu coração acelerando. Me lembra que estou vivo.

— Então você sente isso também?

— O quê?

— *Isso.*

Levo minha mão ao peito de Júlio e a dele ao meu. Sob o pulsar acelerado dos nossos corações, o fio invisível que nos conecta de repente já não parece tão invisível assim.

Sinto sua presença mais forte do que em qualquer outro momento — o que Júlio significa para mim, meus sentimentos por ele, cada peça que o Universo precisou movimentar para nos levar um ao outro.

Está aqui, escancarado para o mundo inteiro ver. Quero que Júlio saiba disso, então falo em voz alta, sereno:

— Anjo, a verdade é que sempre me esquivei do amor. Fugi de outras relações, disse a mim mesmo que não deveria mexer com algo que não podia controlar... Mas com você eu *quero* me colocar à prova, quero perder o controle, quero aprender a estar apaixonado por alguém. Quero todas essas possibilidades, todas as primeiras vezes do amor, e quero que seja ao seu lado.

Colo minha testa na dele. Toco seu rosto, tateio a boca que ainda não beijei. Mergulho em seus olhos e digo o que nunca disse a ninguém:

— Estou apaixonado por você, Júlio Andrade. Sempre estive, desde o momento em que te conheci, talvez toda a minha vida. Não posso suportar mais um segundo sem que você saiba disso.

E então ele me puxa pela camisa e me beija.

Tudo o que ele sempre quis estava bem ali à sua frente

Júlio encosta os lábios nos meus e já não estou mais aqui, corpóreo, em terra firme. Sou lançado no espaço, no além-tempo, um astronauta a milhões de anos-luz de casa, estrela nascida no vazio universal. Sou o fragmento de cada poeira cósmica, o satélite de cada planeta e a gravidade que mantém cada órbita. E só sou cada pedacinho do Universo ao mesmo tempo por conta do beijo do Júlio, de como os lábios dele me transportam para outra dimensão, me completam profunda e concretamente.

Porque a boca do Júlio na minha é poesia, e a respiração agitada dele dançando em meu corpo é o acorde da música favorita que ainda não compus.

Os dedos dele tracejam os cantos do meu rosto como se pintassem uma obra-prima e sua língua avança como um veleiro desbravando o Mediterrâneo no verão.

Eu o experimento. Provo seu calor, mapeio as rotas dessa intimidade prometida. Não é apenas um beijo; é um convite de boas-vindas, recepção calorosa. Festa. Ele tem gosto de mar e de algo mais também. Gosto de um desconhecido familiar; cometas e eclipses, expectativa e realização.

Júlio escancara as portas do coração para mim, e eu faço as honras.

Uma nova linguagem desperta dentro do meu corpo sob o toque dele. Todas as minhas terminações nervosas foram feitas para responder a ele, perfeitamente projetadas para se encaixar em Júlio.

Me pergunto se este é o nirvana sobre o qual li, a explosão que precede o encontro de almas gêmeas, e não me importo se não houver uma resposta racional para isso desde que este momento jamais termine.

E eu sei agora.

Sei que, entre as muitas coisas que podem ser fingidas, conexão verdadeira não é uma delas.

Então é isso que significa estar vivo, a conclusão se forma antes de os pensamentos se dissiparem, desconexos. Já não posso focar nada além do pulsar do corpo de Júlio no meu.

Ele junto a mim é tudo que peço ao mar desde que o vi absorto no próprio mundo, lendo em seu Kindle. E agora que sua mão está no meu cabelo, gentil e curiosa, e seus dentes mordiscam meu lábio, descubro quão apaixonado é, quão voraz e real.

Júlio me empurra contra o casco da jangada e me puxa pelo colarinho da camisa. Enterra sua boca em meu pescoço, traça uma sequência de pequenos beijos até encontrar meus lábios.

Uma tempestade inteira de sentimentos me desnorteia quando ele baixa a mão e aperta a bermuda molhada; o tecido da cueca fricciona contra a pele sensível e me explode em mil pedaços outra vez.

Os sentidos embaralhados percebem tudo.

O cheiro de protetor solar e maresia na pele dele.

O som descompassado das nossas respirações.

O arrepio elétrico desencadeado em meu corpo.

E é tão intenso.

Este fogo.

O desejo.

A fome e a sede e a súplica.

O respeito também.

Algo mais forte que a ânsia.

Uma âncora.

Isto — nós dois, estes beijos, nossas conversas e nossa história, tudo o que ainda vamos viver juntos — é o prelúdio de algo maior.

Esperança.

— Lindo — murmuro contra seus lábios. — Como você pode ser tão lindo?

Aperto firmemente a cintura de Júlio. Mordo seu pescoço, traço os contornos do queixo com a língua. É um movimento audacioso, mas não consigo resistir a lamber a covinha que tanto desejei. Lanço um rápido olhar para sua expressão ofegante, seu rosto lindamente enquadrado na falésia laranja abaixo do céu azul-celeste.

— Eu gosto tanto de você. — Sua voz doce, levemente trêmula, sussurrada.

— Hm?

— De você. Gosto tanto. — Os olhos de Júlio encontram os meus. — Sempre me diz que sou lindo, mas você... — Ele prossegue até meus lábios. Corre o dedo pelo bigode, passa a palma das mãos pelas bochechas. — É metido... se acha... e é um *gostoso*.

O som do marulhar das ondas que arrebentam na praia se confunde com ruído branco.

— Acho que você já me disse isso antes.

— Aham, quando éramos rivais.

Dou risada e arqueio a sobrancelha.

— Então entramos oficialmente na fase de amantes?

Júlio semicerra os olhos, segura a ponta de um dos meus dreads e dá uma puxadinha.

— Tipo isso.

Nos beijamos outra vez.

Júlio enfia a mão dentro da minha camisa. Sobe pelo abdome com a confiança de um escalador. Os dedos dele se demoram ali, quentes como brasa, depois avançam até meu mamilo e apertam. Quero dizer que me rendo, que ele encontrou meu calcanhar de aquiles e que estou na palma da sua mão — figurativa e literalmente falando.

Faz e não faz sentido estarmos nessa praia em plena luz do dia.

Faz sentido porque foi aqui onde tudo começou.

E não faz sentido porque é público demais, impossível de aplacar a vontade do que quero fazer com ele — e do que quero que faça comigo.

— Eu esperei vários dias por isso, contei cada segundo para provar sua boca, para sentir o seu cheiro e ter o seu corpo assim, no meu. Cada... — repito junto aos lábios dele. — Segundo.

— Isso é bom. — A boca dele, macia e firme. — Nunca quis um beijo tanto quanto o seu.

A mão de Júlio levita no meu pescoço. Pausa na nuca até mudar de rota. Ele puxa meus dreads com força agora, e isso desperta instintos fortes demais — selvagens, a batida atropelada do meu coração.

— Isso tudo é muita maldade, porra. — Meu corpo treme enquanto recupero a compostura.

Respiro fundo e, em uma prova de força hercúlea, recuo. Escondo o volume na sunga com o chapéu de palha de Júlio ao tomar distância dele.

— Estou sozinho hoje no meu airbnb. — Ele solta a informação casualmente como se não fosse nada.

— Sozinho — limpo a garganta. — Com a casa só para nós dois...

— Sim.

— Se eu te falasse que quero muito transar contigo — não há o menor traço de inibição na minha voz —, o que você diria?

— Que hoje não dá — murmura.

— Por que não?

— Sua surpresa de aniversário está te esperando.

Outra? Depois do incidente com a onda, esqueci de perguntar como Júlio tramou nosso reencontro.

— Pensei que *você* fosse a surpresa.

— Eu fui a parte um. Ainda a falta a parte dois.

Júlio se levanta e checa os pertences que deixei secando na jangada, guardando-os de volta na ecobag.

— A segunda parte é *agora*?

— Deixa eu ver — ele diz, levantando o celular. O sol desce no céu; não faço ideia de quanto tempo se passou desde que cheguei à praia. — Aham, agora. Cê já pode levantar ou ainda tá escondendo *coisas* com meu chapéu?

Ergo o dedo do meio para ele, que ri e estende a mão para me dar apoio.

— Vem comigo. Não quero perder o pôr do sol.

Os últimos românticos
do mundo

Júlio me leva para assistir ao pôr do sol dentro do mar em uma jangada azul-celeste chamada Ieiazel. Seu Vander, o jangadeiro, explica o significado quando subimos a bordo: é o nome do seu anjo da guarda, o anjo da alegria, da comunicação e dos artistas, mas também da liberdade e do fim de opressões. Júlio e eu nos entreolhamos com a menção ao anjo. Pergunto se ele escolheu a embarcação de propósito, e ele garante que foi por acaso, outra casualidade entre as tantas, mas nós dois sabemos que nunca é.

É uma tarde de cinema. A luz mágica se intensifica à medida que o sol se aproxima das falésias vermelho-alaranjadas, que posam na paisagem como se esculpidas por um marceneiro habilidoso.

Júlio, radiante na camisa vermelha com gola henley, os botões parcialmente abertos, saca o celular para filmar a revoada de maçaricos-brancos acima de nós. Seu brinco metálico de lua e estrela reflete os tons de laranja do entardecer. O dia se alonga, como se o fato de estarmos juntos o ampliasse, cada segundo cheio de significado.

Após colocar o telefone no colo, Júlio me encara e pergunta:

— Gostou da sua surpresa?

— Eu amei, *guapo*.

— Que bom — Júlio diz. — Fiquei com medo de exagerar e você achar, não sei, romântico demais...

Junto nossos joelhos. As ondas se chocam contra a madeira da jangada.

— *É* romântico demais, mas sempre vou gostar quando você cuidar de mim.

Júlio dá um beijo na minha bochecha.

— Não posso ganhar o crédito sozinho, Otto me ajudou. — Ele confirma o que eu já suspeitava. — A parte difícil foi não te contar que eu vinha. Sabia que você me queria aqui, mas já faz um tempo desde a última vez que a gente se viu. E se nosso reencontro fosse esquisito?

Não respondo. Em vez disso, encosto minha mão na dele. Júlio havia se mantido afastado da borda do barco desde o começo do passeio, apreensivo com o balanço da maré.

— Como se sente? — pergunto. — Água não é exatamente seu elemento.

— Com um pouco de medo — confessa e olha em volta.

Meu indicador desenha pequenos infinitos na pele dele, oferecendo segurança.

— Não precisa ter medo, estou aqui.

Júlio ergue a cabeça e me encara; seus olhos brilham com uma mistura de emoções.

— É bom estar do seu lado. Apesar do medo, me sinto mais corajoso, mudando, com vontade de fazer coisas que nunca imaginei fazer.

— Não é que você esteja mudando por mim, mas comigo — observo antes de beijá-lo gentilmente. — Obrigado por ter dirigido horas para me ver.

— Eu não perderia seu aniversário por nada — diz Júlio, seu sorriso preguiçoso como uma manhã de domingo. — Se o que acredito para nós for verdade, meu eu do futuro vai ficar contente por eu não ter desperdiçado esse momento ao seu lado.

Olho para ele: sua convicção, o mar reluzindo ao fundo, o sorriso que ilumina seu rosto... E eu não deveria, *sei* que não deveria, mas meu peito aperta e caio no choro. É abrupto como uma chuva de verão. O calor e a umidade fundidos desaguam em mim.

Preocupado, Júlio toca meu rosto.

— Ei, o que houve? Falei algo que te deixou mal?

— Nada, deixa pra lá. — Tento me recompor.

Mas Júlio não desiste.

— Seja o que for, não guarda pra você.

É agora, então? Chegou o momento em que compartilho meu fardo com alguém? Desde a data em que meu aniversário foi manchado, me tornei especialista em esconder essa dor. Meus amigos, minha família... Ninguém faz ideia do que aconteceu.

É irônico e um alívio que a libertação desse trauma aconteça na presença de Júlio. Foi escrito para ser assim, em uma jangada com nome de anjo. Tempestades de verão não são feitas para durar, então olho para o horizonte e inspiro profundamente antes de começar a contar minha história.

— Quando eu era mais novo — enxugo as lágrimas com a camisa e endireito a coluna —, meu aniversário era a minha data favorita. Até que no dia em que fiz catorze anos meu avô materno ficou doente e meus pais viajaram com Melissa para visitá-lo. Eu poderia ter ido, mas quis ficar com Pablo. Idolatrava o meu irmão e achava que seria do caralho passar o fim de semana inteiro com ele. Só que não foi.

O vento faz a jangada balançar. Júlio me encara atentamente, à espera.

— Depois que meus pais saíram, o Pablo fez uma festa. Não pra mim, claro, mas pra ele e os amigos. Colocou música nas alturas, fingiu que eu não existia, encheu a cara, me fez de chacota...

Respiro fundo outra vez, tentando controlar as emoções que me consomem.

— Tudo bem, não era nada com que eu não estivesse acostumado. Mas então fui no quarto da minha mãe e encontrei ele cheirando pó ali. — Júlio se inclina na minha direção, chocado. — Eu tinha catorze anos, nunca tinha visto nada daquilo antes, e me assustei. Um dos amigos dele me viu e começou a dizer que eu ia espalhar, que era um dedo-duro. Pablo ficou puto e me ameaçou, disse que eu não podia contar pra mamãe, e aí...

Esse é o ponto em que a memória arde, o instante que ficou marcado em mim por tanto tempo. Júlio aperta minha mão com força.

— Eu falei pra ele que não contaria — minha voz falha —, mas Pablo mudou completamente. Ele virou um... um monstro. Eu já tinha visto diferentes lados dele, mas aquele violento, cruel... Senti nojo e repulsa no olhar dele. Consegui escapar e saí para respirar um pouco, mas depois que voltei, tudo estava pior. Eu não aguentava mais o barulho e fui até a sala pedir para baixarem o som. Pablo não gostou. Ele...

— Shhh — Júlio sussurra quando começo a soluçar. — Tá tudo bem, me conta no seu tempo.

Eu paro por um momento e, por mais difícil que seja, continuo:

— Ele me trancou em um dos banheiros de casa por horas até a festa acabar. E assim que todo mundo foi embora, gritou comigo. Disse que eu o tinha envergonhado na frente dos amigos, que eu era um fracasso, que não era seu irmão, que preferia que eu nunca tivesse nascido... Quando o confrontei, ele me empurrou contra a parede, me enforcou e me agrediu.

Júlio trinca os dentes, vermelho de raiva.

— Ele fez o *quê*? — Júlio pergunta, incrédulo.

Não sei explicar, mas sinto como se ele compartilhasse da minha dor, me desse forças para finalmente enfrentar o que aconteceu. Depois de tanto tempo reprimindo o que Pablo fez comigo, é libertador confirmar nos olhos de outra pessoa a gravidade daquela violência.

— Ele chutou minha barriga uma, duas, seis vezes, até eu perder o ar. Bati com a cabeça na parede e me machuquei. Fiquei indefeso, tão assustado. Consegui me livrar dele e corri para o meu quarto. Mamãe e papai voltaram no dia seguinte, mas eu não disse nada, escondi os hematomas.

Júlio me puxa para um abraço. Seus dedos me confortam enquanto desabo em lágrimas. Meu olhar esbarra com o jangadeiro, cuja presença eu havia esquecido, e na hora ele entende que precisamos de espaço e nos dá as costas, concentrado no mar.

— Não consigo aceitar que seu irmão fez isso. É tão horrível — ele me diz, ofegando. — Sinto muito que você tenha passado por algo assim, ainda mais no seu aniversário.

Encolho os ombros. Me lembro da dor e da confusão que senti na época. Meu irmão era um exemplo, e sua rejeição me fez questionar meu próprio valor.

— Foi há sete anos e desde então passei a odiar essa data — digo a Júlio. — Por muito tempo, pensei que havia algo de errado comigo, que não era digno de ser cuidado. Isso bagunçou demais a minha cabeça, sobretudo porque minha mãe também não era tão próxima.

Há uma pausa, um longo minuto de silêncio enquanto Júlio processa minhas palavras.

— Você nunca contou isso pra ninguém? — ele finalmente diz algo. Faço que não. — Nem mesmo pro seu pai?

— Eu não queria estragar a fantasia de família perfeita dele.

— Ah, Matias... — Júlio choraminga. — Você não está mais sozinho agora, ouviu?

— Eu sei, Júlio. — Seguro o rosto dele com as duas mãos. — Desde então, esse é o primeiro aniversário em que me sinto feliz. Tem sido um dia incrível, a surpresa que o pessoal fez no hostel, a conversa que tive com a minha irmã, você aparecendo, o melhor beijo de todos... e agora *isso*. Passei dois anos inteiros flutuando sem nenhuma certeza, mas não estou mais perdido. Estar aqui me faz perceber que hoje é o dia em que dou um novo sentido a tudo isso. Por mim, pelas pessoas que eu amo, por você...

Ele passeia o indicador pelo rastro úmido deixado pelas lágrimas no meu rosto. O sol que se derrama sobre o mar ilumina cada contorno de Júlio. Nos beijamos de novo. É um beijo de redescoberta e carinho, prova sólida de reciprocidade. Mas ainda é garrafa de champanhe depois de aberta, o líquido implorando para ser bebido, delicioso e doce.

Nossas bocas deslizam uma na outra como o vento conduzindo a jangada. Respingos de água chegam até nós sempre que o barco balança. Há serenidade aqui, um pacto intuitivo de cuidado mútuo. Sei o que somos: cores primárias. Ele, vermelho. Eu, azul. E amarelo é a imensidão onde nos completamos.

— Eu poderia te beijar para sempre.

— Para sempre é muito tempo — ele cola nossos narizes e abre os olhos. Seu sorriso é meigo, sincero. — Mas não com você.

Nos acomodamos no banquinho da jangada, a brisa do mar em nossos rostos. O nome do anjo volta rapidamente aos meus pensamentos. Não sei nada a respeito de Ieiazel, mas não consigo deixar de pensar que fui guiado por uma força maior para me ajudar a libertar aquela história. Quando tiver a chance, pesquisarei sobre ele. Talvez haja mais para descobrir.

O sol quase indo embora atrás das falésias forma um círculo laranja no céu.

— É lindo, né?

— É sim — Júlio diz, me olhando. — Bastante.

Comer, rezar e Canoa Quebrada

Após desembarcarmos de Ieiazel ao anoitecer, caminhamos até a igreja de São Pedro. É uma capelinha simples, centenária, com paredes brancas e molduras azuis. A construção separa a parte mais urbana de Canoa Quebrada do restante da comunidade; dali em diante não há calçamento, e a Vila dos Estevãos, formada sobretudo pelas famílias de pescadores, se afasta do agito do centrinho.

De mãos dadas, Júlio e eu nos acomodamos na escadaria da capela. Pego o celular e coloco a playlist que fiz para ele. A primeira música é "Pode se achegar", do Tiago Iorc e da Agnes Nunes.

— Amo essa — Júlio sussurra e apoia a cabeça no meu ombro.

Me desatei no teu abraço quente, e no teu olho meu olhar ficou. E marejou, e o mar levou a gente, pra onde Deus quiser contigo eu vou...

Seria outro desenho perfeito: nós dois sentados, a torre com o sino embaixo da cruz, a silhueta das dunas de Canoa Quebrada, as luzes vermelhas dos cataventos de energia eólica piscando como naves espaciais ao fundo.

— *Guapo*, você imaginava que nosso reencontro seria assim? — pergunto.

— Sempre soube que seria mágico — ele diz.

— Não duvidou nem por um segundo?

— Um pouco, confesso. Uma conexão como a nossa, tão rápida e tão forte... — Júlio aperta meus dedos suavemente. — É natural questionar.

— Para mim também. Quando recebi sua ligação...

— Deve ter sido uma surpresa.

— Foi. Tive tanto medo de te perder. — Eu acaricio suavemente o joelho dele com a ponta dos dedos. — Que bom que você está aqui.

Júlio levanta o queixo e fita a lua crescente já bem grande no céu. Tecnicamente não está cheia ainda, mas posso sentir a próxima lunação chegando, mudando a força da maré.

— Minha melhor amiga acha que perdi o juízo — ele diz.

— Me conta mais dela. Sinto que não sei quase nada sobre as suas amizades.

Um sorrisinho se eleva no canto da boca de Júlio.

— A Fer é a típica leonina gostosa que ama dar pitaco na vida dos outros, troca de macho a cada três semanas, depois fica chorando e me obriga a sair de casa quando eu só quero ficar vendo um filminho. Não sei o que seria da minha vida sem ela. — Os olhos dele faíscam. — Sabe qual foi a primeira coisa que ela me disse quando comentei de você?

— Lá vem...

— *Amigo, foge que é golpe!* — Júlio imita uma voz mais aguda que a sua e gargalha.

— Golpe?!

— Pois é, golpe de *sorte*, considerando que você é tão lindo.

Dou um selinho nele e acaricio seu rosto. A pele é quente e lisa, exceto pelas acnes esparsas e as áreas onde poucos pelos anunciam a barba que um dia será cheia.

— A Fer parece uma pessoa incrível.

— Ela é, sim. Vivia reclamando que eu era "emocionalmente indisponível" demais, que precisava me abrir para o amor depois do meu último término. Levou um tempo, porque não consigo virar a página em um passe de mágica, engatar uma relação em outra. — A voz de Júlio baixa de tom. — Eu me perguntava se tinha algum bloqueio em mim, se as pessoas ao meu redor se abriam de uma maneira que eu não me permitia. Hoje eu entendo que meu momento simplesmente não havia chegado.

— Mas agora chegou.

— Sim. — Um sorriso infantil com os lábios fechados, bochechas tingidas de vermelho na penumbra da igreja. — Chegou.

Seguro o rosto de Júlio e o beijo. A boca dele se abre para receber a minha. A playlist já avançou para "Eres Tú", e os vocais agudos de Carla Morrison preenchem a cena. As mãos dele sobem para as minhas costas, deslizam na pele nua. A camisa pendurada no meu ombro cai no degrau.

É um beijo que parece se estender infinitamente, com vida própria. Não é frágil nem repleto de fome insaciável. Em vez disso, é delicado, atencioso. O beijo de duas pessoas que acabaram de descobrir o amor.

— Você deveria ter ficado no Hippie comigo — murmuro. — Conhecido minha família...

— Um passo de cada vez. — Sua negativa é singela. — A gente pode ir com calma.

— Anjo, posso te apresentar como um colega. Isso seria se apressar?

— Nós não somos "colegas", não quero que minta pros seus pais — ele responde com firmeza. Apanha minha camisa e a enrola entre seus dedos.

— Então esquece esse lance de ir devagar e me deixa dizer de uma vez que você é meu namorado.

Júlio bate no meu joelho com a roupa, surpreso. Amo como soa quando digo essas palavras. *Meu namorado.* Talvez não agora, mas um dia eu o chamarei assim.

— Outra mentira.

— Te chamo de quê, então? "O cara que eu beijo"?

— Não, nada disso.

— Que tal... — Puxo Júlio pela bermuda e baixo a cabeça para alinhar nossos olhos. — Meu amor de verão?

Ele me analisa. Está sério agora, um arco de tensão nas sobrancelhas. O vento forte sopra seu cabelo fino; uma mecha cai no olho, mas ele não a afasta dali.

— Amores de verdade não acabam no fim do verão — Júlio diz.

— Só fala a verdade. Fala que sou o garoto por quem você está apaixonado.

Estamos parados na porta do chalé de Júlio. Nenhum dos dois quer encerrar a noite. Foram várias as deixas postergadas sob a luz alaranjada do poste, a boca dele incansavelmente na minha — ou seria o contrário? Uma hora ou outra alguém precisaria ceder. Faz sentido que seja eu.

— Não vai me convidar para conhecer o lugar? — pergunto com malícia.

Júlio bloqueia o portão com a diligência de um guarda imperial.

— Não posso. *Mesmo* — ele diz com um ar de deboche, porém. — Regras do airbnb, sabe. E questões de continuidade, é claro.

Cruzo os braços, desafiando-o.

— Como assim?

— No terraço do hostel — ele sussurra, as mãos que nos distanciavam me puxando para mais perto —, eu disse que só te beijaria se voltasse a Canoa.

Recordo de Júlio com medo de que eu "virasse a página" caso me beijasse, como se eu fosse capaz de simplesmente anular sua existência. Tão equivocado, tão completamente equivocado.

— E daí?

Silêncio. Apenas o farfalhar de um pé de ciriguela na esquina, uma tv ligada na casa vizinha, o ronco de uma moto à distância. Sinais de vida em uma cidade suspensa exclusivamente para nós dois.

— Daí que agora eu tenho que deixar nossa noite juntos para a minha próxima visita.

— Fala sério, *guapo*. Por que deixar pra amanhã o que a gente pode fazer hoje?

Ele fica na ponta dos pés e passa os braços em volta do meu pescoço.

— Porque eu estou mandando.

— E eu preciso obedecer. — Levo as mãos à cintura dele.

— Exatamente.

Passo a língua pelo pescoço dele. Gentilmente, encosto os lábios em sua orelha.

— Tudo bem. Já esperei até agora, posso aguardar mais um pouco.

— Bom garoto.

— Hm, nem tão bom assim — murmuro.

Movo o quadril para a frente e o pressiono contra Júlio.

— Percebi. Tô sentindo sua... — A língua dele no meu pomo de adão, no queixo, na orelha. — Você sabe.

Um dos braços de Júlio desce enquanto ele fala. Meu corpo inteiro se acende com o toque dele no ponto alto da minha cueca. Deve gostar da tortura, porque seus olhos não se desviam de mim nem por um segundo. Pelo contrário, as sobrancelhas se juntam numa mistura irresistível de inocência e malícia — lindo demais para ser profano, mas safado demais para ser santificado. Cruel. *Meu*.

— Quando você retornar a Canoa — digo pausadamente —, te darei a melhor noite da sua vida, ouviu?

— Não espero nada menos de você.

Júlio se desvencilha, abre o portão e entra parcialmente. É só ao me afastar dele na calçada, com o coração acelerado, que percebo.

— O número da casa — aponto com o queixo para a direita dele.

— O que tem?

Júlio olha para a pequena placa, emoldurada em um azulejo português, onde mais um sinal do Universo aguarda.

— 1515 — ele lê, e então me encara. — Acho que os anjos acertaram dessa vez, Matias. Encontrei, sim, minha grande paixão.

Fecho os olhos e sorrio.

— Melhor aniversário de todos.

A segunda melhor cena
de saída do armário

Quando chego em casa, todos já estão jantando. Melissa e Valentina sentam lado a lado, com meus pais nas extremidades da mesa bebericando seu cálice diário de vinho. Deixo as Havaianas sujas de areia no tapete de boas-vindas e entro, cantarolando com um sorriso que não desapareceria nem se eu tentasse.

— Oi, família! — digo, deixando beijinhos nas bochechas deles. Mamãe não esperava tanto carinho após nossas últimas discussões e troca um olhar silencioso com papai. — Pediram pizza? Tá cheirando bem!

Eles me cumprimentam de volta com cautela e pego o lugar na frente de Melissa. Abro a caixa de papelão com a logomarca do Terra Napoli, a melhor pizzaria de Canoa Quebrada. Estou *faminto*. Mas Melissa dá um tapa na minha mão.

— Dá pra ser mais educado na frente das visitas? — ela inclina a cabeça na direção da Val e cochicha para mamãe: "Ele nem lavou a mão!".

Reviro os olhos e pego garfo e faca para me servir adequadamente.

— Desculpa, Val. Sou o pior irmão da história.

Lanço uma piscadela para ela, que sorri. Os cabelos cacheados estão soltos, as mechas partidas ao meio caem para a frente dos ombros. Parece tão contente quanto eu, então suspeito que tenha se acertado com Melissa.

Corto a minha fatia de marguerita com muçarela extra, especialidade da casa, e coloco no prato cuidadosamente. A pizza é mesmo impecável — fina, cremosa e consistente, tudo ao mesmo tempo em uma explosão de sabores. O queijo derrete na boca e o manjericão da horta pessoal do Alê, o dono italiano do Terra Napoli, faz toda a diferença.

Melissa estreita os olhos para mim.

— Você tá muito felizinho.

— É?

— Melosamente feliz, até.

— Concordo com sua irmã — papai diz com a voz grossa, e corta um pedaço pequeno da pizza com os talheres. Se estivéssemos apenas nós dois aqui, devoraríamos com as mãos sem cerimônia. — Tem uma aura diferente ao seu redor, filho.

— Bom, eu estou feliz. Acho que nunca estive tão feliz.

Minha mãe, que até então continuava me dirigindo poucas palavras, levanta a sobrancelha e diz:

— *Hijo,* você fumou maconha?

Eu gargalho. Que tipo de pergunta é essa?

— Só bebi champanhe hoje, mãe.

— *Vale.* — Ela dá de ombros. — Achei estranho. Você odiava fazer aniversário. Não me lembro de te ver assim desde...

— O aniversário de treze anos — papai complementa —, em que pediu para nadar com os golfinhos em Pipa.

— Isso — mamãe concorda.

Encaro os olhos muito azuis dela, o rosto pequeno e os longos cabelos dourados com uns poucos fios cinzentos. Se mamãe soubesse o motivo para eu ter parado de celebrar meu aniversário...

Um dia, se eu conseguir perdoar Pablo pelo que aconteceu, talvez conte tudo a ela. Não para mudar a imagem que mamãe tem dele — tenho certeza de que Pablo vai fazer isso sozinho —, mas para explicar como essa e outras experiências negativas com meu irmão me afetaram.

Mas ainda estou flutuando depois de passar o dia com Júlio, e ninguém pode me prender de volta à terra. Por ora, tudo é lindo: a confusão da mamãe, o nervosismo da Melissa perto da Val, papai fingindo seriedade. Até a droga do retrato de família perto da mesa, com Pablo me levantando nas costas, não parece tão horrível. Amo e sou grato por eles. Não foi em vão que escolhi essa família antes até de nascer.

— Acabei de viver o melhor dia da minha vida — digo, empunhando o garfo.

Há uma troca de olhares ao redor da mesa antes de alguém se manifestar.

— Legal, filhote. — Meu pai mastiga a pizza bem devagar. — Fico feliz que tenha curtido seu aniversário.

— Espera, se hoje é o dia mais feliz da sua vida, então... — Melissa me estuda. Arregala os olhos ao juntar os pontos. — AI, MEU DEUS. O BEIJO! O BEIJO ROLOU?

Minha irmã fala sem pensar e tapa a boca rapidamente. Dou risada e faço que sim com a cabeça. Melissa responde com uma dancinha da vitória na cadeira, mexendo os ombros e sorrindo.

Caio na risada. Ninguém nos shippa tanto quanto Mel.

Mamãe tosse para chamar nossa atenção.

— Alguém traduz para mim?

— Amor — papai fala, limpando a barba com o guardanapo seriamente —, Matias chegou cantarolando em casa, beijou e hoje é o melhor dia da vida dele. — Então, abre os braços exageradamente. — Nosso filho tá apaixonado!

— Apaixonado? — mamãe ecoa. — O Matias? *Nosso* Matias?

— Por que o choque, mãe?

Ela dá um trago no vinho.

— *Hijo*, você nunca falou sobre nenhum relacionamento! Nunca conhecemos suas namoradas. Honestamente, não esperava por isso.

Não posso discordar que ela tem um bom argumento.

— Não estou só apaixonado, mãe — digo. — Conheci o homem da minha vida.

E então, com essas palavras, o mundo passa a girar em câmera lenta.

A frase sai tão sem esforço que só percebo o impacto ao me deparar com os olhos arregalados da Melissa, que me fita com o garfo parado a caminho da boca. A reação da minha irmã, contudo, é a mais exagerada na mesa: mamãe apenas franze a testa enquanto papai continua comendo calado, escondendo um sorriso que é a melhor resposta de todas.

— O homem da sua vida? — Mamãe enuncia cada palavra lenta e ceticamente.

— O homem da minha vida — confirmo. — Conheci ele na praia há algumas semanas — continuo, me movendo ao redor do assunto como se surfasse uma onda particularmente traiçoeira.

Ela pisca. Esse vai ser o momento em que ela vai perder a cabeça e explodir comigo? A parte de mim que secretamente temia esse momento até tenta me assustar, sussurra que estou decepcionando mamãe de uma maneira que Pablo jamais decepcionaria.

Mas ignoro essa voz.

Hoje não preciso da validação de ninguém para me aceitar como sou. Se alguém achar ruim, que se foda.

— Os melhores encontros são sempre na praia, não é, querida? — Papai me tira dos meus devaneios. Sei o que trama ao desviar o assunto. Ele olha para Val e começa a história: — Foi assim que eu e a Ana nos conhecemos. Eu estava tendo um probleminha com o mar quando ela veio me socorrer.

Mel e eu nos entreolhamos. Sabemos bem onde isso vai dar. É hora do show de Vinícius Ribeiro e Ana Mendonza.

— Um *probleminha*?! Você estava *morrendo*, Vinícius! — A voz de mamãe fica mais aguda. Assim como papai, ela foca sua atenção na Val, sua nova plateia. — Ele ficou tão mal que precisei fazer respiração boca a boca. Poderia ter morrido se eu não estivesse lá.

Papai discorda.

— Eu estava *fingindo* morrer — explica para Val. — Foi a única maneira de conseguir a atenção da Ana. Era a mulher mais bonita que eu já tinha visto. Soube imediatamente que era o amor da minha vida.

Mamãe bufa.

— *Mira*, Val. O Vinícius sempre tenta transformar essa história em um conto de fadas, dizer que se apaixonou à primeira vista, que foi um encontro de almas... Mas na realidade não teve nada disso.

Enquanto ele usa uma camisa larga repleta de desenhos geométricos que comprou em uma viagem à África do Sul, mamãe está com um vestido sem alça laranja, o tom vívido contrastando com o colar trançado com uma turmalina negra ao centro.

— Existem diversas maneiras de contar uma história, só depende de como você decide olhar para ela. — Papai ergue o cálice de vinho. — Quase morrendo ou não, foi na praia que eu conheci o amor da minha vida. No fim das contas, valeu a pena.

Papai levanta e dá um beijo na boca de mamãe, que aperta os lábios antes de permitir que o sorriso se espalhe pelo rosto.

Ver meus pais assim me lembra por que admiro tanto a relação dos dois. O respeito, as viagens que fazem juntos, os períodos em que se permitem estar separados... Eles estão casados há mais de vinte e cinco anos e ainda se amam de verdade. Espero poder viver isso também. Com Júlio.

O tópico "homem da minha vida" desaparece do jantar até mamãe trazê-lo de volta depois que já estou recolhendo os pratos.

— Então, só para esclarecer — ela fala subitamente para mim. — Como você se identifica em relação à sua sexualidade?

Eu escondo um sorriso. Ela é tão educada e cuidadosa. Mamãe está fazendo o melhor que pode para não me ferir, e isso não passa despercebido.

— Sou bissexual, mãe. Obrigado por perguntar.

Ela assente. *Estamos bem*, seu olhar carinhoso parece dizer. *Nunca saí do seu lado.*

— Que ótima notícia, filho! — papai reage, erguendo os braços mais uma vez, celebrando. — Tá vendo, Ana? O garoto é bissexual como eu!

— QUÊ?! — Melissa e eu exclamamos ao mesmo tempo.

Sério, meu pai cruza os braços tatuados.

— Por que essa reação? Acham tão absurdo assim seu pai ser bissexual?

— Não, pai. Eu só pensei que você fosse hétero — digo.

— É, eu achei que você fosse hétero também, filhote!

Caio na risada, ainda em choque. Justo quando pensei que teria a melhor cena de saída de armário de todos os tempos, meu pai me superou. Acho que vou ter que me contentar com a segunda melhor.

Ainda tenho muitas perguntas, em especial o motivo para papai nunca ter contado antes sobre sua sexualidade. Eu acho que teria me assumido mais rápido se soubesse que ele também é bi, mas não vou julgá-lo. Como eu sempre digo, ninguém deveria ser obrigado a se assumir.

— *¿Cómo se llama el chico?* — mamãe pergunta baixinho para mim.

— Júlio.

Sorri de leve.

— *Es hermoso.*

Ela não sabe o quanto significa para mim ser respeitado dessa forma. Isso não anula nossas questões pendentes, mas é tudo que eu poderia pedir da minha mãe neste momento, e me sinto grato.

Melissa, por outro lado, ainda processa a nova reviravolta...

— É por isso que sua camisa favorita tem as cores da bandeira bi? — ela pergunta a papai.

— Exatamente! Foi sua mãe que me deu, filha.

Dou uma risada alta. Olho ao redor da sala de jantar. Minha família não é perfeita. Temos nossas bagagens e conflitos, mas quer saber? Para o que importa de verdade, fazemos o mais importante de tudo: nos apoiamos.

Um pôr do sol na praia

 Júlio Andrade <julioandrade@tanaestrada.com.br>

para mim ▼   Qua., 10 de fev. de 2021, 21:21

Matias,

Estou deitado na rede da varanda do chalé agora, assistindo ao espetáculo que é essa Lua e pensando em você. Por escrito, é mais fácil expressar algumas coisas, então espero que não estranhe o e-mail.

Lembrei de algo que a Aurora me disse, sobre ter construído muros ao meu redor. Isso foi depois de entender que me empurravam papéis de uma identidade de gênero que não era a minha. Me sentia sozinho e incompreendido. A mudança só veio quando fiz meus primeiros amigos trans na internet. Participar de comunidades on-line onde ninguém via meu rosto e eu podia me expressar sem medo me ajudou a sair da minha concha, aos poucos.

Comecei a fazer terapia e descobri que havia um fio ligando tudo. Um senso de não merecimento e inferiorização que parecia a base da maior parte dos meus problemas... Lembro de algo que minha terapeuta disse: "O que seria a oposição direta a isso? O que seria antônimo dos seus medos? Encontra a balança, Júlio, experimenta o outro lado da moeda, e descobre o que funciona para ti".

Foi o que eu fiz, sabe? Passei a não me esconder atrás dos meus textos. Conheci esportes de aventura por causa de um exercício da terapia, e me *apaixonei*. Porque o Júlio amedrontado que me fizeram acreditar que eu era agora escala montanhas e voa de parapente. Mesmo com medo, eu não paralisava, seguia adiante.

Só faltava um ponto em que eu ainda relutava, que era o amor.

Tive um namorado que foi importante para mim, e que também me magoou. Talvez porque eu ainda visse amor como posse. Meu pai queria colocar minha mãe em uma gaiola, transformá-la em um passarinho sem vida e sem cor. Minha primeira referência de amor foi prisão, Matias, e de certa forma eu reproduzi isso...

Eu e o Jaime terminamos logo após a nossa transição. Ele queria ver mais do mundo, explorar novas possibilidades, e eu queria que meu mundo fosse *ele*. Tentei manter o Jaime do meu lado o máximo possível, mesmo nenhum dos dois estando feliz com a relação. Fiquei ressentido com o Jaime por muito tempo, e me ressenti *comigo* por ter agido como meu pai, por ter prendido alguém em seu momento de maior liberdade. E aí me fechei outra vez. Até te conhecer.

Com você, Matias, é tudo novo. É tudo surpresa, novidade. Como na primeira vez que voei, como no meu primeiro vídeo. Você está fora da minha zona de conforto, você é o meu medo e a minha resposta de mudança materializada, e é por isso que demorei a acreditar que podíamos viver isso juntos.

Porque você diz o que pensa. Você sente tudo de verdade e *expressa* isso. Você é livre até quando acredita estar preso. Você se desafia e vai até o fim. Você é luz e calor e mar. Você é a personificação do verão. Eu não esperava me apaixonar pelo verão, até me apaixonar por você.

Tudo isso é fantástico e assustador. Não sei aonde estamos indo. Escuto uma voz no meu ouvido e ela diz que podemos ter *aquele* tipo de amor, aquele com que sempre sonhei. Mas também escuto o medo dizer que, tão rápido quanto o mar nos trouxe um para o outro, também vai nos separar. Não há nada que eu possa fazer quanto a isso, há? Nada além de respeitar e honrar o que sinto.

E já que é seu aniversário, queria dizer a verdade. Talvez acorde amanhã com um impulso de apagar esse e-mail, como se quisesse de volta pedaço por pedaço do que compartilhei, mas cansei de temer a felicidade, então vou só enviar.

Obrigado por tudo que você me fez enxergar sobre mim mesmo. Pela paciência. E por existir.

Atenciosamente seu,

Júlio

P.S.: Nem fui embora e já não vejo a hora de voltar a Canoa. Pra te ver, claro. Pelo menos Fortaleza é bem aí.

Re: Um pôr do sol na praia

Matias Mendonza <matiasmt@hippiehostels.com>

para Júlio ▼   Qua., 10 de fev. de 2021, 22:44

guapo, justo quando pensei que essa noite não poderia ficar mais especial, recebo seu e-mail. Te imagino na rede da varanda, balançando enquanto olha a Lua e escreve, e só queria estar aí contigo.

a gente vem de realidades diferentes e ainda assim enfrenta questões bem parecidas. eu também construía muros ao meu redor. brincava com as pessoas, num jogo de conquista, que acabava assim que se aproximavam demais. antes que pudessem me ver, eu saía de cena. você se protegia de outras formas, júlio. usamos escudos diferentes, mas, ainda assim, escudos.

eu tinha medo da intimidade. sendo honesto, acho que já vinha, sei lá, vibrando uma energia diferente. um desejo meio inconsciente de transformação. e aí você chegou. antes eu queria *consumir*. era voraz mesmo, como você disse no terraço, mas agora eu quero *saborear*. sabe? quero provar cada momento contigo.

sempre fugi da terra firme, em direção ao mar. em meio às ondas eu me sentia mais seguro, protegido. só que agora a vida está me pedindo para colocar os pés no chão. não estou mais à deriva, e descobri que isso pode ser bom.

escuta, vou te pedir muita coisa. vou te pedir para ficar comigo em canoa. vou te pedir para me beijar todos os dias e todas as horas.

juntos nós somos magia, Júlio, e isso não tem preço.

inteira e completamente seu,

matias

P.S.: Já temos datas? Preciso de DATAS com urgência, jaja.
E eu super iria a fortaleza se não tivesse que trabalhar, lindão.
boa noite ☺

12 de fevereiro de 2021

Matiaaas! Vc não vai acreditarrrr 10:17

Eu tô tão feliz meu deus tem criança latindo tem cachorro miando etc. 10:18

Eu tô tipo que oficialmente namorando com a Val!!!!!!!!!!!! Disse sim pra ela ontem!!!!! 10:19

Fiquei muito emocionada vendo vc contar pros nossos pais e saber que o papai é bi foi, tipo, CHOCANTE? E mt bom??? Me sinto beeem mais confiante de fazer o que vc disse de ir, sabe, experimentando minha sexualidade sem colocar mta pressão nisso. Mas eu acho que talvez eu goste apenas de meninas, então, não sei, é provável que eu seja lésbica <3 <3 <3
10:21

CERTO, MAS NÃO PARA POR AQUI!!! Seu namorado me seguiu no Instagram e eu tô SURTANDO? Pq tem tanta coisa boa acontecendo do nada? É um sinal de que vai dar tudo errado daqui a pouco? Eu não quero que isso acabe, sério!!!!! 10:24

E OLHA COMO O JÚLIO TÁ
APAIXONADINHO POR TI 10:30

 Júlio Andrade ・・・
@julionaestrada

O pôr do sol mais lindo da minha vida foi
em Canoa Quebrada, com alguém que
nunca imaginei que conheceria. A vida
tem dessas: te tira o que você não espera,
e te dá o que você precisa. Muito pode
acontecer em um único dia de verão. ☼

💬 14　　🔁 18　　❤️ 313　　⬆️

 Vitor mundinho Anitta BR 🦋 ・・・
@vvvvitorrr
gatilhos a essa hora, júlio??? era
assim que eu queria estar poxa
#streamgirlfromrio

**Carla | 📖 "As estrelas me
guiaram a você"** @carlaueie1 ・・・
Ju, diz que o "alguém" é o surfista,
pleaseee. Os juliers estão todos
pedindo uma selfie com ele aqui!!!

fer é o orgulho das travestis ・・・
@fertrava
Te amooooo, amigo! Você merece,
viu? Não vejo a hora de conhecer
o boy 💜

HAHAHAHA

eu amo que vc espiona o júlio por mim

esses prints são perfeitos

e tô tão, tão, tão orgulhoso de ti, mel!

Que você e a val consigam aproveitar cada segundo desse verão, e nunca esqueça que tô contigo. Somos a revolução, lembra? o filho bi e a filha lésbica. te amo! 💕💕💕 11:15

PARTE 4
QUANDO O VERÃO SE APROXIMA DO FIM

Ponto de equilíbrio

— Foi muito corajoso da sua parte. — A voz do meu pai é entrecortada pelo vento forte que entra pela janela do carro. Fecho um pouco para diminuir o ruído. Estou concentrado na estrada, mas viro brevemente para ele. — Contar sobre o Júlio naquele jantar — papai acrescenta. — Ficou nervoso?

Hoje não é o meu melhor dia, mas a delicadeza da pergunta me deixa à vontade para falar a respeito.

— Eu não havia planejado — digo. — Só... veio. É um bom sinal, acho.

— É um *ótimo* sinal, Matias.

Minha visão periférica o captura: o braço direito segurando a alça de apoio, as carnaubeiras no caminho de Canoa Quebrada a Aracati passando lá fora em um borrão... Nesse sábado, o céu azul-anil não é nenhuma surpresa, mas a cor às margens da estrada, sim. As chuvas saciaram a sede da vegetação, agora banhada de verde.

No rádio, o reggae de Luísa e os Alquimistas em "Terceiro mundo" pulsa melodicamente nas caixas de som. É uma das minhas músicas favoritas desde que fui apresentado pelo Otto ao álbum *Cobra coral*. Papai ainda não conhecia — ele balança os joelhos suavemente no ritmo da batida.

— Fiquei com orgulho, filhote. Mesmo.

— E eu de você. Foi uma surpresa quando se assumiu, pai.

Reduzo a velocidade ao passar por uma lombada eletrônica.

— Como se sentiu? — É a cara dele perguntar isso.

— Feliz? — Solto uma meia risada pelo nariz. — Me fez sentir mais próximo de você, muito mais confortável também.

Ele se vira para mim, sobrancelhas arqueadas.

— Mais confortável?

— Ah, pai. Sei lá, né? Sinto que você me entende melhor agora.

— Achava que eu não te entendia antes?

— Não é isso. Você e a mamãe são de boas, mas eu achava que eram "pais héteros" — mando a real. Papai franze a testa, então explico: — Mesmo quando pais héteros se dizem progressistas, muitas vezes isso muda logo que os próprios filhos se assumem.

Descrente, ele afasta os dreads para atrás dos ombros.

— Mas não somos esse tipo de pais.

— Pois é, e mesmo assim só saí do armário anteontem.

Isso o silencia.

Merda. Minha intenção não era deixar meu pai triste. Não estou irritado por não ter me falado, só queria que essa consciência tivesse existido em mim desde sempre. Saber que meu pai — puta merda, meu *ídolo* — é bissexual teria me ajudado a normalizar mais rápido minha identidade como um homem preto bi.

— Melissa conversou comigo uns dias atrás... — Respiro e alinho a postura. Não quero ferir a confiança da minha irmã, mas é importante tocar no assunto. — Não vou entrar em detalhes, é algo dela, mas a Mel estava com medo de como o mundo reagiria se ela fosse diferente. Como *vocês* reagiriam, na real.

— De verdade?

— Sim.

Papai tarda alguns segundos para elaborar uma resposta.

— Caramba, acho que só estou surpreso. Pensei que estivesse claro que ela não precisava se sentir dessa forma.

— E por que qualquer um de nós teria tanta certeza, pai?

O cinto de segurança controla um pouco seus movimentos no banco.

— Matias, você e sua irmã foram criados em hostels com bandeiras arco-íris por todos os lados!

— Ok. Mas a questão é: quando tivemos uma conversa aberta sobre sexualidade? Uma bandeira é só uma bandeira se a gente não dá significado para ela. Era significativa para os hóspedes, mas e pra gente? Nunca foi *sua* bandeira.

— Mas um significado não precisa ser explícito para existir.

— Sim, pai. Eu *sei*. Teoricamente até pode ser assim, mas estamos falando de coisas *concretas*, pessoas *reais*. Não estou dizendo que você errou, não é isso.

Minhas palavras têm um quê a mais de irritação do que pretendo. Não quero culpá-lo por suas escolhas. O problema é que hoje é a final do Mundial de Surfe, o torneio que vinha atormentando meu verão. Em uma realidade alternativa, existe um Matias que nunca soube dizer não ao Pablo e agora está lá no Havaí, sentado em uma cadeira à beira-mar torcendo para que o irmão se arrebente e o pesadelo acabe. Esse Matias não conhece o Júlio, jamais viveu as sincronicidades na praia e mora na sombra do irmão que nem sequer o suporta.

No meu universo estou aqui, mas também não vejo a hora de o campeonato acabar. Ontem à noite, Pablo ligou para mamãe. Por minutos, ela o bombardeou de perguntas sobre sua rotina e sobre como o treinador vinha trabalhando as fragilidades dele... Quando ela passou o telefone para mim, só consegui dizer boa sorte.

A voz de Pablo ao me responder no viva-voz era risonha. Estava convencido de que o troféu já era seu.

— *Gracias, hermanito. ¡Mañana celebramos!*

O domingo chegou, e, com mamãe ansiosa para o início do campeonato, a equipe do Hippie pegou pesado desde cedo para aprontar tudo. Muitos dos nossos hóspedes são surfistas e acompanham o Mundial, e mesmo aqueles que não curtem tanto surfe querem participar de alguma forma da nossa tradição.

O estresse aumentou quando mamãe veio correndo até a recepção e disse que os camarões para a paella tinham estragado. Papai e eu não encontramos o camarão do tipo que ela queria em nenhum mercado de Canoa — e eles não podem faltar na receita favorita dela. É por isso que estamos no carro indo a Aracati.

Depois de passarmos sem problemas pelo posto policial, retomo a conversa.

— Desculpa. Esse dia não tá sendo fácil pra mim.

— Por conta do seu irmão?

— Tipo isso.

— É uma pena que a relação de vocês seja tão difícil.

E aqui está, a deixa escancarada. Ele já me deu brechas como essa no passado, que ignorei deliberadamente, sem saber o que dizer. Mas agora é diferente. Quando existiu melhor momento?

— Pai, você... — Preciso inspirar fundo para ordenar os pensamentos. — No passado, o Pablo pegou pesado comigo. Fez, hm, comentários homofóbicos sobre mim, entre outras coisas...

Papai encurva os ombros e fita a janela. Se eu esperasse encontrar qualquer centelha de surpresa nele, me frustraria.

— Imaginei que algo assim poderia ter acontecido. Sempre conversei com ele a respeito ao perceber esse tipo de postura, bem coisa da criação dos avós...

Quando Pablo era criança, seus avós paternos entraram com uma ação judicial pela guarda dele. Não iam com a cara da mamãe, o que só piorou quando ela se casou com papai e eu nasci. Durante esse tempo, mamãe, lesionada e fora das águas, parou de viajar e se estabeleceu em Fuerteventura. Os avós de Pablo conseguiram autorização para que meu irmão passasse os fins de semana com eles. Isso se prolongou por alguns anos, até o acordo mudar e mamãe recuperar a guarda integral.

O avô de Pablo, um racista de merda, nunca escondeu seu desdém por papai e por mim. Sei lá, talvez isso explique muita coisa mesmo, mas não justifica.

— Não sabia que você já tinha falado com ele sobre isso.

Papai hesita.

— Sim — ele diz. — Já.

Entro em combustão.

— E por que nunca conversou *comigo*? Eu sentia que não podia falar com ninguém. Ele xingava meus desenhos, dizia que era coisa de veado, de mulherzinha. Ele até...

Exalo com força. Me seguro para não contar que Pablo já me espancou. Não sei por que o poupo, mas sinto que não é a hora.

Só que a frustração dentro de mim chega ao limite. Papai e eu nunca fomos de brigar. Eu o vi como um aliado minha vida inteira; sabia que ele sempre estaria do meu lado, pronto para me defender. Mas nesse caso é difícil não me ressentir por sua omissão. Se falávamos de tudo, por que não disso?

— Ele acabava com a minha autoestima, pai. Questionei a arte como possibilidade, *me* questionei. Tinha medo de me mostrar de uma forma que não fosse dentro do padrão. Pablo era blindado. Vocês passavam a mão na cabeça dele e o validavam. Aprendi a guardar em silêncio o que ele fazia contra mim. Achava que não adiantaria contar.

— Se calar é horrível...

— É péssimo, pai. *Péssimo*. Por que você nunca falou nada?

Lembro de respirar. Acelero o carro e ultrapasso uma moto, me mantendo à direita ao cruzar a entrada de Aracati, com seu letreiro colorido.

— Poxa, filho. Eu... Eu sinto muito. — Há um súbito cansaço na voz do papai. — A gente acha que está fazendo um bom trabalho com os filhos, se atentando a tudo, mas sempre falta algo.

Não quero ser grosso ou perder o controle, então uso seus métodos contra ele:

— O que acha que te faltou?

Papai recosta a cabeça no banco, desprevenido.

— Nem sempre eu soube reconhecer conflitos e lidar com eles. Toda a situação do Pablo, a morte trágica do Ozzie e a relação conturbada com os avós... — Papai estala os dedos. — Percebo hoje que te negligenciamos enquanto tentávamos dar o apoio de que o Pablo precisava. A criação dele foi muito difícil. E você...

Ele solta uma risada leve, emocionada.

— Eu o quê?

— Matias, você se cuidava sozinho. Desde pequeno, era decidido e honesto com as pessoas. Era obediente, mas tinha opinião própria.

Nada nunca estava ruim para você, que estava disposto a ajudar os outros independente da situação. Seu coração era gigante, filho. Ainda é. Um otimista nato. — Papai busca meu olhar. — Talvez não perceba isso, mas você sempre foi o contrário do Pablo. Se era difícil ser pai dele, contigo era leve. Aí erramos de outro modo, ao confiar demais na sua autonomia. Porque você não demandava tanto esforço, nos omitimos em momentos-chave. Não foi justo.

Fico em silêncio, pensativo.

Não sei o que dizer ao meu pai.

— Filho, sobre sua arte... Não vai desistir do que é importante para ti só porque outras pessoas duvidaram, vai?

— Nem fodendo.

— Ótimo. Porque eu acredito no seu talento.

Os primeiros prédios da cidade começam a aparecer nas bordas da pista.

— E sobre ser bi? — pergunto. — Por que nunca nos contou?

— Eu apenas não sabia como, ou mesmo se era importante. — Papai expira profundamente. — Por um tempo, até questionei se era de fato bissexual. Depois que conheci sua mãe, era como se não tivesse necessidade de pensar a respeito.

Arqueio a sobrancelha.

— Pera. Você pensou que, tipo, só por ser casado com uma mulher não era mais bi? Você sabe que sexualidade não funciona assim, né? Que estar em um relacionamento com a mamãe não te transforma em hétero.

— Eu sei, eu sei! Mas é que... — Então ele para, olha para mim e cai na risada.

— Tá rindo do quê?

Recupera o fôlego e diz:

— É que esperei tanto para ter essas conversas contigo. Aqui estou eu, abrindo meu coração pro bebê que troquei as fraldas tempos atrás, que arruinou minhas noites de sono durante anos.

Não resisto a uma risadinha.

— É estranho?

— Não. — Papai meneia a cabeça. — Parece uma vitória. Sempre soube que, além de meu filho, você seria meu amigo.

Nos encaramos em silêncio bem quando "Árvore do reggae" começa a tocar. É uma das músicas favoritas dele, que instintivamente aumenta o volume. Deixamos Ponto de Equilíbrio preencher a lacuna do que não dizemos.

— Qual foi a última vez que você se sentiu atraído por um cara? — eu pergunto ao pararmos em um sinal de trânsito.

— *Matias!* — seu timbre grave me adverte.

— Ué, não somos amigos?! Foi você que disse.

Ele bufa. Aparentemente o encurralei.

— Tá bom, tá bom. Lembra quando a gente estava assistindo a *Game of Thrones* novamente?

— Você diz quando eu fui *obrigado* a reassistir só porque você tava atrasado?

— Na quarta temporada — ele me ignora —, o personagem do Pedro Pascal tem umas cenas bem interessantes e...

— O *Pedro Pascal* é seu tipo?

Minha gargalhada arranha a garganta.

— Qual o problema? Ele é boa-pinta.

— Ninguém usa "boa-pinta" hoje em dia, brotinho. — Papai bate na minha perna de propósito. — Mas pelo menos o Pedro Pascal é da sua idade, o que já é um grande avanço.

Caímos na gargalhada de novo. Recordo da nossa conversa na despensa do Hippie depois da briga com mamãe. Ele pode ter cometido erros no passado, mas me ama muito. É bom tê-lo como amigo.

— Agora é sua vez, filhote. Me fala mais do Júlio. Quero saber sobre sua história de amor.

Encontrar os camarões que mamãe quer é um inferno. Como é sábado, muitos restaurantes já reabasteceram as geladeiras com frutos do mar frescos e as opções disponíveis são escassas. Depois de algumas decepções, resolvemos nos dividir. Enquanto papai fica encarregado dos camarões, vou atrás dos produtos extras da lista que Amanda me enviou.

Assistir ao Mundial de Surfe não é algo que os brasileiros estão acostumados a fazer. Os canais abertos falam sobre assuntos mais urgentes — os últimos trâmites para a legalização do aborto, o anúncio do pacote bilionário para o reflorestamento da Amazônia e da Mata Atlântica... Papai quase pediu ao gerente do supermercado para colocar no campeonato, mas ainda bem que desistiu no último momento.

Tecnicamente, hoje é meu dia de folga. Eu nem preciso ajudar no Hippie, mas prometi dar uma mão. É o evento mais importante do surfe e tem um significado especial para a família. Por conta do histórico da mamãe na competição, é praticamente sagrado. Fora que, goste ou não, meu irmão representa os Mendonza. Posso odiar Pablo, mas respeito o legado da família.

Júlio tinha uma opinião diferente quando nos falamos ao telefone ontem à noite:

— Não precisa assistir ao campeonato amanhã, Matias. Você não é obrigado a fazer nada pelo seu irmão.

— Eu sei. — Mas era bom ouvir de alguém.

— A gente pode, sei lá, *fugir,* se você quiser.

— E pra onde a gente iria?

— Já te falei pra vir para Fortaleza. Tem várias coisas legais pra fazer aqui. — Em seguida, com a voz contida, ele sussurrou: — E tem eu...

— Ah, por você eu iria fácil. Mas é importante pra minha mãe.

— E o que é importante para você não conta?

Me pegou nessa. Mas trabalhar hoje contaria *pontos* a meu favor. Minha família vai para a Espanha até o final do mês, então preciso aproveitar cada oportunidade de mostrar que a decisão correta é me deixar como gerente do Hippie.

Enquanto escolho as bebidas para o bar no supermercado, meu telefone vibra. Sinto uma pontada estranha na lateral da cabeça ao ver as chamadas perdidas de Otto, Amanda e até uma da minha mãe, mas ignoro a sensação ao ver que Júlio está ligando. Abro um sorriso; bem na hora. Nos últimos dias, todas as vezes em que pensei em Júlio, ele me mandou uma mensagem pouco depois, tipo mágica.

— *Buen día, guapo. ¿Como estás?*

Aperto o telefone no ouvido com o ombro enquanto ponho no carrinho garrafas de Ypióca Guaraná para um drinque novo do Zayn.

A voz de Júlio é temperada de preocupação quando ele me responde.

— Como você tá?

— Ei, eu tô ótimo. Por quê?

Pego o celular na mão.

Uma criança passa empinando um carrinho de compras. Preciso me espremer para não ser atropelado, e a mãe pede desculpas. Sorrio de leve.

— É que acabei de ficar sabendo… Você não visualizou as mensagens — ele respira fundo, a chamada com um chiado bizarro —, precisei ligar pra checar.

— Ficou sabendo do quê? — Paro no corredor do supermercado, com um embrulho no estômago, o gosto salgado na língua como se tivesse acabado de engolir água do mar. Não pode ser coisa boa. — Do que você tá falando, *guapo*?

— Matias, onde você tá agora? — Júlio se atropela para formular a frase e tenta controlar o ritmo da própria voz. — Me diz que tá em casa.

— Não. — Cerro o maxilar. — Tô na rua, no supermercado com meu pai…

— Puta merda, desculpa. Desculpa, desculpa. — A voz aguda dele sai abafada. — Pensei que você já soubesse…

— Fala logo. O que aconteceu?

— É, hm, o seu irmão.

Pablo.

Ele se meteu em uma nova polêmica?

Ou será que desta vez foi algo ainda pior?

A resposta vem logo em seguida:

— Ele sofreu um acidente no campeonato, ninguém sabe a gravidade ainda, mas... — Minha garganta se fecha. A veia da têmpora lateja. — Você deveria ir pra casa. *Agora*.

Minha pressão baixa. Por um instante, a visão fica turva.

A notícia viaja velozmente. Um segundo depois, ofegante e com o rosto lívido, as rugas na testa e entre as sobrancelhas mais fortes do que nunca, meu pai surge no corredor empunhando o celular.

— Pablo. — A voz dele é gélida. — Larga tudo isso, vamos embora. Seu irmão sofreu um acidente.

Notícias do Brasil ✓ · · ·
@noticiasdobrasil
Surfista espanhol sofre acidente na
final do Mundial masculino de surfe no
Havaí e campeonato é interrompido.

💬 53   🔁 180   ❤️ 565   ⬆️

BOMBEI ✓ · · ·
@bombeinews
🚨 AGORA: Queridinho dos famosos,
surfista Pablo Mendonza-Farrelly se envolve
em acidente no Havaí! Veja o vídeo chocante
do momento em que cai da prancha.

💬 29   🔁 132   ❤️ 360   ⬆️

El Mundo ✓ · · ·
@el_mundo
Representante español en el Mundial de surf,
Pablo Mendonza-Farrelly sufre un accidente
en la final. Surfista fue rescatado del mar; el
estado de salud aún se desconoce.

💬 22   🔁 89   ❤️ 233   ⬆️

Anitta ✓ · · ·
@anitta
Meu Deus. Acabei de saber. Espero que
esteja tudo bem com o Pablo!

💬 200   🔁 2.349   ❤️ 13,1 mil   ⬆️

Neymar Jr ✓ · · ·
@neymarjr
Passando aqui pra deixar minha energia
positiva ao PABLO FARRELLY! Força
guerreiro, que Deus abençoe e proteja 🙏

💬 1441   🔁 6,9 mil   ❤️ 23,3 mil   ⬆️

Maré de azar

Meu pai assume a direção, pisa fundo no acelerador e arranca pelas ruas da cidade com pressa. O medo no rosto dele é real, e a viagem de volta, tensa e insustentável.

Não há nada além de silêncio entre nós quando papai estaciona de qualquer jeito na frente do hostel, quinze minutos depois. O ar reluta a preencher meus pulmões. Na entrada do Hippie, me deparo com Otto, Amanda, Hümi e Lila à espera, seus rostos marcados pela preocupação. Papai nem fala com eles, apenas segue desgovernado para o escritório.

Eu fico para trás.

É estranho, mas sinto uma letargia ao meu redor. Como a névoa que costuma surgir do oceano na minha casa nas Canárias, cobrindo tudo com seu manto cinza.

— Não foi sério assim, foi? — pergunto ao cruzar a prancha de surfe com o nome do Hippie.

Os sinos dos ventos tilintam à minha passagem. As bandeirinhas nas cores da Espanha e os balões que formam o nome de Pablo na parede da sala parecem errados, irônicos.

A essa altura, a maior parte dos nossos amigos mais próximos e convidados já foi embora, dando privacidade à família. Só isso explica o silêncio sepulcral.

— Matias! — Amanda vem até mim e me abraça forte. — Você tá bem?

Eu digo que sim, grato pelo carinho dela, e me volto para Otto. Ele se levantou da cadeira atrás da recepção e está na minha frente, inquieto.

— Não pode ter sido grave como parece — repito.

— A gente não sabe — ele inclina a cabeça. — O que você viu do acidente?

— Não muito.

— Ali. — Otto indica a televisão da sala, sintonizada no volume mínimo num canal de notícias que dá atenção total ao caso.

MUNDIAL DE SURFE: FAVORITO, PABLO MENDONZA-FARRELLY SE ENVOLVE EM GRAVE ACIDENTE EM FINAL DRAMÁTICA

O vídeo do momento em que Pablo cai da prancha é reprisado: meu irmão faz seu famoso aéreo — o giro triplo que aperfeiçoou nos últimos anos e se tornou sua marca registrada — até perder o controle ao aterrissar. Ele é envolvido pela onda com uma força brutal, e pelo ângulo da filmagem dá para se ter uma ideia da gravidade do acidente. A imagem termina com Pablo desacordado sendo retirado da água por uma equipe de resgate em um jet ski.

A queda não faz sentido.

Essa é a especialidade dele, a técnica que Pablo domina há tempos. Eu já vi algumas atuações fracas do meu irmão, mas nunca com o aéreo. Mesmo nas performances mais meia-boca, Pablo ainda surpreendia.

E, puta merda, eu vi esse cara enfrentar condições desfavoráveis e surfar as ondas gigantes da praia de Nazaré como se não fossem *nada*.

O que aconteceu hoje?

O excesso de confiança o deixou relaxado, displicente demais?

Ou será que só foi surpreendido com uma maré de azar?

Desvio o olhar da TV. Assistir à cobertura ao vivo é diferente quando a pauta não é sobre uma pessoa aleatória, mas alguém da *sua* família. O distanciamento dos repórteres ao tratarem da notícia me incomoda.

— O que se sabe de fato? — pergunto a Otto.

— A gente tá esperando um pronunciamento oficial da equipe médica, mas está demorando um pouco.

— Por que tá demorando?

Cabisbaixo, ele fita o chão.

— Não sabemos.

Que raiva. Não quero sentir esse medo de perder o Pablo. Eu deveria odiá-lo. Por que não consigo?

A batalha interna me imobiliza. Me apoio no balcão da recepção do Hippie para tentar respirar.

— Ei. — Otto aperta gentilmente meu ombro. — Matias, vai dar tudo certo.

— Eu sei, mas...

Ele me encara com o olhar firme.

— Seu irmão vai ficar bem.

— Minha mãe. — Trinco os dentes. — Como ela está?

— Segurando a barra — a voz de Otto fica embargada, e eu estreito os olhos. — Você conhece a Ana. Mas está preocupada.

— Melissa?

— No quarto com Val e Zayn — Amanda responde. — Vamos avisar que você chegou.

Respiro fundo.

Certo.

Preciso ser racional.

Se me desesperar, não vou ser de grande ajuda. Nesse momento, só posso pensar positivo e apoiar as pessoas que amo. Minha família precisa de mim.

Reúno forças e me viro para o restante dos meus amigos. Estão ao meu redor como num círculo de proteção. Recebo abraços rápidos de cada um e disparo até o escritório, suando.

Lá dentro, a atmosfera é tensa, como eu esperava: janelas fechadas, um monte de velas acesas e incensos. Minha mãe está virada para a parede, inalcançável. Só escuto sua voz falando no celular em inglês em um tom rápido e um tanto severo.

Não consigo nem imaginar o que se passa pela cabeça dela. Mamãe já perdeu alguém que amava em um acidente no mar. Deve ser horrível passar pela mesma situação, vendo tudo se repetir, rezando para que nada terrível aconteça ao filho, tentando ser forte.

Papai, por outro lado, anda em círculos. A angústia em seu rosto é cristalina. A última vez que o vi assim foi na noite em que recebemos a notícia da morte do meu avô há alguns anos. Tivemos que vir da Espanha para o Brasil às pressas para o funeral. Antes disso, eu nunca tinha visto a morte de perto.

— Alguma novidade?

Ele faz que não e massageia meus ombros brevemente.

— Sua mãe está no telefone com a equipe do Pablo. Eles estão em contato direto com o hospital.

— Pai, ele não vai...

Nos jornais, ninguém fala em risco de óbito. Essas situações podem gerar uma publicidade negativa gigantesca para a organização do campeonato, inclusive entre patrocinadores. Não me surpreenderia se tentassem abafar o caso pelo menos no início, para evitar pânico.

Papai soa exasperado ao me responder:

— Meu Deus, Matias, claro que não. Seu irmão não morreu, essa hipótese está totalmente descartada.

Uma onda de alívio me atravessa.

— Algum dano permanente?

— É o que estamos tentando descobrir. O hospital tem sido discreto, mas prometeram uma resposta o quanto antes. — Ele passa a mão pelo meu rosto. — É melhor sentar. Pode demorar um pouco.

Os minutos seguintes são uma tortura. Mamãe não se vira em nenhum momento para me ver, absorta no telefonema, arrastado e inconclusivo. Alterna entre espanhol e inglês enquanto papai desvia das ligações de jornalistas sedentos por palavras da família.

> Alguma atualização?

Ver a foto de Júlio no celular me tranquiliza. Desliguei na cara dele logo que papai apareceu no corredor, nem consegui me despedir.

> nada ainda. estamos esperando um retorno

> Como sua família está?

> minha mãe nem olhou na minha cara direito

> ninguém dá nenhuma informação concreta de nada

> Sinto muito, Matias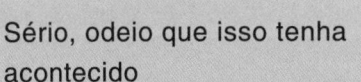

> Sério, odeio que isso tenha acontecido

> eu também

> Como você tá se sentindo?

> com medo, acho? é estranho. parei de me preocupar com pablo há tanto tempo. só que é diferente agora. apesar do que rolou no passado, não quero que ele se machuque

Claro que não

sempre imaginei que se algo acontecesse com o pablo eu me sentiria aliviado, mas era tudo da boca pra fora. é estranho perceber *isso*

Empatia?

é, empatia

e medo

Medo de quê?

medo de que ele morra, de que seja sério mesmo.

Sei como é. Uma vez, meu pai ficou bem doente

Ele já havia nos abandonado e parecia ilógico me preocupar, mas é inevitável em momentos assim. O coração fala mais alto, a gente amolece.

por que ainda sentimos essas coisas pelas pessoas que mais nos machucaram?

> Porque somos humanos

> Independente de qualquer coisa, conseguimos nos colocar na dor do outro.

> Faz sentido?

>> faz

>> obrigado por conversar comigo

>> te adoro muito

> Também te adoro, Matias

> Tô contigo sempre

> E fica tranquilo. Apesar de tudo, seu irmão vai ficar bem

A conversa com Júlio é interrompida.

— *¡Vengan!*

É mamãe. Seu grito estridente preenche o escritório quando ela se vira para nós com o celular erguido. É a primeira vez que vejo seus olhos desde que passei pela porta; estão vermelhos, encharcados com as lágrimas que ela escondia até agora, o caminho escuro do rímel borrado nas bochechas. Os lábios trêmulos encontram dificuldade para formular a frase:

— É o número do Pablo.

Davi e Golias

O nervosismo impede mamãe de atender a ligação. Sua mão treme tanto que ela não consegue aceitar a videochamada. Eu me adianto e pego o celular. Meu coração também está acelerado; uma ligação de Pablo só pode ser bom sinal. Aceito e devolvo o aparelho para ela.

Um segundo apreensivo se prolonga antes de o rosto pixelado e tremido de Pablo aparecer. Sua aparência é fragilizada, nada da altivez habitual. Está em um quarto branco de hospital, com um curativo na parte de cima do nariz e outro na sobrancelha. Uma enfermeira termina de limpar seu rosto com algodão.

— *¡Hijo!* — Lágrimas escorrem pelo rosto de Ana Mendonza. — *¿Estás bien?*

— *Mamá...* — A voz de Pablo sai com dificuldade.

— *¡Gracias a Dios que estás vivo! ¡Todos estábamos tan preocupados! ¡Nadie quería decirnos nada!*

Pablo funga.

— *Perdóname.* Queria ter ligado antes, mas me deixaram em observação. O comitê do campeonato também estava sendo cauteloso para evitar pânico. — Ele para, olha para o lado e baixa a voz quando a enfermeira se afasta. — *Te quiero.*

Não recordo a última vez que o escutei falar que a amava. A pose inabalável do meu irmão, antes esquivo com a própria família, muda. Ele está assustado, não contava com o revés.

— *Yo también.* — Minha mãe fica em silêncio, depois balança a cabeça. — *¿Qué pasó?*

A imagem de Pablo finalmente estabiliza, evidenciando os arranhões e os curativos. No frame menor, papai e eu nos empoleiramos na cadeira de mamãe.

— A última coisa que lembro é de firmar o pé na prancha e girar para pegar o tubo. Depois disso, simplesmente apaguei na água. Disseram que desmaiei. Não fosse pela rapidez da equipe de resgate eu... — Ele desvia o olhar, e contempla as consequências terríveis daquilo do que escapou.

— Você está vivo — papai diz. — Isso é o que importa.

— Ceará... — Pablo sussurra. — Te amo também.

— Eu sei, filhão. Eu sei.

Sinto vontade de vomitar. É estranho ver Pablo nesse estado. Seu choro, as palavras sem sentido que balbucia enquanto meus pais o acalmam. Penso em sair do escritório — não sei se suporto esse clima pesado, nem se Pablo me quer aqui. Mas me forço a permanecer.

Por fim, ele nos conta: além do ferimento no rosto e o nariz fraturado, também quebrou o tornozelo direito em três partes. Segundo os médicos, vai precisar de cirurgia para corrigir as fraturas e de pelo menos seis meses longe do mar para se recuperar. É um período longo, mas, dadas as circunstâncias, meu irmão saiu no lucro.

— Acabou, *mamá*. Eu tô fora. — O rosto dele fica vermelho, as bochechas tingidas de raiva e... vergonha? — Não posso participar de nada nos próximos meses. Vou cair no ranking, perder patrocínios. Minha carreira acabou.

Mamãe rebate imediatamente:

— Não acabou nada. Você vai superar essa.

Ele faz que não.

— Na minha idade, você já era a melhor do mundo! Essa deveria ser a minha chance, e agora...

— *Hijo*, agora você vai ter que trabalhar muito mais pesado do que antes, mas e daí? Eu passei anos afastada, e ainda tinha filhos e outras coisas pra dar conta. Se concentre na sua recuperação. Uma hora vai voltar para as ondas, porque é isso que nossa família faz.

Pablo enxuga as lágrimas.

— *Soy un perdedor, mamá.*

— Não. — Ela é firme com ele, de uma forma que nunca vi. — *Escúchame*, você é um vencedor.

— As pessoas só vão se lembrar da minha derrota, de que eu sou um fracasso...

Minha boca se abre sem que eu tenha controle sobre ela.

— Ai, Pablo, não fode! Pro caralho o que as pessoas digam!

Eu deveria ter guardado essas palavras, mas ele estava sendo tão patético. De verdade, esse é o medo dele? A opinião das pessoas? Caramba, a família toda ansiosa para saber se Pablo estava *vivo*, e é assim que a gente encontra o cara depois do acidente? Preocupado com o público, com a porra dos amigos e da mídia, com medo de ser visto como um fracassado?

Fracassado, como ele me chamava.

— Não é o momento, *hijo* — mamãe me repreende com cansaço na voz. — Por favor.

— Não, mamá. — Pablo se ajeita na cama do hospital com uma careta de dor. — Quero ouvir o que o Matias tem a dizer.

Desta vez, vejo nos olhos dele. Não é blefe.

Cerro o punho. Não era meu plano trazer os holofotes para mim, mas que seja.

— Pablo. — Olho para a câmera frontal do celular. — Sua vida vale mais que isso. Você é um dos melhores surfistas da atualidade, definitivamente um dos maiores da sua geração, e eu te conheço. Você é teimoso demais pra aceitar a derrota, e vai encontrar o caminho de volta ao topo.

Sério, ele não se move até sua boca projetar o som abafado de uma palavra:

— Continua.

— Você deveria ficar grato por estar vivo — digo —, por poder se recuperar, mesmo que leve tempo. Não fica aí chorando como se esse fosse o seu fim, cara. Porque não é, nem a pau.

Eu via Pablo como um semideus, alguém inalcançável, uma amostra do que eu poderia ser e jamais seria. Pablo, sempre de nariz em pé, sem medo da vida e confiante de seu sucesso. Um homem nascido com uma missão e pronto para cumpri-la.

Mas agora assisto a suas rachaduras em primeira mão. Vejo o menino que é, o menino que aprendeu sozinho que seu único valor era *vencer*. Criou um monstro faminto dentro de si, capaz de ser saciado apenas com vitórias, troféus, glória, dinheiro, prazeres.

E a custo de quê? Mesmo numa cama de hospital, após ter passado por um acidente grave, está desesperado com a repercussão da derrota. Com o abalo em sua fama. Deve ser horrível ser refém do próprio ego e da expectativa dos outros assim, a ponto de encará-los como mais importantes que sua própria vida.

— Esse acidente poderia ter sido o fim dos seus sonhos... Você poderia estar morto agora, Pablo. Nenhum ranking, nenhum troféu, vale mais do que a sua vida.

Ele fica surpreso. Vejo em seus olhos, na linha firme desenhada entre as sobrancelhas, a mão que tira os cabelos dourados da testa... Pablo está no Havaí, mas somente parte dele; a outra está neste escritório.

— Tem razão. Vocês todos ficaram preocupados comigo, e eu obcecado com a minha reputação. Não é certo. — Pablo passa a língua pelos lábios secos e suspira. — E você, Matias...

— O que tem?

Entro imediatamente em estado de alerta, pronto para me defender.

— Fui um escroto contigo, cara. Me desculpa por tudo. — Recuo. Não esperava um pedido de perdão, ainda mais na frente dos nossos pais. — Fiz coisas que... — Ele se interrompe e trinca a mandíbula. — Só queria falar que me arrependo.

Eu não sei o que responder, então fico calado.

O absurdo dessa cena é que esperei tanto por ela que, quando acontece, não parece real. Achei que seria um momento emocionante, definidor, mas não chega nem perto.

Na verdade, me sinto estranhamente indiferente.

Sim, que maneiro que ele teve a *decência* de se desculpar, o mínimo esperado depois de me espancar quando eu era um pirralho. Se palavras bonitas expiassem pecados, não restaria ninguém no inferno.

A verdade é a seguinte: não vou perdoá-lo. Pode até ser imaturo, mas, para mim, perdão não é algo que se dá de uma hora para a outra; perdão deve ser construído. Levará tempo, esforço e atitudes que demonstrem arrependimento de verdade da parte dele, não só um discursinho encantador.

Tampouco quero a amizade do meu irmão. Se a gente conseguir ter um jantar em família civilizado, sem um voar no pescoço do outro, já está de bom tamanho.

— Parece que sua experiência de quase morte mexeu contigo mesmo — tiro onda, querendo encerrar o assunto. Ele ri um pouco e imediatamente se encolhe de dor. E quer saber? *Bem feito*. O karma não falha. — Ficou com medo de não ir pro céu, Pablo?

— Não. Com medo do que você falaria na minha biografia.

É minha vez de dar uma risada alta. Eu não seria *nada* lisonjeiro.

— Que bom que você tá bem. Mais cuidado na próxima, cara. Tem muita onda boa te esperando.

Ele responde alguma coisa, só que já não o escuto. Papai aperta meu ombro de leve. Melissa entra no escritório e se joga no colo de mamãe para falar com Pablo. Eu os deixo, me sentindo mais leve, com uma estranha sensação de página virada.

Depois de tranquilizar meus amigos, vou para o quarto, coloco uma frequência relaxante, desabo na rede e abro a conversa com Júlio.

> boas notícias: meu irmão tá bem

> vai ficar afastado do surf por um tempo, mas podia ter sido bem pior do que foi

Ufa, que bom!

Feliz que não foi tão grave

Como você se sente agora? 😊

cansado. parece que corri uma maratona. fiquei com medo de que minha última lembrança dele fosse a gente brigando, sabe? apesar de ainda meio que odiar o filho da puta, tô feliz que ele tá vivo. especialmente porque me pediu desculpas... 🫠

Peraí

O Pablo te pediu desculpas???

aham, essa foi minha reação também hahaha

Caramba, eu tô surpreso MESMO

E você vai perdoar?

vou deixar o tempo cuidar disso

vai que foi da boca pra fora, só porque ele ficou com peso na consciência nesse momento de fragilidade. não quero ter esperanças e me frustrar depois

Simmmm, faz sentido

Acho uma boa ideia. Você dá o
benefício da dúvida e se protege

pois é!

Mas agora me diz

O que eu posso fazer pra te animar?

hmmmmmmmmm

consigo pensar em algumas coisas

um nude?

Meu Deus, seu irmão quase MORRE
e você me pede nude?

Nunca para de ser safado?

deveria? 😕

Na verdade, não

Gosto de você assim

assim como?

ainda tô vestido... 😊

Besta

Vou te ligar agora, tá?

por favor

(de preferência, pelado)

barraca_puravida ···

A BARRACA PURA VIDA APRESENTA:

SUNSET 420

ESPECIAL DE CARNAVAL
& FULL MOON PARTY

SÁBADO, 20/02, ÀS 4:20 DA TARDE

PRAIA DE CANOA QUEBRADA (CE)

♥ 1.050 pessoas curtiram 💬 103 comentários

barraca_puravida Carnaval, lua cheia e sunset 4:20 nesse sábado! A melhor festa do verão tá chegando! Cuida, chama na tapioca! Vem pra Pura Vida e marca quem você quer contigo!!! 🎏

- -

Matiasmendonza_ te marcando despretensiosamente nesse post só pra dizer que a hora de você ir num reggae comigo chegou, **@julionaestrada** 🍃 🤍 🤍

- -

julionaestrada ✌️ ✨

15 de fev. 12:12

> meu deus, para de me torturar

> esses emojis significam o quê?
> vc vem mesmo?

Que parte do "eu tô morrendo de saudade" não entendeu ainda?

Meus amigos até queriam que eu ficasse em casa pra gente ir no show da Duda Beat na orla, mas eu acho que te encontrar se tornou a minha mais nova prioridade

> AEEEEEE, CARALHOOO!!!

> dispensando um show da duda beat por mim... tá apaixonadão no pretin aqui, hein?

HAHAHAHAHA

já sabe onde vai se hospedar? o hippie tá lotado, mas tem espaço no meu quarto 😊

Tentador, mas vou pegar o mesmo airbnb da última vez

poxa, bi não tem um segundo de paz mesmo

desde que prometa vir pra canoa, de boas

Matias, eu tô indo por você. Quero ficar o máximo possível do seu lado, o tempo que puder... Sei que as coisas estão bem caóticas com carnaval + seus pais indo embora + acidente do seu irmão, então não quero te atrapalhar

tá foda, mas sábado é minha folga e só preciso trabalhar no domingo depois do almoço

Perfeito! Eu devo chegar à tarde só

Ah, e recebi retorno de algumas coisas que estavam pendentes e preciso conversar sobre elas contigo

se quiser ligar pra falar...

Prefiro pessoalmente. Não quero te deixar ansioso nem nada. Mas preciso saber o que você acha. Vou precisar da sua ajuda para tomar a decisão certa

matando um fofoqueiro essa hora, julio?

tudo bem, anjo. tô aqui pro que precisar

e uma última coisa: meus pais vão estar na festa e quero que você conheça a família. será um problema?

Definitivamente não

Vou adorar conhecer todo mundo 😊

19 de fevereiro de 2021

Amanda (Hippie)
ATENÇÃO LGBTQIAP+
E ALIADOS 🏳️‍🌈 09:53

VAMOS PRA PURA VIDA AMANHÃ,
CERTO? 09:53

Hümi
Yeah baby, we're going 09:54

But you don't have to write everything
in caps, hon 09:54

Amanda (Hippie)
NOSSA DR A GENTE RESOLVE
NO PV, MOZÃO 😊 09:54

Lila (Hippie)
Queria, amiga. O Zayn e eu vamo ficar
na recepção. Só contem com a gente qnd
a Ana e o Vini voltarem. Vou pirar até o
fim do carnaval, mdssss 09:55

Amanda (Hippie)
JUÍZO VCS DOIS HEIN 09:57

Zayn
Não somos você e a Hümi,
Amanda 🥀 09:57

Amanda (Hippie)
XIU! ONE DIRECTION NÃO TEM
LUGAR DE FALA AQUI 09:57

Otto
KKKKKKKKKKKKKKK 09:57

Eu vou, mas... sério............
EXAUSTO de ser o único solteiro
no grupo 10:01

Lila (Hippie)
Puts, amigo 10:01

Dias de luta, dias de vela 10:02

oieee! Pura vida confirmada!
Estarei lá com o Júlio! 10:03

e ah, **@Lila (Hippie) @Zayn**! Minha
mãe fica só até umas 19h e pouco e
volta, daí vocês podem ir. Obrigado
pela força GIGANTE! Sei que tá tudo
muito corrido mas vcs são os melhores
e sou grato demaaais ✊ 🥀 10:06

Otto
Ei, Mat. Já posso levar os álbuns pra mostrar suas fotos de bebê pro Júlio????? 10:07

não 👍 10:08

Amanda (Hippie)
EITA CACETE 10:09

FINALMENTE VAMOS CONHECER O MAIOR? 10:10

sim, e meus pais vão estar lá, então tá ficando sério mesmo... 10:11

Amanda (Hippie)
É O FIM DE UMA ERA 🗿

NOSSO BEBÊ CRESCEU 😭 😭 😭

MATIAS SOLTEIRO IS OVER PARTY
🤩 😇 10:12

As maiores histórias de amor começaram em um dia de verão

A duna do pôr do sol de Canoa Quebrada é um cenário que parece feito especialmente para os cartões-postais. Os cajueiros baixos atuam como sentinelas contra a erosão, com as folhas eternamente verdes e os frutos amarelos suspensos nos ramos em época de chuva. Enquanto adolescentes correm a cavalo pelo areal branco, viajantes e locais se sentam na areia virados para o oeste, e dezenas de buggies param na duna para assistir ao entardecer.

No sábado, é lá que encontro Júlio.

Ele chega antes de mim. Está sentado ao lado de uma placa perto do cajueiro, repleta de mensagens positivas: CONTEMPLE O SOL. ADMIRE. RESPEITE. PROTEJA. PRESERVE A NATUREZA. Dali, a duna baixa até se aplanar na rodovia principal de acesso ao povoado.

São 4h20 da tarde, como combinamos. O sol ainda está alto, parcialmente coberto por nuvens velozes. Não há muitas pessoas por enquanto.

Júlio usa uma regata branca e à sua direita na areia tem uma mochila azul. Ele segura o Kindle, imerso em outra história desconhecida. Assim, contemplativo com a silhueta na contraluz, sinto que escapou de um desenho meu.

Os passos lentos que me conduzem a ele escondem o ritmo frenético do coração. Estava tão ansioso para vê-lo. Sei lá, é ridículo, mas falta uma parte de mim quando não estou com Júlio. E hoje é nosso primeiro encontro desde o beijo na praia. Ele lembra da sensação de ter seus lábios nos meus? Porque eu só consigo pensar nisso, dia e noite, inexoravelmente.

— Era por essa duna que as pessoas chegavam a Canoa, antes da construção da estrada e quando os únicos habitantes eram famílias de pescadores — falo ao sentar ao lado dele, fingindo não estar morrendo por dentro. — Sabia disso?

Júlio se empertiga ao me ouvir. Ergue o queixo e me encara.

— Me conta mais.

Tiro o violão das costas e o coloco na areia.

— Foi antes de os primeiros hippies descobrirem a praia nos anos setenta. — A mão de Júlio está perto da minha; avanço os dedos lentamente até ela. — Os que partiram levaram histórias sobre o paraíso que conheceram, e vários decidiram ficar.

Júlio passa a ponta do indicador ao longo do meu antebraço.

— Uma escolha bem fácil.

— Fácil por quê? Você ficaria, Júlio?

Ele olha para o horizonte, onde a paisagem se descortina para os cataventos, árvores e colinas, o recorte de Aracati a doze quilômetros de distância.

— Me imagino aqui por um tempo, sim. — E então, baixinho, sussurra: — Com você. Minhas melhores lembranças de Canoa são ao seu lado. Sem você, Canoa não teria graça.

Enrubesço.

— Tá lendo o quê? — Aponto para o Kindle em seu colo para desviar a atenção da minha súbita timidez.

— Comecei enquanto te esperava. — Ele desliga a tela e me mostra a capa em preto e branco: *A hora da estrela*, de Clarice Lispector. Meu pai tem um exemplar em sua biblioteca que nunca cheguei a ler.

— Pode ler um trecho para mim?

Júlio me encara. Sinto que vê minha paixão explícita, que vai tirar sarro disso, mas simplesmente religa o Kindle, volta algumas páginas e lê em voz alta:

— "Tudo no mundo começou com um sim. Uma molécula disse sim a outra molécula e nasceu a vida. Mas antes da pré-história havia a pré-história da pré-história e havia o nunca e havia o sim. Sempre houve. Não sei o quê, mas sei que o universo jamais começou."

Ele termina e mira a areia antes de encontrar meu olhar.

— É assim que começa o livro? — pergunto. Júlio assente e passa a mão pela nuca. — Nossa, que lindo.

— Quando vi esse parágrafo, pensei em como nós dois dizendo sim um para o outro deu início ao nosso mundo.

Tão perfeito.

Eu o abraço forte. Sua barba por fazer pinica quando ele esfrega o queixo no meu ombro. Sinto a maciez da cintura, o ponto elevado onde as costelas se projetam... Mato nossa saudade nesse abraço, onde passaria o resto da vida, se pudesse.

— *Gracias por decirme que sí.*

O sol atrás das nuvens aparece e se derrama sobre Júlio. Ele cheira a banho recém-tomado, ao seu perfume favorito e a verão. Tocando minha bochecha, consigo me ver refletido em seu olhar.

— *Dios, ¿cómo puedes ser tan guapo?* — digo.

O corpo dele estremece, o suficiente para me fazer notar o arrepio em seus braços.

— Diz de novo — me pede. — Amo quando você fala em espanhol.

— *Eres muy guapo*, Júlio.

— De novo.

Aproximo minha boca da orelha dele.

— *Eres muy, muy, muy guapo.*

Júlio respira fundo. Ao soltar o ar, sua voz não passa de um sussurro:

— Não estou acostumado a ouvir isso.

— Agora vai.

Ele encosta a cabeça no meu ombro, de modo que ficamos os dois ali, no alto da duna do pôr do sol, contemplando a paisagem em silêncio.

— No que você está pensando? — pergunto depois de um tempo.

— No futuro.

— O futuro. Aquela coisa que não existe, um amanhã que nem sequer é nosso ainda?

Há ansiedade na voz quando Júlio fala:

— E se a gente não ficar junto no final?

— Para, é claro que a gente vai.

— Sei lá, Matias. Nosso verão está com os dias contados, logo acaba.

Passo o indicador pela clavícula dele. Um vento forte sopra a copa dos cajueiros e as folhas farfalham. A duna parece se mover também, ou talvez seja apenas meu coração descompassado.

— Júlio, você disse que nunca encontrou histórias que te representassem. Nós não éramos os protagonistas, então não precisa temer que a nossa seja como as outras. Só nós dois podemos construir nosso final feliz.

Ele mexe os pés descalços na areia branca da duna.

— Eu sei, é só que tem tanta coisa acontecendo...

— Tem a ver com o que você queria conversar comigo? A decisão que precisava da minha ajuda?

— É.

— Pode contar, *guapo*.

— Fala de você primeiro. Me diz como estão as coisas na sua família.

Eu o observo. Poderia insistir para que se abrisse, mas, se Júlio não está preparado ainda, terá o espaço de que precisa.

— Na real, caóticas. Pablo voltou pra Espanha pra fazer o tratamento, e meus pais vão encontrar ele lá daqui a alguns dias. Da Espanha já partem para gravar o filme, que está atrasado. Melissa definitivamente vai com eles, embora queira ficar por aqui. E o Hippie está lotado pro carnaval, lotado *pra caralho*.

— Acha que deu para convencer sua mãe? Vai ser o gerente?

— Acho que estou fazendo progresso. Definitivamente me recuperei do erro daquele dia.

— Ah, você diz o dia em que ficou bêbado e beijou uma cópia minha? — ele implica.

— Me arrependo cem por cento de ter te contado isso.

Júlio cava a duna com os pés e fica sério de novo.

— Matias, eu... — ele começa, depois para e morde o lábio, hesitante. — Consegui a vaga que te disse antes. Fui chamado para apresentar um quadro em um programa sobre viagens em um canal de televisão.

— E só me conta isso agora? — Eu o abraço novamente. — Que foda, Júlio! Parabéns!

Ele, contudo, não fica tão empolgado.

— Sei que parece grande coisa. — Júlio fica tenso. — Mas e se eu não estiver preparado para esse nível de exposição? Entendo a importância de corpos trans estarem em todos os espaços da mídia, só que também sei a quantidade de comentários preconceituosos que recebo nos meus vídeos diariamente. É uma oportunidade e tanto, mas...

— Você vai desistir dela por conta de pessoas intolerantes?

— Não é por elas, é por mim, pela minha saúde mental. E eu não estou desistindo, ainda não tomei a decisão. — Então, Júlio se afasta e baixa os olhos, angustiado demais para fazer contato visual. — Tem outra coisa também. A sede da emissora fica em São Paulo. Eu teria que me mudar pra lá.

É como se um terremoto abrisse uma cratera entre nós.

— São Paulo — eu ecoo, a voz distante.

— Não sei se vou — Júlio se apressa. — Tenho meu TCC para escrever e duas disciplinas para cursar também. E não posso fazer nada disso à distância. Pra aceitar o emprego, eu teria que trancar esse semestre e adiar mais uma vez a formatura. Só quero meu diploma logo...

Apoiado nos cotovelos, me deito na areia.

— Qual a importância desse trabalho para você?

— Apesar dos impasses, é uma proposta foda. Eu quero muito experimentar melhor o audiovisual e sei que isso abriria portas legais. E estar em São Paulo me ajudaria a fazer novos contatos, parcerias...

— Mas você não precisa de São Paulo pra isso. Já tem milhares de seguidores e seu conteúdo é sobre viagens, não precisa ter um lugar fixo.

— Essa é a questão. — Ele coça o queixo. — Eles vão arcar com as minhas viagens e tudo, mas a base de saída dos voos tem que ser São Paulo. O programa é bastante conhecido e eles ficaram muito animados para trabalhar comigo.

— Que incrível, mas que merda também.

— Pois é, *merda*. Claro, tô feliz que me escolheram. Mas o timing é péssimo.

— O que sua intuição diz?

— Que preciso analisar mais, ponderar prós e contras...

— Não, isso é o que sua mente racional está dizendo. Eu perguntei da sua intuição. Aqui. — Sento e ponho a mão do lado esquerdo do peito de Júlio, sentindo o pulsar agitado. — Seu coração. O que ele te pede? Nosso coração sempre sabe a resposta certa, mesmo quando não conseguimos decifrá-la.

Ficamos em silêncio.

Júlio semicerra os olhos e segura minha mão em seu peito.

— É um pouco difícil ouvir meu coração agora. Quero saber o que você acha.

— Acho que sou suspeito. Vou ficar em Canoa pelos próximos meses. Seria incrível se você estivesse pelo menos perto de mim, em Fortaleza. Mas lembra do que Aurora disse, Júlio. Nós somos destinados um para o outro. Quer fique no Ceará ou vá para São Paulo, isso não vai mudar. Não pretendo te perder tão fácil assim.

Uma centelha de gratidão brilha em seus olhos castanhos. Uma folha do cajueiro cai e sobrevoa Júlio, que a apanha e a prende na mão.

— E tem outra coisa... — ele diz. — A outra opção que você pode...

Eu o interrompo com um beijo na bochecha. O que Júlio acabou de falar sobre São Paulo me assusta, nosso futuro incerto me assusta. Mas eu não quero perder a chance de viver esse momento com ele.

— Podemos conversar sobre isso depois? Sei que é importante, mas... — Pego o violão ao meu lado. — Fiz uma música para você. Quer ouvir?

Júlio arqueia a sobrancelha e ajeita a postura, surpreso. Olha para o violão do Hippie como se o notasse pela primeira vez.

— Você compôs uma música pra *mim*?

— Qual a surpresa?

— Ninguém nunca fez isso antes. Uma música é outro nível.

— Então é melhor ir se acostumando. Escrevi essa pensando em você — digo, suave, alongando os dedos. — Em tudo que pode acontecer em um único dia de verão. Espero... espero que goste, *guapo..*

Ainda desacreditado, ele se afasta um pouco para me ver melhor.

Respiro fundo e dedilho o violão, mantendo os acordes iniciais da música em looping. Preciso começar de uma vez para não perder a coragem. Nota a nota, entro no clima da canção que surgiu enquanto surfava ao amanhecer. Baixo a cabeça, conto até três e dou a largada.

Entro no tom grave e rouco do primeiro verso, e as palavras saem em um sussurro afobado. *Tudo que acontece em um único dia de verão/ Tantas possibilidades/ Sol e céu e mar à vista/ Vivendo a brisa sem imaginar.* Há um fluxo rápido, as palavras distribuídas em estrutura de prosa, uma cadência que até soa como prece — e é. *Que no segundo seguinte somos escolhidos/ Favoritos do destino/ Não há depois possível/ Meu futuro é onde o seu está.*

Após o segundo verso começar, a energia muda, fica frenética. *Porque sua boca na minha é poesia/ E a gente vê a melodia no olhar.* Tiro os olhos do violão e fito Júlio. *Não há você sem eu/ Sou inteiro seu/ O "para sempre" é nosso lar.*

Na hora do refrão, já estou entregue. Repito e repito o verso principal a plenos pulmões. Enuncio cada palavra com força, deixo que o som me lave. *Te amei em um dia de verão/ Te beijei em um dia de verão/ De verão.*

O refrão acaba, e os acordes do verso retornam. *Caminhos traçados na areia da praia/ A eternidade é só outra maneira de se referir a mim e ti./ Nós somos dignos do maior amor já escrito/ Jamais duvide, eu te suplico/ Fique comigo/ Até o amanhecer.*

Júlio está emocionado. Quero que a música desintegre nossos medos do futuro. Quero que o lembre do poder de se permitir viver o improvável. *Porque o nosso momento é mais que um momento/ E eu ergo um monumento ao nosso amor/ Não há você sem eu, sou inteiro seu/ O "para sempre" é o nosso lar.*

Eu passo pelo refrão outra vez e, finalmente, chego à ponte. É o ápice da música, um monólogo falado que nunca pensei que escreveria. O agito do violão suaviza. Minha voz parece flutuar enquanto entoo o texto para Júlio, a paisagem ao seu redor borrada como em um videoclipe.

— Nós dois juntos somos justiça poética — eu recito. — Você me completa, me devolve a sede de poeta. É a rima que pensei ter perdido. É universo em expansão, tesouro escondido. Meu amor para todas as estações. *Todas* as estações.

O último refrão explode.

Já esqueci que essa música foi escrita há pouco tempo, que precisa ser polida e cuidada.

Já esqueci que tive medo de amar.

Já esqueci que um dia fui muralha, e para ele agora me torno ponte, arrebento os limites e deixo que nade em mim. Essa música sou eu anunciando que a ilha em que me isolei a vida inteira está enfim aberta para visitação; aberta para Júlio.

Há fúria e delicadeza e, ao encerrar os improvisos vocais do último bloco, estou suando, os dedos trêmulos, um solavanco inexplicável na alma. Fui à lua e voltei, e meu rosto mostra isso.

Devagar, largo o violão de volta na areia.

Deixo a música ir embora.

Então levanto o rosto e encontro Júlio com olhos marejados e lábios comprimidos. Tenho a impressão de que entendeu as entrelinhas nas palavras que cantei. Só consigo focar nele, as bochechas coradas.

— Você — ele murmura. — Você... Puta merda, Matias. *Puta merda.*

Júlio avança e me cala com seus lábios, as palmas quentes ao redor do meu rosto.

Ele me beija.

E me beija.

E me beija de novo e de novo.

Ele morde meus lábios, puxa os dreads e cola o corpo no meu tanto quanto o lugar permite.

Não há nada além de urgência e certeza em mim.

O destino.

Os sinais.

Tudo que nos trouxe até aqui.

Vida e

mar

e *ele*.

Ele.

Sempre ele.

Aqui.

Agora.

Em todas as dimensões que existem.

Desejo tudo menos acordar desse beijo. Tenho que me esforçar para parar de ver estrelas no lugar das dunas, mas balanço a cabeça. Suspiro. Abro e fecho os olhos. Aos poucos, recoloco a órbita no lugar.

— Ainda tem algumas coisas que podem melhorar na música, mas você gostou? — pergunto a Júlio, nossos rostos ainda bastante próximos.

— Eu *amei*. — Júlio sorri com ternura. — Mesmo. Ficou perfeita.

— Que bom. Achei que ia odiar.

O garoto bate na minha coxa.

— Cara, o que você *não* faz? Tipo, você surfa, canta, compõe…

Levo os braços às costas.

— Eu meio que desenho também.

Júlio entreabre os lábios.

— Como eu não sabia disso?

— Não é algo que saio contando pras pessoas. — Dou de ombros.

— Já me desenhou alguma vez?

Foco no movimento dos carros na estrada lá embaixo. Por conta do carnaval, o trânsito é mais caótico.

— Talvez um ou outro desenho, nada de mais…

— Meu Deus, você não sabe mentir, né? — A gargalhada de Júlio se dissolve no vento. Ele passa o braço ao redor do meu pescoço, e eu levo a mão à pele desnuda do seu joelho. — Então, quais são nossos planos? Vamos ficar mais aqui ou…

— A gente pode voltar amanhã. Quero que você conheça meus pais agora, antes que fique escuro.

— E depois?

Encaro meu leitor favorito, o garoto em meus sonhos agora com os cabelos castanhos soprados pelo vento suave, alguns cachos soltos rodopiando delicadamente. Meu presente de verão com gosto de primavera.

— Você não é o único que gosta de preparar surpresas.

Quais são as suas intenções com meu filho?

Nenhum lugar tem o que a Pura Vida — a barraca pitoresca na beira da praia — oferece em Canoa Quebrada: um repertório reggae original com participação de artistas internacionais e uma vista de tirar o fôlego. Enquanto descemos a falésia, a música que nos recebe é "Caía na gandaia", uma collab do dono da Pura Vida com Tata Yutxy. Eu me amarro nesse som. É um hino de liberdade e poder do povo preto, força ancestral e uma África viva e bonita.

Para alguns, a Pura Vida não passa de curtição, rolé mente aberta para acender um baseado e curtir reggae, afrobeat e cumbia no fim de semana. Para mim, é resistência política, ainda mais fazendo parte de uma associação de redução de danos que organiza conversas com a comunidade. Todas as quartas-feiras à noite, o bar abre suas portas e se enche de jovens debatendo estratégias para derrubar as políticas proibicionistas que só prejudicaram as pessoas pobres e pretas, aumentando a desigualdade e o encarceramento em massa no Brasil.

Conto tudo isso a Júlio, que fica interessado em ir a um dos encontros. Ele filma nossa caminhada com concentração. Vez ou outra, a câmera do celular pousa sorrateiramente em mim. Pergunto se ele já veio a uma festa de reggae na praia; Júlio nega, o que considero um absurdo.

— Bem-vindo ao meu mundo, *guapo*. — Coloco a mão na cintura dele. — Será nossa casa por hoje.

Ele arqueia a sobrancelha para essa última parte e me analisa, mas deixa de lado. Não dou novas informações além dessa e, quando cruzamos a última curva da falésia, a estrutura de madeira da Pura Vida se revela.

Parece uma frágil casa de palafitas; bandeiras do Brasil se misturam com bandeiras do movimento rastafári, da Etiópia e da Jamaica, homenagens ao Bob Marley e a divindades como Shiva e Ganesha. Até uma bandeira com o símbolo hippie foi hasteada. Embaixo dela, vejo minha família.

Desde pequeno papai me traz à Pura Vida. Ele me dizia para ficar atento às letras das canções, repletas de mensagens sobre empoderamento de jovens pretos e conexão com o universo. Nossos passeios juntos funcionavam como aulas sobre assuntos mais complexos. É legal ver que a vez de Melissa chegou.

— Ali. — Aponto a mesa de plástico vermelha na areia onde meus pais estão sentados. Apenas para provocá-lo, sussurro: — Seus sogros.

Júlio se engasga.

— Jesus, Matias. Tem certeza que eles não vão me odiar?

Eu falei sobre ele na mesa de jantar no dia em que saí do armário, e venho encontrando maneiras de invocar seu nome sempre que posso (ou quando Melissa não faz o trabalho sujo por mim).

Seguro a gola da sua camisa antes de beijá-lo.

— É impossível não te achar uma gracinha. Você é perfeito.

— E quais os riscos potenciais de, tipo, ouvir algum comentário transfóbico?

— Eu diria que bem baixos.

Júlio semicerra os olhos.

— Tem certeza?

— Anjo, eu não te levaria em uma furada dessas.

Ele suspira e gira para observar a barraca, vencido. Tem muita gente na Pura Vida agora, glitter reluzindo nos corpos dos foliões em roupa de praia. O carnaval deixa todo mundo em um clima relaxado, mas os kitesurfistas aproveitam o vento da maré agitada antes da lua cheia com a mesma diligência de praxe; Hümi passa rasgando o céu alaranjado antes do pôr do sol em um salto altíssimo, sua pipa azul completamente controlada.

— E só pra deixar claro — Júlio baixa a voz —, você não é meu namorado, tá bem?

Beijo seus dedos e digo:

— Ainda...

Ajudo Júlio a descer o último declive da falésia e avançamos na direção dos meus pais. Val faz companhia a Melissa, cada uma com um exemplar do mesmo livro: *Vermelho, branco e sangue azul*, a nova obsessão das duas.

Mamãe me vê com Júlio primeiro e cochicha algo no ouvido de papai, que se vira para a gente com um sorriso acolhedor.

— Filhão! — ele grita, levantando o copo de cerveja já pela metade.

Ao escutá-lo, Mel desgruda do livro e seu rosto se transforma. Ela derruba o exemplar na areia e *literalmente* pula da cadeira. Sem dar ao garoto espaço para entender o que está rolando, Mel corre e agarra Júlio.

— AI, MEU DEUS! VOCÊ VEIO! — ela berra, elétrica, e agarra a cintura dele. — Não acredito que finalmente tô te conhecendo! Eu sou, tipo, muito, muito, muito sua fã, Ju!

Beleza, eu deveria ter previsto que Mel reagiria assim; ela é intensa demais quando se trata de seus ídolos, nem consigo imaginar o que faria se conhecesse os meninos do BTS pessoalmente um dia.

Júlio não se acanha em nada diante do exagero de Melissa. Pelo contrário, abraça minha irmã com a mesma empolgação.

— Nossa, você é *real*! — Melissa se segura para não saltitar. — Eu tô te vendo mesmo!

Ele ri e passa o braço pelo ombro dela.

— E você é a famosa Melissa.

— A primeira e maior fã de *Julias* — Mel diz, orgulhosa.

Faço uma careta.

— Que merda é essa de "*Julias*"?

— Mais respeito ao nome do ship de vocês! — ela rebate. Mel usa strass adesivo laranja na testa como maquiagem de carnaval. — Poderia ser *Malio* também, mas *Julias* combina mais.

— Eu gosto de *Julias* — Júlio concorda.

Ignoro seu elogio e questiono Melissa:

— E por que não *Malio*?

Ela mexe nas pulseiras com um sorriso diabólico.

— Porque o Júlio é famoso, mais bonito e mais legal, então o nome dele vem primeiro.

— Pô, Mel, não é justo!

Júlio gargalha e me olha.

— Essa aqui — ele meneia a cabeça na direção de Melissa — definitivamente é sua irmã.

Assinto em resposta. Mel segura a mão de Júlio e baixa a voz enquanto faz um parecer de todos que estão na mesa.

— Papai é superlegal e tranquilo. Mamãe anda uma pilha de nervos desde antes do acidente do Pablo, principalmente por conta do filme, que, *segredo de Estado* — ela sussurra —, um serviço de streaming grandão vai produzir sobre ela. Então, tipo, não se incomode se ela não for *tão* simpática agora.

— Certo — Júlio responde como se anotasse mentalmente cada um dos pontos.

— E ali — Melissa indica Valentina, que usa uma faixa presidencial como fantasia, ainda concentrada na leitura — está minha namorada. Ainda não contei pros meus pais, mas também não estamos escondendo. Me ensinaram que não preciso sair do armário se não quiser — ela lança um olhar significativo para mim —, então vou namorar a menina que eu gosto em paz. Apesar de estar surtando um pouco, já que vou ficar meses fora do Brasil com meus pais, *mas* — ela se lembra de respirar — sei que vai dar tudo certo.

A melhor parte é que Júlio realmente tenta dar conta da explosão de palavras de Melissa.

— Enfim, tô tão feliz de te conhecer! — Minha irmã o abraça de novo. — Bem-vindo à família!

Melissa o puxa até a mesa sombreada por um guarda-sol nas cores do reggae. Júlio me lança um último olhar preocupado antes de ser obrigado a marchar até papai, que levanta da cadeira para cumprimentá-lo.

— Grande Júlio! — meu pai diz. Ele está fantasiado de pirata, com lápis preto nos olhos, uma faixa vermelha ao redor dos dreads e um tapa-

-olho com uma caveira desenhada. — Eu tava animadão pra conhecer o homem da vida do meu filho. Vem cá, rapaz!

Ah, não, pai.

Não sei quem fica mais envergonhado: Júlio ou eu.

Papai o abraça sem notar a vermelhidão nas bochechas de Júlio.

— É um prazer também — ele diz polidamente quando papai o solta. Júlio leva as duas mãos às costas e olha para mamãe com respeito. A expressão facial dela não é tão calorosa quanto a de papai, mas também não é fria. — É uma honra conhecer vocês, Ana e Vinícius.

— *Buenas*, Júlio. — Mamãe sorri e coloca o coco verde de volta na mesa perto do celular. Está vestida como Carmen Miranda, com saia de fenda colorida, colares, cropped com babados e um turbante com frutas e flores. — Muito prazer.

Do outro lado da mesa, com o cabelo preso em um coque puff e usando um maiô lilás, Val acena para Júlio. A faixa que perpassa seus ombros diz: "Aposto que poderíamos fazer história". Vendo como todos vieram a caráter para o carnaval, me sinto como se não tivesse recebido o memorando.

— Oi, Júlio! Desculpa não ter te cumprimentado antes. É que o príncipe da Inglaterra estava beijando o filho da presidenta dos Estados Unidos. — Val indica o livro no colo. — Sabe como é.

— Sei bem — responde Júlio, conspiratório. — Eu amo esse livro.

Melissa e Val se empolgam, mas mamãe as interrompe.

— Quer alguma coisa para comer ou beber, querido? — ela pergunta, e abre espaço para Júlio na mesa.

— *Gracias* — ele balbucia a palavra em espanhol da maneira mais fofa possível, banhado pelo sol que escapa pelas bordas do sombreiro. — Mas estou bem.

— Tem certeza? Nem mesmo água de coco?

— Certo — ele cede —, aceito.

Satisfeita, mamãe faz sinal para um dos garçons e pede outro coco. Em seguida, tira os óculos. O contato visual só pode significar uma coisa: vai transformar essa mesa numa sala de interrogatório.

Ponto para Júlio, que se adianta.

— Ana, sinto muito pelo que aconteceu com o Pablo no Havaí — ele diz. — Matias me atualizou o tempo todo. Fiquei feliz quando soube que ele estava bem, na medida do possível, pelo menos.

Ela o analisa com um pouco mais de interesse do que antes.

— Obrigada pela preocupação, Júlio.

Meu olhar cruza com o de mamãe por um breve instante, até ela finalmente voltar às perguntas:

— Está viajando sozinho?

— Agora, sim. Mainha estava comigo no início, mas nossas férias já acabaram. Só voltei por conta do carnaval e, hm, pelo Matias — ele acrescenta com um ligeiro rubor facial.

— *Vale*. E onde está hospedado?

— Em um chalé pertinho da Pousada Presidente.

— Boa localização. Está gostando da viagem?

— Bem mais do que esperava. Não quero voltar pra Fortaleza — Júlio levanta o queixo para me olhar. Estou em pé atrás dele, de vigília, com as mãos em seus ombros.

— Canoa faz isso com a gente. É a magia daqui. — Papai beberica a cerveja. — Essas falésias são portais, Júlio.

— Foi de você que o Matias puxou o lado espiritual? Tá sempre falando sobre sinais do Universo. Até um pouquinho demais, às vezes.

Papai ri.

— Ah, é? Com a gente ele não mostra muito esse lado. Que bom que se sente livre pra se abrir com você.

— Eu também. — Outra troca de olhares entre nós dois.

Sinto a atenção firme de mamãe. Acho que sei o que está pensando. Para ela, é novidade me ver trocar gestos de carinho tão abertamente. E não é a única; também é novo para mim.

— Se entendi direito, você estuda turismo, certo? — mamãe retoma o interrogatório. — Tem um blog ou...

— O Ju é influencer de viagens, *mamá* — Mel se ajeita na cadeira para se bronzear enquanto lê. — O que te mostrei voando de asa-delta.

— Ah, *aquele*? — Ela arregala os olhos, admirada. — E já pulou de parapente em Canoa?

— Ainda não tive chance, mas quero muito. Tá na lista.

Júlio ficaria decepcionado se eu dissesse que essa é a única coisa que eu não faria ao seu lado.

Mamãe se vira para papai.

— Danae ainda está organizando os saltos, *cariño*? A gente podia falar com ela para levar o Júlio em um passeio antes de ele ir embora.

Papai limpa a garganta.

— Claro, mas preciso perguntar algo sério primeiro. — Ele se inclina na direção de Júlio, seu único olho visível estudando-o com uma expressão sisuda. — Quais são suas intenções com o meu filho?

Júlio engole em seco, e, embora eu esteja me divertindo com a situação, corro em seu resgate.

— Meu Deus, pai! Vai deixar o menino todo encabulado!

— Não, é importante. Nós te amamos, filho, e devemos tomar conta de quem amamos, certo?

Júlio levanta a cabeça para me olhar, um náufrago numa ilha deserta pedindo socorro com sinais de fumaça.

— Minhas intenções? — ele gagueja, ganhando tempo.

— Sim. Suas intenções.

— Eu... — Júlio inspira fundo. Aperto seus ombros apenas o suficiente para que saiba que não está sozinho. — Tenho as melhores intenções possíveis.

— Um tanto vago, não acha?

Júlio pigarreia.

— Olha, realmente gosto do seu filho. Gosto muito. Não quero machucá-lo de forma alguma. Minhas intenções são puras. — A lembrança do beijo na duna, que nada teve de "puro", reverbera em mim. — Só não sei se as intenções *dele* também são.

Caio na risada. É a resposta perfeita.

— O homem da sua vida está aprovado, filhote.

Papai passa a mão pela barba. Às vezes, acredito ver toda a sua vida em seu olhar. O jovem que deixou Aracati para estudar na capital e se tornou o primeiro da família com uma graduação. Depois trabalhou em importantes jornais, escreveu livros, viajou o mundo, casou e amou, e agora está aqui nesta praia. Alguém que conquistou seus maiores sonhos e é grato. Alguém que sabe que a felicidade não é dada, mas construída, e que vale a pena lutar por ela.

Júlio sorri e agradece o garçom quando a água de coco chega. Mamãe e ele falam sobre o Hippie, a competição de Pablo, a Espanha e as viagens de Júlio pelo mundo.

Enquanto eu os escuto, penso que deveria ser fácil assim apresentar alguém especial à família, independentemente de gênero ou sexualidade. Deveria ser fácil amar sem barreiras. Mas, mesmo quando não é, nunca devemos deixar ninguém ficar entre nós e a nossa felicidade.

Supernova

A estrutura de madeira avarandada da Pura Vida tem a melhor vista da lua cheia. A maré está no pico agora, então todo mundo se aperta em cima da barraca. Júlio e eu respiramos o mesmo cheiro de brisa do mar misturado com a fumaça da erva. O som da batida do reggae se soma ao barulho alto das ondas, que fazem o piso tremer ao se chocar contra as palafitas.

Mais cedo, esbarramos com Céu e Tony aqui. Presumi que estivessem juntos pelo modo como seguravam as mãos. Com a Shakespeare localizada logo abaixo do Amsterdã, fez sentido, uma reviravolta interessante.

Depois que Tony nos mostrou, empolgado, o resultado da tatuagem que desenhei para ele e puxou Júlio para conversar sobre seu trabalho de influenciador, Céu disse só para mim:

— Em que parte da história estão agora?

— Na parte em que tudo é perfeito.

— Então a rivalidade acabou?

Eu assenti.

Céu, com sua fantasia dourada e uma tiara de sol, sorriu para mim. O cabelo havia mudado de azul para um tom bonito de lilás.

— Aproveita. Espero que dure para sempre.

— E vai. Mas e você?

Nossos olhares se voltaram para Júlio e Tony conversando. Melissa tinha passado purpurina prateada ao redor dos olhos de Júlio, e o dono do Amsterdã se fantasiava de cannabis: uma plaquinha no pescoço com a frase SÓ NÃO ENCOSTA NO MEU BASEADO.

— Eu diria que meu caso é um exemplo clássico do clichê "os opostos se atraem" — Céu disse.

Dei uma risada.

— Bom, a gente merece o amor.

— Com certeza. — Os últimos instantes de luz do dia brilharam sobre nós. — Disso eu não tenho dúvidas.

Agora um de frente para o outro, com minhas mãos na cintura dele e as de Júlio em meus ombros, penso em nosso merecimento conforme dançamos. Sei que ele nunca curtiu um reggae antes, mas logo entra na vibe, e seu gingado é descomplicado e intuitivo. Para ajudar ainda mais, a trilha sonora é um clássico: "Is This Love".

— Essa você já ouviu — sussurro em sua orelha.

Ele não reconheceu as músicas anteriores, mas Bob Marley é unânime.

Ligeiramente ofendido, rebate:

— Claro que sim. É um hit.

Dou uma gargalhada e beijo seu rosto. Trago o corpo dele para mais perto do meu, e em seguida faço Júlio dar uma pirueta. Ele ri e, quando regressa, seu rosto afunda na minha camisa, bem em cima do coração.

Is this love, is this love, is this love, is this love that I am feeling?

A música acaba e ficamos lado a lado na varanda. Meu ombro desnudo serve de descanso para a cabeça dele.

— Você adora esse lugar, né? — Ele olha para mim e depois para as primeiras estrelas no céu.

— É minha segunda casa em Canoa. Me sinto livre para ser eu mesmo.

— É como se eu conhecesse outro lado seu. O Matias de verdade.

— E você gosta dele?

— Eu amo.

Erguendo-se só um pouquinho na ponta dos pés, ele me beija. Seu beijo já não deveria ser novidade, então por que não me acostumo?

Toda vez que tento defini-lo, sou surpreendido novamente. Às vezes, é como nossas línguas brincam. Outras, como ele morde e suga meu lábio, do jeito que eu curto. Será que alguém deu ao Júlio um manual de instruções sobre mim? Só isso explica como ele conhece todos os meus pontos sensíveis, cada um deles.

O vento balança simultaneamente meus dreads e os cabelos cacheados de Júlio. As luzes neon da Pura Vida o transformam em obra de arte, e ele passa a mão pela tatuagem das luas no meu peito.

— Nunca perguntei o significado pra você.

— A lua me influencia. Sou afetado pelas mudanças de fases. Na cheia, fico mais criativo e apaixonado. Na minguante, gosto de ficar sozinho. Já a lua nova é o período de começar projetos, ter novas ideias...

— Isso é tão você. Menino-lua.

— E a capa do seu Kindle? Lembro que tinha luas também.

Ele solta um muxoxo.

— Nenhum significado especial. Comprei na Shopee mesmo.

Caímos na risada.

Em pensamento, faço uma prece à lua cheia que se ergue magnânima sobre as águas do mar. De algum modo, sei que teve um papel no meu encontro com Júlio.

— Acho que seus pais gostaram de mim — ele diz, de repente. — Eu tava nervoso, mas...

— Eles te amaram, e você ainda conseguiu fazer piadinha na frente do papai.

— Aliás, você é a cara dele.

Beijo o cabelo de Júlio; ele não é o primeiro a me dizer isso.

— E a Melissa? Cara, ela te ama tanto. Tá lascado, sabia? Não vai largar do seu pé.

— Não quero que largue. Eu amei sua família. — Ele gira o corpo para me olhar, sério. — Todo mundo. Amei de verdade.

— Que bom. Você é parte dela agora.

Nos juntamos aos nossos amigos depois que o dono da Pura Vida começa seu DJ set no palco com uma nova música original. Misael

Brown, um costa-riquenho há duas décadas no Ceará, pretendia passar somente um fim de semana em Canoa Quebrada. Nunca voltou para casa. Hoje é uma lenda, um dos principais responsáveis pelo crescimento da cena reggae cearense. Depois dos clássicos raiz de antes, seu som novo, uma faixa celebrando a praia, tira geral do chão.

Essa festa não tem nada a ver com as que Júlio frequenta, em boates com nomes de navios naufragados e música pop. E ele aprecia isso como o viajante que é, disposto a conhecer novas culturas nos lugares que visita.

Me alegra que esteja curtindo. Essa é a *minha* comunidade, a Canoa Quebrada que amo está *aqui* nesse reggae. Mochileiros e moradores se misturam. Papai dança perto da caixa de som, Otto fica com um garoto baixinho e Amanda puxa Júlio para o centro da roda.

Há uma mistura de euforia com um senso de pertencimento que não apenas me atravessa, mas a Júlio também. Eu o observo rodopiar pela Pura Vida, sem acreditar quando aceita o beck que Hümi bolou depois de voltar da praia. A fumaça plana ao redor do rosto banhado em neon dele antes de ser levada pela brisa. Ele me entrega, furtando olhares, e o calor em meu peito inflama.

Nos vejo crescer neste verão, os retalhos da nossa história se encaixando em perfeita harmonia. Primeiro, conexão. Então, obstáculos. Será que sentimos medo do poder que temos juntos? De como nossa vida mudaria se nos permitíssemos seguir em frente?

Agora não há volta. Escolhemos um ao outro.

Eu me apaixono por ele de novo com meu reggae favorito nos alto-falantes. É como Júlio se solta e dança, sua mera presença, o sorriso e os fractais de luz à sua volta. Tudo parece tão significativo e, de repente, sinto que cheguei ao meu limite.

— *Guapo* — murmuro. Seguro sua mão e roço os lábios no metal do seu brinco. — Vem comigo.

Não há necessidade de explicação. O fogo em meus olhos comunica o que palavras carecem, e Júlio decifra o que está por vir.

Nos despedimos dos meus amigos e cortamos caminho até a escada secreta que nos leva ao nosso refúgio no topo da Pura Vida. Meu coração dispara enquanto subimos os degraus; o corpo de Júlio vibra junto ao meu.

Finalmente, chegamos à porta verde desbotada que dá no quarto simples de casal com vista para o mar. Reservei especialmente para esta noite quando soube que ele viria.

A expectativa me consome, e minhas mãos tremem ao introduzir a chave na fechadura. A passagem se abre com um rangido. Júlio entra e olha em volta.

— Vamos dormir aqui hoje? — pergunta, tímido.

— Misael costumava morar aqui, mas agora é nosso. — Se não fosse pela música preenchendo o ambiente, aposto que Júlio escutaria as batidas do meu coração. — Pelo menos por essa noite.

Nos encaramos pela primeira vez desde que saímos da pista de dança. Sem saber o que dizer, simplesmente nos jogamos nos braços um do outro. Avançamos em sincronia em um passo não coreografado. Júlio me puxa pela gola da camisa, e nossos lábios se encontram. Eu não me afasto dele nem quando fecho a porta com o pé e tranco o mundo exterior.

Depois de todas as promessas, do que poderia ter sido e quase não foi, estamos a sós.

Uma molécula disse sim a outra molécula e nasceu a vida.

Olho nos olhos dele, e tudo que existe é Júlio. O gosto de seus lábios. O sabor da caipirinha que partilhamos mais cedo. O calor que emana de seu toque. Os músculos dele se contorcendo.

Nada importa além de nós dois.

Não há tempo.

Porque esperamos demais.

Porque merecemos.

Porque queremos *agora*.

Eu o agarro pela cintura, sua pele macia e quente sob meus dedos. Minha língua traça caminhos pelo pescoço dele, explora cada parte do corpo entregue a mim. Ele retribui o toque, desliza a mão pela minha nuca e traz os lábios de encontro aos meus. Em seguida, bate de leve no meu rosto — o ensaio sutil de um tapa.

O ato me fascina. Sempre pensei em mim como a parte dominante do nosso equilíbrio, voraz onde ele é calmo e comedido — embora arredio também, incapaz de ser domado. Gosto dessa faceta desconhecida dele.

Prendo sua mão na minha bochecha e admiro seus olhos.

— Você ainda consegue me surpreender. — Sorrio para ele.

— Parece que você gosta — Júlio crava as unhas na minha pele.

— Eu *amo* estar com você.

Sua mão escapa e ele me silencia com o dedo.

— Amo estar aqui também — sussurra. — Mas deixa as palavras para depois. Só me beija.

E eu o beijo sem trégua.

Contra a parede, no chão, suspendendo-o no ar, corpos em um ritmo frenético desesperado.

Dou tudo que ele pede e mais, incansável, desafiando suas expectativas.

Metade do seu rosto está envolto em escuridão, metade iluminada pela Lua emoldurada na janela; um jogo de luz e sombras. Ele morde o lábio enquanto subo lentamente por seu queixo e exploro cada detalhe do rosto perfeito. É a entrega de Júlio que me deixa sem fôlego, como ele demonstra ser inteiramente meu, sem nenhuma reserva.

Eu o quero mais do que jamais quis qualquer coisa.

Com um movimento rápido, seguro a camisa dele e puxo para cima. Há um lampejo de hesitação nele que quase me impede de continuar, mas ele me incentiva a seguir em frente com um rápido assentir. *Não pode parar de me beijar agora*, dizem os olhos de Júlio, *não agora*.

A camisa cai ao meu lado e resvala na coxa como pluma.

É a primeira vez que o vejo assim, e me distancio para contemplá--lo sob o luar.

Em um reflexo, tão involuntário quanto previsível, Júlio cruza os braços na altura do peito. Quer ocultar o desenho fino das cicatrizes deixadas pela cirurgia, mas não posso deixar que se feche.

Me ajoelho diante dele e beijo seu mamilo.

— Tão lindo. — As pontas dos meus dedos sentem o relevo na pele. É macio, sutil como uma tatuagem recém-feita. — Tão incrivelmente lindo, Júlio. Cada parte do seu corpo, sabia? *Lindo*.

A resposta é imediata: a respiração dele se acelera ainda mais, e eu vejo um sorriso em seu rosto. O calor do verão paira no ar enquanto passeio com a boca da barriga dele até o ponto onde a linha delicada da cicatriz esvanece.

Levanto o queixo para encará-lo, e o prazer que sente ativa o meu. Quase posso ver as chamas, o incêndio ao nosso redor prestes a nos reduzir a cinzas, labaredas valsando em sintonia com o reggae que pulsa no andar abaixo.

— Eu te desejei tanto. — Ele passa as mãos pelo cabelo suado na testa, inspira fundo e me observa de joelhos à sua frente. — Tive medo de que fosse apenas um jogo. Mas, se for um jogo, nós vencemos, Matias.

Ele me joga na cama.

Caio em um travesseiro macio, e logo o mundo vira de ponta-cabeça quando Júlio vem para cima de mim. A bunda contra minha virilha, as mãos em meu peito me afundando no colchão. Arranca minha camisa e a joga longe. Examina meu corpo como quem se prepara para a prova mais desafiadora da sua vida, decora respostas que podem ser úteis em questões inesperadas. Traceja as costelas, desafia os músculos retesados do abdome, beija cada uma das luas da minha tatuagem.

Júlio me conhece na lua nova, se apaixona por mim na crescente, me ama na lua cheia, parte na minguante e me devora no eclipse.

Me levanto e me subo nele outra vez. Deixo uma trilha de beijos da sua boca até a garganta, e continuo a descida até os mamilos, até arrancar sua bermuda e boxer, até não haver nada além da pele.

A partir daqui, são territórios inexplorados.

Júlio arqueja e arqueja e arqueja sob minha língua, e eu me delicio, saboreio o agito quente e úmido dele enquanto seu corpo espasma, inteiramente meu, feito de verão e luar.

Sua mão puxa meu cabelo com força, as pernas se abrindo.

O ar ao nosso redor é cáustico. O ponto onde nossos corpos se encontram fica suado; a janela fechada transforma o quarto em uma estufa.

— Agora é minha vez — Júlio cochicha em meu ouvido, antes de tomar a iniciativa.

Se continuarmos...

Se seguirmos nesse ritmo...

Ele me prende na cama com as pernas e absorve meu mamilo direito. Sua língua desenha círculos enquanto aperta o outro com a mão. Em seguida, um breve desvio para o meu umbigo, e então, lentamente, desabotoa minha bermuda. Ergo o quadril, ajudo-o a tirar minha roupa e fico apenas de cueca.

A mão dele passeia por mim. Sente onde meu corpo se incendeia ao seu toque; seus dedos me amassam com força, e o tecido da roupa fricciona a pele sensível. Sua pressão aumenta até ele enfim deslizar para dentro da cueca. Mas ele para, pensa melhor.

Arfo quando Júlio cospe na palma da mão e me toca. Afundo a cabeça no travesseiro. Eu poderia me dissolver no nada e não me importaria. Não com a mão molhada dele avançando cada vez mais velozmente, parando uma fração de segundo antes de me levar ao ponto de não retorno.

Ele me beija ali, lábios brandos, e eu estremeço.

— Quero transar com você — sua voz grave anuncia quando acho que já não posso suportar. — Camisinha?

— No bolso da bermuda.

Ele se inclina na borda da cama para alcançar a peça de roupa; a visão de Júlio de costas me atiça de novo, as linhas diáfanas das estrias marcando as laterais do seu corpo como delicados fios de bordado imperial.

Ao encontrar o preservativo, ele me olha como se conhecesse as respostas para todos os enigmas do mundo; a testa reluz de suor diante da linha que em breve cruzaremos.

Ele não tira os olhos dos meus ao abrir a embalagem e colocar a camisinha em mim. Acomoda um travesseiro abaixo da minha cabeça, se senta no meu colo, encaixa nossos corpos. Todas as outras vezes não foram mais do que uma preparação para este momento.

Júlio controla nosso ritmo, respeitando seu próprio espaço e prazer. Devagar, pouco a pouco, seu rosto se transfigura. Ele ofega meu nome, as mãos apertam meu pescoço em busca de apoio.

Desde o primeiro dia na praia, cada toque nosso desencadeou uma descarga elétrica. Mas agora somos uma supernova, e explodimos.

Meus pensamentos se esvaziam. O resto é eco, o estalado febril da conexão brilhante que emanamos, fios de lembranças desconexas. É mais que a óbvia ligação carnal, é a justaposição de almas enquanto nos beijamos e dançamos nesta cama.

O encaixe é transcendental. Nós somos o arquétipo dos amantes. Somos Aquiles e Pátroclo, Gilgamesh e Enkidu. Somos Alexandre e Heféstio, Antínoo e Adriano. As almas que não ficaram juntas em outras vidas. Os amantes que nunca tiveram nome. Os excluídos das páginas da história; todos eles reunidos aqui. Não *amigos*. Amantes.

Somos instinto, o modo como meu corpo responde perfeitamente ao dele, memórias impressas em meu DNA pelas incontáveis noites de amor ao luar dos meus ancestrais, osmose geracional.

Somos estrela, uma luz que resiste ao tempo: só nasce e morre, contínua e simultaneamente.

Quando chegamos ao ápice, tateando um ao outro em busca do último beijo, o Universo inteiro se interrompe para nos assistir. Nós dois — dois garotos, duas almas reencontradas — em um encaixe perfeito.

Juntos.

Como um só.

Mil maneiras de nomear o infinito

A luz prateada da Lua deixa sua impressão digital nas águas escuras de Canoa Quebrada: uma linha espessa ondulando no mar. No centro dela, isolada do resto, há uma jangada. Observo o movimento branco das ondas ao lado da embarcação, a única indicação de cor para além do piscar vermelho que vem de barcos próximos, onde pescadores provavelmente passarão a noite.

Abro a janela do quarto e a cortina fina esvoaça quando a brisa passa.

Olho para trás, para a cama em que distorcemos o tecido do universo minutos atrás. Júlio me encara tão fixamente quanto eu o encaro, ambos nus.

Pego o embrulho que havia guardado em segredo na mochila dele e me aproximo para entregar.

— Isso é pra mim? — Ele franze o cenho.

Passo a mão na nuca.

— Sei que você perdeu o colar do seu pai e pensei que... Bom. Pensei que talvez fosse a chance de recomeçar com algo novo, nosso.

— É perfeito. — Júlio gira o cordão entre os dedos depois de desembrulhá-lo. — Que cristal é esse?

— Uma ametista, minha pedra favorita. Achei que combinaria contigo.

Ele levanta o rosto. Há um pouco de timidez ao pedir:

— Pode colocar em mim?

Eu assinto e Júlio fica de joelhos na cama. Passo o colar ao redor do seu pescoço e seus pelos se arrepiam. A corda é uma linha preta fina, discreta. A ametista tem formato de coração, e o roxo brilha quando a pedra se move; soube que seria ela ao vê-la em um mostrador na feirinha da Broadway.

Termino de passar a argola no fecho e me distancio de Júlio para buscar perspectiva.

— Ficou lindo em você, *guapo*.

Júlio segura o pingente como fazia com o antigo colar, se acostumando a ele, e se esparrama no colchão com o rosto corado. Meus dedos formigam. A pose perfeita dele, o corpo sob o luar...

Em um impulso, pego um lápis e meu caderno na mochila.

— Não se mexe — peço, sério, as sobrancelhas franzidas enquanto faço um esboço rápido dos ângulos dele deitado na cama. — Fica parado assim pra mim.

Júlio me provoca com o menor dos movimentos, mas permanece na posição.

— Não lembro de concordar em posar pra você.

— Preciso agendar com antecedência?

— Nem sempre — ele diz. — Só agora.

— Por que agora é diferente?

Tento não perder o foco quando Júlio passa a língua pelos lábios vermelhos inchados.

— Por que eu tô pelado, talvez?

— Ah, é. — Dou uma risada. — Por isso.

— Não é um motivo bom o bastante?

— Me deixa realizar minha fantasia, vai.

— Que fantasia é essa?

— Você sabe. A cena em que o Jack desenha a Rose no *Titanic*, o sonho de todo pintor — digo com um sorriso torto. — Ter o homem mais lindo do mundo posando pra mim.

Seus olhos desdenham de mim.

— Bem, não vai sair de graça.

— Ah, não? Quanto custa?

Júlio ergue a sobrancelha e se cala, e acho que sei qual é o preço. Amo brincar com fogo quando estou com ele, amo que nunca sei o que esperar das nossas interações, e que há tantas facetas em seu reflexo.

Imploro para ele parar de se mexer, e ele obedece. Corrijo os detalhes do desenho no tempo que me resta. É um esboço simples, mas sei exatamente o que farei com ele mais tarde.

— Tá perto de acabar? Acho bom você me mostrar seus desenhos depois.

— Só mais quinze segundos — digo, movendo o lápis pelo papel. — E claro que vou te mostrar.

— Tudo bem. É difícil não me mexer quando você está... — Ele sopra o ar com força. — Completamente pelado na minha frente.

Solto uma gargalhada.

— Te distraio?

— Sei lá, não acho que seja uma atitude muito profissional.

— Que bom que não é uma sessão profissional — rebato. — Estou apenas desenhando meu namorado.

As palavras saltam da minha língua. Júlio se sobressalta e se esquiva para a ponta da cama.

— Me chamou de "namorado", Matias?

Fecho o caderno.

— Aparentemente, sim.

— A gente deveria conversar sobre isso, então. — Júlio cruza os braços. — É um assunto bastante sério.

Eu o imito, cruzando os braços também.

— Que bom, porque tô falando sério mesmo. Quero que você seja meu namorado.

Júlio me agarra pelas mãos e me puxa para deitar na cama, seu toque me aquecendo por dentro.

— *Namorado* — ele sussurra. — Achei que tivesse deixado claro que você não é meu namorado.

— Se odeia tanto a ideia — eu passo a mão pela cintura dele e sobrevoo sua boca —, por que tenho a sensação de que quer isso também?

— *Convencido.* — Ele me dá um chutinho. — Talvez eu queira. Talvez eu goste de ouvir você me chamar de namorado, mas...

— Posso te chamar de namorado quantas vezes você quiser, *guapo.*

— Passo o polegar pelo olho dele e o beijo. — E aí? Namora comigo? Júlio enrola um dread meu no dedo.

— Me pergunta outro dia.

— Ah, tô entendendo. Você quer que eu implore, né? Um sorriso safado se espalha em sua boca.

— Quero — ele confessa. — *Muito.*

A noite continua com mais uma rodada de brincadeiras na cama, uma lua de mel inesperada em fevereiro. Em certo ponto, ele pega meu caderno no chão e o folheia com curiosidade. A princípio, Júlio elogia os desenhos, mas então questiona:

— Por que estão todos inacabados? É parte do seu estilo? Faço que sim.

— Qual é o seu favorito?

— Esse. — Inclino a cabeça para ver. Ele, sentado na canga indiana e vestindo a camisa com a espiral, a falésia laranja às suas costas. — É do dia em que nos conhecemos?

— Nessa vida, sim.

— E por que você não mostra esses desenhos? Por que guarda para si?

— Meu aniversário não foi a única vez que o Pablo foi escroto comigo — conto. — Ele sempre zombou dos meus desenhos. Acho que acabei internalizando isso.

Júlio suspira e entrelaça nossas mãos.

— Por que as pessoas não se dão conta de como palavras podem ferir? Você diz a uma criança que ela é feia, e ela fica com problemas de autoestima. Você diz a uma menina lésbica que amar outra menina é errado, e ela cresce com culpa. Você diz a um garoto talentoso que seus desenhos são ridículos e ele fica com medo de mostrar ao mundo quão incrível é sua arte. Não é justo!

Deito a cabeça na barriga dele.

— Você gostou mesmo?

— É óbvio! — Um brilho se acende em seus olhos. — Ei, escuta. E se você criar um perfil no Instagram pra postar seus desenhos? Como um portfólio e tal.

Eu já pensei nisso, mas a ideia não foi para a frente.

Ele se afasta de mim e pula na cama, as molas rangendo.

— Aliás, por que não cria a conta agora?

— *Agora?*

— É, Matias. Antes que mude de ideia.

— Eu não vou... — Mas Júlio se levanta, me interrompendo. Pega meu celular e me entrega com a cara séria; seu olhar decidido não dá escapatória.

Criamos a conta juntos. Demoramos para escolher o nome de usuário; levantamos possibilidades como "desenhando_ondas" e "canetaquebrada" até chegarmos à decisão:

— Madeinmatias — anuncio para Júlio, e ele assente na hora.

— É isso, é a sua cara. — Em seguida, um clique, a dupla verificação, e está pronto. — A gente deveria postar alguma coisa.

— Não é cedo demais?

— O influencer aqui sou eu, bebê. — Júlio tira uma foto do seu desenho favorito. Ele faz uma edição rápida e me mostra o rascunho antes de publicar. — Posta.

— Tem certeza?

— Vai logo.

A foto vai ao ar acompanhada da seguinte legenda: MADE IN MATIAS #1.

Talvez a confirmação de que encontramos a pessoa certa seja amar estar em silêncio com alguém. Entender que a presença simplesmente basta, que o outro não te completa, te soma. Que o propósito não é achar nossa alma gêmea, mas um amor disposto a compartilhar a viagem, altos e baixos.

Penso nisso deitado nos braços de Júlio na cama, minutos depois de o reggae ter acabado. Já é tarde. Passamos um bom tempo só fazendo carinho um no outro, curtindo nossa intimidade recém-descoberta. Despidos, não apenas no sentido físico, mas metafórico.

O vento silva ao sacodir a palha do teto da Pura Vida. O som constante da arrebentação das ondas ecoa no silêncio do quarto em meio à respiração de Júlio. O luar e o abajur na mesa de cabeceira ao lado da cama são nossas únicas fontes de luz.

Passeio pelas cicatrizes dele e só agora reparo nelas com a devida atenção. Adoro como as duas linhas precisas abaixo dos mamilos completam Júlio, o fato de serem de um tom rosado mais intenso que o restante da pele. Me pergunto como ele se sente a respeito. Antes, ficou momentaneamente inseguro quando me aproximei das cicatrizes, e não o tinha visto sem a camisa até hoje.

— Você gosta delas? — pergunto em voz baixa.

Júlio responde segundos depois, conduzindo a vista para onde minha mão o toca.

— Queria ter gostado desde o começo — ele admite com um murmúrio. — Eu tinha orgulho delas, mas levou um tempo para me acostumar. Ainda não é algo com que me sinto cem por cento confiante. Tem sempre uma voz chata me dizendo que vou encontrar ódio ou nojo no olhar das pessoas que virem.

— Por isso quase fugiu do meu toque?

— Sim, foi tão inconsciente que nem percebi. — Os olhos cor de canela de Júlio encontram os meus. — Obrigado por não ter deixado que eu me fechasse dentro do medo, Matias.

— Suas cicatrizes são lindas. — Beijo uma a uma. — Espero que entenda isso.

— Estou aprendendo.

Me acomodo melhor em seu colo.

— A cirurgia doeu?

— A recuperação sim, mas tive apoio. Meus amigos nunca saíram do meu lado, e mainha foi maravilhosa também. O procedimento é bem caro e eu não queria que ela pagasse tudo sozinha. Mais pelo dinheiro em si, sabe? Eu sonhava que fosse uma conquista minha, que eu conseguisse a grana.

— E conseguiu?

— No fim, juntei uma grana e fiz uma vaquinha on-line também. — Um sorriso orgulhoso cruza a boca de Júlio. — Arrecadei um dinheiro massa. Algumas marcas doaram depois de a campanha viralizar. Com o que sobrou, montei um projeto para ajudar outros meninos trans a pagarem a cirurgia, comprar binders...

Franzo a testa.

— O que é binder?

— Serve para diminuir o volume dos seios. Alguns se parecem com um top de academia ou com uma faixa. Pra muitos de nós, a cirurgia continua inviável, e outros nem querem também. — A mão de Júlio para sobre a minha, que acaricia a pele beijada pela cicatriz. — Ajuda bastante quem tem disforia, apesar dos contras. Acho que mais ainda na adolescência, quando eu só queria ser visto como um garoto, o binder foi uma salvação.

Ele olha pela janela.

— Anjo, do que você lembrou? — sussurro e toco a covinha em seu queixo. — Pelo seu sorriso, parece uma lembrança bonita.

— O dia em que vesti meu primeiro binder — ele revela ao ajustar o corpo recostado na cabeceira da cama. — Comprei on-line porque não vende em lojas físicas no Brasil. Quando chegou, imediatamente quis usá-lo. Mas minha mãe fez o que mães fazem e invadiu o quarto bem na hora que eu estava lutando pra colocar.

— Como ela reagiu?

— Achei que ela fosse, sei lá, reclamar de eu não ter pedido sua ajuda. Mas mainha apenas olhou para mim, colocou a mão no queixo, disse "hm, assim não" e procurou um tutorial no YouTube que ensinava como vestir da maneira certa.

— Simples assim?

— É. — Ele fecha os olhos, sorrindo. — Simples assim.

Imagino Júlio e Cláudia no quarto dele. O susto no rosto jovem de Júlio, sua mãe o apoiando sem fazer alarde com a situação, longe de questionar sua identidade de gênero... Faz sentido que a memória seja tão valiosa e poderosa para ele: Júlio sabe que tamanho acolhimento é o sonho de vários meninos como ele.

Me inclino para lhe roubar um beijo.

— Esse projeto que arrecada dinheiro para cirurgias e binders é do caralho.

Júlio faz cafuné em mim.

— Foi incrível ver todo mundo se ajudando e ser uma ponte para a transformação de outras pessoas. Esse período da transição é delicado, mas não fiquei sozinho. Às vezes, parecia que minha experiência havia se tornado coletiva. Tantas pessoas trans me acompanharam e vibraram por mim... Muitas sentiam que ver meu processo era uma forma de acreditar que era possível para elas também. Saber que é viável é revolucionário — ele diz. — Nos dá forças para lutar para ser exatamente quem nascemos para ser.

— Ser uma referência na comunidade trans te assusta?

— Às vezes. — Ele sopra o ar pelos dentes. — As pessoas querem que nos comportemos de acordo com a régua moral delas, mas a régua moral é sempre mais dura para pessoas queer. Fora todas as mensagens que recebo também.

— Mensagens de ódio?

— Não só. Mensagens de pessoas trans que não têm ninguém para apoiá-las e se sentem livres para compartilhar suas histórias comigo. Pedidos de socorro, agradecimentos... Não me interprete mal, é lindo que confiem em mim.

— Mas pode ficar muito pesado pra ti.

Júlio confirma com um leve assentir.

— Eu não sou um modelo a ser seguido. Sou apenas alguém descobrindo quem é, assim como os outros. — Um fio de luar banha o rosto dele. — É por isso que sinto cada vez mais necessidade de estar low profile, algo que sei que não combina com minha vida de influencer.

A internet foi meu porto seguro a adolescência inteira, mas agora preciso de um tempo longe dela, para viver de uma forma que não me pareça tão constantemente performática, cuidar da minha saúde mental...

— Você merece mesmo isso, *guapo*. Amor e tempo para tomar conta de si.

A intimidade do momento, maré mansa em comparação à turbulência que nos guiou da pista de dança até aqui, me deixa à vontade. É como se já tivéssemos deitado um ao lado do outro — contando segredos e histórias, partilhando beijos e palavras nunca ditas a ninguém — muitas vezes.

— Sobre o que a gente conversou mais cedo... — Júlio começa. Algo em seu tom de voz faz parecer que o assunto é importante, então me sento de frente para ele na cama. — Não quero estragar a noite discutindo sobre futuro ou trabalho, mas, só pra saber, se houver a possibilidade de a minha temporada em Canoa durar mais tempo, posso ficar no Hippie?

As batidas do meu coração dão um salto.

— Júlio, tá falando *sério*?

— Não é nada certo. Digo hipoteticamente, apenas se possível...

— Hipoteticamente ou não — agarro a mão dele —, claro que pode! De onde veio isso?

Júlio parece tímido.

— Bom, eu te contei do tcc, né? Só não falei o tema. É sobre o impacto de influencers de viagens em estabelecimentos turísticos.

— Certo...

— Então, eu perguntei pra minha orientadora se dava pra fazer parte do trabalho à distância e o que ela achava da ideia de que fosse num hostel no Ceará.

— *E*?

— Ela disse que sim, Matias. Que eu faria um excelente trabalho com essa ideia.

Respiro fundo.

— Antes de me animar em vão, me explica o que isso significa na prática.

— Significa que o Hippie — Júlio sorri — seria meu objeto de pesquisa. Claro que eu teria que estar em Fortaleza dois dias na semana para cursar as disciplinas que faltam, mas... O resto eu estaria aqui. Se você quiser, se sua *mãe* deixar, eu fico por um tempo.

— Júlio, eu... — Passo a língua pelos lábios secos. — Nem sei o que falar, é bom demais pra ser verdade. Mas e São Paulo e seu trabalho? Seria ótimo pra você, realmente impulsionaria sua carreira...

— São Paulo pode esperar, e eu acabei de te dizer que quero reduzir a exposição na internet. Confio em mim e no meu potencial. Novas portas se abrirão no momento certo. Mas a vida que eu quero *agora*? — Ele sorri para mim. — Matias, essa vida é aqui.

Por meio segundo antes de tomar o rosto de Júlio entre as mãos e beijá-lo com força, sinto que estou sonhando. De repente, o Carnaval não é lá fora, mas dentro desse quarto. Desfilo para o garoto, improviso passos ridículos de frevo, me entrego a ele. Júlio ri enquanto rodopio com o lençol no piso de madeira, espalho os travesseiros e jogo confetes imaginários no ar.

Em todas as direções, o Brasil é apoteose, foliões nas ruas correndo atrás de trios elétricos, blocos e escolas de samba, histórias de amor regidas por fevereiro, encontros e desencontros entre pessoas que nunca voltarão a se ver quando a multidão as separar.

Mas eu não trocaria nada disso pelo que tenho.

Nada.

— O que sua mãe acha? — pergunto ao tombar do lado dele na cama.

Júlio revira os olhos.

— Está tão apaixonada por você quanto eu, se não mais. Prefere que eu fique do que vá pra São Paulo.

— Boa, sogrinha. — Subo em Júlio e prendo os braços dele acima da sua cabeça. — Anjo, não quero interferir na sua decisão, mas pensa comigo. Seria incrível se esse verão não nos separasse. Seria como vencer o clichê, sabe?

— Como assim?

— É você quem ama livros. Lembra de alguma história de verão em que o casal principal fica junto no fim?

Ele pensa por um tempo.

— Na verdade, não.

— Nenhuma?

Júlio se cala. Depois, seu rosto clareia com um lampejo de esperança.

— Talvez a nossa. Talvez o nosso propósito seja mudar o destino. Já viajei por muitos lugares e conheci muitas pessoas, mas nada nem ninguém fez o que você conseguiu.

Eu o encaro e aguardo que conclua o raciocínio. Júlio brinca com um dos meus dreads e só então diz:

— Você me faz querer ficar.

Abraço Júlio tão forte quanto consigo. Como explicar a ele que essa é uma das frases mais lindas que alguém já me disse, se não a mais bela? Forasteiro que sou, achei já ter visto de tudo. Me enganei *tanto*. Ainda há infinitos paraísos ao lado dele para descobrir.

Toco a nova ametista em seu pescoço.

— Você me faz querer ficar também, anjo. Contigo. Todos os dias, cada segundo, minha vida inteira.

Belchior voltou para casa

É fácil se acostumar com os sons de um carro quando se cresce com ele. Na infância, eu puxava a barra da saia da minha avó e a trazia comigo até o portão depois de ouvir o ronco característico do motor de Belchior, pressentindo que meus pais estavam prestes a voltar de uma de suas viagens ao Peru, à Guatemala ou a países ainda mais misteriosos — de onde sempre me traziam histórias e relíquias em suas malas.

A kombi é um símbolo tão marcante da nossa família que minhas lembranças mais vívidas do Brasil são nela. Há fotos de mamãe grávida em 1999 posando para a câmera do meu pai na frente dela, e uma sequência constrangedora em que escalo o capô só de fralda, risonho com a boca lambuzada de manga.

A primeira vez que tomei um porre foi em Belchior, com uma garrafa cara de vinho que roubei da adega. E papai não cansa de recordar o dia em que mentiu que venderia a kombi e eu dei um escândalo...

Quando o som do acelerador seguido da buzina ressoa em algum lugar lá fora, pulo da cadeira da recepção e corro para a janela. Sei que, mesmo distante, o veículo dobra a esquina a caminho da garagem de casa, de volta ao lar.

— A tia Dandara tá aqui?

Interrompendo a leitura de uma história em quadrinhos, Melissa se ajoelha no sofá do Hippie e franze a testa para mim.

— Aparentemente — respondo. — Sabia que ela vinha?

— Não, isso é novidade. Ninguém comentou nada.

Certo, é estranho, mas nem *tão* estranho assim. Os sumiços de tia Dandara são comuns. Nos acostumamos a não ter notícias dela por meses, às vezes semestres inteiros. Da última vez que deu sinal de fumaça com uma foto na frente da estátua de um ET, estava morando em uma fazenda de permacultura na Chapada dos Veadeiros em Goiás.

— Pode avisar a mamãe?

Melissa revira os olhos, fecha o livro e o deixa na mesa de centro.

— MÃEEEEEE — ela grita —, TIA DANDARA CHEGOU!

— *Melissa Mendonza!* — repreendo, baixando a voz com um ar ameaçador. — Eu disse pra chamar a mamãe, não pra berrar desse jeito. Ainda tem hóspedes dormindo!

Contrariada, ela solta uma risadinha sarcástica.

— Você nem é o gerente direito ainda e o poder já subiu à cabeça?

Sem paciência para entrar em uma discussão, aponto para o corredor.

— Mamãe e papai estão em casa. Vai lá.

— E por que *você* não vai, seu mandão?

— Mel, por favor. — Suspiro. — Só vai.

— *Tá bom.*

Ela não retruca, só levanta do sofá com um salto e segue pelo corredor, pisando duro. Ela está um saco porque perdeu um passeio de buggy com Júlio, Valentina e os demais voluntários até a praia de Ponta Grossa pela manhã, para ajudar mamãe no hostel hoje. A foto que Otto nos mandou de Júlio e Val lendo em espreguiçadeiras de praia não ajudou em nada. Melissa queria estar lá; honestamente, eu também.

Ponho meu boné com a folhinha de cannabis e saio na rua. Não há nuvens no céu azul-anil, e o sol forte é um alívio para os foliões após a chuva de ontem. É terça-feira de Carnaval, o que não significa menos trabalho pra gente, sobretudo com o hostel cheio. Passarinhos se empoleiram nos fios de alta tensão e, virando a esquina exatamente como previ, Belchior é um espetáculo de cores.

Tia Dandara faz uma festa e buzina assim que me vê. Com um sorriso gigantesco, ela põe o rosto para fora da janela e diz:

— Surpresaaaaa! Olha quem voltou!

A batida familiar de "Sweet Home Alabama", do Lynyrd Skynyrd, vem da kombi. Vejo a prancha com motivos havaianos pendurada no retrovisor, que me lembra das vezes que viajei no banco traseiro de Belchior, assistindo o pingente balançar enquanto a estrada se alongava no horizonte.

— Tia, que novidade é essa? — Sorrio ao me aproximar do carro. — Pensei que seria abduzida antes de voltar pra casa!

— E quem disse que não fui?

Ela dá uma risadinha ao terminar de estacionar o carro. As engrenagens fazem um ruído grave antes de silenciarem completamente. Aprecio as mudanças: Belchior está de cara nova, com o grafite maneiro de uma praia cobrindo a lataria. No centro do capô, um sol gigante.

— Curtiu? — Tia Dandara acompanha meu olhar. Ela tira a chave da ignição e a joga para mim. Pego no ar por reflexo, só então notando o novo chaveirinho em formato de espiral que a acompanha. — Deu um trabalhão, mas o resultado ficou da hora.

Toco a pintura e me conecto com o calor de Belchior. É bonito, diferente de como meu pai o mantinha. Acho que ele vai gostar.

— Tá lindo, tia. Quem fez?

— Angel, meu noivo — ela diz como se não fosse nada de mais ao erguer a mão direita.

Um anel dourado em formato de serpente descansa no anelar.

— Puta merda, *noivo*?

— A gente tem um montão de coisas pra fofocar, Matí. Um montão.

Danda desafivela o cinto de segurança e escancara a porta de Belchior. Tenho que admitir, ela mudou pra caralho desde o nosso último encontro. A pele preta está com uma aura renascida, há uma nova tatuagem de dragão em seu braço esquerdo e uma pena longa de pavão balança na orelha. O black power foi substituído por uma trança raiz com fios de lã azul que a deixam com a aparência ainda mais jovem — ela tem trinta e cinco anos, dez a menos que meu pai, mas, se eu não a conhecesse, chutaria uns vinte e cinco.

Quando fica em pé em seu vestido amarelo de malha fina com um colar de macramê e um pingente de cristal branco, é impossível não notar: minha tia e sua barriguinha perfeitamente oval.

— Você tá grávida?!

Ela toca o próprio ventre.

— Por que todo mundo anda me dizendo isso? É óbvio assim?

Dou um abraço forte em tia Dandara.

— Não acredito que vou ter um primo! Quantos meses?

— Quatro. — Danda beija minha bochecha. — Mais cinco longos meses carregando as gêmeas.

Eu praticamente me engasgo.

— Tá de sacanagem! Quantas reviravoltas preparou pra esse retorno, tia?

— Olha, minha vida virou de cabeça pra baixo na Chapada. Foi quase como se eu tivesse vivido uma década em poucos meses, sério. Energia *fortíssima*, você ia amar. — Ela põe as mãos na cintura e, contraindo a vista, analisa a fachada do Hippie. — E por aqui, tudo bem?

Balanço a cabeça, ainda amortecido com as últimas notícias.

— Hm, tivemos algumas semanas difíceis.

— Acidente do Pablo, né?

— Não só isso. Com a alta temporada, o Carnaval e meus pais indo embora logo, as coisas estão bem intensas. O Hippie nunca esteve tão cheio.

— Mas isso é bom.

— Depende da perspectiva. Financeiramente, é ótimo.

Tia Dandara ri.

— E você? — ela ergue a sobrancelha.

— O que tem eu?

— Fez o que eu disse? — Não faço ideia do que Danda está falando, então fico em silêncio. Ela passa o braço em volta de mim. — Matias, meu Deus! Qual foi a última coisa que te disse antes de partir?

Coço a barba no queixo.

— Você me disse para…

— Pra se apaixonar! Pra *finalmente* viver o amor!

Ah, *isso*.

Me lembro agora, foi quando estava ajudando minha tia a preparar

Belchior para sua viagem. Para ser sincero, não me atentei ao conselho. Falar sobre amor era tão ridículo que só acenei para Danda e apaguei aquilo da mente. Até hoje.

Deve ser o meu sorriso tímido que me entrega.

— Matí, você tá *sem graça?* — Desvio o olhar. — Você se apaixonou!

— É — murmuro, acanhado. — Tipo isso, mas vê se não espalha.

Ela passa os dedos pelas minhas bochechas e as aperta daquele jeito que detesto desde criança.

— Tô tão feliz que seguiu meu conselho!

— Eu nem lembrava dele — resmungo ao escapar da mão de tia Dandara.

— Mas seu subconsciente, sim! Mal posso esperar pra ouvir tudo! Vamos ter muito tempo pra fofocar agora que vamos trabalhar juntos!

Trabalhar juntos.

A frase ecoa em mim. Instintivamente, recuo alguns passos.

Sinto minha mandíbula tensionar. Será que minha tia ainda acha que será a gerente? Quando ela saiu de viagem, disse que estava cansada de burocracias e de resolver pepinos. O que, na prática, significava se ausentar do Hippie por tempo indeterminado...

Tia Dandara nota a mudança na minha postura. Seu sorriso festivo de antes estremece. Ela baixa os braços e me lança um olhar resoluto.

— Sua mãe não te contou?

— Contou o quê, tia?

— Ai, Deus. Ana mandou mensagem um tempo atrás falando do seu interesse em ficar na gerência do Hippie, mas que ela não sabia se você já estava... hm... apto para assumir a responsabilidade. Sua mãe... — Tia Dandara se encosta em Belchior e contrai os lábios, séria. — Me pediu pra voltar.

Mochilão azul

Voltar? Que merda é essa? Quer dizer que, durante esse tempo todo, minha mãe nunca acreditou em mim, jamais achou que eu daria conta do trabalho? Na boa, *entendo* a preocupação dela. Na visão da mamãe, sou uma carta imprevisível em seu baralho, e ela é objetiva demais com os negócios, controladora ao extremo — parte do motivo do seu sucesso. Mas por que simplesmente não me dizer que tinha outros planos em vez de me enrolar o verão inteiro com uma mentira?

É difícil não sentir que falhei *de novo*.

Porque, se minha mãe não confia em mim como gerente, não tenho motivos para permanecer no hostel, tenho? Vou fazer o que aqui? Surfar e dormir o dia inteiro sem ter nenhum desafio real, nada que me motive? A mesma vidinha de sempre?

Eu não insisti nesse trabalho só por teimosia; pensei que me faria crescer, ter um propósito até descobrir o que realmente quero da vida. Sem ele, eu poderia simplesmente… ir embora. Como meus amigos, voluntariar por aí, ser útil, conhecer lugares e construir meu próprio caminho sem a sombra do legado da família.

E o Júlio…

Puta merda.

O que a gente vai fazer? Júlio estava decidindo vir pra Canoa, por mim. Eu sei que o TCC sobre o Hippie é a desculpa, mas *nós* somos a razão.

E se isso for arruinado também?

E se isso acabar agora?

Duas noites atrás nos deslumbrávamos com a promessa de um verão eterno, o corpo dele entrelaçado ao meu, na cama onde fizemos amor pela primeira vez.

Por que fui tão ingênuo? Claro que não iria durar. Claro que terminaria.

Não sou ninguém para driblar o destino. Há uma razão para as estações serem chamadas assim: elas sempre passam. Esse é seu fardo. Uma temporada acaba e a outra começa, um ciclo sem fim...

— E você não sabia de nada disso, claro. — Tia Dandara exala. Uma pontada de irritação cruza sua voz. — *Ótimo*, a maneira perfeita de voltar pra casa. Era exatamente isso que eu tinha em mente. — Seus dedos tocam a barra da minha camisa. — Sinto muito, Matias. De verdade. A gente pode encontrar uma maneira de...

— Que surpresa maravilhosa! Bem-vinda de volta, cunhada! — minha mãe, acompanhada de papai e Melissa, corta o raciocínio de Danda, chegando sem que eu me dê conta.

Na presença dela, algo duro sobe na minha garganta.

Raiva, ressentimento, indignação.

Tia Dandara e ela se abraçam, mas Ana Mendonza não vê o que eu vejo: a mandíbula travada da minha tia e o olhar tenso para mim. Um pedido de desculpas silencioso.

Meus punhos fechados esmagariam uma rocha se eu tentasse. Faço uma inspiração profunda para acalmar a ira crescente no peito. Quero dissipar o sentimento, mas não consigo. Não *devo*. Cansei de ter que esconder minha raiva do mundo, com medo de incomodar as pessoas, quando aparentemente ninguém leva em consideração o que *eu* quero ou sinto.

Decido dar o fora. É melhor. Se permanecer, vou brigar com mamãe. Vai ser ainda mais feio do que naquele dia no escritório depois que discuti com Pablo e, como consequência, com ela. Eu me conheço. Essa não é uma conversa para se ter com a cabeça quente.

Sem fazer contato visual, passo como um furacão entre Melissa e papai, entregando a ele a chave de Belchior. Me esquivo quando Mel tenta segurar meu braço. A única coisa em que penso é no meu quarto. Meu quarto, seguro e silencioso, que de repente percebo não ser *nada* meu. É um quarto na casa dos meus pais, só isso. É o nome deles na escritura. Sou apenas um inquilino temporário, desalojável.

— O que deu nele? — papai pergunta à irmã, e minha mãe grita meu nome.

Não volto, nem sequer olho para trás.

Corto caminho até nossa casa pelo beco ao lado do Hippie. Evito os hóspedes cheios de glitter em volta da piscina com fantasias de Carnaval, qualquer um que queira falar comigo.

No quarto, desmorono. Jogo o boné na parede. As lágrimas caem com a força da ressaca do mar em fevereiro.

Que porra estou fazendo da vida? Não tenho nada *meu*. Essa casa não é minha, o hostel tampouco.

O que conquistei em vinte e um anos? Não tenho diploma universitário nem muita experiência profissional, joguei fora todas as minhas chances de viver do surfe, nunca levei a sério meu potencial artístico... Tudo o que eu tenho é a boa vontade de uma família financeiramente privilegiada e uma poupança cujo dinheiro não fui eu que guardei. Não sou mais nenhum moleque. Preciso correr atrás do meu futuro.

Já não se trata apenas da droga do trabalho no Hippie ou da falta de confiança da minha mãe. O pior é perceber que meu porto seguro não é tão seguro assim — não desde que Pablo me bateu, que meus pais decidiram que eu podia lidar sozinho com as minhas dores, que minha mãe continuou a manter uma distância incompreensível de mim. Nos enganamos em uma bolha colorida, e ela está estourando.

Sento na cama. Arranco a camisa e a jogo no guarda-roupa aberto. Então, em uma das prateleiras mais altas, vejo: meu mochilão azul. Lembro o dia em que o comprei em uma loja esportiva em Fuerteventura. Foi nos preparativos para meu ano sabático depois do ensino médio. Papai me levou de carro até Puerto del Rosario, a maior cidade da ilha, e me ajudou a escolher. Era um momento importante, minha primeira viagem solo, já aos dezoito anos.

Com um impulso, pulo da cama e tiro o mochilão da prateleira. Analiso minhas roupas penduradas e as saco dos cabides. Antes que perceba o que estou fazendo, várias peças já foram enfiadas ali dentro.

A certeza me atinge de uma vez: não posso mais continuar aqui. Só por hoje, posso dormir no sofá de um amigo. Júlio também está hospedado em um airbnb, sozinho. Ele não se incomodaria em me receber.

Droga, droga, droga.

Sei que não estou agindo racionalmente. Mas a pressão em meu peito é mais forte, e este é meu único pensamento recorrente: "E se eu simplesmente for embora?".

O mochilão encheu. Olho para as cores azuis dele, as bandeiras da Espanha e do Brasil que adesivei antes de partir para o México em 2018. O Matias daquele tempo sabia que algo maior o esperava. Quando me contentei com menos? Quando finalmente vou aprender que sou meu próprio lar?

— *Hijo.* — Minha mãe chama do lado de fora do quarto. — Podemos conversar? — Ela espera e espera e espera. — Por favor?

Mais uma batida na porta.

Sentado na cama com o mochilão no colo, não me mexo um só centímetro.

— *Hijo, ¡¿qué te pasa?!* Sei que está chateado com a vinda da Dandara, mas precisamos ter uma conversa séria, você e eu. É importante.

Agora ela quer conversar?

Depois de ter mandado mensagem para tia Dandara pelas minhas costas?

Mamãe sempre favoreceu Pablo. Deu a ele cada gota de atenção que não guardou para mim. Nunca me viu de verdade com seus olhos cor de água, idênticos aos meus. É culpa dela ou minha? Eu deveria ter feito o quê? Subido em seu colo e berrado, agitando as mãos: "Mamãe, por que você não me ama como ama meu irmão?".

— *Bueno, como quieras, entonces.* — Seu suspiro é tão alto que o escuto através da porta. — Estarei no escritório.

A tentativa de contato só me agita. Quando há uma nova batida pouco depois, explodo.

— Pelo amor de Deus! Me deixa em paz, porra!

Silêncio. Quem quer que seja, acho que o grito o assusta, mas então ouço um pigarrear tenso.

— Sou eu. — O timbre suave da voz *dele*.

O que faz aqui? Pensei que ainda estivesse no passeio.

— Não quero incomodar — ele completa. — Se quiser, vou embora. Mas, Matias, abre a porta...

Meu estômago embrulha. Me fito na câmera do celular. Olhos vermelhos, bochechas úmidas, olheiras pesadas. Sinto vergonha do meu próprio estado. Não sei por que essa situação me afetou tanto, mas não quero que Júlio me veja assim.

Júlio, a única pessoa capaz de me tirar da minha concha.

A parte de mim que necessita do abraço dele abre a porta. O rosto de Júlio surge emoldurado nas paredes de madeira do bangalô, com seus quadros e vasos de plantas, o cheiro de palo santo no ar. Suas maçãs do rosto estão queimadas; deve ter esquecido o protetor outra vez. Óculos de sol de armação branca descansam em seus cachos. Está vestindo a mesma camisa do dia em que o conheci, a preta com a espiral cinza.

Está preocupado. Quero tirar a ruga de tensão da sua testa, corrigir com uma borracha, mas não sei como verbalizar o que sinto. Em vez disso, desmorono em seus braços.

Júlio fica imóvel a princípio, sem saber como reagir, até enfim me agarrar com força. Sustenta meu peso. Mesmo mais baixo do que eu, seu corpo não estremece. Júlio me apoia como só um guardião, um *anjo*, faria.

— Ei, bebê. Estou aqui — ele sussurra ao afagar meu rosto. — Você não está sozinho. Está tudo bem agora, respira.

Júlio me leva para dentro do quarto, fecha a porta com a perna e me puxa para a cama. Deitamos, e apoio o rosto no peito dele. Júlio me deixa chorar. Não me faz perguntas. Só fica comigo, acaricia meus dreads, respeita o silêncio até os soluços diminuírem. Sou de novo um menino com medos e frustrações, esperanças e expectativas, nos braços dele. Um menino que só quer ser visto, e ele me *vê*.

Me enganei antes. Sou meu próprio lar, sim, mas Júlio é casa também. Me dou conta do óbvio. Que eu o amo. Amor mesmo. Amor que desafia a lógica. Amor que dispensa dias riscados no calendário para ser validado, que é e pronto.

Porque amor não precisa de permissão nem pede licença para existir. Só acontece. E, quando surge em sua vida, você não o descarta. Você o *abraça*. O amor é precioso demais para ser perdido.

Tenho guardado tantas coisas, sufocado tantas palavras. Essas três são muito importantes para serem silenciadas, então eu as sussurro. Com urgência, queimando por dentro.

— Eu te amo.

Júlio suspende o cafuné, senta na cama, me encara.

— O que você disse?

— Eu disse que te amo. Por mais perdido que me sinta, para qualquer direção que eu olhe, está você. Eu nunca disse "eu te amo" para ninguém antes, e agora entendo. Só podia ser você, Júlio. Sempre foi você.

É como se um peso invisível saísse dos meus ombros. Ele desvia o olhar, e o silêncio entre nós se prolonga.

— Não precisa dizer de volta agora se não quiser. Mas — passeio o dedo por sua sobrancelha —, se me ama, balança a cabeça.

— Matias… — Júlio me adverte.

— Sei que talvez esse não seja o momento ideal, mas, anjo, *por favor*. Eu preciso tanto saber que você me ama.

Leva uma eternidade.

Nossos olhos permanecem derramados um sobre o outro, testam os próprios limites. Quando a resistência de Júlio se desintegra, ele me dá um sutil e vagaroso aceno.

É a confirmação que eu pedi. Pego Júlio no colo e o giro pelo quarto. Berro que ele me ama enquanto ele dá tapinhas e me pede para o colocar no chão *agora*. Mas fecha os olhos e ri também, aos poucos. Colapsamos na cama, tontos, com ele em cima de mim.

Sua boca me beija furiosamente e seus dedos arrancam a minha camisa. Dentes e línguas e as mãos dele puxando meu cabelo, as unhas arranhando minha pele, reivindicando posse. Não sei o que ele faz comigo, mas me sinto transformado de dentro para fora à medida que seus lábios avançam nos meus.

Outra vez, o que acontece lá fora é eclipsado por Júlio, e eu digo que o amo enquanto tiro a roupa dele.

Digo que o amo quando o faço gozar minutos depois e digo que o amo quando ele faz o mesmo por mim. Meu peito fica molhado de suor e há um rastro de purpurina do Carnaval em lugares inesperados da pele.

Depois que desabamos lado a lado e eu me enxugo com uma toalha, repito só para não perder o prazer da minha nova frase favorita:

— Eu te amo.

— Até quando você vai repetir isso?

— Não sei. Até o dia em que morrermos?

— Vai demorar uma eternidade, então.

— É o que espero.

Ele tateia meu queixo com carinho.

— Não acredito que fizemos isso na primeira vez que vim ao seu quarto.

— Ah, eu acredito, sim.

— Não está mais triste?

— Estou, mas você é uma boa distração — digo. — Antes da sua chegada, minha mãe e eu...

Ele me interrompe.

— Não precisa falar disso agora, não precisa falar *nada*. Nós podemos só... — Ele alonga os braços, depois descansa a cabeça acima do meu coração. — Ficar aqui.

Beijo sua testa.

— *Eres hermoso, amor. Quiero quedarme contigo para siempre.*

— Mas você arrumou sua mochila. Ainda planeja fugir hoje?

— Só se for com você.

— É um convite?

— Se você aceitar...

— Seria bom. Mas só essa noite, até você esfriar a cabeça.

Ele se vira e leva os lábios aos meus. Uma rajada de vento cruza as palhas dos coqueiros do lado de fora da janela e arrepia seus cachos úmidos.

— Então está feito. Hoje você vai fugir comigo — Júlio diz. — Para minha casa.

Acho que vamos precisar de terapia

Minha Quarta-Feira de Cinzas começa com um adeus. Mas essa despedida não é como as últimas, em que reencontrar Júlio ainda era incerto, uma roleta-russa do destino. É diferente.

Acontece em uma silenciosa manhã após o Carnaval. Quase ninguém vaga pelas ruas de Canoa e as poucas pessoas que passam por nós seguem para a praia, onde provavelmente pretendem curar a ressaca. O céu tem a mesma cor da camisa simples que Júlio veste, e nenhuma nuvem ameaça o reinado do Sol.

Sei que é somente um até logo quando ele entra no carro e, com o rosto para fora da janela, levanta os óculos escuros para dizer:

— Conversa com sua mãe.

— Júlio...

— Sei que é assustador — sua voz suave é firme —, mas você consegue. Confia em mim.

Na noite anterior, comemos sushi juntos no jantar e um açaí de sobremesa na Broadway. Contei tudo que aconteceu. Foi bom desabafar na cama do quarto alugado dele, Júlio fazendo cafuné em mim até pegar no sono abraçado comigo. Ele me ajudou a esfriar a cabeça e a entender um montão de coisas, como o fato de que usei Pablo como um escudo para blindar minhas próprias questões com mamãe.

— Tudo bem, *guapo*. — Deixo o meu mochilão na calçada e me apoio com o antebraço na porta do motorista. — Vou falar com ela.

O alívio de Júlio é palpável.

— Estamos juntos nessa. Vamos resolver nossos problemas em equipe, tá bem?

Nossos problemas. Amo quando fala assim.

Me inclino até ele para um último beijo.

— Da próxima vez que a gente se encontrar vai ser para desfazer suas malas.

— Juízo — ele diz, sorrindo. — Te vejo logo, logo.

— Cuidado na estrada e me manda notícias quando chegar. — Acaricio seu rosto. — Te amo muito.

Júlio não retribui as palavras em voz alta. Me encarando intensamente, ele assente. O gesto não é tão poderoso quanto um "eu te amo" verbalizado, mas basta. Espero o carro desaparecer de vista, levando o garoto que amo e nosso futuro juntos.

Volto para casa. Assim que encontro mamãe no escritório do Hippie, sinto a tensão no ar. Ela está sentada em sua cadeira mexendo em alguns papéis. Largo o mochilão no sofá e me aproximo, pronto para enfrentar o que vem pela frente.

Esperava uma reação distinta, mais gélida, até. Em vez disso, quando mamãe me vê, abre um meio-sorriso.

— *Hijo, estás aquí.* — Seu rosto está inchado; me pergunto se ela chorou antes da minha chegada. — *Buen día.*

Mamá se levanta da cadeira e me surpreende com um abraço. O vestido de crochê rodopia e seus cabelos úmidos roçam na minha pele. É um abraço desajeitado, íntimo demais. Mesmo confuso, retribuo, me encolhendo para reparar nossa diferença de altura.

— Que bom que voltou para casa — ela sussurra e se afasta para me observar.

Não consigo devolver seu afeto, e mamãe tampouco força a barra. Um segundo desconfortável se estende até que ela pigarreia, acaricia meu rosto e retorna para a segurança do seu trono.

Mamãe aponta a cadeira à sua frente, mas me recuso a sentar. É distante e hierárquico, frio, com todos os troféus às suas costas me encarando. Não quero me sentir como se estivesse em uma entrevista de emprego nessa conversa. Quero estar com a minha *mãe*, a pessoa que me ensinou a surfar e a amar o mar. Não a Ana dos negócios, a surfista mundialmente famosa.

Minha *mãe*.

— Podemos ter essa conversa em outro lugar? — pergunto.

Ela franze a testa. As sardas ao redor do nariz parecem ter se multiplicado nas últimas horas.

— Onde for mais confortável, *hijo*.

Dou um passo para trás.

— Faz quanto tempo que a gente não surfa junto?

— *No este año, ¿verdad?*

Olho o chão, a cortina, o pontilhado de nuvens no céu. Apenas para evitar encará-la.

— Não. Esse ano, não. Mas você me ensinou tudo que eu sei.

Essa é uma verdade sobre nossa relação: por muito tempo, o surfe foi nosso único denominador comum.

— É uma boa ideia. — Sua voz falha um pouco, mas ela se recompõe rapidamente. — O mar. Você ama o mar.

Tamborilo os dedos na madeira da escrivaninha. Os sinos do vento tilintam e um carro de som anuncia uma festa de reggae na praia no sábado; o Carnaval se recusa a se despedir. Escuto Otto passar falando alto em inglês com hóspedes no corredor.

— Te encontro na praia em vinte minutos, *¿vale?* — Ela olha como se fosse dizer algo mais. Seja lá o que for, muda de ideia e guarda para si.

— *Vale*.

Apanho o mochilão e vou em direção à porta. Espero que o mar nos ajude, mas não tenho certeza se terá forças o suficiente.

Rosalía está com raiva de mim.

É a única justificativa que encontro para cada onda perdida nesta manhã. Desde que Júlio apareceu com seu Kindle na praia, não surfo como antigamente, quando passava horas remando nas águas verdes de Canoa Quebrada com a prancha rosa sob o sol escaldante. Hoje, Rosalía se rebela, enciumada. Ela me pune e se delicia com as oportunidades perdidas na maré alta.

As águas turbulentas do final do verão dão à praia o desafio que geralmente lhe falta. Outros surfistas se espalham por essa área, com kitesurfistas voando mais ao norte. Do mar, vejo o movimento crescer aos poucos: funcionários das barracas arrumam guarda-sóis e mesas, enquanto pescadores organizam suas jangadas e um grupo faz ioga na areia.

Estou no mar há quase uma hora e nenhum sinal da mamãe. Será que algo mais importante cruzou seu caminho? Uma chamada de emergência internacional, talvez um perrengue urgente no hostel de Corralejo... Prioridades, ao contrário de mim.

Mas justo quando penso em sair, ela surge. Eu a acompanho descer pelo caminho da falésia depois da Pura Vida, com o símbolo hippie na prancha debaixo do braço e os cabelos soltos ondulando ao vento. Usa seu macacão de surfe azul-claro para proteger a pele branca e caminha com o corpo altivo, passos curtos e deliberados.

Sento em Rosalía e aceno. Ela me vê. Dá uma corridinha até a beira da água. Alonga os braços e as pernas, pula algumas vezes e se ajoelha diante do mar. É seu ritual: molha o rosto, faz uma pequena prece e beija o dorso da mão direita. Eu a imitava quando era criança, até ela me dizer que não precisava. "Cada surfista tem uma forma de se conectar com o mar. Essa é a minha. Você precisa descobrir qual é a sua."

Houve um tempo em que eu fantasiava que minha mãe era uma semideusa, filha de Iemanjá ou de Posêidon — sempre que se une ao mar, ele a obedece. Hoje, a água se agita ao reconhecer sua presença, e lhe envia um presente de boas-vindas: a onda da manhã. Na localização perfeita, mamãe a surfa com facilidade. Mais uma vez me impressiono com a delicadeza afiada de seus movimentos. Não é que ela desbrave a onda; ela se funde à onda, se torna a onda. Irmandade.

Os surfistas no *crowd* param para assistir ao espetáculo que é Ana Mendonza. Quando ela finalmente nada até o meu lado no fundo, uma corrente de água quente passa pelos meus pés.

— Sem brincadeira, você é a melhor surfista que conheço — digo. — Faz parecer que é arte.

Mamãe abre um sorriso.

— *Gracias, hijo.*

— Sério. Não passa tanto tempo sem vir ao mar, mãe. Ele te faz bem.

— Eu sei. Esse verão tem sido diferente pra gente, não é? Tantas mudanças... — Ela observa o circuito de cataventos à nossa esquerda. — Tenho a sensação de que nada será como antes, que essa temporada será divisora de águas para nossa família.

Mamãe não precisa desenvolver mais do que isso. Percebo em mim. Só nas últimas semanas, abracei minha sexualidade, amei pela primeira vez, confrontei velhos traumas e me abri como nunca. Melissa também está se descobrindo, e Pablo... Bom, Pablo me pediu desculpas, o que eu achava impensável. Até papai saiu do armário, também reconhecendo falhas na minha criação na conversa no carro.

Sou grato por essas mudanças.

— Tem algo que nunca entendi — digo. Mamãe me olha de soslaio. — Por que escolheu morar em Canoa mesmo não sendo a praia ideal para uma surfista como você? Se o objetivo era ficar no Brasil e escapar do inverno, existem outros lugares para surfar no Nordeste.

— Porque é importante para o seu pai — ela não titubeia. — Essa é a casa dele, e Vinícius tem um amor profundo por Canoa, você sabe. Com o tempo, passei a amar esse lugar também. Foi complicado no começo, pelo menos até perceber que estar aqui podia ser bom para mim. Quando se é surfista profissional, é preciso amar o surfe, mas compreender que é um trabalho. A gente precisa separar a vida pessoal da carreira, se distanciar, algo difícil pra mim. Canoa me forçou a fazer pausas necessárias.

— Então foi principalmente pelo papai.

Mamãe assente. Uma espessa camada de protetor solar cobre sua face.

— E eu reconheço que nem sempre foi fácil para você e Melissa na Espanha — ela diz. — Sou branca, minha experiência na Europa é diferente. Não sou vista como uma forasteira. Aqui, vocês têm sua família paterna e uma comunidade espanhola, se encaixam com facilidade. Lá, não. Era importante que estivessem parte do ano em um lugar mais acolhedor.

Como mamãe nunca conversou comigo a respeito disso antes? Eu não fazia ideia de que ela tinha essa preocupação, de que sabia o quanto me afetava...

— É, lá as pessoas ficam desconfiadas se digo que sou espanhol. Como se por ser preto eu não pudesse ter nascido na Espanha, não pertencesse de verdade. Mas daí sossegam quando digo que sou meio brasileiro. É só assim que se contentam, que faz sentido na cabeça delas.

Minha mãe se aproxima de mim quando a correnteza começa a nos afastar um do outro.

— Fiz o possível para te proteger do mundo, Matias. — Eu não respondo. Ela enfia a mão dentro da água e faz pequenos movimentos em círculos. — Às vezes acho que falhei contigo, que não fui a mãe que você precisava.

— Mãe, eu...

— Não, Matias, eu *sei*. Falei com seu pai, entendo como você se sente. Nós te negligenciamos, *eu* te negligenciei. Fiquei distante em muitos momentos. Eu te amo demais, do fundo do meu coração, mas tenho dificuldade de me conectar contigo.

E aqui está: a verdade nua e crua. Eu sentia isso, mas parecia insensato acreditar que fosse verdade. A figura da mãe é tão... sei lá, *sacralizada* na nossa cultura. Como explicar problemas com a pessoa que mais deveria te amar no mundo?

Limpo a garganta e pergunto:

— Por quê?

— Nunca te disse isso — a voz dela é soprada pela brisa —, mas, depois que você nasceu, tive depressão. Foi o momento mais complicado da minha vida. Quando o Ozzie morreu, fiz a pior coisa que alguém poderia fazer: suprimi o trauma. Eu o enterrei em uma caixa selada dentro de mim, achando que, se ignorasse e escondesse a dor, ela não me assombraria. Me apaixonei pelo seu pai, vivi grandes vitórias na minha carreira, até você nascer, eu lesionar meu joelho e aquela caixa de Pandora enfim ser aberta.

Ela se deita na prancha. Seu peito sobe e desce conforme contempla o céu. O macacão molhado goteja.

— Eu não tinha forças para ser sua mãe, Matias. No fundo, eu não *queria*. Seu pai sonhava com um filho. Me convenci de que podia dar certo, de que queria também... Mas a gravidez foi de alto risco e logo questionei minha decisão. Durante meses, fiquei acamada. Uma mulher como eu, que só sabia viver em movimento, na cama? — Ela trinca a mandíbula. — Eu definhei. Comecei a achar que nunca voltaria para a água, que minha carreira estava destruída. Então você nasceu, eu te peguei nos meus braços e não senti nada.

A voz da minha mãe embarga, meu peito aperta. Sinto um nó na garganta. Preciso me lembrar de respirar.

— *Hijo* — ela gira parcialmente o rosto para mim —, eu estava vazia. Queria dar o amor que você merecia, queria ser a mãe que *precisava* ser, mas não achava forças. Era como se algo em mim tivesse morrido. Eu mal te amamentei. Era seu pai quem cuidava de ti o tempo todo. Aos poucos, fui melhorando. Comecei um tratamento, recebi alta dos médicos para voltar ao mar. Perdi feio no retorno ao surfe e isso mexeu com meu orgulho. Eu precisava provar meu valor. Mergulhei fundo no trabalho e me afastei de você. Te ver...

Ela limpa uma lágrima.

— Te ver me lembrava da dor que eu não queria sentir, Matias, me lembrava da culpa que eu carregava. Me odiei por ter falhado contigo. Seu pai estava escrevendo um livro na época, então ficava mais em casa, e essa era a desculpa perfeita para que eu me matasse de treinar. O esforço deu certo. Consegui o triunfo, deixei meu nome na história. Ninguém dizia que uma mulher podia chegar aonde cheguei no surfe. Duvidavam que depois de dois filhos eu voltasse ao topo, mas provei que estavam errados.

Mamãe se senta outra vez e me encara com os olhos avermelhados. Suas narinas estão infladas. Uma ruga profunda se desenha no espaço entre as sobrancelhas. O sol reluz como ouro em seus cabelos.

— Mas a que preço? Mesmo depois da vitória, ainda era difícil. Se eu era boa em enfrentar ondas perigosas, essa habilidade me escapava para lidar com os problemas da vida. Com o tempo, me esforcei para demonstrar meu amor por ti e tentar ser uma mãe melhor do que fui nos primeiros anos após seu nascimento, mas acho que me iludi. A dor nunca despareceu por completo.

Ela segura minha mão trêmula com força. Nesse ponto, as lágrimas vêm acompanhadas de soluços.

— Matias — continua, rápida e descompassadamente —, como pais, parece que nos é ensinado a nunca nos abrirmos com nossos filhos, para não demonstrarmos vulnerabilidade e fraqueza. Mas guardar essa dor para mim te fez criar respostas terríveis dentro de ti para preencher a lacuna do que você não sabia, e eu me arrependo tanto, *hijo. Perdóname, mi amor, y sepas que te quiero mucho.*

Eu a abraço, decidido a acabar com a distância — literal ou figurativa — entre nós. É difícil conosco flutuando em nossas pranchas, mas o mar pressente: o mar se *aquieta* para receber nossa cura. Eu choro no ombro da minha mãe, e ela, no meu. Lágrimas acumuladas, suspiros de alívio e dor. Peças do quebra-cabeça se juntam enfim no desenho correto, não na imagem distorcida que antes eu detinha da minha própria vida.

— *Mamá* — murmuro em seu ouvido. Com seu rosto em minhas mãos, me distancio para fitá-la. — *Yo te perdono, mamá. Sé que me quieres, y yo te quiero también.* Tudo que eu sempre quis foi ser amado por você.

Ela chora ainda mais alto. Se passam minutos, ou horas, ou séculos. Mas desaguamos tudo aqui, na praia, e o sal sara as feridas abertas.

Em determinado momento, mamãe se lança na água. Ao voltar, está mais calma. Deitamos em nossas pranchas e juntos mergulhamos no azul celestial desta manhã.

— Mãe, acho que precisamos de terapia — eu digo, e ela solta uma gargalhada, a primeira em tempos. — Sério, não tô brincando, não. Vai ser bom pra gente.

— Eu sei. Acho que você tem razão.

— Nós vamos melhorar, não vamos?

— Vamos, *hijo*. — Ela segura minha mão. — A distância entre nós nunca mais vai voltar.

URGENTE: Júlio Andrade de mudança para Canoa Quebrada? Entenda!

 Matias Mendonza <matiasmt@hippiehostels.com>

para Júlio ▼   Qua., 24 de fev. de 2021, 13:31

amor da minha vida, minha alma gêmea, garoto dos meus sonhos,

é oficial. vencemos o destino. é possível que tenhamos destruído a maldição dos amores que começam e acabam no verão, apagados como desenhos traçados na areia da praia.

como você pediu, conversei com a minha mãe, júlio. na real, acho que nunca tive uma conversa tão importante e decisiva. sinto que, finalmente, tenho respostas, que *entendo*, sabe? que sei o porquê de várias coisas e posso recolher os cacos, seguir em frente. não vou ser ingênuo e dizer que tudo vai mudar num passe de mágica, mas só o fato de a mudança ter começado basta, não importa o tempo que leve.

cara, foi lindo. a gente se encontrou na praia e conversou enquanto surfava. eu achei que falaríamos sobre o Hippie, sobre minhas falhas, mas foi bem mais profundo que isso. eu te conto melhor quando ligar mais tarde, mas ela se abriu mesmo. eu te disse que sentia uma resistência da parte dela em relação a mim, como se tivesse algo fora do lugar, só não sabia por quê. agora sei, o que não é fácil. mal consegui dormir hoje (desculpa não ter te respondido).

enfim, a gente se entendeu. combinamos de iniciar terapia juntos. é um começo, e o mais importante é que ambos queremos fazer dar certo.

depois, falamos do hostel também. reconheci que assumir a gerência com tão pouca experiência talvez fosse meio precipitado. ela pediu desculpas por não ter falado sobre a volta da tia Dandara. o plano dela não era me "escantear", apesar de ter parecido assim. mamãe viu o quanto me esforcei e quer que eu trabalhe com a minha tia, para aproveitar a experiência dela (que vai precisar da grana e da segurança lá de casa agora que está grávida).

mamãe vai assinar minha carteira de trabalho de forma temporária pelos próximos seis meses. daí, quando eles voltarem pro brasil, a gente reavalia. eu achei legal. não tenho muitos gastos ficando aqui e posso guardar esse dinheiro pra gente viajar depois, me organizar direitinho. papai já me prometeu belchior, então… é o tempo que você precisa até se formar. um bom timing.

e você deve estar curioso por conta do título do e-mail, né? deixei o melhor pro final! ela disse sim, júlio! amou pra cacete a ideia de o seu tcc ser sobre o hippie, e disse que você pode tanto ficar lá em casa (comigo) quanto no quarto dos voluntários. ela também acha que te ter por perto vai me "manter na linha" porque, segundo ela, você "é uma boa influência". essa mulher te adorou tão fácil que é até injusto! mas pelo menos acertei no homem da minha vida. ☺

a única coisa que ela pediu é que você apareça aqui no hostel no próximo domingo. meus pais finalmente conseguiram deixar tudo em ordem para viajar, então mamãe quer te conhecer melhor e ter uma conversa contigo e toda a equipe pra definir bem os próximos passos.

se você topar, eu pedi belchior pro meu pai e a gente pode fazer uma viagem até a praia de picos, em icapuí, que é pertinho de canoa e um lugar incrível que vou adorar te mostrar. só nós dois, o mar, uma fogueira e as estrelas à noite. o que me diz?

vai dar tudo certo pra gente, *guapo*. já consigo sentir o gosto do outono, e depois do inverno, e depois da primavera e todas as futuras estações ao seu lado. o infinito é nosso lar, lembra?

te amo muito,

matias

Um sonho dentro de um sonho

 Júlio Andrade <julioandrade@tanaestrada.com.br>

para mim ▼   Qui., 25 de fev. de 2021, 08:18

Matias, dormiu bem?

Espero que sim, porque eu... Bem, digamos que foi intenso por aqui. Depois da nossa ligação ontem, fiquei me revirando na cama. Demorei para cair no sono. Pensava em tantas coisas, se eu também deveria dar uma chance ao meu pai e ouvir o lado dele da história... Já tinha desistido disso, mas ver todas as conversas difíceis que você teve nos últimos tempos, sobretudo com sua mãe, realmente me inspirou.

Por outro lado, também percebi que não era justo me cobrar por esses diálogos. É fácil se projetar nas vivências dos outros e deixar de considerar as nossas próprias. Sim, seria fantástico ter encerramentos dignos de cinema. Mas às vezes é preciso aceitar que cenas emocionantes ou pedidos de desculpas não são garantidos, que pessoas vão nos machucar e nem sempre teremos a chance de falar sobre isso.

E não está *tudo bem*, não mesmo. Em um mundo ideal, sentaríamos em uma mesa, conversaríamos cara a cara e seguiríamos em frente.

Não vivemos em um mundo ideal. Se passamos a vida inteira esperando que a resolução para os nossos conflitos venha de fora, perdemos nosso poder. O que os outros fazem — e escolhem fazer — está fora do nosso alcance. Cabe a nós aprender a lidar com isso.

Eu não sou a razão pela qual meu pai abandonou a família; o preconceito dele é. Posso ter meu próprio encerramento, porque sei o meu papel nessa relação, porque me amo e porque entendo que é *comigo* que preciso lidar. É de mim, das minhas feridas, que tenho que cuidar.

Tudo isso para dizer que estou orgulhoso de você e que cresço à medida que você cresce, respeitando nossas diferenças. Antes, imaginar nós dois parecia mirabolante. Sabe, a leveza de conhecer sua família, ser bem recebido, ganhar uma *música* de presente... Ainda estou me acostumando a isso, nossa conexão, e durante a madrugada também me questionei sobre a "realidade".

Como sabemos que algo é real, que não é um sonho dentro de um sonho? Será que o céu não é um quarto gigante e minha mãe colocou as estrelas no teto apenas para eu não ter medo do escuro? Será que é isso o mundo, Matias? Que estamos todos inseridos em um globo de neve escondido na prateleira de alguém, até esse alguém lembrar que existimos e chacoalhar, erguendo os flocos brancos, transformando vida em movimento?

Bem, eu descobri uma coisa. Eu sei que nós somos reais pela forma como meu coração dispara quando estou contigo. Você, Matias, é aquele que me fez ficar.

Por que esperamos sempre pelo pior? Quando foi que ficamos tão acostumados a conflitos e caos que duvidamos da simplicidade de uma relação que nos faz puramente bem? Achamos que amar e ser correspondido é absurdo, e quando algo incrível acontece, questionamos se merecemos.

E daí se for clichê? Eu cansei de questionar meu direito de ser feliz. Eu mereço, nós merecemos, e ponto-final.

Se esse e-mail não fizer sentido, tudo bem. Não importa. Quando eu chegar aí domingo, já vou levar parte das minhas coisas. Roupas, livros e sonhos, tudo que preciso para começar esse novo capítulo da minha vida ao seu lado. Espero que você esteja pronto, porque eu nunca me senti tão confiante com uma escolha; *nunca*.

Seu,

Júlio

PARTE 5
QUANDO O AMOR DE DOIS GAROTOS MUDA O DESTINO

O ciclo da vida

ALGUNS DIAS DEPOIS

— Antes de começarmos, queria dizer algumas palavras.

Mamãe está sentada à minha frente no chão. A trança que Melissa e Lila fizeram nela mais cedo cai no ombro direito. Somos dez em uma roda no terraço do Hippie. O mantra "Om mani padme hum", na versão do Sacred Earth, a favorita de tia Dandara, toca ao fundo. Com papai segurando sua mão e minha tia do outro lado, minha mãe aparenta leveza desde nossa conversa no mar.

Este é o domingo que marca o fim da temporada. O verão ainda tem algumas semanas pela frente antes de se converter em outono, mas Amanda e Hümi partem amanhã de manhã para Itacaré, na Bahia. Mamãe decidiu aproveitar para reunir todos nós — a família que construímos nos últimos meses — antes de cada um seguir seu rumo.

A porta do terraço foi fechada para garantir que a reunião seja reservada ao staff. Faz calor; o sol do Ceará é impiedoso às três da tarde. Na sombra da varanda e com a brisa marítima constantemente soprada em nossa direção, porém, sobrevivemos.

— Quando minha família deixa o inverno na Europa para vir ao Brasil, temos uma ideia clara do que queremos. — Mamãe olha para os voluntários sentados em posição de lótus. — Queremos que a nova temporada seja melhor que a anterior. Ser melhor não significa que estamos competindo com o passado, mas que sabemos que, se trabalhamos bem e aprendemos com as lições que nos foram dadas, somos pessoas melhores *agora*. O tempo é uma bênção.

Ela para e beija a mão do meu pai. Essa é a deixa dele, que toma a palavra.

— Claro, temos algumas certezas. Sabemos, por exemplo, que rostos antigos vão dar um jeito de voltar — ele diz essa parte para Otto e Zayn, que sorriem —, mas que novas pessoas vão aparecer pelo caminho também. Ter uma vida nômade, uma *família* nômade, significa constantemente abraçar o novo. E isso é lindo, pessoal. — Papai inspira fundo. — Para alguns de vocês, essa temporada no Hippie está terminando. Para outros, é o início. Vocês já o conhecem, mas deem boas-vindas. Júlio é o mais novo membro da família!

Meu não-exatamente-namorado, com os dedos gentilmente entrelaçados aos meus sobre sua perna, sorri quando papai aponta para ele. Puxo Júlio para mais perto. Ele se aninha em meu corpo, e é justo — até um pouco inacreditável — que esteja aqui, comigo.

— E como um hostel — papai prossegue —, nossa missão é ser uma ilha segura para que viajantes façam o que fazem de melhor: chegar e partir.

Todos os anos, o "balanço geral", como esse momento no fim da temporada ficou conhecido, acontece no terraço do Hippie. Eu sempre choro. Posso ter me acostumado a despedidas, mas elas não deixam de me afetar.

Conhecer e amar pessoas que nunca voltaremos a ver é doloroso. No passado, isso me confundiu. Me custou aceitar a impermanência. Não me fechar às relações só pela volatilidade delas, mais ainda. Porque tão logo passava a amá-los, meus melhores amigos se tornavam memórias de continentes distantes, países que ficavam para trás nas asas de um avião. Eu constantemente precisava fazer novas amizades que também só durariam por um curto espaço-tempo.

Com os anos, depois de me ressentir muitas vezes, fui compreendendo a beleza das despedidas. Descobri que a dor é um sinal de que vale a pena, que é *real* e significativo. Que nos permitimos nos conectar em um nível profundo com os outros.

A gente não pode viver se isolando. Quantas coisas lindas não deixam de acontecer apenas pelo medo da conexão? Medo do que ainda não aconteceu.

Vai doer? Vai, sim.

A saudade dói.

Ver Amanda contendo as lágrimas enquanto Hümi e Lila seguram suas mãos não é exatamente fácil de assistir. Mas eu só sinto o peso dessa despedida porque me permiti conhecer Amanda, porque abri espaço para ela na minha vida.

Prefiro amar e dizer um até logo do que nunca chegar a conhecer as pessoas à minha volta.

Nunca é *fácil* dizer adeus. Mas é inevitável.

O que cai da mochila de um viajante já não pertence mais a ele.

— Estamos orgulhosos da dedicação e do trabalho incrível que vocês todos fizeram aqui esse ano. Pessoalmente, eu tive meus altos e baixos, mas sabia que podia contar com a equipe até quando a polícia queria participar da festa também — mamãe nos provoca.

— Essa doeu, mãe.

Ela cai na risada e bebe um gole de água.

— Cada um de vocês abraçou o hostel de forma linda... Esse é exatamente o propósito da nossa jornada, o porquê de Vinícius e eu termos decidido abrir o Hippie na Espanha e aqui. Um hostel não é só um lugar barato para se hospedar, mas uma comunidade, uma família.

— No nosso caso — papai brinca —, uma família-comunidade *bem* arco-íris.

Otto e eu trocamos um olhar cheio de significado. Até o ano passado, ele era um dos únicos realmente assumidos do grupo. Hoje, é incrível que mais da metade da minha família se identifique como LGBTQIAP+.

— Quando Vinícius, Melissa e eu partirmos na próxima sexta, o Hippie ficará a cargo da Dandara e do Matias — mamãe diz. Em seguida, me encara. — Matias que, aliás, fez um ótimo trabalho durante o verão. Errando? Sim, claro, mas principalmente se esforçando para acertar. *Gracias, hijo.* — Há uma pequena salva de palmas.

Zayn aperta meu ombro.

Júlio traz a boca ao meu ouvido e sussurra:

— Vamos ver se você vai continuar se comportando pelos próximos meses.

— Contigo ao meu lado, *guapo*? — respondo maliciosamente. — O tempo todo.

Papai pigarreia e se levanta, indo para o meio da roda.

— Bom, vamos continuar então. Para quem não sabe, a dinâmica consiste no seguinte: vocês devem compartilhar uma coisa que aprenderam, uma coisa pela qual são gratos e outra da qual sentirão falta após o seu tempo aqui. A diferença é que, durante toda a brincadeira, estaremos vendados. Confiem no processo e só tirem as vendas quando terminarmos — papai diz. — Prontos?

Alguns minutos depois, já vendados, começamos. Permanecemos sentados no chão, exceto por meus pais e tia Dandara, que conduzem a dinâmica. No som, toca "Je te laisserai des mots", do Patrick Watson. O piano suave misturado aos ornamentos vocais do cantor cria uma atmosfera intimista no terraço.

A primeira a falar é Lila, com o volume da voz variando conforme papai a leva ao centro da roda.

— Eu descobri que coisas incríveis acontecem quando a gente para de ter medo de se arriscar. Sou grata por vocês terem me acolhido desde o primeiro dia, quando eu cheguei cheia de perguntas. Vou sentir saudade das nossas brigas de travesseiro no quartinho azul e até dos roncos. Vocês estão no meu coração para sempre.

Hümi, gaguejando um pouco:

— *Ok, so*... Aprendi que sempre tem algo novo esperando para ser descoberto. Sou grata por ter descoberto você, Amanda, esse ano. Nunca me apaixonei nas minhas outras vezes em Canoa, e nunca vou esquecer nosso primeiro beijo durante o karaokê. Sentirei falta da nossa vida aqui, mas estou ansiosa por nossas próximas aventuras juntas.

Zayn dá uma tossidinha antes de falar:

— Com vocês, aprendi o significado de família escolhida. A maior parte da minha família de sangue jamais me aceitará por ser pansexual.

Sei que não preciso da validação de ninguém, nem pedir licença, para ser quem eu sou. Sou grato por poder voltar. Vou sentir saudade dessa energia, de cada um de vocês. Melhor temporada do Hippie, sério.

Meu corpo se inclina involuntariamente para ouvir Júlio, manso, já parte da família.

— Aprendi a confiar no amor outra vez, a acreditar no Universo também. Tenho medo da água, mas sou grato a ela, grato ao mar, pelo presente que me deu. Não vou sentir falta de nada nesse verão, porque ele ainda não acabou. Se depender de mim, jamais acabará...

Otto, o amigo que eu precisava:

— Aprendi a ter paciência comigo. Não muita, mas o bastante. Sou grato por vocês me inspirarem a ser uma pessoa melhor e a confiar nas minhas histórias. Definitivamente *não* vou sentir saudade de acordar cedo pra servir o café da manhã, mas vou sentir falta da cara de tacho de vocês se entupindo de cafeína. E prometo mudar o nome de todos no meu livro! É isso, amo vocês.

Melissa, resignada, com voz de choro:

— Aprendi que está tudo bem a gente não saber quem é, mas nunca é justo se sentir errado por existir. Sou grata por ter um irmão que não me deixou sozinha quando precisei de apoio. Esse foi o verão em que me apaixonei pela primeira vez, e nunca vou me esquecer disso.

Amanda, uma oitava acima do habitual:

— A gente nunca anda só de verdade. Assim que saí de São Paulo pra começar meu mochilão, não sabia que viria para Canoa. Só segui minha intuição e vim. Agradeço à Amanda que teve a coragem de largar tudo e estar aqui. Não foi fácil, mas a gente *conseguiu*. Vou sentir falta de tudo, e espero ser uma das que voltam.

Amanda termina, e eu sou o último. As mãos dos meus pais me apoiam e me ajudam a ficar em pé. Eles não dizem nada; o toque é gentil e firme, familiar. Depois que me soltam, outra mão se entrelaça à minha. Papai beija minha testa.

Chegou minha vez. Na roda, fico paralisado em silêncio sentindo o calor que emanam para mim. A mão à minha direita pressiona meus dedos, bem de leve, me dando força, e eu decido só falar com o coração.

— Nos últimos meses, mais do que aprender, eu *desaprendi*. Desaprendi a temer quem eu sou, a desconfiar da minha essência, a me isolar e não deixar os outros me enxergarem... — Ergo o queixo em busca do céu. — Sou grato por aprender com vocês. Porque eu vou errar mesmo, cair feio, ferrar com tudo, mas não farei nada disso sozinho. — Não sei onde Júlio está, mas digo essa última parte para ele: — Sentirei falta daquela terça-feira de janeiro em que te reencontrei.

Eu me calo.

Fim de jogo.

Por um tempo, a repetição melódica da música é o som mais próximo que ouvimos. Isso, o sussurro do vento e nossas próprias respirações.

Sinto os outros próximos a mim. Este não é apenas um momento para encerrarmos a temporada. É uma oportunidade de estreitar o vínculo que já construímos. Não importa o caminho que vamos tomar individualmente, encontraremos uma maneira de estarmos juntos outra vez. Se não fisicamente, pelo menos nessa memória compartilhada.

— Bem devagar, tirem as vendas. — O tom de voz de papai é meditativo. — Respirando, reconhecendo esse lugar no tempo e espaço...

Fazemos como ele diz. Quando enfim nos vejo, a luz da tarde irrompendo outra vez, sorrio.

Formamos uma espiral. Estou na extremidade, Lila bem no centro, e os outros de mãos dadas ao seu redor na ordem em que foram chamados. É Amanda ao meu lado. Ela me dá um sorriso; encosto a cabeça em seu ombro e beijo sua bochecha.

Fiquei no fim da espiral, mas só por um segundo. Logo meu pai segura minha mão, e mamãe, a dele. Dandara chega por último, fecha a espiral e nos traz para ainda mais perto.

Nos entreolhamos. Meus olhos se esbarram nos de Júlio, entre Zayn e Otto, com os cachos arrepiados. Sussurro "eu te amo" só com os lábios para ele, que assente de volta.

— A espiral — meu pai continua — representa o ciclo eterno da vida. O nascimento, o crescimento, a morte e o renascer. É a nossa evolução em seus muitos estágios, assim como o símbolo de tudo que é conectado, uma geometria sagrada. Fazemos parte de uma grande teia, complexa e eterna, que une cada um de nós. Nossa espiral é apenas uma representação da espiral da própria vida, e de uma espiral muito mais ampla também, universal. Espero que lembrem que a energia da vida se move por todas as coisas, e que vocês podem sempre reencontrá-la dentro de si mesmos, onde jamais nos deixa.

Nossa espiral se estreita, corpo esbarra com corpo. A sensação é de que somos um só. Eu olho para cada um deles no terraço do Hippie, decoro suas faces, o modo como sorriem e se entregam.

Eu digo que os amo em voz alta.

Otto me responde de volta.

E então Lila.

E Melissa.

E Júlio.

E de repente estamos aqui, conectados na proporção áurea que criamos, todos gritando que se amam. A pulsação acelerada do meu coração me recorda de que esse não é o começo, o meio ou o fim. É tudo isso simultaneamente.

Pertinho de casa

Quando recebo meu presente do Universo, não estou surfando.

Estou dirigindo.

Ao meu lado, o leitor misterioso com sua camisa preta de gola V e chapéu de palha, a ecobag colorida no ombro. Exceto que agora ele veste branco e vermelho e não está na areia do mar, mas no banco do carona de Belchior. Canta a plenos pulmões a música que toca no rádio, desafinado, sua mão do lado de fora da janela fazendo pequenas ondas.

Conheço seus sonhos e medos e a curva da sua boca entreaberta ao dormir.

Eu o desenhei sem roupa, lhe dediquei composições e disse que o amava.

Quando pensei que amaria alguém? Não *eu*, não neste verão.

— Você vai acabar matando a gente. — Um sorriso malicioso se forma em seu rosto quando Júlio para de cantar e me flagra.

A regata vermelha contrasta com a pele bronzeada e os dedos envolvem a ametista do colar que lhe dei; é como se Júlio levasse um pedaço do meu coração o tempo todo com ele.

— Finais trágicos sempre comovem o público, *guapo*.

— E aquele plano de "mudar o destino"? Não foi esse final que a gente prometeu.

— Tudo bem, mas é meio difícil não te olhar assim. — Estico a mão para alcançar a sua, mas Júlio me dá um tapinha seguido de um falso olhar recriminador.

— Assim como?

— Todo lindo cantando Florence com essa voz desafinada que eu amo.

— Minha voz não é desafinada, Matias.

— Não é *pouco*, você diz.

— Para de me encarar e presta atenção no caminho. — Ele bufa e ajusta a bandana branca que Melissa lhe emprestou. — Quero chegar vivo na praia.

Já faz um tempo desde a última vez que o dirigi, mas Belchior continua familiar: sei de cor todos os pequenos truques para fazê-lo funcionar direitinho. O volante ainda tem a mesma capa de couro macio, e o estofamento é confortável. Belchior não é um carro feito para um passeio rápido pela cidade, é feito para ser vivido na estrada.

As músicas que tocam no rádio — uma playlist colaborativa que Júlio e eu fizemos antes de partir, mesclando minhas escolhas musicais e as dele — passam por Manu Chao e Taylor Swift, Novos Baianos e Rosa Neon. Agora é "Shake It Out" da Florence, e antes foi "Chão de giz". Não faz sentido, mas gostamos da colisão entre os nossos mundos.

— Prepara o celular — digo a Júlio quando nos aproximamos do fim do percurso. — Você vai querer fazer um vlog disso.

Na fronteira entre o litoral do Ceará e do Rio Grande do Norte, a entrada de Icapuí é uma das minhas favoritas: um impressionante coqueiral se estende por quilômetros. Os picos brancos das montanhas de sal, o mar azul e a vegetação da restinga surgem à frente. A visão desse espetáculo é breve, e só para quem desce a ladeira que leva à cidade.

O impacto é tão forte que Júlio pede para parar o carro e apreciar a vista. Estaciono em um mirante. Quando ele termina de filmar, viramos à esquerda na Praça da Liberdade. Por seis quilômetros, a pista estreita atravessa casas de pescadores e clareiras onde a serra revela um solo laranja, como em Canoa Quebrada.

O colorido de Belchior atrai crianças pelo caminho. Inclinado na janela, Júlio sorri ao acenar para elas. Um cachorro nos persegue, parando quando chegamos na ladeira da Praia de Picos, ainda mais fantástica. Pela expressão nos olhos de viajante de Júlio, fiz a escolha certa.

— Meu pai ama essa praia — eu conto. — Ele sempre nos trazia aqui quando a gente chegava no Brasil.

— É linda — responde Júlio, o queixo apoiado em seu braço na janela.

À direita dele, as poucas casas com cercas baixas da Praia de Picos se escondem na sombra dos coqueiros e das árvores nativas.

Ele desafivela o cinto de segurança depois de pararmos no final da estrada à beira-mar, um local recém-instalado para motorhomes, com acesso público à eletricidade. O capô ensolarado de Belchior aponta para a praia, onde sete jangadas se espalham pela água azul-esverdeada da maré parcialmente baixa.

A praia é só nossa. Desligo o motor, roubo um selinho de Júlio e escancaro a porta antes que ele possa retribuir. Tiro um colchonete da mala e o acomodo no teto quente de Belchior. Também coloco nosso cooler lá em cima. Subo e deito, aparecendo de cabeça para baixo na janela de Júlio.

— Você quer que eu vá *aí*? — Ele franze a testa, passando a mão pelos meus dreads suspensos no ar.

— Por que não?

— E se a gente amassar o carro?

— Relaxa. — Me ajoelho no teto e estendo a mão quando Júlio sai. — Belchior aguenta.

Hesitante, ele aceita minha ajuda. Eu o puxo; Júlio aterrissa de mau jeito em cima de mim. Aproveito a oportunidade e o beijo, rolando com o garoto pelo colchão enquanto rimos sob o sol, sem pressa.

Ao sentar, abro uma água gelada para mim e passo outra para Júlio.

— Um brinde à nossa primeira viagem, *guapo*.

— À primeira de muitas.

Encostamos a ponta das nossas garrafinhas e bebemos. O sol do meio--dia é inclemente sem uma sombra para nos proteger. Me posiciono atrás de Júlio, ergo sua camisa e passo o protetor solar na pele macia dele.

Amo cuidar de Júlio.

Amo garantir que esteja bem.

— Obrigado por ter me trazido aqui. — Ele vira o rosto suavemente para mim.

— Não precisa agradecer.

Júlio fica sério.

— Não, preciso sim. Eu duvidei tanto da gente, e agora olha onde estamos. — Ele abre bem os braços. — Uma praia incrível com o cara que eu gosto. Acho que posso me considerar um sujeito de sorte.

— O sortudo sou eu, *guapo* — sussurro em sua orelha. — Você mudou minha vida.

Termino de passar o protetor e vou para o lado dele outra vez. Descubro que os olhos de Júlio estão marejados; ele vira o rosto para disfarçar, mas eu levo a mão até seu queixo e o trago de volta.

— Ei, o que foi? Não chora, anjo, por favor.

Uma borboleta de asas amarelas voa entre nós. Júlio respira com dificuldade, e a ponta do seu polegar contorna minha sobrancelha.

— Eu não queria me apaixonar por você — ele confessa. — Tinha medo de me entregar, e não parecia possível que você fosse a pessoa certa depois de tanto tempo. Achei que só me apaixonaria de novo no exterior, em algum lugar muito, muito longe, porque amor era distante para mim. Um tiro no escuro.

— Mas não é mais.

— Não — Júlio assente. — Tenho sorte de ter te encontrado aqui. Não em outro país, não em outro estado. Pertinho de casa. Você estava debaixo do meu nariz esse tempo todo.

Me dou um instante para observar seus olhos castanhos antes de abraçá-lo. Júlio é um quadro completo comparado ao menino que conheci há quase dois meses, suas bordas então borradas pelo desconhecido. Sinto que o conheço, e que onde antes tamanha intimidade assustava agora é bem-vinda.

— Parece que a gente está vivendo um filme — murmuro. — Se sente assim também?

— Na verdade é ainda melhor que um filme.

— E está só começando.

— Sim. — Ele deita a cabeça no meu ombro. — Só começando.

À tarde, depois de cochilarmos por algumas horas, entro no mar enquanto Júlio lê em Belchior. Ele terminou *A hora da estrela* e agora devora *Torto arado* com os pés apoiados no painel do carro. Tento convencê-lo a vir comigo, mas Júlio só nega com a cabeça e ergue o Kindle como desculpa.

Entre um mergulho e outro, eu o sinto me procurar. Gosto da sensação de ser observado por ele, cada um fazendo o que gosta: eu no mar, ele nos livros.

Logo que o sol desce, montamos uma força-tarefa para preparar a fogueira. Tomamos caminhos opostos. Júlio retorna com os braços cheios de galhos e alguns punhados de folhas secas, que se somam aos pedaços de troncos que encontrei. Depositamos a madeira em um buraco que cavamos na areia. Tiro duas cadeiras de plástico de Belchior e as posiciono lado a lado ao redor da fogueira.

É Júlio, se livrando da camisa para que não fique com cheiro de fumaça, quem se incumbe da missão de acendê-la. Com o vento forte, é complicado. Mas espalhamos alguns recortes de papel e jogamos álcool na lenha para que o fogo se espraie. A dedicação dele me arranca um sorriso, e a fogueira ganha vida após o pôr do sol. Comemoramos com um abraço quando as primeiras chamas ardem ao redor do corpo esguio de Júlio.

Limpo parte da fuligem que pinta seu rosto.

— Tão aventureiro — digo.

— Alguém tinha que tomar a iniciativa.

— Ah, é?

— Claro, você só fica aí parado me encarando — ele rebate com um sorriso encrenqueiro.

— Que *mentira,* cara. Não vou nem começar a listar tudo que fiz hoje.

— O fogo você não fez. — Júlio fica na ponta dos pés e me puxa pela mão. — Vem, vamos preparar os marshmallows.

Colocamos os doces no palito. Minhas primeiras tentativas ou ficam cruas demais, ou terrivelmente queimadas. Já Júlio, que acerta todas, não perde a oportunidade de implicar. Amo a pirraça dele, como age quando não tem mais ninguém por perto.

Enquanto o vejo alimentar a fogueira, penso que encontrei meu companheiro de viagem.

Nosso fogo, as lâmpadas nas janelas das casas, os barcos ancorados e um ou outro vagalume em voo rasante são as únicas fontes de luz em toda a praia. A noite é profunda, primeiro dia da lua nova, que desperta de forma tímida no céu com seu sorriso fugaz. Não me lembro de ter visto estrelas tão brilhantes nos últimos meses, nem mesmo em Canoa.

Estendo uma canga na areia e chamo Júlio para se deitar comigo.

— Sabe o que seria legal? — ele pergunta ao repousar a cabeça no meu peito.

— Me diz.

— Seria incrível se a gente visse outra luz daquelas.

Eu movo minha mão pelo peito nu dele, varrendo os grãos de areia. O vento dá uma pausa. O fogo constante nos aquece e clareia nossos corpos.

— Ah, então agora você acredita em extraterrestres?

— Eu tô aberto à *possibilidade* — Júlio diz. — Se aparecessem, eu teria que repensar muita coisa.

— Não funciona assim, amor. Não dá pra simplesmente esperar que óvnis surjam só porque a gente quer.

Ele se apoia nos cotovelos e me encara.

— E se a gente pedir?

— Júlio, como a gente vai chamar um óvni?

— É você que acredita no Universo. Me fala.

— Sim, eu acredito, mas tudo tem *limite*.

Ele lambe meu mamilo e o mordisca.

— Teoricamente — ergue as sobrancelhas, maroto —, somos almas gêmeas. Talvez a gente tenha poderes especiais também.

— Poderes especiais de *almas gêmeas*? — Faço uma careta.

A voz de Júlio sobe uma oitava:

— Desde quando você é tão cético?

— Escuta, primeiro, a nossa história era um amor de verão estilo *haters to lovers*, agora a gente vai ser o quê? Um romance paranormal no litoral nordestino?

Ele ri alto.

— Para, vai. Com cartomante surgindo do nada, profecias, horas iguais e até luzes no céu, meio que já é, não?

Eu suspiro. Pensando bem...

— Porra, você tem razão. A gente é estranho pra caralho.

— Somos *únicos,* não existe nenhuma história como a nossa. — Júlio toca meus dreads, me corrigindo. — Nenhuma.

Não sei se é a fogueira, mas começo a esquentar.

Tê-lo assim ao meu lado, massageando meu abdome e vestindo apenas um shortinho branco que deixa a maior parte das suas coxas de fora, não é nada justo.

É impossível não me imaginar arrancando as duas únicas peças de roupa de Júlio e o deixando nu sobre mim, todas as coisas que poderíamos fazer juntos nesta praia sem ninguém para nos interromper...

— Certo. — Expiro com força. — Hora de usar nossos poderes de almas gêmeas.

Júlio se empertiga para ouvir meu plano. A ideia é que a gente feche os olhos e imagine a mesma luz que viu em Canoa Quebrada.

— E depois? — Júlio pergunta.

Enrolo uma mecha do seu cabelo.

— Depois a gente torce.

Ele não parece convencido quando deitamos de barriga para cima na canga, mas seguimos o "protocolo" de contato.

Visualizo a noite em minha mente. Lembro o que aconteceu no terraço do Hippie, como a estrela se moveu dentro da lua de forma arbitrária até desaparecer em um vórtex. Então, penso nisso acontecendo *hoje*; Júlio apontando para o céu, surpreso, meu próprio choque, a história que contaríamos juntos pelo resto dos nossos dias...

Mas, depois de reabrir os olhos e encarar as estrelas por alguns minutos, nada acontece.

Nenhuma luz especial, nenhum meteorito.

Só a noite.

— Acho que estamos sem sorte — digo.

— Você não acreditou que a gente ia convocar naves alienígenas de verdade, né? — ele diz, e eu fecho a cara. — Meu Deus, você achou *mesmo*!

— Tive esperanças, é bem diferente.

— Tadinho do meu bebê. — Júlio faz uma voz infantil ao subir em mim. — Bom, eu tive uma ideia legal pra compensar sua decepção.

— Qual foi?

— E se — ele aproxima seus olhos dos meus o máximo que pode — a nossa primeira grande viagem juntos no segundo semestre for pra lugares mais, sei lá, místicos?

Minha boca se entreabre.

— *Guapo*, essa ideia é incrível!

Ele sorri.

— Eu poderia citar alguns destinos óbvios, tipo Varginha. Sabe, a cidade de Minas onde supostamente apareceu um ET nos anos noventa?

Eufórico, penso em todas as possibilidades de destino.

— Tem a Chapada dos Guimarães — digo. — E tia Dandara falou muito da Chapada dos Veadeiros também.

— Peru? — Júlio arrisca.

— Peru seria foda! Machu Picchu, com certeza.

— As linhas de Náscar e o Lago Titicaca no Peru são boas opções também.

— E Capilla del Monte.

— Onde fica isso?

— Na Argentina, meu pai já foi. Dizem que existe uma cidade intraterrestre debaixo de uma montanha. — Minha cabeça fica a mil por hora. — O deserto do Atacama no Chile é outro famoso por aparições.

Júlio estala os dedos e senta em posição de lótus.

— Gostei do roteiro. Seria ainda mais legal se a gente pudesse viajar na kombi.

Passo a vista por Belchior. Uma coruja está empoleirada no teto, contorcendo o pescoço para os lados. Antes que eu possa mostrá-la a Júlio, a ave bate as asas e desaparece na escuridão.

— Parece que temos um plano para o futuro — digo, baixinho.

— É. — Ele afasta uma mecha de cabelo dos olhos. — Parece que sim.

— Seus seguidores vão amar.

— Bem, pra isso você teria que aparecer nos vídeos.

— E pra isso você teria que me assumir, né? Parece que sou o seu segredo...

— Jesus, quanto drama. Claro que eu vou te assumir. A gente tá praticamente morando junto.

Fico de frente para ele.

— Então posta uma foto nossa.

A expressão no rosto de Júlio é cautelosa.

— Agora?

— Sim.

— Não tem sinal de internet aqui... — Ele comprime os lábios.

— No meu celular tem. Posso rotear pra você.

O garoto coça o próprio queixo, subitamente encabulado.

— Mas a gente não tem foto...

— Que mentira! A gente tem várias. Que tal uma no nosso passeio de jangada ao pôr do sol?

Júlio considera.

— Hm, a gente está se beijando nessa foto, acho.

— Perfeito.

— Sério? — Ele arqueia as sobrancelhas. — Você não se incomoda?

— Tá brincando? Vou amar a atenção dos seus cento e tantos mil seguidores. Marca o @madeinmatias.

Júlio me observa atentamente.

— Você não tá me usando só pra crescer on-line, tá?

Solto uma gargalhada alta e cruzo os braços.

— Até parece. É só eu postar uma foto sem camisa que todos os gays caem em cima e eu quebro o algoritmo. Não preciso de favor pra hitar.

— Você não tá exatamente se ajudando com essa informação... — ele revira os olhos ao pegar o telefone.

— Não fica com ciúme, anjo. Sou só seu.

— Matias Mendonza, o monogâmico — Júlio debocha. — Quem diria.

Levanto e espeto o fogo com um graveto. Fagulhas flutuam pela noite, varridas pelo vento uivante.

Então, Júlio fala:

— Pensei nessa aqui. — Ele mostra a tela do celular. Vou até ele e me agacho na areia da praia. — O que acha?

A foto é de hoje. Júlio com a bandana branca na cabeça, o colorido de Belchior no fundo. Ao lado dele, apareço dirigindo, focado na estrada. O leve sorriso no canto da minha boca aparenta ser proposital, mas não é.

— Eu nem te vi tirando essa foto.

É maravilhosa. A paleta viva, o olhar parte convidativo, parte sexy de Júlio. Não estamos fazendo nada de mais. Ainda assim, tem algo nessa foto que grita *plural*. Grita o "nós" que somos sem precisar ser óbvio. Nosso amor está às caras, exposto para qualquer um ver.

— Qual vai ser a legenda?

— Hm. — A testa de Júlio se contrai. Ele se levanta e encosta em Belchior.

Um instante depois, dá um pulinho empolgado no ar.

— Descobriu?

— Na real, eu já postei. Olha seu insta.

A notificação chega na mesma hora:

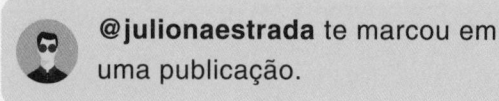

@julionaestrada te marcou em uma publicação.

— Ah, então você tem internet, né? — provoco.

Ele mostra a língua para mim.

— Olha o post.

Entro no aplicativo e a primeira publicação que aparece é esta: nossa foto colorida no feed de Júlio, o mesmo feed que stalkeei centenas de vezes mais do que gostaria de admitir.

Abaixo, a legenda.

O surfista por quem me apaixonei em Canoa Quebrada ainda não é meu namorado, mas acho que estamos quase chegando lá.

Prelúdio de outono

Belchior canta ao nosso redor. Belchior, cínico e ácido mesmo quando romântico e piegas, poeta dos punhais de amores traídos, cercado de mistérios.

Lembro de um carro alugado na Tailândia, no dia em que deixamos o país. Eu tinha nove anos. A ilha em que morava desaparecia pela janela. Meu melhor amigo na vila de pescadores — Chasay, se chamava — corria na minha direção. Ele apressou o passo até se esgotar e cair de joelhos na areia, a voz de Belchior entoando "Coração selvagem" no CD que papai sempre carregava consigo.

"Coração selvagem" era o hino unânime das viagens em família, tema do romance dos meus pais. Era com "Coração selvagem" que eles dançavam na cozinha em noites de domingo, achando que eu, Pablo e Melissa dormíamos, sem saber que nos enfileirávamos atrás da porta apenas para assistir à cena; momentos de intimidade com a lua vazando pela janela.

Hoje, na nossa cama dentro da kombi, "Coração selvagem" já deu voltas no repeat. É inaceitável que Júlio não conheça a música, e eu conto as histórias para ele: o dia em que Belchior apareceu em nossa vida com a placa de vende-se, o pedido de casamento que papai fez em pleno show, a Tailândia...

— Eu acho — Júlio sussurra depois com a voz mais grave do que o habitual — que mereço uma versão sua de "Coração selvagem".

— Você quer que eu cante a música?

Puxo Júlio para o meu colo, a sobrancelha arqueada.

— Sim. Aposto que você sabe a letra de cor, e trouxe o violão. — Júlio delineia meu bigode. — Admita, Matias. Esse foi seu plano o tempo todo.

— Não sou tão esperto assim. — Mas lanço um olhar para Fat Dominos.

O violão, protegido pela capa dourada de veludo, repousa contra a parede de Belchior, me chamando.

"Coração selvagem" está no meu repertório de show. Geralmente, eu a coloco na metade da apresentação. Não é o que o público de Canoa Quebrada espera na Broadway, mas é um dos momentos em que mais me destaco.

— Não mereço outro show seu? — ele pergunta.

— O que ganho em troca?

— Meu amor e admiração. — Júlio faz beicinho e enrola os braços no meu pescoço. — Não é o suficiente?

O garoto encosta nossos narizes e me encara. Sua bunda se ergue um pouco; Júlio sai do meu colo e se empertiga até ficar mais alto do que eu, nitidamente gostando de inverter os papéis. Faz que vai me beijar, mas desvia dos meus lábios por um triz.

— Violão — sua boca sussurra na minha orelha. — E depois vemos o que você merece.

Maldade.

Ainda deitado na cama, estico o braço para pegar o violão dentro da capa. Fat Dominos está desafinado, mas eu ajusto as cordas enquanto sento na frente de Júlio, que tem as costas apoiadas na parte de trás do banco do motorista.

Ele é uma visão mágica, iluminado pelo varal de luzes alaranjadas que tia Dandara instalou dentro do carro. Sem blusa e com a ametista no centro do peito, parece um ser etéreo. As capas dos discos de vinil do meu pai criam uma atmosfera especial em torno dele, e eu me sinto transportado no tempo enquanto os rostos de Alceu Valença, Rita Lee e Belchior nos observam. É como se estivéssemos em Woodstock, quando milhares de hippies experimentaram novos estados de consciência, em uma década em que Raul Seixas e Paulo Coelho fizeram músicas que tocam até hoje.

Mas "Coração selvagem" é mais difícil do que parece. Não é apenas uma questão de precisão nas notas, é a complexidade da própria letra. Belchior entrega uma de suas obras mais complexas aqui. Tudo está condensado na canção: a promessa de um amor eterno, a efemeridade da vida, a morte. O mundano, o sobrenatural, o infinito que há nos pequenos grandes momentos.

Eu canto a música para Júlio com a voz levemente rouca. Exploro agudos imprevisíveis como meu professor de canto — o homem no rádio — ensinou. Canto com todo o meu coração, que já pertence mais a ele do que a mim.

E eu me entrego a "Coração selvagem".

Me entrego de verdade, como Júlio disse que eu faria, porque a música faz parte do meu DNA.

Meu bem, meu lugar é onde você quer que ele seja. Arco-íris, anjo rebelde, eu quero o corpo. Tenho pressa de viver.

Eu afirmo cada palavra que minha voz entoa.

Quando Belchior pede para que seu amor viva, que corra perigo e morra com ele, sou eu cantando para Júlio. Quando ele fala sobre arriscar tudo de novo pela paixão, não temer o desconhecido, se entregar completa e integralmente, sou eu também. E quando pede abraços e beijos, devagar, para ter tempo, sou eu, somos *nós*.

Só existe Júlio: no colchão que transformamos em um portal para um universo paralelo, nos lençóis retorcidos — ondas, um mar de cetim —, no copo com cerveja que dividimos mais cedo, nos minutos que parecem horas enquanto ele me assiste com olhos de fogo.

Talvez eu morra jovem. Alguma curva no caminho, algum punhal de amor traído completará meu destino...

Ao terminar, não sei quem avança para quem primeiro.

Mas sei de uma coisa.

Sei que o beijo de Júlio é mais que um simples toque de lábios. É uma explosão que me traz de volta à vida, me lança ao espaço como da primeira (que nunca foi a primeira) vez. Já fizemos isso antes, envoltos no estado perpétuo de déjà-vu que me acompanha desde que a onda me levou a ele. E eu tenho a sensação repetida de que sim — já o beijei mais do que essa linha de tempo compreende, o beijei em corpos que não são os nossos hoje, em países e culturas distintas, amor proibido, impedido…

Não. Não mais.

É diferente, um presente cósmico.

O enlace prometido de duas almas, cuja chance de se amar em outra vida foi tirada cedo demais. E agora, finalmente, estamos juntos outra vez.

Roupas voam.

Lábios se fundem.

E quando nos unimos, acho que vejo a dança de uma aurora boreal acima de nossos corpos, auras projetadas em um caleidoscópio de luzes.

— Sabe — ele murmura mais tarde, sem ternura —, se quisesse… se topasse… talvez a gente pudesse experimentar outra coisa.

— Júlio, meu Deus. Que parte do "eu sou seu" você ainda não entendeu? *Seu*, anjo. — Fico de joelhos na frente dele, sabendo o que me pede nas entrelinhas. — Hoje e sempre. Para me ter de todas as formas que quiser.

E ele me tem mesmo.

Meu rosto no travesseiro, seu corpo sobre o meu, sua língua me preparando para recebê-lo. Nós dois nos abraçamos e beijamos calmamente, e desfazemos as malas para habitar um no outro.

Um lugar onde nada nem ninguém podem nos separar.

A primeira coisa que noto ao despertar é que Júlio não está na cama. Meus braços se esticam para abraçá-lo como fizeram ao longo da madrugada, constantemente em busca do garoto. Tateio e, desta vez, há apenas o vazio.

Escaneio o mundo exterior. A luminosidade difusa da manhã atravessa as cortinas de Belchior. O vento que passa pelas brechas sopra o tecido branco esvoaçante que faz cócegas no meu pé.

A porta do carro está levemente entreaberta, como se quem passou por ela a tivesse deixado assim para não fazer barulho. Sento no colchão. O travesseiro em que Júlio dormiu ainda guarda o formato da cabeça dele; deve ter se levantado há pouco tempo.

Suas Havaianas desapareceram. O short que usava ontem, também.

Um bocejo escapa da minha boca. Me contorço para pegar o celular que recarrega em uma bateria portátil; são 6h06, mas lá fora o sol já se ergueu bastante. O amanhecer é sempre cedo na esquina do Nordeste brasileiro, tão próxima à linha do equador.

Pássaros gorgolejam. Um bem-te-vi bate com o bico no para-brisa de Belchior mas vai embora quando me ergo, ainda cambaleante. Rolo para o banco da frente e abro a porta do motorista.

Do lado de fora, os vestígios da noite anterior: esquecemos de guardar as cadeiras de praia, agora caídas em razão do vento. As cinzas da fogueira estão cobertas de areia, que Júlio e eu jogamos para evitar que as fagulhas causassem algum dano não intencional à natureza.

Júlio.

Há uma pressão na minha cabeça que não consigo decifrar, o corpo dolorido. Se pelo mau jeito ao dormir ou pelo exercício inesperado noite adentro, não sei. Seja como for, nem sinal de Júlio na nossa parte da praia.

A areia escura não está quente, mas vai estar em breve. Algas cobrem parte da faixa litorânea e a maré seca bastante; em algumas praias de Icapuí, o mar pode recuar por quilômetros, um fenômeno curioso. O vento dança pelas folhas das palmeiras, e as palhas que raspam umas nas outras formam um ruído constante, som de fundo mesclado às ondas do mar — imperceptível aos desatentos.

Há pegadas na areia desde Belchior; Júlio, provavelmente.

Sonolento, alongo o corpo enquanto começo a segui-las.

Picos segue em sua calmaria bucólica, exceto por um viajante errante descendo o grande lance de escadas que vai da serra à praia, uma senhora estendendo roupas em um varal entre coqueiros e um ou outro pescador; o período do paradeiro da pesca da lagosta está quase no fim, e por ora apenas peixes chegam em suas redes.

As pegadas de Júlio me levam até a curva da praia, quando o pequeno vilarejo fica para trás e dá lugar aos paredões avermelhados que tornam Picos especial.

As pedras têm colorações diversas. Algumas são amarelas. Outras, arroxeadas. As falésias são mais altas que as de Canoa Quebrada, com linhas brancas verticais que cruzam o vermelho-alaranjado. Em determinado ponto, uma ala inteira de um paredão tombou; seus escombros lembram colunas de um antigo templo romano.

Encontro Júlio sentado na areia ali perto, meditando com as pernas cruzadas. É um bom lugar; a melodia das pequenas ondas que quebram na areia ajuda a entrar na meditação.

Não quero interrompê-lo, então espero em silêncio e o desenho mentalmente até Júlio pressentir minha presença e abrir os olhos.

— Bom dia — ele me diz. — Dormiu bem?

— *Buen día*. Dormi do seu lado, príncipe. Claro que dormi bem — respondo com um sorriso.

Ele sorri de leve também, mas não fala nada. Em momentos como esse, gostaria de ler seus pensamentos.

— Quando acordei e não te vi na cama...

— Pensou que eu tivesse ido embora?

Júlio enrola com o dedo o fio preto que suspende a ametista.

— Nada disso. Senti saudade.

Ele ergue as sobrancelhas. Percebo que, no canto do pescoço de Júlio, há uma marquinha vermelha que não havia ontem. Culpa minha.

— Assim tão rápido? — ele pergunta, divertido.

— Ah, Júlio, você sabe como eu sou.

— O último romântico. — Júlio bate na areia, um convite. — Normalmente não acordo cedo assim.

— Faz tempo que despertou?

Me acomodo ao lado dele e sinto a umidade da praia sob meus pés.

— Pouco depois do nascer do sol. Você dormia tão bonitinho, não quis te acordar.

— Deveria. — Encosto nossos ombros. — Estava meditando?

— É, não sou muito bom nisso.

— Me chama da próxima. Também gosto de meditar.

Ele beija minha bochecha.

— Combinado, é que eu precisava ficar um pouco sozinho. Acordei no meio de um sonho esquisito — Júlio se justifica. — Era como se eu estivesse de volta no rio em que me afoguei quando era criança.

A história do acidente foi a primeira vez em que Júlio se abriu comigo.

"Me conta alguma coisa sobre você. Qualquer coisa. Para eu lembrar quando você não voltar mais à praia", eu lhe pedi com certo desespero na voz, semanas atrás. Não fazia ideia do nome dele ainda, e nem sequer tinha esperanças de vê-lo outra vez. Simplesmente sentia que *precisava* conhecer melhor aquele cara apaixonado por livros. Depois que fui embora e Júlio enfim me falou seu nome, olhei para a tela do celular e vi 15h15.

Nunca vou esquecer a sensação de "estou no lugar certo, na hora certa, com a pessoa certa".

— Bom, esse é um sonho que eu sempre tenho — ele diz agora. — Deixo meus brinquedinhos de cavar na areia. A água me chama e eu entro nela devagar. É convidativa no início, mas então tudo muda e de repente já estou me afogando. Não consigo respirar, e debaixo d'água vejo meu próprio reflexo agonizando enquanto sou levado pela correnteza.

— Que horrível, *guapo*. Hoje foi assim também?

— Isso que é bizarro — ele desentrelaça as pernas e me encara com intensidade ao se virar para mim. — Não foi. Dessa vez, eu boiava.

Estreito os olhos.

— Boiava?

— É. Eu olhava para o céu, sorrindo. Via as nuvens, me sentia bem. Confortável, sabe? Como se nunca tivesse temido a água — Júlio explica. Ao mesmo tempo, guiamos o olhar para o oceano. — O que acha que significa, Matias? O sonho.

Penso por um segundo antes de responder.

— Bem, talvez seja um sinal.

— Sinal de quê?

— Sinal de que você está preparado para enfrentar seu trauma.

— Não. — Júlio diz, incisivo. — Não é uma boa ideia.

Ele se encolhe. Parece ainda mais jovem, até um pouco frágil. Se eu o tocasse, Júlio desapareceria? Às vezes, temo que desvaneça.

— A gente poderia testar — proponho.

— Testar? — Júlio repete, nervoso.

— A gente tem o mar bem na nossa frente, posso te ensinar a boiar. Não vai te acontecer nada.

Júlio se empertiga ainda mais. Entrelaço nossas mãos para tranquilizá-lo e beijo as juntas dos dedos.

— O mar pode ser traiçoeiro, anjo, mas água é *vida*. Antes de ser terra, você foi água. Nosso antepassado mais antigo veio dela. Não precisa ter medo do seu primeiro lar.

Ele estuda o horizonte, morde o canto da unha e geme baixinho.

— Não consigo.

— Claro que consegue — respondo com firmeza. — Você já enfrentou medos maiores.

— Mas esse medo… — ele sussurra. — Esse medo faz parte de mim há tanto tempo…

Eu o interrompo.

— Você não é seu medo.

— *Mas…*

— Você não é seu medo — insisto.

Júlio me olha com incredulidade.

— É fácil pra você dizer isso, você não tem medo de nada.

Eu me afasto dele.

— Não é verdade. Passei a vida inteira escondendo que era bissexual por *medo* de ser machucado e rejeitado, escondendo quem sou por *medo*. E, meu Deus, eu tenho medo de voar!

Júlio franze as sobrancelhas.

— Tem?

— Pra caralho! — Solto o ar com força pela boca. — É por isso que não faço kitesurf nem nunca pulei de parapente em Canoa. Eu me cago de medo de altura!

— Por que nunca me contou? — murmura, surpreso.

A única coisa que ainda não sabia sobre mim paira entre nós.

— Não importa. Agora você sabe, agora você sabe *tudo*. — Minha voz se suaviza, e eu indico a praia com a cabeça. — Olha, não precisa entrar se não quiser...

Mas talvez seja o desafio, a psicologia reversa que atua no subconsciente de Júlio e ativa sua competividade, porque algo se transforma nele, um senso de determinação que não havia antes.

— Promete que não vai deixar nada me acontecer? — Júlio me estuda com seriedade. — Que me salva se precisar?

Meus dedos tocam o cacho solto que cai sobre sua face.

— Prometo.

O tecido de náilon da bermuda branca roça na minha coxa.

— Te odeio, sabia? — Júlio suspira, movendo a cabeça como se já tivesse se arrependido da ideia.

— Pode me odiar. Eu te amo o suficiente por nós dois.

Eu o puxo para junto do peito depois de ajudá-lo a se erguer. Ele fica na ponta dos pés e beija minha bochecha, depois se apoia em mim à medida que andamos lentamente até as águas rasas. Desviamos de pedras e conchas pelo caminho. Por um momento, aperto o pulso de Júlio. As veias latejam; o coração dele deve passar dos cem batimentos por minuto, mas por fora quase não demonstra a própria ansiedade.

O primeiro obstáculo surge logo que alcançamos o mar. Temos que atravessar um banco de algas para chegar em um ponto profundo o bastante para ensiná-lo a boiar. Pequenas ondas se aproximam dos pés de Júlio. Sem se mexer, ele me olha por cima do ombro.

Sua expressão o entrega; está quase desistindo.

— Não posso. Sério, não dá.

— Ei, ei. Respira. Lembra o que eu te disse. — Aperto a mão dele. Júlio fecha os olhos e inspira fundo. Murmura repetidas vezes que é capaz e, com o mar lentamente subindo por seus tornozelos, avança um passo. Hesita no começo, mas logo ganha confiança.

Então dá outro passo.

E outro.

E mais outro.

Em determinado ponto, ele só me solta e… *dispara*.

Paro para contemplar Júlio sob o sol do amanhecer, as gotículas de água que brilham ao respingar ao redor dele como diamantes. O mar não passa da cintura, mas, para Júlio, é tão profundo…

Afinal, ele se lança com um mergulho desajeitado e ergue o braço em sinal de vitória. Eu nado até ele, que emerge com os cachos escorrendo pela testa. Quero guardar para a eternidade o que vejo: Júlio sorrindo como em seu documento de identidade, descobrindo uma nova vida.

— *Guapo*, você conseguiu! — Seguro seu rosto. — Você venceu seu medo!

— *Eu consegui* — ele diz, boquiaberto. — Obrigado. Obrigado por acreditar em mim até quando eu não consigo.

Então ele me abraça com força e me beija.

Penso que amor é ter ao nosso lado alguém que revele o melhor de nós mesmos, uma lente de aumento para toda a beleza que nos habita.

Júlio e eu amplificamos a beleza um do outro.

Pego nos braços o garoto que amo e lentamente me ajoelho na areia submersa. O mar raso fica abaixo do meu peitoral. Segurando-o firmemente, o deito na água e começo a orientá-lo para que boie sozinho. De vez em quando, tiro o apoio de suas costas. Algumas tentativas depois, ele consegue.

Um filme com as nossas memórias do verão é rebobinado. Cada encontro e desencontro, cada sinal e beijo, cada confidência e momento de entrega dele a mim — tudo isso me transformou.

Já estava escrito? O destino sabia que hoje estaríamos aqui, com Júlio boiando em meus braços no balanço do mar? Talvez soubesse. Talvez tenha sido por isso que tive aquele déjà-vu, as horas iguais, a espiral… Desde aquele instante, eu já pressentia o futuro, meu presente, com ele. Eu já o vivia sem viver.

— Eu te amo.

Surpreendido, perco o fôlego.

Desta vez, não é de mim que vem a frase.

— Eu te amo, Matias, te amo tanto. — Júlio toca meu rosto delicadamente. — Esse é o momento perfeito para dizer em voz alta. E quer saber, por que eu teria medo do mar? O mar me levou a você, ele nunca me machucaria…

Alguém me disse uma vez que é difícil descrever a perfeição porque a mente humana é imperfeita. Cheia de bagagens, inquieta demais. Como uma consciência imperfeita pode explicar um sentimento perfeito se nem tem as ferramentas para compreendê-lo? É como tentar segurar o oceano: submersos, somos parte dele, mas não capazes de levá-lo em nossas mãos ao partir. Se descrever é impossível, provar a perfeição é o oposto. A perfeição foi feita para ser *sentida*.

Eu penso em quão perfeito um momento pode ser. Por que explicá-lo quando posso simplesmente vivê-lo?

Enquanto nos beijamos, uma nuvem pesada cruza o céu sem cobrir o Sol. Chove em plena luz do dia, e um arco-íris reluz em alto-mar. São as águas de março fechando o verão, prelúdios do outono.

— Te disse que seria um final feliz. — Um largo sorriso se espalha em meu rosto. — Só não sabia que seria tão perfeito.

A chuva cai sobre nossos corpos. Júlio se ajoelha diante de mim e descansa a palma da mão na lua cheia tatuada no meu peito.

— Você é tudo que eu sempre sonhei — ele sussurra. — Juntos para sempre?

— Sim, anjo — eu respondo, imerso em seus olhos. — Juntos para sempre.

Agradecimentos

Você já teve um sonho? Um sonho tão grande a ponto de te acordar no meio da noite, insone, olhos focados no teto escuro do quarto, esperando que um dia se torne — finalmente, *finalmente* — realidade? Um sonho tão grande a ponto de te fazer buscar no céu por uma estrela cadente, apenas para murmurar pedidos? Pedidos ao Universo, para alguma força invisível que te guie a *ele*, ao seu maior desejo.

Tenho certeza de que você tem um sonho assim. É o que nos une: os sonhos e as jornadas em que embarcamos para conquistá-los. Por isso, não poderia começar esses agradecimentos de outra forma senão dizendo obrigado ao Universo, por atender meu sonho. E a você que, consciente disso ou não, nos ajudou a concretizá-lo. Porque meu sonho nunca foi solitário; precisava de terreno fértil para florescer. Sua imaginação.

Dedico este livro ao mar. Eu não o teria escrito sem a força ancestral e curativa do mar. Sempre que me sentia inseguro e buscava soluções para o enredo de O mar me levou a você, era para o mar que corria. Boiava por horas, conversava comigo mesmo, me indagava. O melhor é que era, sim, respondido. Muitas vezes voltava às pressas para casa: o mar me dera uma nova ideia imperdível que precisava colocar no papel. À Praia de Barreiras, em frente ao local onde espero um dia abrir meu próprio hostel, minha gratidão eterna. A relação de Matias com o mar é uma metáfora para a minha. O mar nunca me deixou sozinho. É o lar móvel de um menino viajante.

Aos meus amados leitores (sobretudo à minha fanbase, os rhuers), que acreditaram em mim e foram além para promover minhas histórias, mesmo quando eu duvidava que elas seriam tão amadas quanto são, todo o meu amor. Eu *vejo* vocês, *estou* com vocês. Sua paixão, empenho e energia transformaram completamente minha vida. Foi o combustível que me guiou até onde estou agora, escrevendo estas palavras no meu segundo romance.

A cada pessoa que conheci durante as sessões de autógrafos pelo Brasil, cada comentário no TikTok, Instagram, Telegram e Twitter, cada mensagem de madrugada dizendo como minha história te fez rir, chorar e acreditar mais no Universo, se sentir menos sozinho no mundo, que te *salvei*... Obrigado. Obrigado por tudo. Nunca esqueçam: a luz que vocês veem em mim é apenas um reflexo da luz que existe e brilha dentro de vocês; jamais seriam capazes de enxergá-la de outra forma.

Parecia improvável que um escritor gay nordestino recebesse tanto reconhecimento escrevendo para jovens leitores, no auge de uma pandemia e em um dos piores momentos políticos do país. Mas a força da comunidade LGBTQIAP+ no Brasil não apenas provou que sim, era possível, como também mostrou que nossas histórias não serão silenciadas. Essa geração não se permite ser invisibilizada. Sabe o que significa representação, e vai lutar pelas narrativas que merece.

Minha agente, Alba Milena, uma verdadeira heroína. Eu me pergunto se ela sabia, durante nossa segunda reunião, quando sugeriu que eu começasse a escrever um conto, que a aventura nos traria até aqui. Eu disse a Alba que tinha a "ideia perfeita", e foi isso. Gratidão, Alba! Mesmo! Te amo! Obrigado pelo seu tempo, tão precioso.

O mar me levou a você foi publicado pela primeira vez on-line, quando era apenas um conto, e lá conquistou seus primeiros fãs. Quero agradecer a todos nas *bookredes* que fizeram a versão independente desta história se tornar tão popular, e todos que ainda vão contribuir para que esta história, agora um romance impresso, chegue em cada vez mais leitores. Contem comigo! Seu apoio me ajudou a convencer a

Seguinte a investir nessa história! Por isso, especialmente a todo mundo da comunidade do #BookTokBrasil: GRATIDÃO!

Eu estava incerto sobre a direção que deveria tomar depois de *Enquanto eu não te encontro*, cheio de expectativas e medos. Tinha começado um novo romance, mas sentia que ainda havia mais para falar sobre dois garotos que se conhecem em Canoa Quebrada... Não posso deixar de mencionar minha taróloga, Thaís Tenório. Quando você me disse que este livro era o caminho indicado pela espiritualidade, não duvidei. E por isso, sou grato, minha querida amiga. Nosso encontro transformou minha vida!

Fred, o que mais posso dizer que ainda não disse? Você sabe que este livro é o que é graças a você. Sinceramente, profundamente, você mudou tanto OMMLAV. Nossas longas conversas, suas muitas, muitas leituras, desde 2021, na versão independente... Se eu tivesse que dedicar este livro a uma pessoa (e se já não o tivesse feito ao mar), meu amigo, eu o dedicaria a você.

A Themis Lima, minha grande irmã da vida, que novamente usou sua mágica para me guiar ao lugar em que eu precisava chegar neste livro... Te amo!

À minha editora, Nathália Dimambro, por trazer suas contribuições preciosíssimas ao livro. Com olhar apurado, Nathália transformou o destino dessa trama em sua reta final. Obrigado, Nath. Sou profundamente grato. Se a história conseguiu amadurecer, isso foi muito por conta dos seus direcionamentos.

À toda equipe da Seguinte, ao editorial (como a preparadora Isis Pinto e a editora de texto Marcela Ramos, que divertido ter suas contribuições!), ao marketing que acolhe minhas ideias ambiciosas e mirabolantes, ao comercial guerrilheiro que vai estar comigo em bienais e eventos fazendo este livro chegar nas mãos dos leitores, ao time que vai emplacar OMMLAV em outros países (confio!), meu muito obrigado antecipado! Vocês fazem tudo!

Mas, sobretudo, àqueles que foram tão dedicados, noite e dia, a essa história. Thalyta Guedes e Nino Cavalcante, meus betas, meus colaboradores em tempo real. Os maiores surtos, as maiores risadas, o maior companheirismo. Esses personagens também são de vocês. Cada figura nesta história carrega seu carinho, Thaly e Nino. Obrigado, do fundo do meu coração. Vocês foram escudeiros fiéis. Leram milhares de versões (cenas excluídas, cenas que poderiam ter sido, mas não foram, planos para o futuro), trechos que eu compartilhava em nosso grupo no WhatsApp... Me sinto a pessoa mais afortunada do mundo. Amo vocês, amo muito! E vamos vibrar juntos com as conquistas deste romance!

A Gabriel Mar, não apenas um dos meus escritores favoritos, mas um grande amigo. Gabriel editou a versão inicial deste livro, fazendo um trabalho maravilhoso ao me guiar adiante. Horas de conversas no telefone e sessões de brainstorming. Obrigado, Gabriel. Sempre vou desejar seu sucesso e mal posso esperar para ver o que mais você vai mostrar ao mundo! Te visito em Manaus!

Meu querido Ariel H. Fitz, uma das vozes mais talentosas da cena literária independente no Brasil. Muito obrigado pelo seu apoio a este livro, de verdade! Você foi um tio para Júlio, e isso foi *lindo*.

Para meus queridos Júlio e Matias, quer dizer, Dre Perroti e Thiago Follador... Vocês devem saber o quanto o amor de vocês por esses personagens significou para mim. Nunca vou esquecer quando vocês foram à Bienal em São Paulo vestidos como meus garotos. Obrigado por serem leitores apaixonados e apoiadores desde o primeiro dia!

Meus queridos leitores betas, como Mila Reis, Nat Antunes, Mateus Rossi, Emi Martins, Toti Savaget, Dan Rodrigues, Mira Peco, Ádrian Oliveira, Bê Aires, Lívia Maia e Renata Moura, sem vocês, essa história não seria o que é. Obrigado por vibrarem comigo e trazerem tantas considerações lindas, que definitivamente guiaram esta história para o seu melhor. Matei vocês do coração várias vezes, mas sei que gostaram!

A Lune Carvalho, por essa capa incrível, sexy, atrevida, cheia de verão, que transmite tudo que eu sempre quis que transmitisse.

A Ren Nolasco, pelo lindo lettering.

Ao meu produtor musical DogMan, por me ajudar a fazer essa trilha sonora linda se tornar real.

A Layron, pelo documentário que conseguimos preparar sobre o processo criativo deste livro.

A Lua e Elton, com quem formo minha tríade favorita... Ainda viveremos muito juntos!

A Fernanda Guedes, bruxona poderosa que encontrei nas areias de Canoa Quebrada, gratidão, minha amiga. Aprendi muito com você!

A Elayne Baeta, por ser real. Brilha, nordestina. *Encanta*. Você merece seu pódio.

A Luca Guadagnini, pela amizade querida, os muitos surtos com Júlio e Matias.

Aos livreiros, bibliotecários, organizadores de eventos literários e professores que me apoiam. O trabalho de vocês é muito importante. Gratidão!

A Canoa Quebrada. Canoa se tornou um segundo lar para mim, e sou sinceramente grato a cada pessoa que conheci nessa praia mágica nos últimos anos, especialmente durante o mês em que morei na vila. Agradeço a Bruno e a todos os amigos que fiz na Freedom Sounds — Danae, minha irmã francesa, te amo! A cena reggae de Canoa se tornou a verdadeira trilha sonora desta história, e sua gente me inspirou em diversos momentos, fonte abundante de criatividade.

Sou incrivelmente grato a todos que conheci na Argentina durante o processo criativo deste livro. Emília, Bárbara, Fergus, falei tanto sobre esta história enquanto estava em Buenos Aires! Espero que seja publicada no Chile, Portugal e Inglaterra! Meus queridos amigos em Capilla del Monte, especialmente Sibi e Zash, todos no Villa Margarita Hostel e Hunab Ku Hostel, vocês são incríveis! Capilla moldou completamente esta história depois que me mudei para lá, tornando-a muito mais "mística". Sou eternamente grato pela energia desse lugar; grato a vocês!

A toda a minha amada família na República Dominicana, em El Valle, Samaná, especialmente aqueles no Ganesh Hostel: Ana, Natasha, Martin, Scarlene, Maura, Sandy, Oriol, Sophia, Flor, Marcial, Miguel Ángel, Victor e todos os hóspedes que passaram por lá enquanto eu terminava este romance... Vocês me apoiaram tanto, ouvindo e fazendo perguntas sobre o meu processo criativo, às vezes até cozinhando para mim quando eu ficava acordado depois das quatro da manhã tentando terminar de escrever no prazo... Ser um escritor nômade é um desafio, mas se torna mais fácil com pessoas como vocês por perto!

À minha amada mãe, Josy Dantas. Professora, artista, sonhadora, potiguar, mulher que vai atrás, que torna sonhos realidade. Que privilégio eu tenho de poder te chamar de mãe. Você me divulga na sala de aula, coloca minhas músicas para tocar nos intervalos, difunde minha arte com um orgulho que não cessa. É mais que uma mãe, é uma irmã. De alma. De vida. Destinos entrelaçados há gerações. Te amo, meu amor. Obrigado por tanto. Batalho para te proporcionar uma vida ainda melhor.

Para a criança que me ama com todo o seu coração. Meu bebê, minha família. Miyo, eu te amo. Mal posso esperar pelo dia em que você estiver grande o suficiente para ler meus livros — como você sempre pede. Seja quem você é, com toda a sua potência, independente do que os outros esperam — ou do que você acha que eles esperam — de ti. Obrigado por ser uma fonte constante de inspiração. Sua irmandade me ensina a ser humano.

Ao Instituto Xamânico Céu Caminho de Luz, eu não teria chegado aqui sem sua orientação espiritual. Um lar como esse, seguro e respeitoso com as medicinas sagradas, abriu suas portas para que eu mergulhasse em minha alma, na fonte universal. Foi durante uma cerimônia que vi o desfecho desta história, onde o "juntos para sempre" de Júlio e Matias me foi sussurrado, ambos unidos dentro do mar, se curando. À espiritualidade, peço humildemente a sua assistência e agradeço pelas lições. Eu honro as medicinas sagradas e o que elas fizeram pela minha vida. Me ajude a garantir que esta história traga apenas o bem, espalhe o bem e floresça nas mentes que precisa tocar. Que a paz permeie o mundo, enchendo-o de esperança e amor. Ahó!

Ao Pedro do passado. Viu? *Viu?* Deu tudo certo, menino. Seu medo do fracasso, essa voz terrível na sua cabeça... Ela te tira tantas noites de sono, te faz se sentir tão insuficiente, pequeno-gigante com planos mirabolantes de conquistar o mundo que disseram não ser seu.

Esses dias acabaram, baby. Escuta o que eu te digo agora, lembra bem destas palavras: não se preocupe, porque o Universo sempre teve um plano para você. Eu te amo, pequeno eu. Viajando por aí, confiante apesar das dúvidas, olhando para o céu. Eu te *vejo,* se entregando de corpo e alma, com tanta bondade no peito que ela até explode. As estrelas, a Lua, seu anjo da guarda. Estamos todos aqui, do seu lado, e não pretendemos sair de perto. Nunca.

Finalmente, para você, que ainda não encontrei. Mais um livro. Embora demorando bastante, confio na sua chegada. Desde a última vez que te escrevi (o último parágrafo é sempre seu), tropecei, fui enganado, achei ter te achado em olhos que não te pertenciam. Há histórias demais que precisam ser vividas juntos, nós dois. Da minha parte, os braços estão abertos, amor, para fazer a festa quando você chegar.

Até o próximo livro,

Entrevista com o autor

1. *Enquanto eu não te encontro*, seu romance de estreia, foi publicado em 2021 e alcançou milhares de leitores desde então. Como foi o processo de escrita deste novo romance, agora com a expectativa dos leitores?

O processo de escrita de *O mar me levou a você* foi desafiador e inesquecível. O sucesso de *Enquanto eu não te encontro* transformou positivamente minha vida, mas trouxe dinâmicas imprevistas. Embora confiante e feliz, enfrentei momentos de medo e ansiedade. Questionei meu valor no meio literário e me pressionei para lançar o novo livro logo, aproveitando o bom momento (uma oportunidade rara para um jovem autor queer estreante). O receio de passar de um grande sucesso para um possível "fracasso" me consumia, gerando um sentimento de isolamento. Além disso, a pressão constante das redes sociais para produzir conteúdo era exaustiva. No fim, percebi que fui eu mesmo quem mais criou expectativas, mas não permiti que esses processos me paralisassem.

Viajar foi minha salvação. Escrevi OMMLAV em quatro países: Brasil, Argentina, República Dominicana e Colômbia. As viagens me mantiveram em movimento, trouxeram perspectiva e inspirações renovadas. Estar em contato com o novo abria portas para me olhar mais profundamente, e, por consequência, para o livro, que se tornou um amigo fiel. Mesmo com obstáculos, encontrei diversão e crescimento durante a escrita. Estar na companhia de Matias e Júlio em Canoa Quebrada foi uma bênção. Eles me ajudaram a enfrentar as lições que vivi desde 2021 até agora com a cabeça erguida. Sou extremamente grato aos meus leitores, amigos e familiares pelo apoio ao longo dessa jornada! Saio fortalecido e ainda mais apaixonado pela arte de contar histórias. Aprendi que a conexão com os leitores é o maior presente!

2. Ao longo de *O mar me levou a você*, **acompanhamos a evolução e o amadurecimento de Matias, que começa a enfrentar os desafios da vida adulta e precisa se tornar mais responsável. Quais dicas você daria para leitores que, assim como o personagem, estão passando por essa fase?**

Em primeiro lugar, o diálogo é essencial. Esteja aberto para se comunicar. Durante sua jornada de crescimento, Matias enfrenta conversas difíceis e se abre com sua família, amigos, Júlio e antigos relacionamentos, mas principalmente consigo mesmo — isso é determinante para a evolução dele. Olhar para dentro nos transforma, porque não somos ensinados a fazer isso. Durante a adolescência e o início da vida adulta, muitas vezes me afastei do diálogo franco comigo mesmo. No entanto, quando comecei a honrar meus sonhos, necessidades e limites, iniciei um processo de transformação riquíssimo. Ser protagonista da minha própria história foi a mudança de chave. Antes, eu me colocava facilmente na posição de vítima, evitando a responsabilidade pelas minhas decisões.

Lembre-se de que ninguém pode viver sua vida por você. Seu caminho é *seu*. Viva seus sonhos, não os sonhos que projetaram para você. Além disso, o amadurecimento é um processo contínuo. Erre, explore novos caminhos, questione muito, estude, se arrisque, caia na estrada, descubra o que te faz bem, siga sua intuição e aproveite as oportunidades. Você é capaz, basta acreditar.

3. Horas iguais, espirais aparecendo em todos os lugares, luzes misteriosas no céu... As coincidências se repetem em todo o livro, e esses sinais do Universo dão uma forcinha para que Matias e Júlio fiquem juntos. Você também tem uma conexão com seu lado místico, como o Matias?

Sim, com certeza. Essa conexão se originou das minhas próprias experiências e aventuras. Conforme escrevia *Enquanto eu não te encontro*, despertei espiritualmente de forma intensa. Comecei a perceber as várias maneiras pelas quais o Universo se comunicava comigo — e através de mim, me tornando um canal. Sinais, respostas que pareciam cair do céu e encontros com pessoas que compartilhavam sincronicidades surpreendentes...

O mar me levou a você nasceu desse contexto. Muitas soluções para o enredo surgiram por meio da minha interação com tarot, meditação, afirmações positivas, interpretação de sonhos, astrologia e mensagens dos anjos. Enquanto escrevia, sequências numéricas se repetiam até mesmo dentro do arquivo do livro. Com essa história, tomei a liberdade criativa de enfatizar um pouco mais os sinais do Universo. A trama traz elementos de realismo mágico ao Rhuasverso, onde o místico que permeia minha vida é mais evidente nas páginas do que pode ser para alguns leitores no mundo real.

No entanto, tudo o que escrevo vem de experiências reais (exceto uma certa profecia sobre almas gêmeas; essa, juro, é ficção, mas uma quiróloga já me parou pelas ruas de Madri com previsões interessantes... e certeiras). Até mesmo as luzes vistas por Matias e Júlio no terraço do Hippie me ocorreu, especialmente na cidade de Capilla del Monte, na Argentina.

4. A relação de Matias com Melissa e as conversas entre eles são uma das coisas mais fofas do livro! Como foi escrever essa personagem e desenvolver esse vínculo tão forte entre os dois, muito diferente da relação do Matias com o irmão mais velho, Pablo?

Escrever a personagem Melissa e desenvolver o vínculo entre ela e Matias foi uma experiência emocionante. Melissa representa a conexão que tenho com minhas leitoras adolescentes, aquelas que se sentem tocadas pelas minhas histórias e compartilham comigo suas próprias jornadas de amor e autodescoberta. Para Matias, que tem uma relação complicada com seu irmão mais velho, Melissa dá a oportunidade de ser um irmão amoroso e presente, diferente do que ele teve. É a chance de quebrar o ciclo de dor e amá-la incondicionalmente.

Para mim, Melissa também simboliza a minha própria relação com minha "pessoa-irmã". Quando Matias acolhe Melissa, é como se eu abraçasse as transformações e evoluções dessa conexão pessoal. E essa relação vai além das páginas do livro. As palavras de Matias para Melissa são o que muitas garotas que amam garotas gostariam de ouvir, mas que raramente escutam de seus próprios familiares. É um abraço simbólico em todas elas. Melissa é uma representação delas, e juntos compartilhamos esse momento de união e amor.

5. Júlio tem várias inseguranças e, em alguns momentos, chega a se questionar se é digno de ser amado. Qual é a importância de que vivências LGBTQIAP+, especialmente de pessoas trans, sejam retratadas cada vez mais na ficção?

Desde o meu primeiro livro, sinto que minhas narrativas, ao lado de diversas obras com autoria queer, são reparação histórica para comunidades invisibilizadas. Muitos de nós cresceram sem representação, excluídos ou secundarizados. Por décadas, nossas feridas e dores falavam mais alto do que nossos potenciais, alegrias, amores e realizações. Retratar positivamente vivências LGBTQIAP+ é, acima de tudo, uma movimentação política, é oferecer possibilidades de futuros felizes para quem muitas vezes isso é incerto, negado, ficção.

Em um contexto em que nossa presença na mídia tem se fortalecido, é crucial expandir a diversidade. Dentro da própria sigla LGBTQIAP+, há nuances e desafios específicos. A comunidade trans é particularmente alvo de ataques e violências. A transfobia mata e desumaniza a níveis alarmantes. Com Júlio, um nordestino gay trans, explorei a história de um protagonista consciente da falta de representatividade trans, inclusive nos livros. Sua história de amor com Matias desafia estigmas e se torna a narrativa que lhes foi negada. Júlio representa o protagonismo trans que ele mesmo precisava, inspirando outros. Isso é valiosíssimo para jovens queer, que podem ver suas vulnerabilidades encenadas.

No entanto, é importante reconhecer que é palatável para o mercado em geral que vozes cis contem histórias de pessoas trans. A verdadeira importância de *O mar me levou a você* é sentida quando acompanhada da presença persistente e integral de autorias trans na ficção, em todos os gêneros e segmentos. Apenas com mais pessoas trans publicadas de modo consistente é que podemos verdadeiramente avançar.

6. Matias e Júlio trocam e-mails e mensagens ao longo de todo o livro, contando sobre suas vidas, compartilhando suas histórias e estreitando a forte ligação que possuem. Em um certo momento, eles falam sobre aquilo que contariam para suas versões mais jovens. Se tivesse a oportunidade de voltar no tempo, o que você diria para o Pedro criança?

Querido Pedro, ainda pequeno você vai passar por uma situação difícil que comprometerá sua inocência. Você não entenderá o que aconteceu e, como mecanismo de defesa, sua mente apagará essa memória. À medida que você crescer, essa lembrança voltará gradualmente, te confundindo. Você não perceberá, mas muitos dos desafios que vai enfrentar estarão relacionados a esse trauma. Inconscientemente, você vai se submeter a relações e situações abusivas. Por muito tempo, odiará seu corpo, sentirá nojo e achará que é feio, indigno de amor. Duvidará de si mesmo, do seu potencial, beleza e valor. Em momentos de incerteza, questionará se a violência realmente ocorreu e se alguém pode compreender sua dor.

Pedro, saiba que você vai encontrar força, enfrentar seus medos e sair vitorioso! Você é amado, aprenderá a respeitar seu corpo e superará o trauma. Seja paciente e se segure firme em sua luz para atravessar a tempestade. Essa luz — seus sonhos, sua vontade de viver — te protegerá da escuridão, e é a chave para a sua jornada de cura. Descubra os livros, siga a magia, cante e dance, escreva seus sentimentos, permita-se amar e ser cuidado. Sonhe alto, expresse sua feminilidade com orgulho, compartilhe suas emoções com os outros.

Confie em mim quando digo que um futuro brilhante o aguarda. Mais cedo do que imagina, você viajará pelo mundo, será um escritor querido e se tornará protagonista da sua própria história. Descobrirá que suas palavras têm poder e sua voz será um alento para muitas pessoas, inclusive para você mesmo. Te amo hoje e sempre. Você é merecedor de cada conquista que te espera. Há uma vida feliz à frente, te prometo.

7. Canoa Quebrada não só é o cenário perfeito para essa história de amor de verão, como é quase uma personagem da trama. Você visitou a praia enquanto escrevia o livro? O que acha mais especial no lugar?

Minha relação especial com Canoa Quebrada começou cedo, afinal, morei em Aracati quando era bebê. Ia à praia diversas vezes com meus pais e tenho várias fotos fofas lá. Mas foi somente a partir de 2019, após um intercâmbio de um ano e meio na Europa, que me apaixonei completamente por Canoa Quebrada. Logo na minha primeira visita, a história de Matias veio à mente (eu estava impactado pela minha experiência morando em um acampamento de surfe no Marrocos, daí a ideia de um protagonista surfista). Sabia que Canoa seria o palco desse romance de verão. Após representar o Rio Grande do Norte em *Enquanto eu não te encontro*, era a vez de o Ceará brilhar.

A partir daí, a ligação estava restabelecida. De fevereiro a março de 2022, morei em Canoa Quebrada para escrever *O mar me levou a você*. Em Canoa, fiz amigos, vivi amores, recebi sinais. Eu amo a magia desse lugar, a energia do reggae, a autenticidade, o contato com viajantes. Ali, me sinto à vontade para ser quem sou, uma contínua fonte de inspiração. Sentirei falta das manhãs em que escrevi este livro sob uma das barracas coloridas da Freedom Sounds. Dali, fitava o mar ora verde, ora azul, e então mergulhava em suas águas para contemplar as falésias. À noite, um açaí na Broadway, talvez contemplar a lua cheia desde a Duna do Pôr-do-Sol. Viver no cenário do meu livro foi uma experiência imersiva, e Canoa Quebrada se tornou, também, uma amiga.

8. Viagem é um grande tema dessa história: não só Júlio é um criador de conteúdo sobre o assunto, como boa parte da história se passa em um hostel. Assim como ele, você já foi para

vários lugares e fez trabalhos voluntários em muitos países. Como essa experiência impactou o processo criativo do livro?

Viajar e explorar novos lugares teve um impacto significativo no processo criativo de *O mar me levou a você*. Aqui, a viagem não é mero adereço narrativo: é a minha vivência. Sempre tive o desejo de conhecer diferentes países e culturas, e essa paixão se reflete nos personagens de Júlio e Matias. Dos dezoito meses dedicados à escrita do livro, passei oito viajando fora do Brasil, principalmente fazendo trabalho voluntário e vivendo em hostels pela América Latina. Escrever o livro enquanto estava na estrada permitiu que eu vivenciasse experiências reais que influenciaram a trama de forma inesperada. Por exemplo, minha estadia na Argentina alterou significativamente o rumo da história, e conversas com viajantes, também.

Ao me colocar não apenas como um autor distante da narrativa, mas como alguém imerso nela, vivendo o ambiente e as situações, pude moldar meu processo criativo de uma maneira única. A experiência de viajar enriqueceu a história, adicionando nuances e detalhes que eu talvez não teria sido capaz de imaginar se estivesse apenas em um único lugar. A jornada em si se tornou parte integrante da criação do livro, dando-lhe uma dimensão mais genuína. De certo modo, o livro foi meu companheiro de viagem.

9. Assim como *Enquanto eu não te encontro* e o conto *O Universo sabe o que faz*, *O mar me levou a você* faz parte do Rhuasverso — um universo que é parecido com o nosso, mas tem várias diferenças. Como surgiu a ideia de criar um universo próprio para as suas histórias?

A ideia surgiu, na verdade, com *O mar me levou a você*. Foi somente ao começar outra história depois de *Enquanto eu não te encontro* que eu percebi quão rico seria construir um universo compartilhado para meus personagens. O aspecto político foi minha maior motivação. Em primeiro lugar, me afetou profundamente iniciar minha jornada literária num contexto de golpe contra a presidenta Dilma Rousseff e, depois, de eleição de Jair Bolsonaro, uma figura que não apenas execrava o Nordeste como era inimigo declarado da comunidade LGBTQIAP+. Como muitos jovens nesses seis anos de profundo retrocesso, ascensão da extrema direita e até uma pandemia mortífera, diversas vezes me senti indefeso, sob risco, sem esperança. A sensação era de gritar incansavelmente e não ser ouvido. Amordaçado.

Ver uma geração tão viva afetada pelo cinza que tentavam nos impor como a única realidade possível me marcou. Decidi usar a ficção, meus livros, para criar uma realidade melhor — para despertar o sonho, ser alento. Não queria escrever sobre covid, não queria o Bolsonaro como presidente, e, acima de tudo, amava a ideia de um Brasil onde as coisas dessem certo. Onde as pessoas são mais felizes e livres, e problemas estruturais (como o racismo, a homofobia, entre outros) são suavizados. Minha utopia pessoal.

10. Nas próximas páginas deste livro, os leitores são surpreendidos (spoiler!), com a aparição de personagens que amamos. Você pode antecipar o que vem aí no Rhuasverso?

Pois é, preparei uma surpresinha interessante para vocês! Leiam primeiro e depois voltem aqui para cobrar a terapia! Espero que se animem tanto quanto eu me animei escrevendo esse *crossover*!

Já sobre os planos… Não é novidade que minhas metas para o Rhuasverso são *ambiciosas*. Adianto que tenho ideias rascunhadas para várias histórias, e o objetivo é expandir o universo ainda mais. Ao mesmo tempo que sinto que há brechas para explorar melhor certas figuras (principalmente um francês dono do meu coração), não vejo a hora de trabalhar novos personagens.

Mais para a frente, leitores voltarão a *O mar me levou a você* e descobrirão que o nome de um futuro protagonista até já foi mencionado (quem pegou as pistas pegou)! Acredito que a FlixGlow, o serviço de streaming do Rhuasverso, vai servir bastante. Peço um pouquinho de paciência, energia positiva para manifestarmos adaptações (publicações na gringa também) e a sua ajuda para espalhar a palavra do Rhuasverso. Vem muita coisa boa aí!

PENSOU QUE HAVIA ACABADO?
ESSE AINDA NÃO É O FIM DE *O MAR ME LEVOU A VOCÊ*...

LEIA AGORA A CENA PÓS-CRÉDITOS
(COM SPOILERS DE *ENQUANTO EU NÃO TE ENCONTRO*)

Bem-vindos ao Hippie

SEMANAS DEPOIS

Uma brisa leve invade a recepção do Hippie quando a porta principal do hostel é aberta. A madeira estala; uma réstia de luz solar se alonga no piso até chegar a mim, e Donavon Frankenreiter canta "Free" nos aparelhos de som da sala. Meu primeiro instinto é levantar os olhos, mas me forço a responder a mensagem de Júlio antes de reagir à entrada dos novos hóspedes.

Tô com saudade 😚

A mensagem aperta meu peito. Não de forma ruim, claro. *Gostosa*. Meu namorado tem a rara habilidade de me fazer sentir como se tivesse acabado de conhecê-lo. Meu coração ainda acelera quando o vejo, quando trocamos mensagens, quando nos falamos rapidamente no telefone ao longo do dia. Isso não mudou desde a terça-feira de janeiro em que nos conhecemos; talvez nunca mude.

Júlio só volta de Fortaleza no fim de semana, mas já sinto falta dele e da rotina que construímos em Canoa: vê-lo no café da manhã do Hippie, beijar sua boca e arrepiar os cabelos ainda bagunçados; iniciar as tarefas com os voluntários e receber sua ajuda na produção de conteúdo para as redes sociais do hostel; as escapadas para a praia, meu namorado sentado debaixo de um guarda-sol com o rosto enfiado no Kindle enquanto eu surfo; as horas que ele dedica ao TCC e eu o surpreendo com uma xícara de café, o beijando na nuca; os passeios com Belchior, Júlio deitado sobre o meu peito conforme buscamos luzes no céu estrelado exatamente como vimos naquele dia com Aurora...

Por enquanto, suas idas a Fortaleza são parte da nossa vida. Precisei me acostumar às breves ausências dele. Pelo menos ele nunca fica fora por períodos longos demais; acho que eu não saberia lidar.

Aperto *enter* no teclado do computador.

> te quiero tanto, guapo

Júlio responde com uma selfie ao lado da orientadora, uma mulher indígena com sorriso simpático. Reajo com um coração e levanto os olhos para dar as boas-vindas aos hóspedes. Não quero nenhuma resenha negativa depois de... Bom. Você sabe o que aconteceu no verão passado.

Os dois caras entram no hostel de mãos dadas, e grãos de poeira dançam atrás deles antes de a porta ser fechada suavemente. São bonitos juntos, o tipo de casal que estamparia a capa dos livros que Júlio e Melissa devoram.

Um dos meninos é alto, tem cabelo loiro curto bem cortado e olhos verdes, a pele branca tostada pelo sol. Usa uma regatinha preta que deixa os músculos dos braços à mostra e uma bermuda de náilon azul que não passa dos joelhos. Já o outro é mais baixo, de pele preta clara e cabelo castanho encaracolado nas pontas, a camisa rosa de botões com flamingos brancos e short jeans escuro puído nas pontas.

Juntas, as mochilas em suas costas formam a bandeira do arco-íris.

Sorrio para eles e aceno.

— E aí, pessoal! Bem-vindos ao Hippie. Vocês já têm reserva?

Os garotos se distraem com o interior do hostel, sobretudo o mais alto, que observa atentamente a decoração hippie-surf. Sonha acordado, contempla os pequenos detalhes do corredor (os quadros, os ímãs de diversos países, o mural com mensagens dos nossos hóspedes), enquanto o namorado — que se abana e ofega alto — afasta a mão para tirar a mochila das costas.

O cara se debruça na bancada da recepção, atraído pelo miniventilador colorido que tivemos que instalar para sobreviver ao calor dos últimos dias.

— Posso virar pra mim um pouquinho? — ele implora com um suspiro. — Juro que vou *derreter*, boy.

— Claro. — Volto o ventilador para ele. O vento que produz não é potente, mas o menino exala com alívio. — Primeira vez em Canoa?

— Já vim antes, mas é a primeira vez dele. — Meneia a cabeça para o loiro, distraído com os livros da estante junto aos sofás da recepção. — E a gente tem reserva, sim.

— Bom, prometo que o clima em Canoa não é infernal sempre. Passaram na praia antes de chegar no Hippie?

— A gente desceu na parada de ônibus e veio andando até aqui. Não deu pra ir na praia ainda.

Escoro os cotovelos no balcão.

— Hoje é lua cheia e o mar recuou bastante. Só volta a ventar quando a maré mudar. — Olho a hora no computador e arqueio a sobrancelha; são 15h15. Já faz um tempo que essa sequência não aparece para mim. — Daqui a uns trinta minutos, mais ou menos.

O cara se vira para o namorado com empolgação.

— Você quer ir à praia depois do check-in?

O loiro faz contato visual com a gente e escancara um sorriso; os dentes da frente são separados, percebo, as linhas de expressão ao redor dos olhos ficam mais fortes quando ele sorri. Os dois devem ter por volta dos vinte e cinco, vinte e seis anos.

— Você que manda, Lucas. — Ele passa o braço ao redor dos ombros do namorado. As sobrancelhas arqueiam ligeiramente ao sorrir; seus traços são clássicos e elegantes. Apesar de não ter um sotaque muito marcado, chuto que é francês pela maneira meio enrolada como termina de pronunciar as palavras. Ele lê o nome no meu crachá. — Tranquilo, Matias? Sou o Pierre.

Nos cumprimentamos com um aperto de mãos.

— De onde na França, Pierre?

— Versalhes — ele diz, sem me perguntar como adivinhei. — Mãe francesa, pai brasileiro...

— Tá de onda?! Eu também!

Pierre franze a testa.

— *Parlez-vous français?*

Faço que não.

— Não, cê entendeu errado. — Sorrio. — No meu caso, minha mãe é espanhola e meu pai é cearense. Achei a coincidência engraçada.

— Ah, sim. — Pierre assente e massageia os ombros de Lucas. — Legal, Matias.

A playlist avança para uma do Alabama Shakes de que gosto muito: "Sound & Color". Lucas fica animado quando os acordes começam; Pierre e ele cochicham alguma coisa que não consigo entender.

É maneiro observar um casal como eles, dois caras que claramente se amam. Há uma infinidade de camadas na história dos dois, páginas e páginas de capítulos compartilhados no livro de suas vidas. Gosto de imaginar quem eles foram no passado. Será que Lucas e Pierre também se desencontraram, como Júlio e eu, e por um triz não ficaram juntos? Que sinais e sincronicidades o Universo colocou em seus caminhos?

Me pergunto se um dia algum estranho vai parar na rua quando eu estiver com Júlio e nos observar, tentando preencher as lacunas do que já vivemos, as desavenças e as reconciliações, as ondas sorrateiras e as noites de amor sob o luar.

Independentemente do que aconteça, sei que será uma história bonita.

— Foi mal — Pierre diz para mim. Um rubor se espalha em meu rosto ao perceber que fui flagrado observando. — Na primeira vez que fui à casa do Lucas em Natal, essa música tocou também. É especial pra gente.

— Pensei que a gente nunca mais se encontraria — Lucas completa —, mas Pierre deu um jeito de voltar pra mim.

Assinto sem entrar em detalhes, e só então reparo em como o sotaque de Lucas é parecido com o de Júlio. Peço os documentos para prosseguir com o check-in, e confirmo minhas suspeitas ao ver a cidade de nascimento do menino: Luna do Norte.

— Espera aí, eu sei quem são vocês! — Minha voz fica uma oitava mais alta. Como não reparei antes? — Meu namorado falou que vocês viriam!

— Pera. — Lucas estreita os olhos para mim. — Seu namorado é, tipo, o *Júlio*?

Faço que sim.

— Cara, eu achei que vocês só viriam amanhã!

— Tivemos uma mudança de planos — explica Pierre. Pelo olhar bobo que ele e Lucas trocam, deve ter sido uma *boa* mudança de planos. — Vocês estão lotados pra hoje ou...

— Não. E mesmo que estivéssemos, qualquer amigo do Júlio é amigo do Hippie.

— Na real eu não o conheço tão bem — Lucas confessa. — Júlio é amigo de um amigo, mas sabe como é cidade de interior. Todo mundo em Luna do Norte é parente em algum grau. — Ainda não tive a oportunidade de visitar a cidade da família do meu namorado no sertão potiguar, mas tenho uma boa ideia dela depois das várias histórias e fotos que Júlio mostrou. — O Júlio tá aqui?

Procuro a reserva dos dois no sistema enquanto converso.

— Vai chegar no fim de semana. Ocupado com o TCC.

Digitalizo a identidade de Lucas e o passaporte repleto de carimbos de Pierre, devolvendo os documentos em seguida. A foto de Lucas no documento é engraçada. Parece muito diferente sem a barba, mais jovem e travesso. Pierre também mudou. Antes, tinha uma cabeleira dourada e volumosa, com cachos angelicais, diferente do corte curto de agora raspado nos lados.

Lucas guarda tudo na mochila, e o francês, olhando para as fotos na parede atrás da recepção, analisa em especial aquela que meu pai tirou de mim, Pablo e mamãe quando éramos crianças.

— Sua mãe é Ana Mendonza? A surfista?

— É, sim.

Ele sorri.

— O Universo é engraçado. Minha mãe entrevistou a sua anos atrás, em um campeonato de surfe na França. Eu era pequeno, mas lembro. Ver sua mãe surfando me deu muita vontade de aprender.

É divertido perceber as conexões invisíveis entre nós. Aqui está esse estranho falando que conheceu mamãe anos atrás. O mundo é enorme, mas quando coincidências como essa acontecem, parece minúsculo.

— Em que ano foi isso?

— Dois mil e alguma coisa.

— Vocês surfam, então?

A risada de Lucas é alta.

— Olha, posso listar todos os vencedores de Artista do Ano do VMA nas últimas, sei lá, *duas décadas*, mas esporte não é minha praia.

— Temos ótimos professores. Já que vão ficar quase uma semana com a gente, podem se inscrever em alguma aula. Têm interesse?

— Ele tem, sim — Pierre responde por Lucas. Ele ignora sua careta exasperada e o beija suavemente na bochecha. — Me prometeu que tentaria algo diferente nessa viagem. A hora chegou.

— O amor é capaz de milagres, Matias — Lucas murmura.

Enquanto termino de digitar as informações deles no sistema, tiro uma dúvida importante:

— Há quanto tempo estão juntos?

— Quase seis anos agora — diz Pierre. — Sem contar os desencontros no caminho, claro.

— *Seis?* — Não consigo disfarçar a surpresa. — É bastante.

Lucas me dá uma piscadela.

— Em anos gays, é uma eternidade mesmo.

Pierre ri e acaricia a mão do namorado. Em seguida, seu rosto fica sério.

— Ainda assim, nem uma vida inteira com Lucas seria suficiente.

Assisto à troca de olhares intensa entre os dois. Os toques. O afeto.

Os rápidos beijos roubados... Lucas e Pierre são parceiros para a vida toda. Não há nada a respeito deles que não pareça certo.

— Foi paixão à primeira vista, sabia? — Lucas diz.

Pierre solta uma gargalhada gostosa.

— Matias, você criou um monstro. Ele vai te contar tudo agora.

— Bem, eu amo histórias. Manda ver.

Lucas se escora no balcão.

— Começou em 2015, no Titanic.

— Espera, no navio que afundou?

Pierre desiste de ouvir a história pela milésima vez e beija a têmpora de Lucas.

— Posso usar o banheiro enquanto vocês conversam?

— Claro. Segunda porta no final do corredor à sua direita.

— Obrigado. — Ele começa a caminhar em direção ao lugar indicado, mas então para. — Não acredite em tudo que ele diz. Lucas não é uma fonte exatamente confiável.

— Ah, faça-me o favor. Eu sou formado em comunicação social, quase um jornalista.

— Você é publicitário, o que é bem pior — rebate Pierre, desaparecendo no corredor.

A atmosfera se transforma completamente, já que basta o francês sair de cena para Lucas mudar de postura, agarrar minha mão e sussurrar:

— Matias, escuta. — Seus olhos castanhos estão acesos. — Temos pouco tempo. Preciso de ajuda pra fazer uma surpresa pro Pierre.

A intensidade do garoto me faz lembrar daquele dia na Shakespeare quando implorei que Céu me desse uma mãozinha com Júlio.

— Que tipo de surpresa?

— A mais romântica de todas. Precisa ser incrível porque... — Ele baixa ainda mais voz. — Vou finalmente dizer a Pierre que estou pronto. Que podemos marcar a data.

Faço uma careta. Do que ele está falando?

— Não entendi.

Lucas quase não consegue conter a própria felicidade.

— A data do nosso casamento.

— Vocês vão *casar*?

Agora sou eu quem está surtando.

O velho Matias acharia tosca qualquer conversa sobre casamento. Depois de Júlio... bem, digamos que já não acho *tão* absurda assim. Não que pense em me casar agora, *dios mío*. Talvez no futuro. Tipo bem, bem no futuro mesmo.

Lucas levanta a manga da camisa. Revela uma tatuagem: a silhueta de dois meninos com os braços estendidos na proa de um navio. Os traços são delicados, românticos, e é evidente que há um significado especial em cada linha marcada na pele.

— Fiz essa na minha primeira viagem a Paris — explica. — Conheci meu noivo em uma situação... inusitada. Nos conectamos instantaneamente, mas muitas coisas rolaram no caminho e perdemos o contato. Quando enfim nos reencontramos, ele teve que voltar para a França. Pierre me deixou uma surpresa em casa, uma passagem de avião. — A memória leva um sorriso aos lábios de Lucas. — Achei que era a maior prova de amor que alguém poderia dar, e foi. Visitei Pierre em Paris meses depois e fizemos essa tatuagem juntos. É... especial pra gente. Por diversas razões.

— E essa outra? — Aponto a tatuagem em seu dedo anelar que só agora percebo.

— Essa é nova. Pierre e eu ficamos separados outra vez. Não terminamos, tecnicamente, mas precisávamos de um tempo para entender quem somos sozinhos. Ele é meu primeiro amor. Às vezes é inevitável querer experimentar outras coisas.

Imprimo o arquivo que Lucas deve assinar para finalizar o check--in e passo o papel para ele junto de uma caneta, atento à história.

— Amar alguém não é fácil.

— Pois é. Acho que amar não é a parte difícil. Se esforçar para nutrir esse amor, sim. Todos os sacrifícios, o investimento de tempo e energia, as dúvidas... Sabe, Matias, quando há tantas coisas em risco. Pierre e eu... — Lucas morde o lábio e passa a mão pela testa. Seja lá o que pretendia contar, desiste. — Às vezes sentíamos que seria mais fácil terminar, mas nunca tivemos coragem. Nunca conseguimos.

O garoto olha para atrás e verifica se Pierre está de volta, mas não há nem sinal do francês.

— Por isso tatuamos o anel. Um anel de verdade pode ser retirado, um anel de verdade pode ser perdido, mas essa tatuagem? Essa tatuagem vai permanecer para sempre em mim, assim como nós dois permaneceremos na vida um do outro.

Eu o encaro.

— Você realmente acha que vão ficar juntos para sempre, Lucas?

— Acho. — Seus olhos castanhos cravam-se nos meus. — As pessoas podem não entender ou achar bobagem, mas eu sei. É Pierre, sempre foi Pierre, e eu não pretendo perdê-lo.

Mas eu sei.

Tiro um segundo para olhar Lucas de verdade. Ele é apenas alguns anos mais velho que eu, se apaixonou jovem e está convencido de que encontrou o amor da sua vida. Será que sempre teve tanta certeza sobre o amor? Já sentiu que não era algo para ele, que era… impossível de lhe acontecer? Já quase colocou tudo a perder pelo simples medo de receber algo que julgava não merecer?

— Uma vez, Júlio me surpreendeu com um passeio de jangada para ver o pôr do sol — digo, de volta à surpresa de Lucas para Pierre.
— E eu o pedi em namoro em um voo de parapente…

— Em um voo de parapente?

Faço que sim. Até para mim é difícil acreditar que isso aconteceu.

— Então… Pensei em algo — continuo. — No geral não faço isso, mas posso fazer por vocês. — Lucas franze o cenho, e baixo a voz caso Pierre reapareça. — Só tem um porém.

— O quê?

— Você dirige?

— Pierre, sim. Eu nunca tirei a carteira.

— É que tenho um motorhome, uma kombi, que poderia emprestar pra vocês. Poderiam dormir pertinho da falésia, e talvez, não sei… Ver o nascer do sol? Foi só uma ideia e…

Lucas me olha, perplexo, e se lança para me abraçar por cima do balcão.

— Nossa, eu amei! É uma ótima ideia!

Nem tenho chance de retribuir o abraço, porque é justo neste momento que Pierre decide voltar.

— O que é uma ótima ideia? — ele pergunta, curioso.

O rosto de Lucas fica vermelho, e ele se afasta de mim.

— Hm, o Matias estava me contando sobre...

— Nossas aulas de kitesurfe — improviso. — Lucas disse que vai fazer.

— Mesmo? — Pierre estreita os olhos.

Lucas finge que não me fuzila e dá de ombros na frente do namorado.

— Não faz mal testar coisas novas.

Pierre não compra a história completamente, mas sua desconfiança não é grande o bastante para que me pressione por respostas.

Pego a chave do quarto deles e me levanto, saindo detrás do balcão.

— Pronto, galera. Check-in finalizado. O café da manhã é servido das sete às dez. Vou mostrar onde vocês vão ficar e o resto do hostel, mas antes... — Tiro o celular do bolso. — Será que a gente pode tirar uma selfie pro Júlio?

— Claro!

Pierre põe as mochilas no chão e passa o braço ao redor de Lucas. Eu me posiciono na frente dos dois e abro a câmera frontal. Lucas leva a foto a sério e ajeita o cabelo até finalmente encontrar seu ângulo.

Nos enquadro direitinho. Os olhos verdes de Pierre brilham com o sorriso escancarado, e Lucas faz um V com a mão.

Apareço com meu hang loose de sempre e dou uma piscadela porque sei que Júlio gosta, e aí está. Envio a foto imediatamente para meu namorado, que responde com uma sequência de emojis e LINDOOOOOS e QUERIA ESTAR AÍ.

Enquanto eu os guio pelo Hippie, explicando tudo sobre a estadia deles em Canoa, penso no segredo de Lucas e na tatuagem de anel que os dois compartilham em seus dedos. Eles estão juntos há seis anos. Dúvidas, medos e continentes inteiros foram colocados no caminho, mas nem mesmo esses obstáculos conseguiram separá-los de verdade.

Isso é especial, e ainda que eu não os conheça o bastante, ainda que tenha visto só uma fração de um relacionamento mais complexo do que uma breve conversa pode revelar, eu torço por eles de graça.

Afinal, torcer pelo amor de Lucas e Pierre é também torcer pelo meu próprio amor e pelo futuro que construirei com Júlio. É acreditar em um mundo em que finais felizes não são apenas histórias de conto de fadas que contamos a nós mesmos para manter a esperança, mas são possíveis e reais.

E são *agora*.

Para ser sincero, sei exatamente o que fazer. Não importa o que aconteça, vou garantir que Lucas e Pierre tenham os melhores momentos da vida deles em Canoa Quebrada.

Leia pessoas trans

Por Ariel F. Hitz

Quando criança, minhas referências de pessoas trans foram construídas por programas de humor na TV (que nos tratavam como figuras exóticas), piadas preconceituosas e matérias de jornal sobre crimes brutais cometidos contra travestis (sempre se referindo a elas de forma extremamente desumanizada). Por muito tempo, eu nem sequer sabia que ser trans era *possível*. E, mesmo se fosse, não enxergava outro fim a não ser ter minha vida transformada em chacota — na mídia, na escola, nas ruas.

Foi através da literatura que descobri que poderia ser muito além. Encontrar personagens trans nos livros que li, escritos de forma humanizada, com personalidades próprias e vidas que não são resumidas à identidade de gênero, me fez entender muito mais sobre quem eu sou. Me fez enxergar possibilidades, que me moveram na direção dos meus sonhos.

Ao falarmos sobre representatividade trans, é isto que ressaltamos: a necessidade de sermos vistos como pessoas completas, dignas de respeito. A literatura, principalmente a juvenil — com seu caráter transformador, de bússola —, é um instrumento poderoso. Tenho certeza de que, se tivesse crescido com referências positivas do que é ser trans e lido sobre garotos como o Júlio, eu teria sido um adolescente mais saudável. A cada novo livro publicado com representatividade trans bem-feita, eu fico feliz pelas crianças e adolescentes trans que crescerão sabendo que merecem ser amadas, que não estão erradas em existir.

Participar do processo de produção de *O mar me levou a você* foi significativo. Fui leitor sensível dessa história, tanto na publicação independente quanto agora, em sua versão expandida lançada pela Seguinte. É um livro que impacta e impactará a vida de jovens trans de forma extremamente linda. Acompanhar a trajetória do Júlio e o ver sendo amado por alguém tão incrível como o Matias, e, principalmente, ter um contato próximo com a escrita responsável e profunda do Pedro — sempre atento às minhas sugestões e comentários —, foi uma experiência sensacional. Que cada vez mais Júlios e Céus tenham espaço garantido na literatura jovem contemporânea.

Além de existirem dentro das páginas dos livros, contudo, é essencial que pessoas trans estejam presentes nas estruturas do mercado editorial. Não devemos ser apenas personagens: somos também escritores, ilustradores, designers, editores, revisores, tradutores. Nossas histórias não podem ser contadas apenas por cisgêneros. Esse espaço nos pertence, mas, infelizmente, a mídia tradicional é dominada por narrativas trans feitas sob perspectivas cis, o que precisa mudar com urgência.

Por isso, a convite da Seguinte e do Pedro, elaborei uma lista de livros escritos por diversas pessoas trans. Aqui vocês vão encontrar de tudo: romance, fantasia, poesia, quadrinhos, ficção científica. Que tal escolher um deles para ser sua próxima leitura? **Nós estamos em todos os lugares, só precisamos que você nos encontre.**

- *Monstrans*, de Lino Arruda (edição independente, 2021)
- *Temos um acordo?*, de Bruna Catarina (e-book independente, 2021)
- *Arrebol: Encontro de luz e sombras*, de Nicholas Jade e Thays Deratani (e-book independente, 2022)
- *Até o Natal acabar*, de Dan Rodriguez (e-book independente, 2022)
- *Lebre da madrugada*, de Arthur Malvavisco (Corvus, 2022)
- *Como conquistar uma paquera em uma noite*, de Tati Alves (e-book independente, 2021)
- *M.V.Z e o segundo fim do mundo*, de Rhobin Silva (e-book independente, 2021)

- *Vozes trans*, de Brenda Bernsau, Jonas Maria, Koda Gabriel e Limão (Se Liga, 2021)
- *Sophia, Alexia e o mundo além daqui*, de Brenda Bernsau (Jaguatirica, 2016)
- *Café amargo*, de Nicolas Bastos (e-book independente, 2020)
- *A queda para o alto*, de Herzer (Vozes, 2023)
- *A noite cai*, de Camila Cerdeira (e-book independente, 2020)
- *O parque das irmãs magníficas*, de Camila Sosa Villada (Tusquets, 2021)
- *Destransição*, baby, de Torrey Peters (Tordesilhas, 2021)
- *Os garotos do cemitério*, de Aiden Thomas (Galera, 2021)
- *Felix para sempre*, de Kacen Callender (Nacional, 2021)
- *A dor do meu segredo*, de Robyn Gigl (Trama, 2022)
- *A menina submersa*, de Caitlín R. Kiernan (Darkside, 2015)
- *Peter Darling*, de Austin Chant (em inglês) (e-book independente, 2021)
- *Kadu o Pinóquio*, de Lana Clarice Potiguara (edição independente, 2023)

ARIEL F. HITZ é autor dos e-books independentes *Camomila* (2019), *A gravidade de Júpiter* (2019), *Todas as mentiras que eu nunca quis contar* (2022) e *Junho te trouxe aqui* (2022), além do conto "Palavras nunca ditas", parte da coletânea *A gente se vê na parada* (HarperCollins, 2023). Você pode acompanhar seu trabalho através do Twitter (@arielfhitz) e do Instagram (@arielf.hitz).

ESTA OBRA FOI COMPOSTA POR OSMANE GARCIA FILHO EM BEMBO
E IMPRESSA EM OFSETE PELA GRÁFICA SANTA MARTA SOBRE PAPEL PÓLEN
NATURAL DA SUZANO S.A. PARA A EDITORA SCHWARCZ EM JULHO DE 2023